이 병진의

헌책

# 이병진의 헌책

초판 1쇄 인쇄 2012년 1월  5일
초판 1쇄 발행 2012년 1월 10일

**지은이**　　이병진
**펴낸이**　　이준경
**펴낸곳**　　(주)영진미디어
**출판 등록**　2011년 1월 7일 제141-81-22416

**주소**　　　경기도 파주시 교하읍 문발리 504-3 파주출판단지 영진미디어 사옥
**전화**　　　031-955-4955
**팩스**　　　031-955-4959
**이메일**　　book@yjmedia.net
**홈페이지**　www.yjbooks.com
**디자인**　　디자인허브
**종이**　　　삼승페이퍼
**출력**　　　하람커뮤니케이션
**인쇄**　　　광문인쇄사

값 14,000원
ISBN 978-89-965772-7-0

이
병
진
의

# 헌책

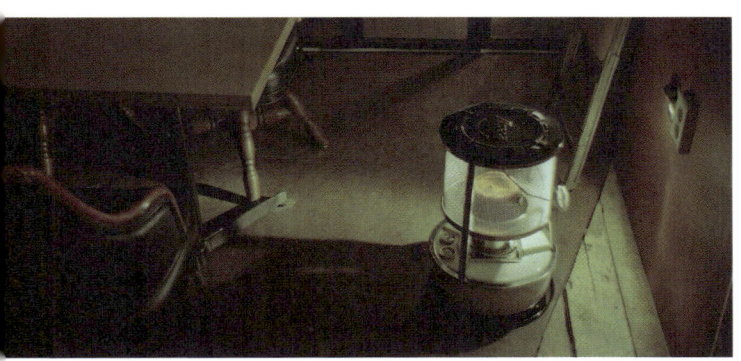

이병진이 찍고 쓰다

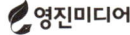 영진미디어

들리는 모든 것이
노래가 되고
보이는 모든 것이
사랑이 되는
이병집의 세상에
바칩니다

소설가 이외수

같이 방송을 하다 보면 이병진은 있는지 없는지 모르게 조금 말하고 조금 움직인다. 그 조금만으로도 사람을 웃게, 울게 만든다. 세상의 모든 많은 것들, 지친다. 책에 이병진이 이병진에게 쓴 글이 있다. 사람들이 "넌, 좀 있어 보여."라고 한단다. 난 "넌, 좀 없어 보여." 라고 〈헌책〉을 낸 이병진에게 칭찬한다. 할 건 하는 사람의 없어 보임은 얼마나 있어 보이는지, 참……

— 가수 이소라

혼잣말하듯 조용히 중얼거리는 이병진의 글, 그러나 친절하게도 그는 엿들을 수 있을 정도의 소리를 보여준다. 느린 걸음으로, 충실히 길을 만들어 가는 이병진의 발걸음, 그러나 다정하게도 그는 빠른 걸음으로 가지 않는다. 그가 들려주고 보여주는 것은 향기이다. 그러나, 별난 것도 아니고 신기한 것도 아니다. 'How to live smart'라는 광고 문구가 세상을 지배하는 지금, 이병진의 책은 'What is 'live smart'?'라는 질문을 던진다. 모든 빠른 것, 새로운 것은 미덕일까? 이 책은 첨단의 시대를 사는 우리에게 '평범한 것, 느린 것, 낡은 것'과의 '이질적 공존'이 가지는 상상력을 겸손하게 제안한다.

— 사진작가 강영호

'사라져가고 있다는 것.
아직 내가 살기엔 괜찮다는 것은 무서운 복선이다. 우리가 전혀 불편함 없이 느끼지 못하고 있을 때 계절은 그렇게 하루하루 그 수명을 다한다. 이제 봄과 가을이 시한부 선고를 받은 환자처럼 서서히 사라져간다. 가기 전에 느끼고 아끼자. 그리고 보살피자. 그 계절에 나처럼 사진을 좋아하는 사람들은 얼마나 행복했는가를 생각하며….
미안하다. 봄아! 그리고 가을아!' (본문에서)

병진이 형의 이야기는 누룽지 같다. 그 행간에서 느껴지는 구수한 향기는 나로 하여금 내가 언제 마지막으로 솥 밥스러운 날을 보냈는지에 관해 생각하게 한다. 잠시 멈춰 서게 한다. 지나간 시간과 그 위에 존재했던, 하지만 사라져버렸거나 사라져가는 것들. 형의 이야기를 '들으면서' 나는 그런 것들을 그리워하게 되고 마는 것이다. 어쩌면 이 책은 내가 이미 잃어버렸다고 생각해 온 시간과 장소로 나를 다시 데려다주는 '웜홀'일지도 모르겠다. 소멸하는 모든 것을 향한 나의 슬픔이 유영하는 '웜홀 너머의 어떤 곳'일지도 모르겠다.

— 가수 조규찬

# 이병진이
## 이병진에게

음…. 병진아! 고등학교 때 미술실을 박차고 나와서 연극반에 앉아 있을 때 생각나니? 그때 참 즐겁고 행복했었지? 넌 우연히 시작한 연극이 더 재미있다고 했고, 선배들한테 맞아가면서까지 차가운 강당의 구석방에서 낡은 대본들을 읽어가며 발성연습을 했었지. 나름대로 그것도 열정이라며 우리 불태웠던 거, 기억나지?

연극으로 넌 대학을 갔고 전학기 A학점을 받으며 졸업한 후 곧바로 대학로 무대에 진출하는 듯 했어. 너 연기 참 잘했지.

연기가 좋아 일부러 졸업도 하지 않고 1년을 더 다니며 작품활동을 했었지. 돈 없는 학생이었던 너는 대학로 아무 극단에 찾아가 연극을 공부하고 싶은 학생이라며 공짜로 연극을 보여 달라고 당당하게 말했던 거, 기억나니?

그랬던 네가 어느날 텔레비전 프로그램에서 코미디를 하더라고…. 희극을 좋아했던 건 알지만 코미디는 너

의 꿈은 아니었잖아? 어쨌든 참 느린 말투로 오래도 하긴
했어.

　　한때 인기도 많았고 나름대로 마니아층이 두터운 연
기자였지? 사람들이 네가 나오는 방송을 보면 깊이가 있
다느니, 뭐 똑똑하다느니 하더라? 그리고 좀 뭔가 다르다
고…. 난 잘 모르겠는데 말이야. 하여간 사람들이 뭐 그러
더라.

　　근데 넌 원래 코미디하는 게 꿈이 아니었던 것처럼
늘 네가 하고 싶었던 일보다는 예측할 수 없는 길에 더 흥
미를 느끼는 것 같더라고.

　　그러면서 다시 코미디는 안 할 거라고 했지? 그럼 뭐
하려고?

　　사진? 아! 너 진짜 사진에 미쳐 있다며?

　　그거 어렵고 힘든 길인 거 알지? 그냥 방송 열심히
해. 좋은 프로그램 MC도 하고 영화나 드라마에 가끔 출
연도 하고…. 사진은 그냥 취미로 해. 가끔 와이프 예쁘게

찍어 주고 아이 생기면 아이 키우면서 가족사진사 정도
로만 말이야.

하기야 내가 말한다고 네가 들을 놈도 아니고 그냥
네가 알아서 해라. 뭐 방송도 잘 하고 사진도 잘 찍고 오
랜만에 연극무대에도 한번 오르면 좋겠지만….

어쨌든 난 네가 부럽다. 여행을 좋아하고 아내를 사
랑하고 너의 일을 잘하고 있다는 것이….

앞으로도 그런 모습을 오랫동안 보여줘. 돈을 많이
버는 것도 좋고 그것으로도 행복할 수 있겠지만 네가 하
고 싶은 일을 하는 게 제일 멋지고 만족스럽지 않니?

앞으로도 소신 있게 네 뜻대로 움직여.

말 느린 네가 결단력 하나는 강하잖아. 늘 네가 하는
결정이 옳은 일이면 좋겠고 하는 일에 행운이 따르면 좋
겠다. 내년에 태어날 너의 첫 딸 똘희도 잘 키우고 넉넉한
풍채처럼 여유 있는 웃음도 잃지 말고 늘 좋은 사람들과
함께하고 좋은 일들만 생겼으면 좋겠다.

위기가 오면 슬기롭게 대처하고 고민은 그리 길지 않게 하고 그때 또한 필요한 결정에 후회 없길 바란다. 너의 진지함으로 너의 마음을 담는 사진도 열심히 찍고 그 속에 너의 해학을 담아내길 진심으로 바란다.

그게 가장 이병진답거든. 흔들리지 말고 변치마!

내가 응원할게. 이병진 파이팅!

2011년 완연한 가을에

# 차 례

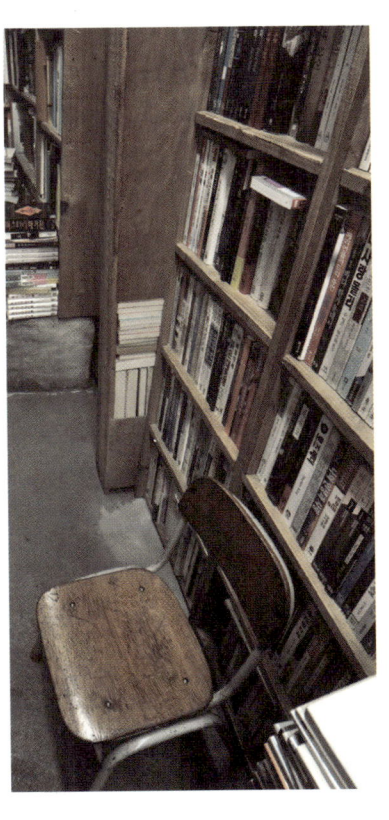

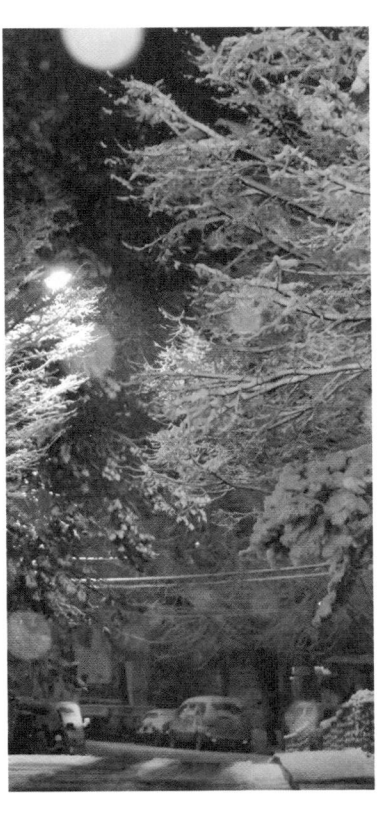

사라져가는 것에 대한 추적

사라지는 피사체

· · · · · · 언젠가부터 그럴싸한 주제로 사진을 담아 보고 싶었다. 사진을 하다 보면 늘 같은 곳에서 생각도 셔터도 멈춘다. 목적이나 특별한 이유 없이 따라나서는 출사가 어느 날인가부터 재미없고 지루해진다. 물론 아무 말 없이 걷다 보면 눈에 들어오는 이런저런 많은 피사체를 사진에 담기에는 충분하다. 내 눈에 예쁘고 거기에 짧은 글을 담을 수는 있겠지만, 그저 한 컷 이상의 의미가 없다.

가끔은 나의 사진에 다짐할 때가 있다. 언젠가 나도 한번은 세바스티앙 살가도처럼 아프리카에 미치고, 어느 전쟁터에서 보도 사진을 찍는 나의 모습을 상상해 보기도 한다. 의식이 있는 사진? 또는 힘이 있는 사진? 사실주의? 여러 가지를 상상으로 도전해 보기도 한다. 이런 증상은 사진을 진지하게 접해온 사람이라면 한 번씩 앓게 되는 것 같다. 나 역시 사진에 대한 질문을 참 많이 받아 왔지만 한 번도 진지하게 대답하거나 진지하게 생각해 본 적은 없다. 아마추어 취미 작가라는 평계를 대본다. 사실 어느 광고 카피처럼 '내 생각대로가 늘 정답이다'라고 말한다.

이번 책은 앞에서 말한 이유로 약간 숙제처럼 사진을 해야겠구나 싶었던 것도 사실이다.

사라지는 공간을 찾아서 사진에 담고, 그 안에 있는 사람들의 이야기를 쓰려고 한다. 사진집이라고 해서 사진만 있는 것이 아니라 읽을 만한 이야기와 더불어 사진을 담고 싶었다. 내 이야기에 공감하고 소소한 사진 속 추억이나 옛 이야기의 향수가 묻어 있었으면 했다. 하지만 그런 장소를 찾아다니기는 쉽지 않았다. 가까운 곳에서 찾는 것이 관건이었다. 그러한 소재를 쉽게 찾을 거라는 생각과 여건은 풀기 어려운 수수께끼와도 같았다. 멀지 않은 과거 이야기와 멈춰진 시간과도 같은 그림을 찾아내는 작업은 사진을 담는 것보다 훨씬 더 어려운 일이었다.

사실 인터넷 검색 속의 공간을 찾아가기는 쉬웠지만 더 어려운 일이 있었으니, 그것은 바로 그곳에 계신 분들이었다. 그분들의 도움 없인 그 장소에 관련된 이야기를 들을 수 없었고, 배경과 함께 그분들의 사진을 찍고 싶어도 초상권을 얻기에는 어려웠다.

고단했던 그들의 삶, 아주 짧은 이야기도 들려주지 않으려 했던 분들도 있었고, 자신의 이야기는 들려주었지만 사진을 허락하지 않은 분들도 있었다.

이 책은 누가 됐든 절대 한 권의 책으로 함축시키지 못했을 것이다. 하지만 누군가 한 권의 책으로 이미 냈더라면 그 사람은 정말 많은 고민을 했을 것이다. 그렇다고 이런 이야기를 여러 권의 책으로 만들겠다는 것은 절대로 아니다. 난 시간이 없고 그런 식으로 사진을 하진 않을 것이기 때문이다. 수박의 겉만 핥을 것이기 때문이다. 그래도 이번을 계기로 정말 좋은 소재는 갖게 됐다. 지금의 모습 역시 나중엔 누군가의 카메라에 담길 것이며 누군가의 뷰파인더의 추적 대상이 될 것이다.

이번 작업의 어려움은 이미 시작부터 예상했었고 사라져가는 시간과 이미 정지된 시간을 찾는 과정은 기획이나 생각만으로도 이미 흥미로웠다. 막상 시작을 해보니 생각보다 얻는 것이 더 많았다.

이제 약속된 원고마감 날짜가 다가온 지금도 아직 할 것이 너무 많다. 촬영을 나름대로 마쳤다고 생각했던 곳도 다시 가야만 할 것 같고, 못 가본 곳도 너무 많다는 것이다.

그곳을 가야 하는데,

찾아야 하는데,

구해야 하는데,

만나야 하는데,

들어야 하는데,

이런 것들이 이번 책 작업을 하면서 가장 많이 했던 말이고 느낌이다.

시간을 더 준다면 이 책은 한 십 년 뒤에나 완성하고 싶은 그런 책이다. 아니 어쩌면 '애초에 시작하지 말걸!' 하는 생각도 든다. 너무 어렵고 많은 시간을 투자해야 하는 작업이다. 단순히 겉을 핥아 보기엔 너무 매력적이고 흥미 있는 사람을 많이 만났기 때문이다. 중독성 있는 옛날 이야기들과 시간이 멈춘 듯한 곳에서의 사진 놀이는 시간 가는 줄 모르기 때문이다. 좀 더 적극적인 사람이라면 더 잘했을 콘셉트 같아서 소심한 내 성격을 원망하게 한 작업이기도 했다. 시간이 많은 여행 전문가라면 더 좋았을 아이템이기도 하다. 어쨌든 난 이번 작업에 많은 후회와 미련이 남는다. 부담스러웠지만 그래도 찾아 나서면 흥분하게 만드는 시간의 역주행이 좋았다.

　갑자기 자다가 일어나 이런 글을 왜 쓰고 있는지···. 내일은 며칠째 가야지 했는데···. 사진 찍으러 갈 수 있을까? 내일 춥지 않길 바란다.

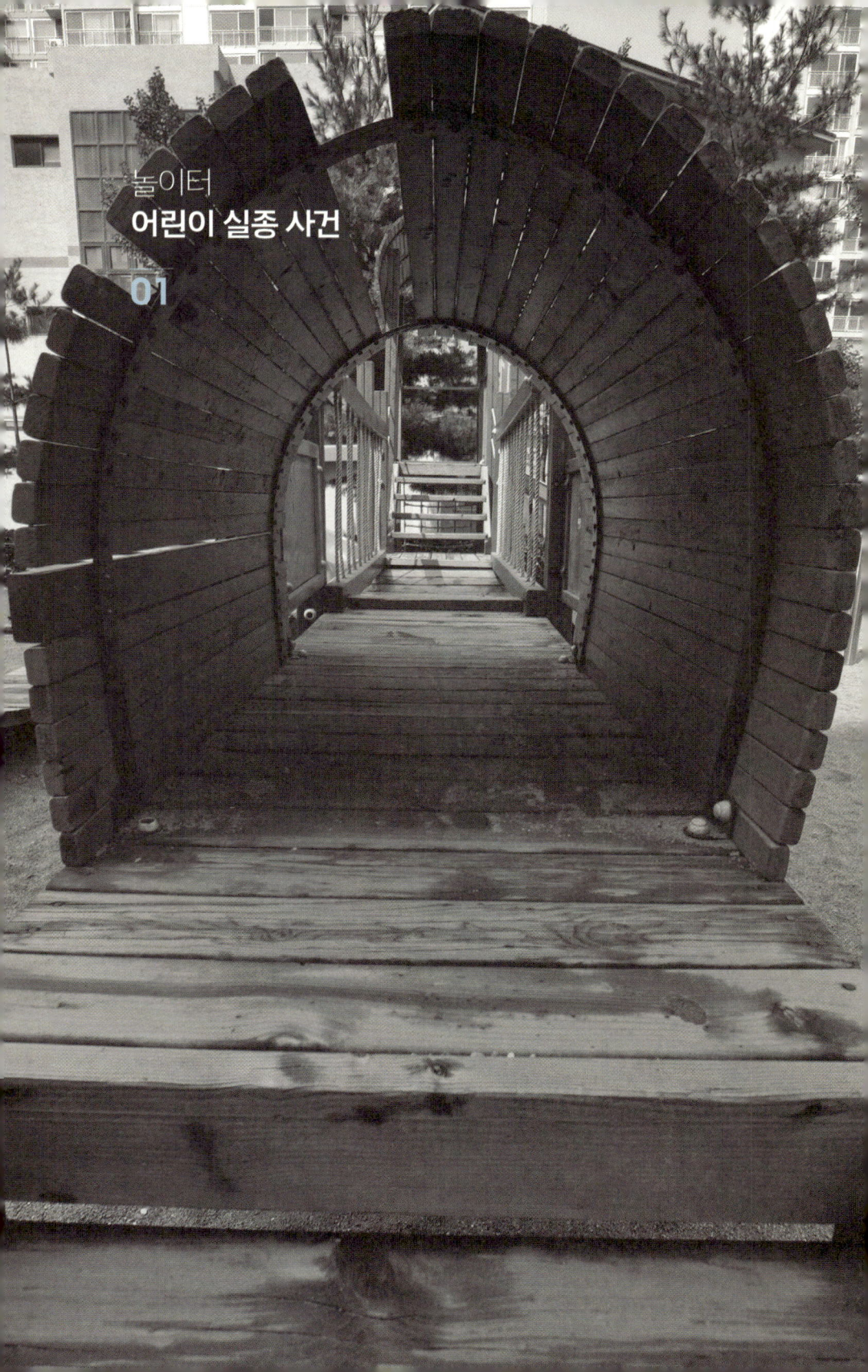

놀이터
**어린이 실종 사건**

01

## 언젠가부터 놀이터에는 아이들이 보이지 않는다.

우리 아파트 놀이터의 시설 보수와 흙을 잔디로 교체하고자 주민의 의견을 묻는 설문 조사가 공지 게시판에 붙어 있었다. 얼마간의 시일이 지나고 결과는 전면 백지화되는 방향으로 의견이 모인 것 같았다.

이해가 되지 않았다. 그나마 아파트에서 아이들에게 제공되는 공간임은 분명한데 왜 주민들이 반대했을까? 잔디를 깔겠다는 그 좋은 아이디어가 왜 성사되지 않았을까?

그렇다. 아이들이 놀이터에 없기 때문이다.

초등학교 입학 전 이미 아이들의 손이나 주머니엔 휴대전화가 들려 있다. 숫돌이 1기 멤버였던 꽃미남 지승준 군이 보고 싶어 승준이 엄마의 미니홈피에 들어가 글을 남긴 적이 있다.

> "승준아 보고 싶다. 혹시 아저씨 보고 싶으면 연락해. 맛있는 거
> 사줄게."

며칠 뒤 내 미니홈피에 남겨진 승준이의 답글이다.

> "아저씨! 이제 저한테 직접 연락하세요. 010-0000-000 ㅋㅋ"

대견하기도, 우습기도, 기가 차기도 했다. 초등학생이지만 이제 아이가 아니구나 하는 생각도 들었다. 어쨌든 승준이가 놀이터에서 뛰어놀 나이는 지났지만 요즘 아이들이 그렇다는 것이다.

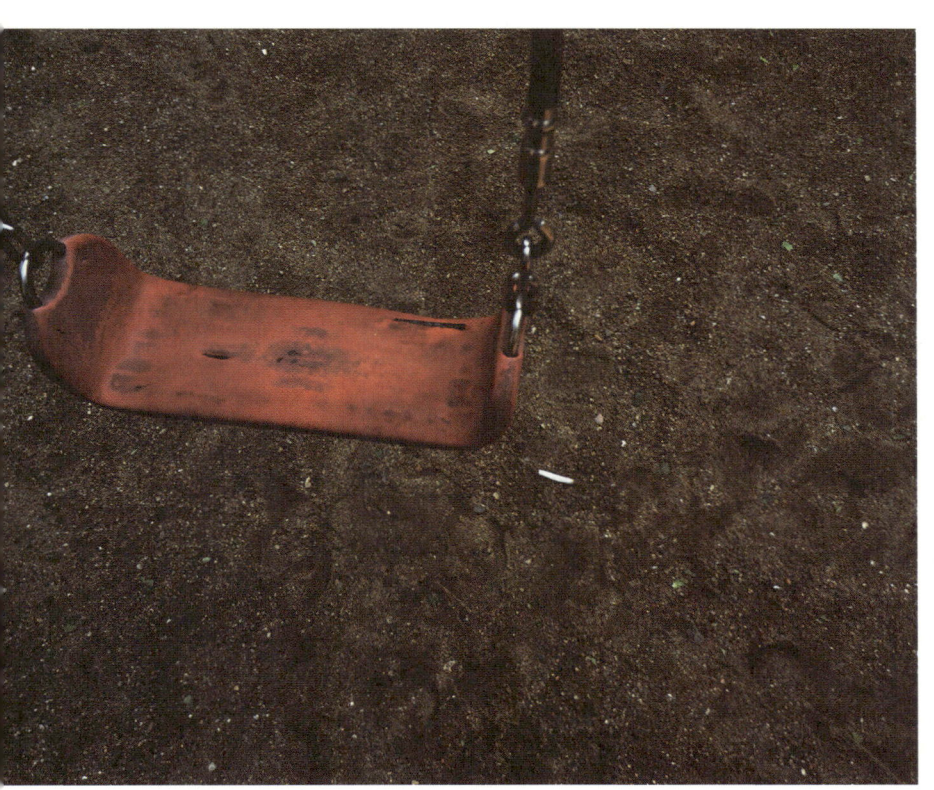

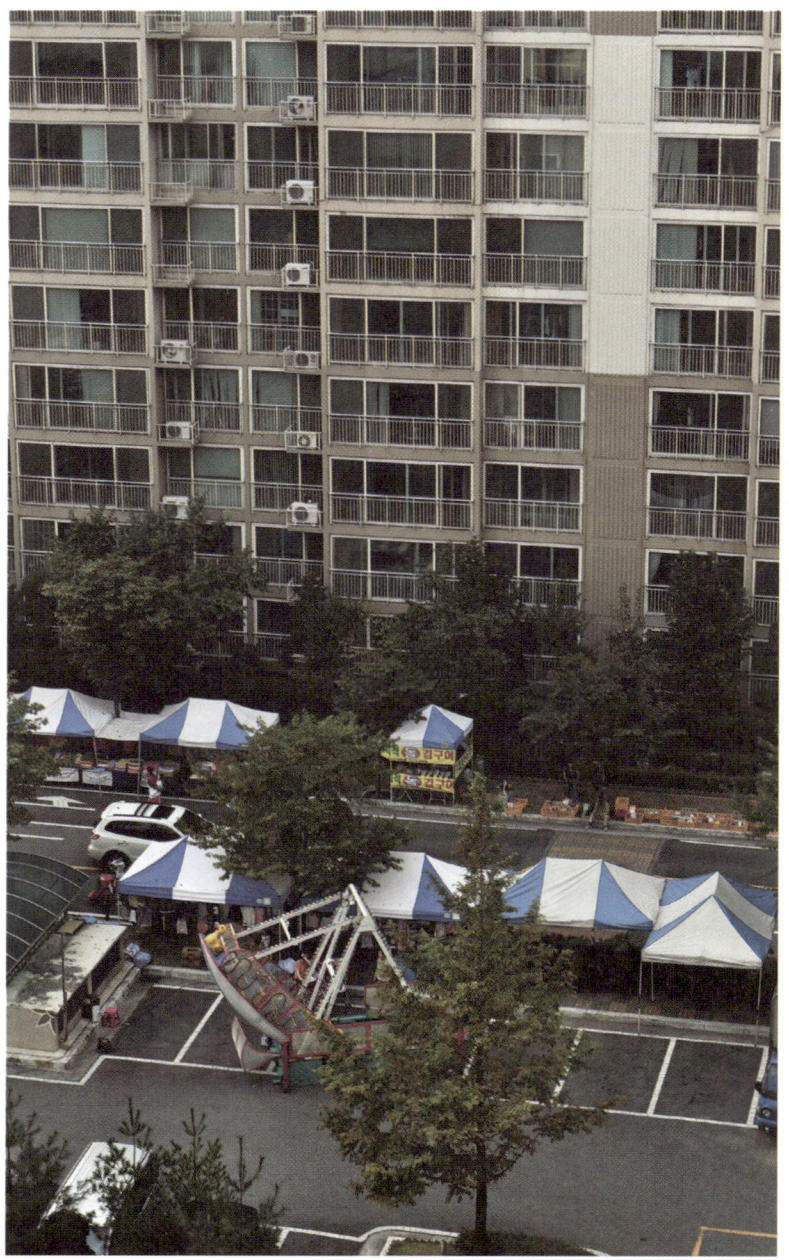

아이들의 생각도 그렇지만 아이들의 스케줄 역시 아이들이 아니다. 하교 후 집에 들어와 책가방을 던져 놓고 밖에서 기다리는 친구들과 어깨동무를 하며 뛰어놀 시간이 없다.

아이들은 놀이터보다 영어학원, 피아노학원, 태권도학원 등에 쫓기듯 달려간다. 학원에 다니지 않는 아이들은 집에 돌아오면 손도 씻기 전에 컴퓨터 앞에 앉거나 게임기를 든다. 우리 조카들이 그랬다. 다른 아이들도 크게 다르지는 않을 것이다.

아이들이 놀아야 할 놀이터는 이제 아이들의 공간이 아닌, 비둘기들의 쉼터가 되었다. 놀다 떨어뜨린 과자 부스러기조차 찾기 힘들다. 공부와 학원에 지친 아이들의 쉼터는 이제 컴퓨터가 차지하고 있고, 가공할 만한 위력을 지닌 악플 군단 초딩의 방학은 그야말로 심각의 절정이다.

주인 잃은 놀이터가 오늘따라 외롭게 보인다. 온종일 줄을 서가며 타야만 했던 놀이터는 이제 아이들에게도 제일 재미없는 놀잇감이 됐고, 두 다리가 보이지 않을 정도로 돌리다가 제때 뛰어올라야 그 재미를 만끽할 수 있는 뺑뺑이에선 아이들의 웃음소리보다는 휴대전화를 귀와 턱 사이에 꽂고 엄마에게 짜증을 내는 아이의 음성만 들려온다. 아이들의 까르르 웃음소리와 바지가 벗겨져 엉덩이가 반쯤 보이도록 미끄럼틀을 탔던 내 어릴 적 모습은 이제 놀이터에 몇 시간을 앉아 있어도 보기 어렵다.

주말이면 그래도 아이들이 놀겠지 했지만, 주말마다 열리는 장터의 트럭과 트럭에서 내려놓은 누런 상자들이 놀이터를 막고 있다.

놀이터! 참 발전 없이 오랫동안 동네 한가운데를 지키고 있다는 생각도 든다. 다시 아이들을 놀이터로 불러 모을 수 있는 아이디어는 없나? 이러다 놀이터에 엄마들이 빨아 놓은 담요나 침대보가 걸리게 생겼다.

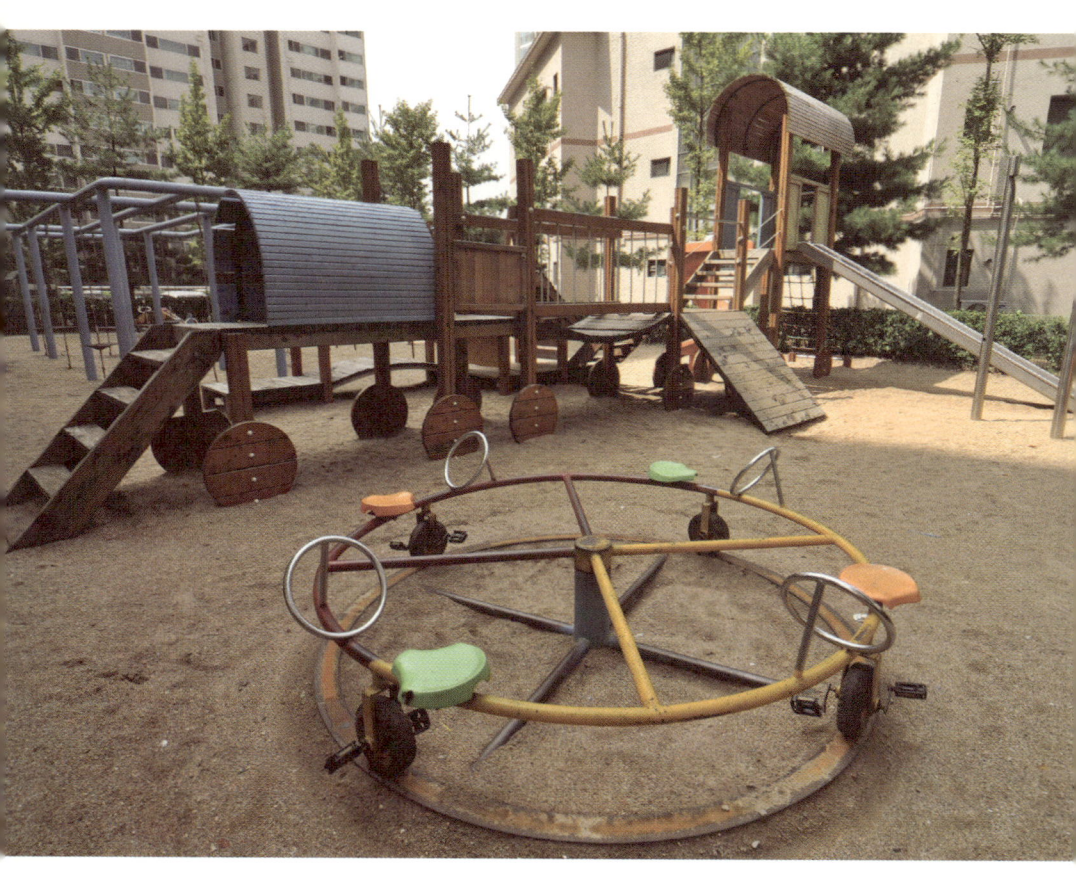

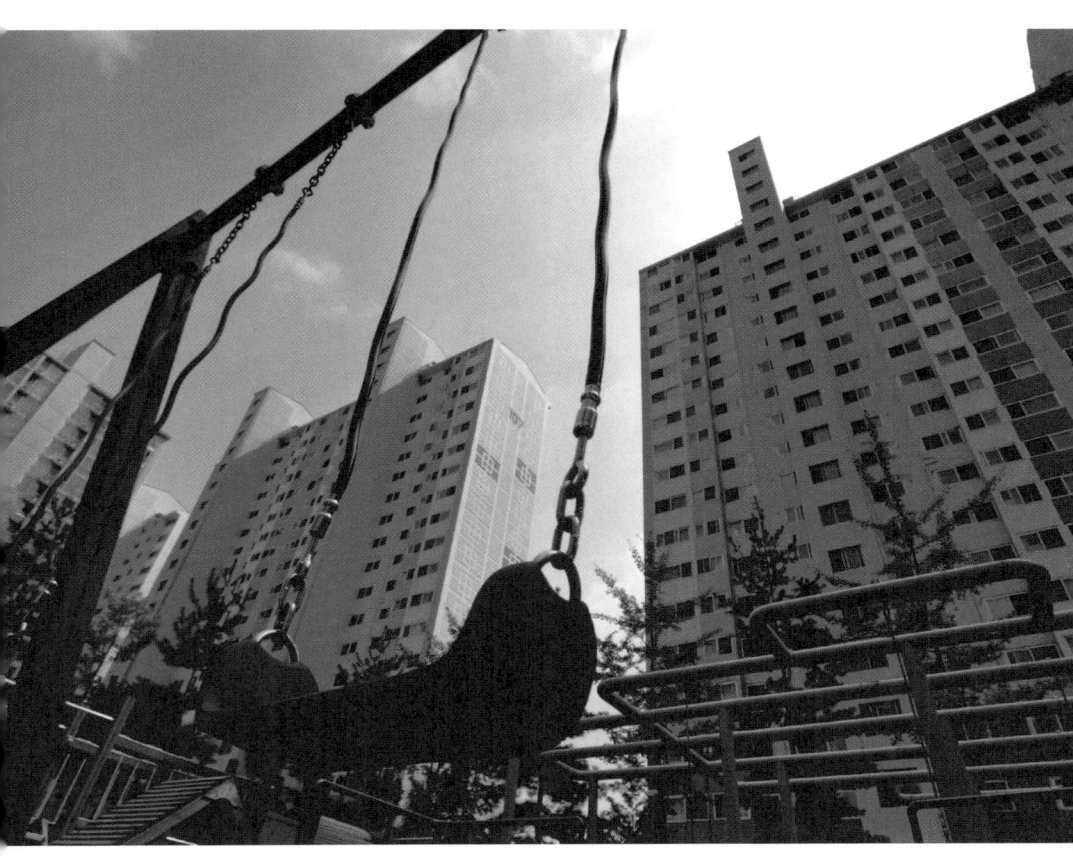

주인 잃은 놀이터, 그 모습이 애처롭고 서글프다. 놀이터의 쓰레기가 보인
다. 어젯밤 누군가 다녀간 흔적이 남아 있다. 각기 다른 회사의 담배꽁초
가 모여 원을 그리고 밟혀 있다.

# 사라진 내 영화,
## 〈묘도야화〉

02

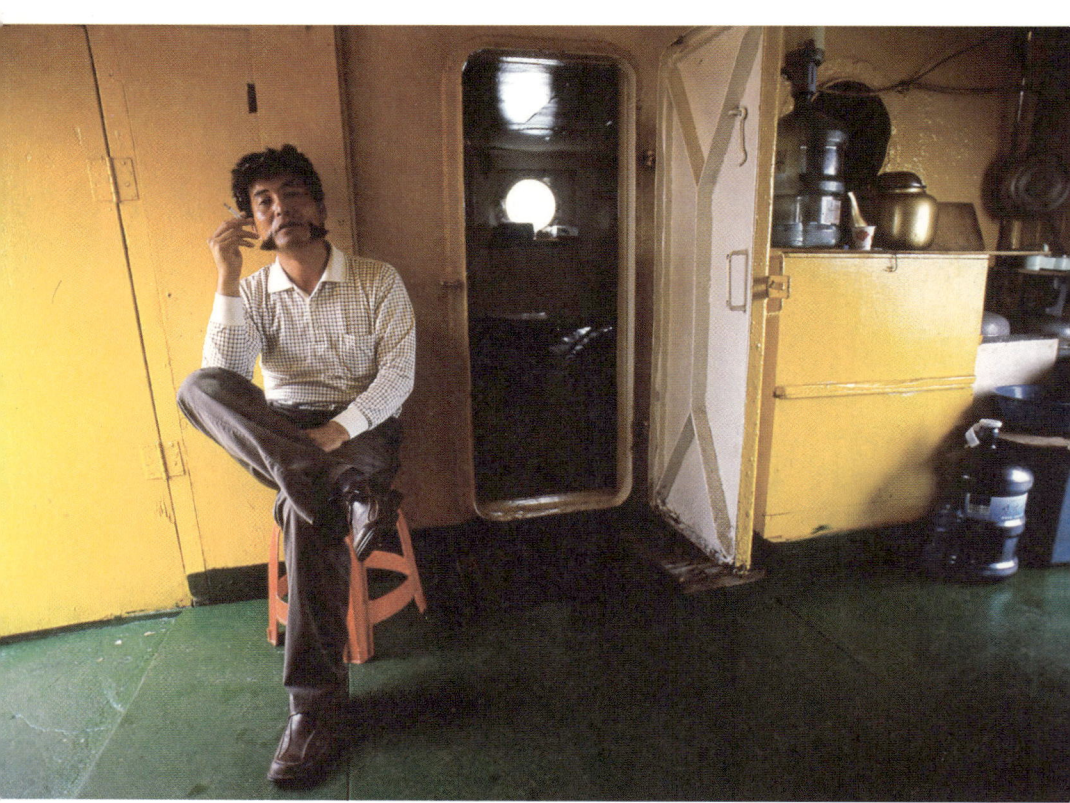

포털 사이트에서 내 이름을 검색하면 나오는 영화가 있다.
〈묘도야화〉.

하지만 이 영화를 본 사람은 아무도 없다. 이유는 간단하다. 이 영화는 지금 쇼박스의 필름 창고 어딘가에 먼지만 쌓인 채 보관되어 있을 테니까. 나를 포함한 모든 배우가 최선을 다해 재밌고 웃을 수 있는 영화 한 편을 만들기 위해 몸을 던졌고, 촬영은 모두 완료했다.

다시 한 번 〈묘도야화〉.

이름 그대로 묘지뿐이 없는 섬에서 일어난 하룻밤의 이야기를 다룬 영화다. 개성 있는 조연급 배우들이 대거 출연한 영화로, 이 영화가 나에겐 세 번째 영화다. 하지만 내가 출연한 영화는 아무도 봤다는 사람이 없다. 〈묘도야화〉를 포함해서 이전에 출연했던 두 편마저도 개봉을 하지 못했다.

첫 영화는 권상우, 김정화 주연의 SF장르인 〈데우스마끼나〉이고, 나는 권상우의 형으로 등장하며, 영화 끝에 권상우를 구하다 죽는 의리있는 형이었다. 탐나는 역할이었고 국내에선 드문 SF영화였기 때문에 출연을 결정했었다. 배우들과 스텝들 모두 촬영 전에 MT까지 가서 의기투합하고 파이팅을 외쳤는데 영화는 내 촬영 일정이 오기도 전에 제작이 중단됐다.

두 번째 영화는 〈여고생 시집보내기〉다. 이 영화에선 내용상 크게 필요는 없지만 배역은 라디오 DJ였다. 당시 실제로 KBS 2FM 이병진의 〈두 시가 좋아〉라는 프로그램을 진행하고 있었고, 영화 속에서는 여고생들이 즐겨 듣는 라디오 프로그램의 진행자 역할이었다. 이 영화 역시 촬영 도중 제작 사가 바뀌는 어처구니없는 일이 벌어져 기존 촬영분을 모두 삭제하고 다 른 영화사의 동일한 배역에 다른 연기자들이 섭외되어 재촬영을 했다.

결국, 이 영화는 다른 영화사의 이름으로 촬영을 마쳤고, 내 배역은 가수 윤종신이 했던 것으로 알고 있다. 이 영화는 개봉했지만 차마 영화를 볼 수가 없었다. 영화는 흥행에 참패했다.

그리고 세 번째 영화가 〈묘도야화〉다. 난 주조연급의 사진작가 역할로 출 연했다. 연기력이 돋보이는 배우들이 출연하는 영화였고, 장르는 코믹호 러스릴러였다. 내가 배우 중 가장 먼저 섭외가 됐다는 이야기를 들었다. 그 정도로 사진작가 역할로는 이미 내정되어 있었다고 한다. 기분 좋게 영 화를 찍었고 앞선 두 편의 영화와 같은 일이 생길지도 모른다는 생각은 접 어두고 최선을 다해서 열정적으로 연기했다. 하룻밤 이야기의 영화라서 촬영은 매번 밤에 했고, 무인도에서의 촬영 기간 동안은 외롭고 힘들었다. MC몽, 소이현, 이한위, 성동일, 전수경, 김광규. 그리고 이병진.

아직 이 배우들의 영화 속 연기를 본 사람이 없다. 개봉 시기를 놓친 지 벌 써 3년째다. 이 정도면 영원히 묻힌 영화다. 영화 제목도 있고, 줄거리도 남아 있고, 배우들도 있고, 이 영화를 시작으로 입봉한 감독도 있다. 다만, 영화가 없고 본 사람은 아무도 없다. DVD로도 나와 있지 않다. 묘도야화 의 추억만 남아 있을 뿐이다.

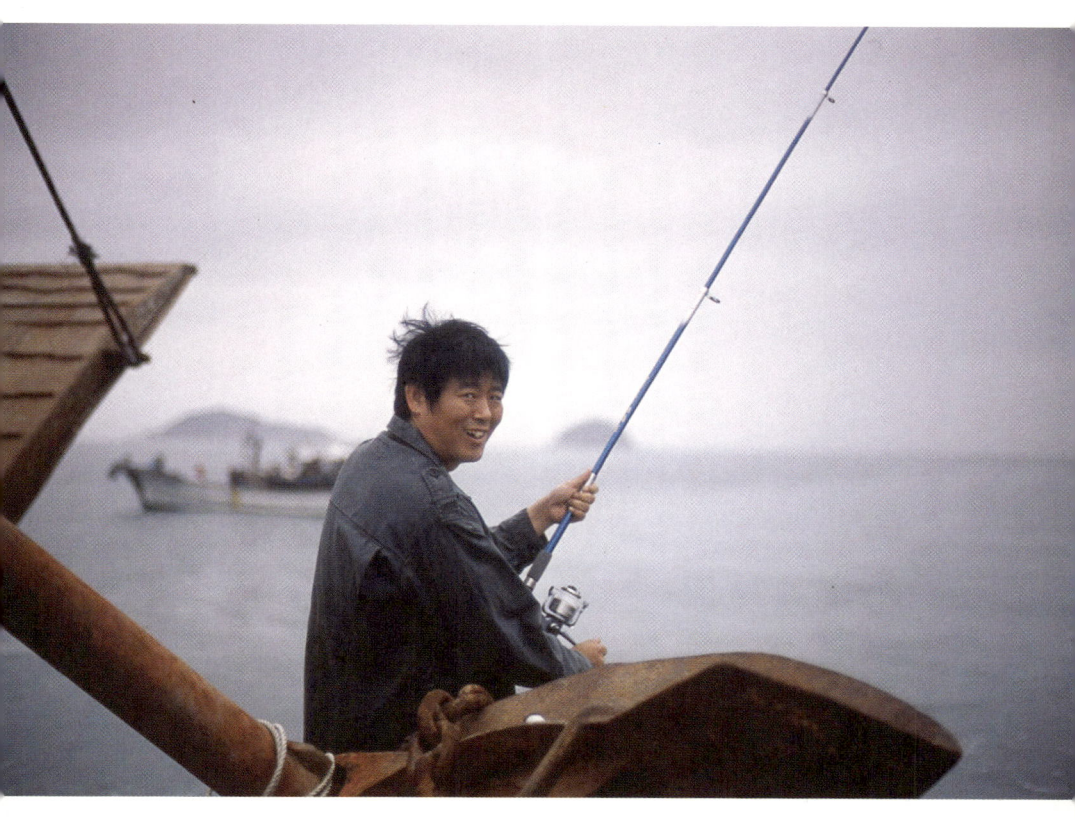

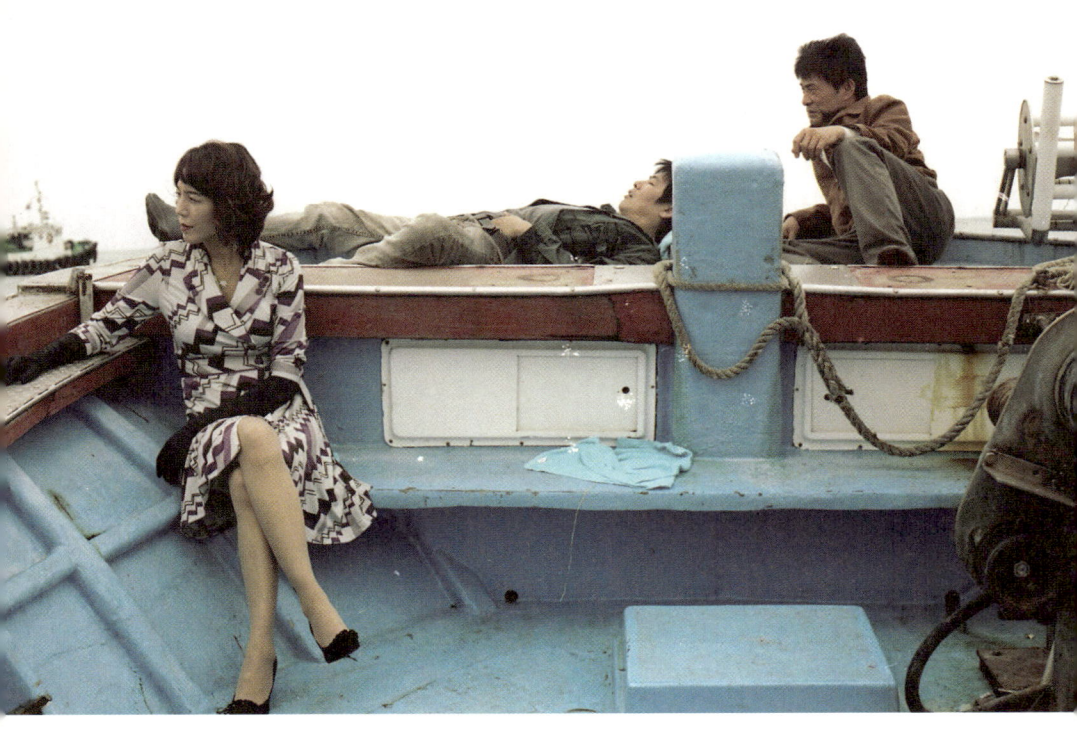

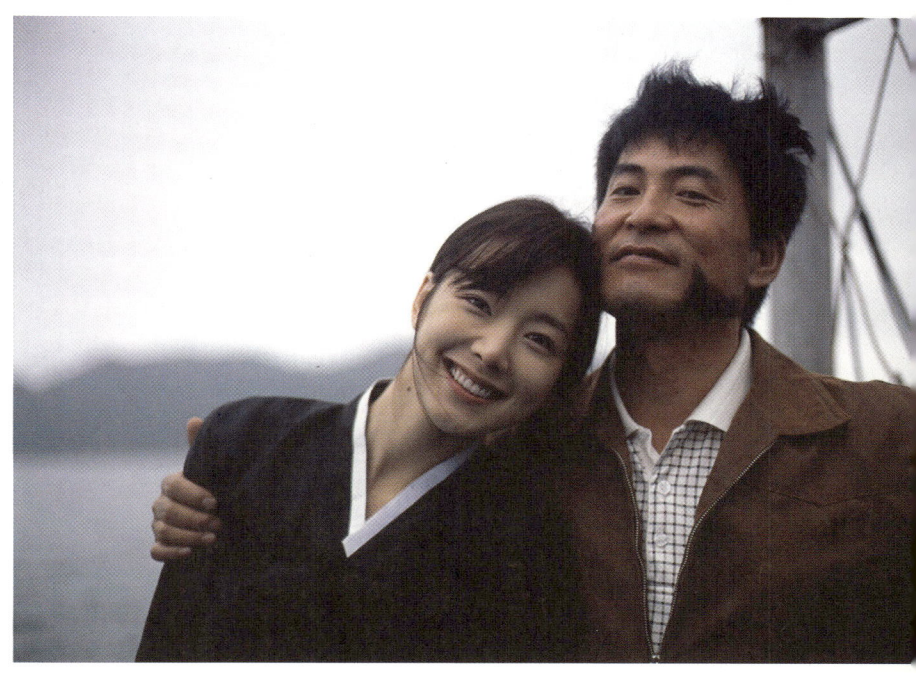

내 사라진 영화! 〈묘도야화〉. 출연한 영화 세 편이 모두 사라졌다.

연기 꽤나 잘한다는 소릴 들으며 대학에서 연기를 전공했고, 영화를 권유

받으면서 신 나게 촬영했다.

　　"이 영화가 개봉되면 형은 영화판에서 잘 풀릴 거야."

어느 영화 기획자와 영화사 대표의 말이다. 분명히 기분 좋은 말이지만 나

를 영화판에서 알릴 길이 없다. 또다시 다른 작품을 하지 않는 이상은 말

이다. 언제이건 영화의 유혹이 있다면 난 냉큼 넘어갈 테지만 또다시 징크

스가 이어지지 않길 바란다. 네 번째 영화는 첫 개봉작이길 바라고, 사라진

영화 〈묘도야화〉가 언젠가 명절에라도 텔레비전에서 방영되면 좋겠다.

DVD로라도 내 영화를 보고 싶다.

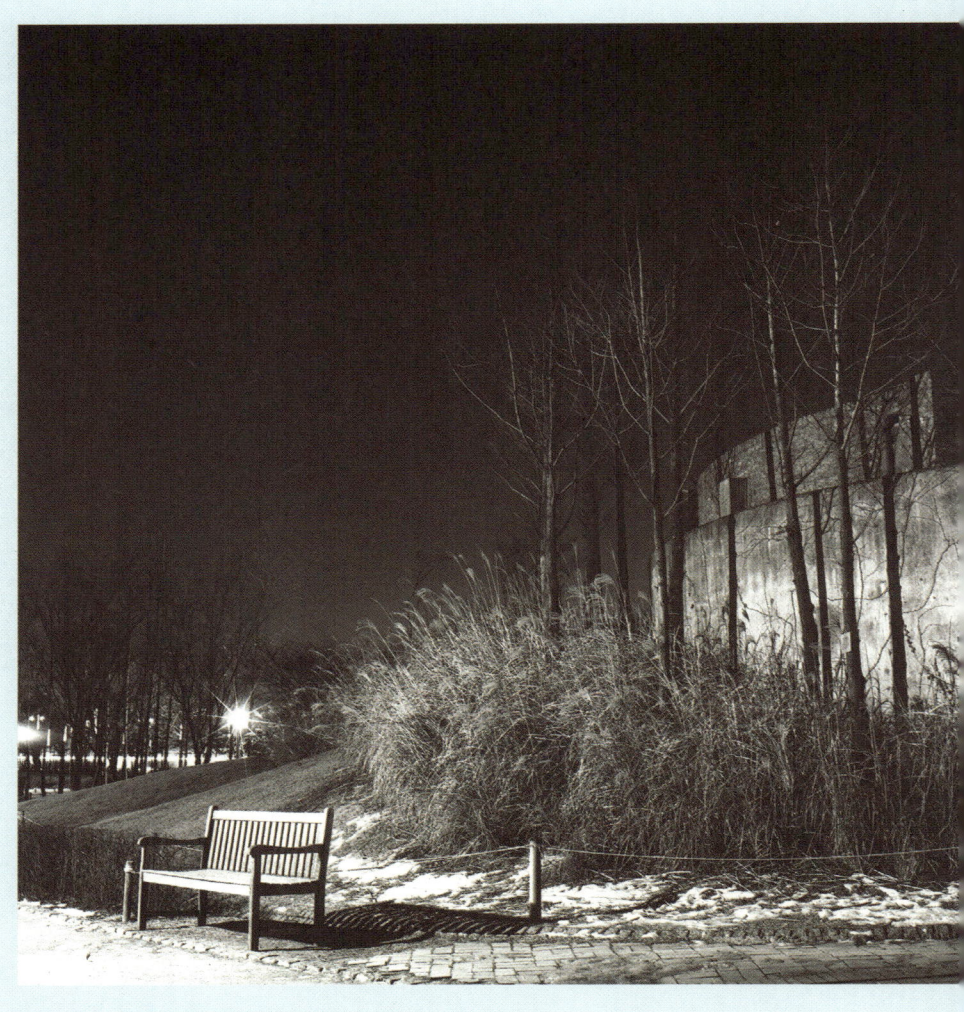

이별진의 고민상담소

마음이 아주 착잡하고 초조하다면 잠시 앉아봐.
조용하게 너를 다시 둘러봐.


지금 고민이 무엇인지.
왜 꼬여 있는지.
네가 풀 수 있는 건지.

그렇게 힘들어?


혹시….
지난해 오늘, 어떤 고민을 했는지 기억해?
생각 안 나지?

어쩌면 지금 당장 짜증이 나고
죽을 것만 같은
너의 고민은 아무것도 아닐 수 있어.
지나간 고민처럼.


기운 내고 일어나.
그리고 다시 뛰어가.
그리고….
음….


다음에 다시 힘들어지면 오늘을 생각해.

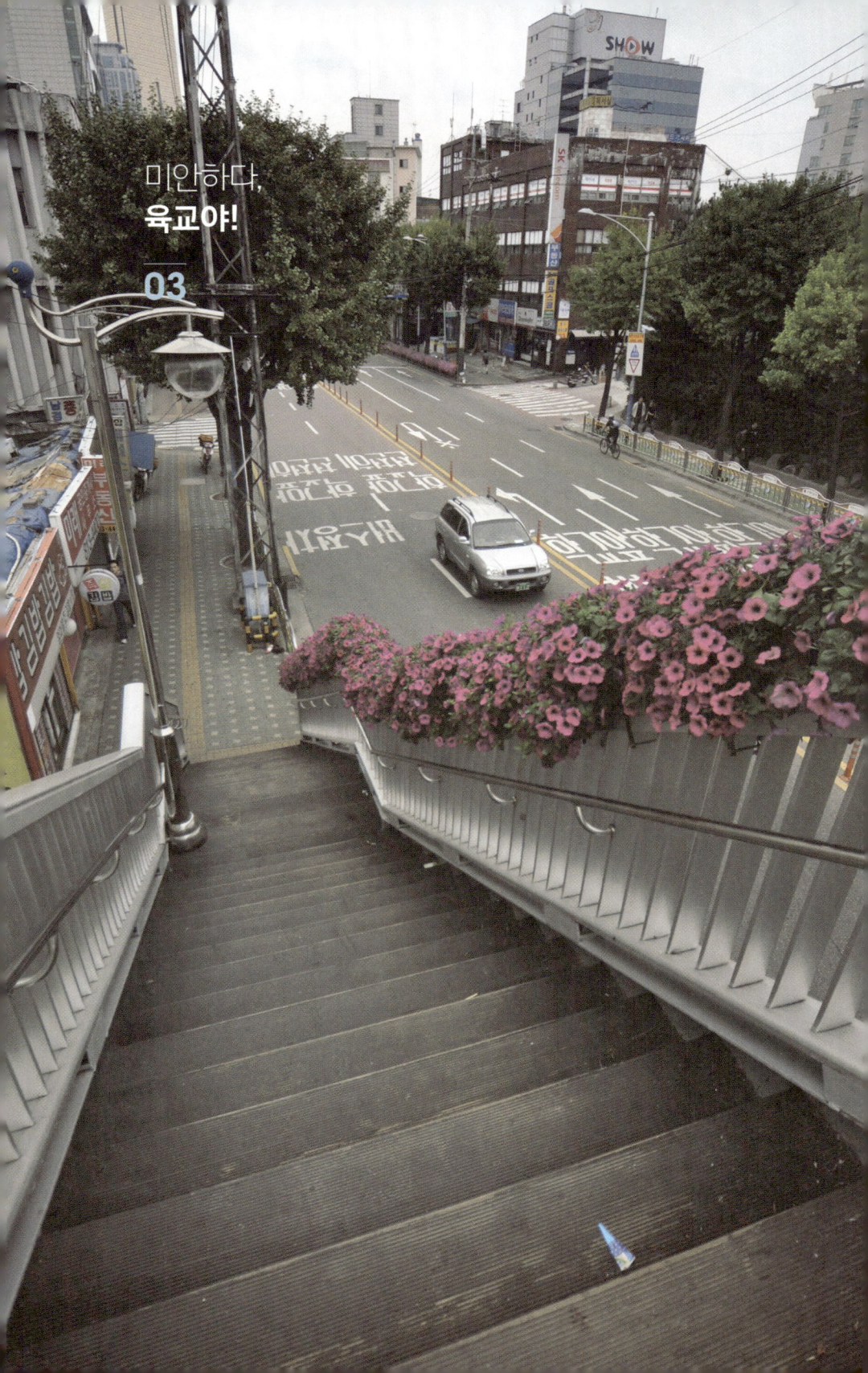

미안하다,
**육교야!**

─── 03

## 몇 년 전 내 생일이다.

4살짜리 조카가 내 생일이라고 '큰아빠'를 몇 번이고 부르면서 손에 뭔가를 쥐고 달려온다. 직사각형의 금색 포장지에 자주색 리본을 단 선물상자를 수줍게 내민다.

어디서 샀을까? 그리고 뭘 샀을까? 4살짜리 여자아이가 당시 37살이었던 연예인 큰아빠에게 줄 선물로 뭘 골랐을까? 그것이 궁금하다. 시원하게 포장을 뜯었다.

명함과 카드를 넣을 수 있는 명함지갑이다.

내 방 책상에 늘 올려놓았던 지갑을 언젠가 나 모르게 눈여겨보았나 보다. 몇 년 전 내 생일 때 매니저가 사준 명함지갑이 좀 낡아 보였었나? 조카가 거금 2천 원을 내 선물로 몽땅 날렸다.

동전을 모아 그 작은 주먹을 꼭 쥐고 동네 육교 위에서 좌판을 깔고 잡동사니를 팔던 아저씨에게 내 선물을 사왔던 것이다. 나도 그 육교를 지나다니면서 몇 번은 본 적 있는 그 명함지갑이다. 가격을 떠나서 얼마나 신중하게 생각하고 또 생각하고 그 육교로 올라가 내 선물을 사게 됐을까?

생일이 지나고 한참은 그 싸구려 지갑을 들고 다녔다. 아니 집에 왔을 때만 지갑에 있던 카드와 명함을 꺼내 조카가 사준 지갑에 옮겨 일부러 책상에 두었다. 소리 나지 않게 방문 손잡이를 돌려 문을 열고 조카가 넓고 하얀 이마를 내 방으로 밀어 넣으며 말을 건다.

"큰 아빠아⋯ (책상 위 지갑을 찾는다) 맘에 들어요?"

귀엽다. 나도 결혼하면 내 딸이 이럴 거란 생각에 빨리 결혼하고 싶어졌던 때이기도 하다. 하여튼 난 이 명함 지갑을 그 이후로 쓴 적은 없지만 지금도 가지고 있다. 결혼 후 이사 온 집에 이 지갑이 따라와 있는 것도 몰랐다. 어쨌든 이 지갑을 보며 오랜만에 조카도 보고 싶었고 그 육교도 생

각났다. 늘 관심 없이 지나가던 육교 위의 그 좌판, 그리고 늘 육교 간판을
바람막이 삼아 기대앉아 짜장면을 후루룩 소리 내며 먹던 그 아저씨도.
지금 생각해보면 중국산이나 짝퉁일 게 분명한데 그 시절 그렇게 갖고 싶
었던 스위스 국기가 그려진 잭나이프도.
음…. 그 육교를 한번 찾아가 볼까? 얼마 전 다녀온 그 길엔 육교가 없었
던 것 같고…. 언젠가부터 눈에 띄지 않는 것 같네. 육교가….

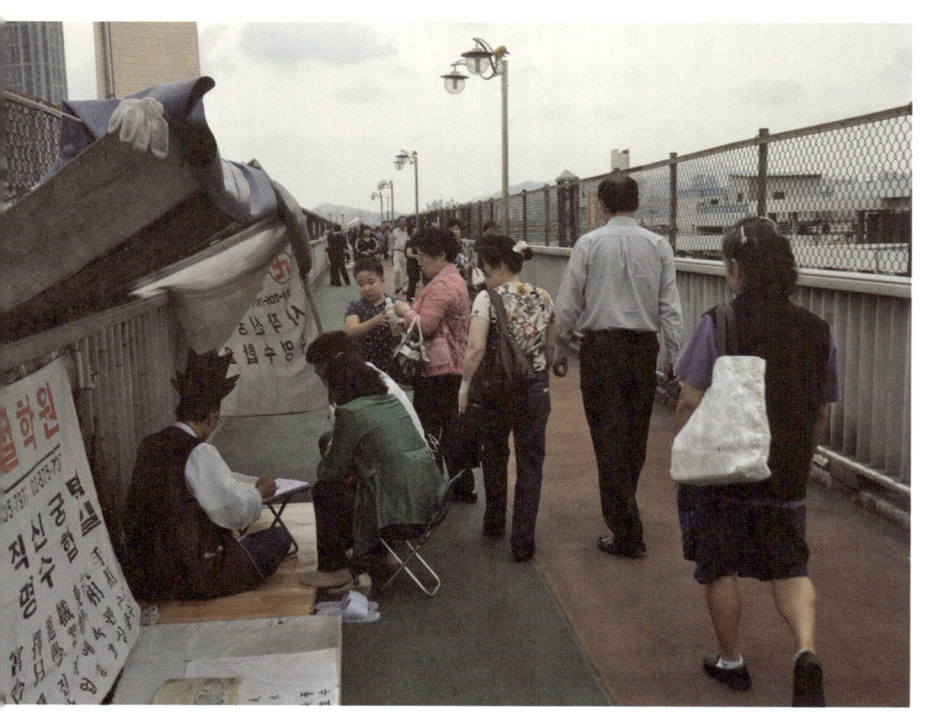

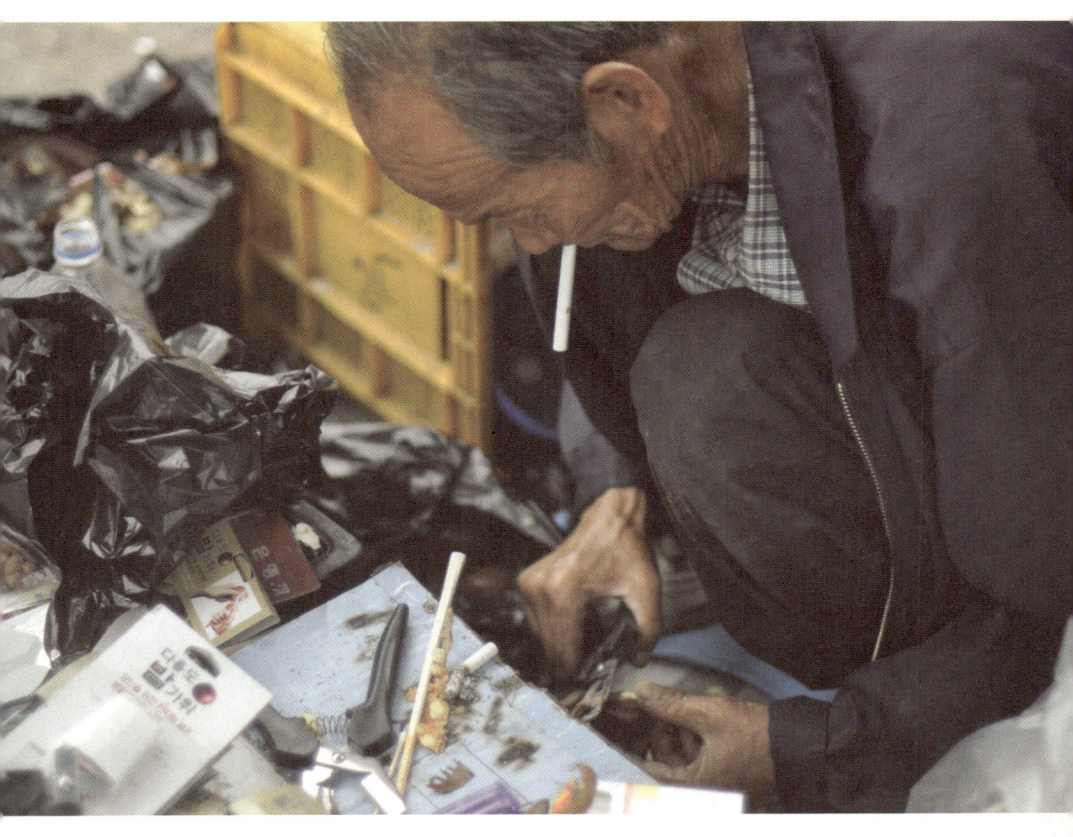

어찌 됐든 요즘도 육교는 있긴 있다. 대신 아주 화려하다. 도시미관을 해
치고 설치 연식도 오래돼 그 수명을 다한 육교들은 도로교통 위주의 정책
때문에 건널목으로 바뀌게 되었다.

육교 위에 있던 만물상과 복사한 DVD를 팔던 아저씨들도 종적을 감췄다.
인터넷에 옛날 육교를 검색해 봐도 지난 사진 속의 육교만 나온다.

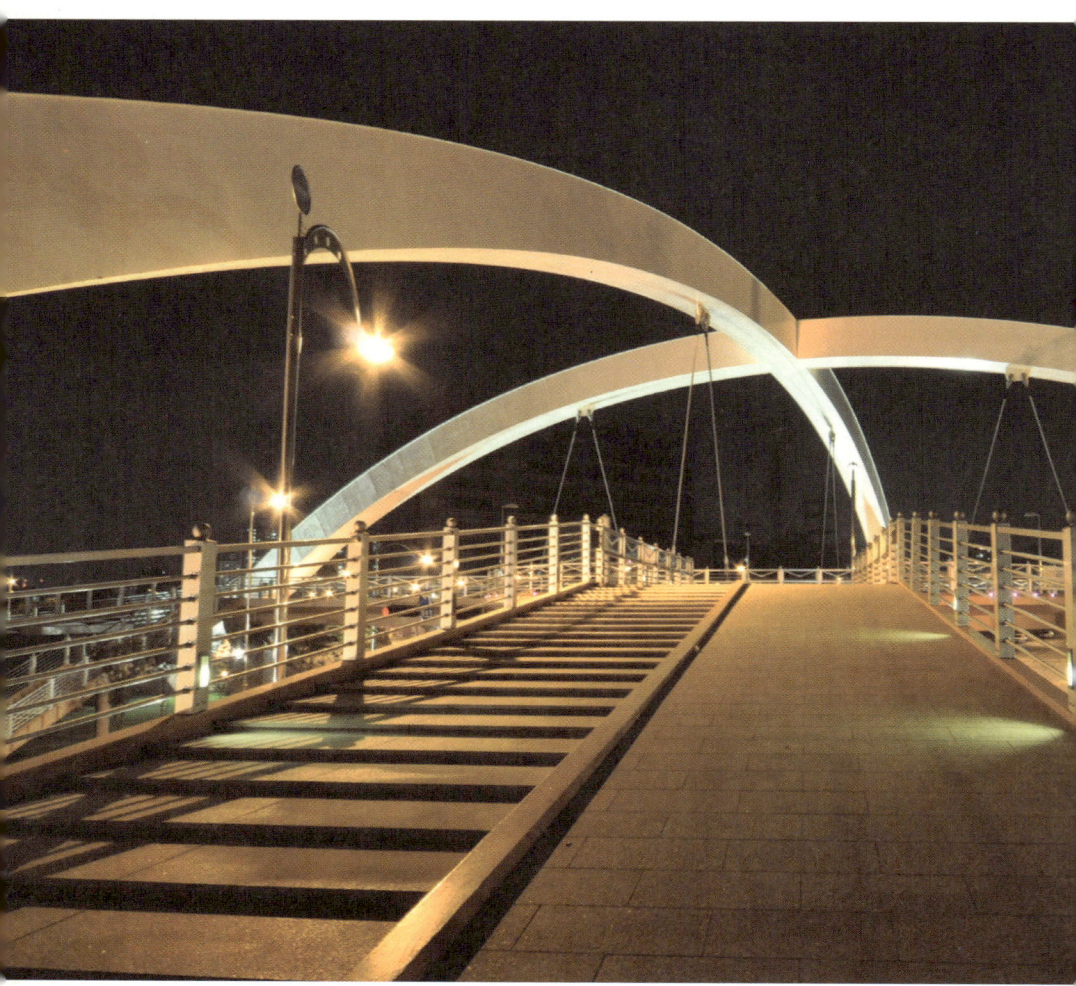

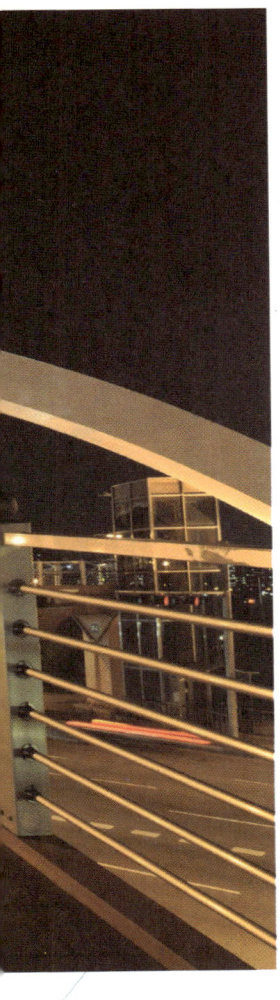

최근 육교들의 모습은 거의 환상이다. 밤이 되면 화려한 조명들이 육교를 비추며 그야말로 도시 속 예술품 또는 작품의 모습으로 거리에 우뚝 서 있다.

물론 멋지다. 디지털과 IT의 선두주자 대한민국과 잘 어울린다. 금방이라도 육교 사이가 벌어지고 땅이 갈라지면서 강한 불빛과 함께 태권V가 점프하며 뛰어오를 기세다. 경쟁하듯 화려하게 설계되고 여러 형태의 걸작 육교들이 사진클럽에선 야경의 소재로 떠오르기도 한다.

어쩌면 이런 것도 어쩔 수 없이 받아들여야 하는 것이고 도시 육교의 새로운 모습도 당연하다. 우리 동네의 육교가 기가 막히게 멋진 모습으로 새로 지어진다면 명소가 될 것이고 다른 지역에서 찾아오는 사람들에게도 좋은 인상을 심어주겠지.

자전거를 타고 육교를 건널 수 있고 유모차를 끌고 올라갈 수 있는 육교도 있다. 그야말로 완벽한 편의다. 드라마틱한 아이디어다. 참 잘 지었다. 누구 머리에서 나왔는지 참 편하다. 한 번쯤 일부러 올라가 사진도 찍고 싶을 만큼 예쁘고 멋있다.

이렇게 디자인과 편안함을 얻고 몇 가지는 잃는다. 역시 추억이다. 내겐 이제 육교 위의 좌판이 추억거리다. 조카의 선물이 추억의 영매다. 중학교 등하굣길에서 육교를 만나면 가위바위보로 술래를 정해 한 녀석에게 책가방 몰아주기 한판이 진행되고 짧은 청치마를 입은 아가씨를 육교 밑에서 기다리고 기다렸던 살 떨리던 그날도 이젠 추억이다. 옛날의 육교가 아직 남아 있는 곳이 있기야 하겠지만 적어도 내가 자주 다니는 서울의 길엔 없다.

그래서 더 보고 싶다. 생각이 난다. 육교에 붙어 있던 공연 포스터들도, 지금 생각해 보면 참으로 유치했던 각종 표어도….

그러고 보니 인사도 못하고 우린 그 육교들과 헤어졌다. 자고 일어나니 육교가 없어졌다. 내 것도 아닌데 말만 들어도 그런 기분이 든다. 뺏긴 느낌? 아니면 보낸 느낌? 뺏긴 느낌이 더 든다.

미안하다. 육교야!

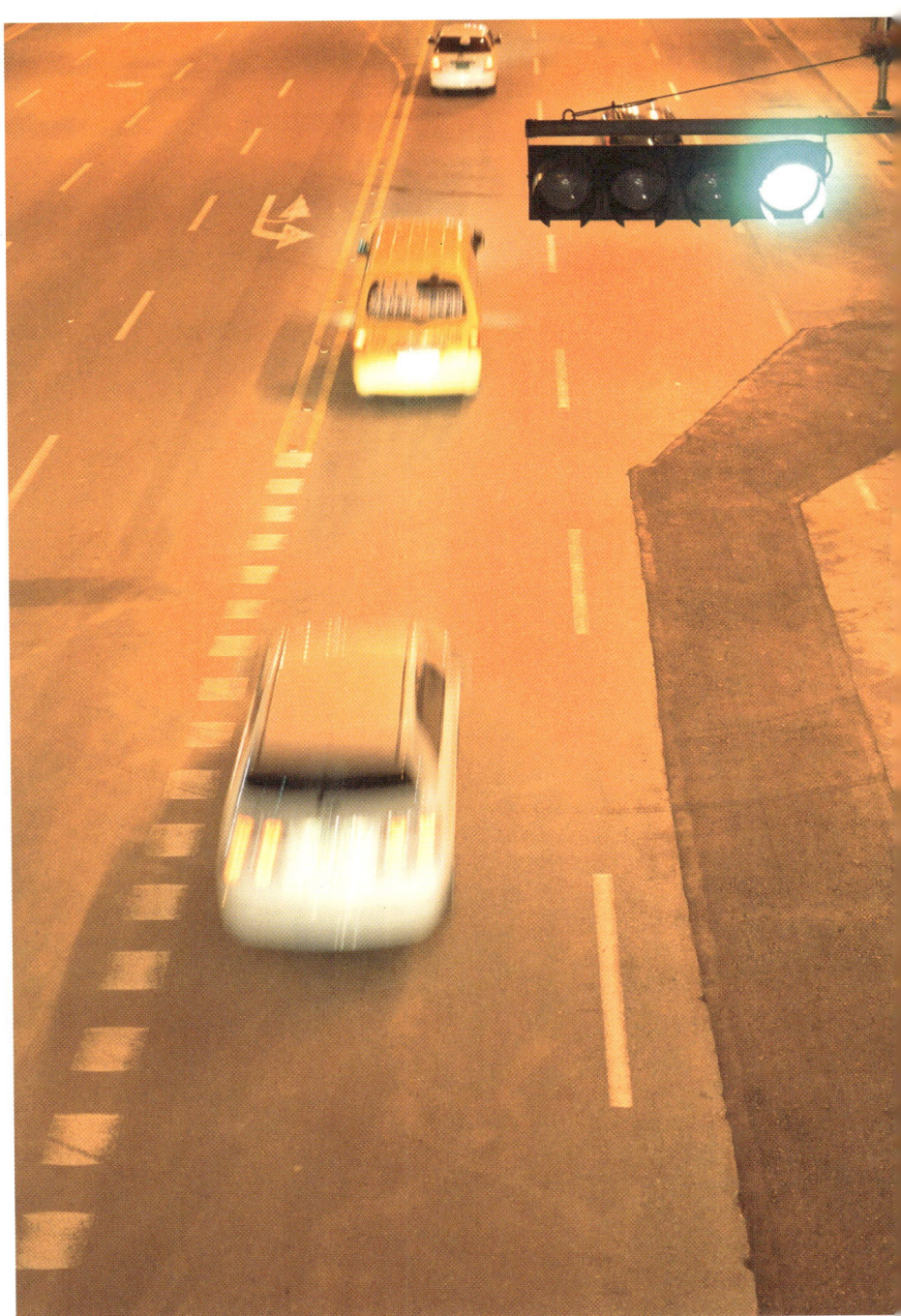

아침에 일어나 창밖을 보니
누군가 발로 쓴 사랑의 메시지.
우리 아파트 몇 호의 누군가 보라고
쓴 것 같은데….

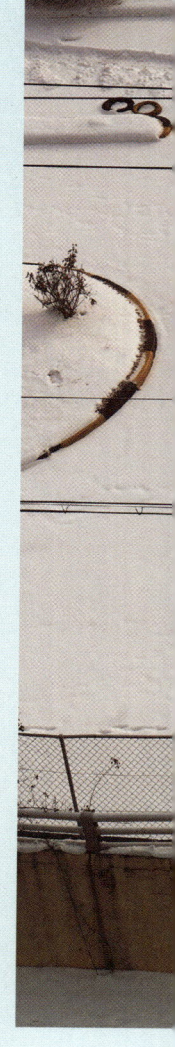

그렇다면 새벽에 와서 지금은 영업하지 않는
운전면허학원의 담을 넘어 들어가 저걸 썼단 말인데….

아내를 위해 저걸 쓸 남편은 없는 것 같고,
아직 미혼인 어떤 여자를 위해 남친이 와서
저 짓을 한 것 같기도 하고.

글의 방향이나 문장의 길이를 보더라도
딱 우리 집 라인이나 아니면 한 칸 정도 옆 라인?

별별 쓸데없는 상상을 하고 있다.
그러다 문득 드는 생각에 아침잠이 다 달아난다.

우리 마누라가 보면 안 될 텐데….

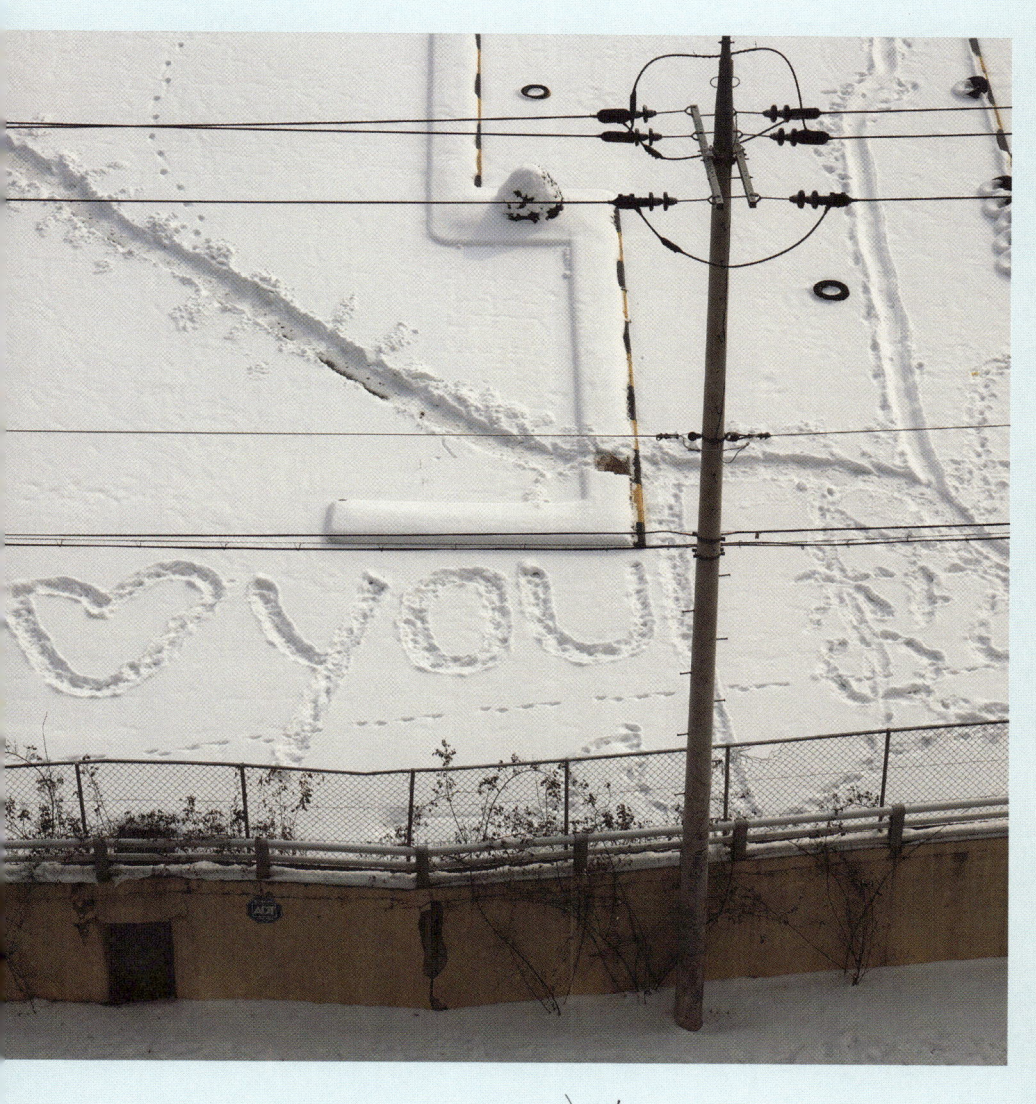

한밤의 연애가중계

영웅본색과
**애마부인**

---

04

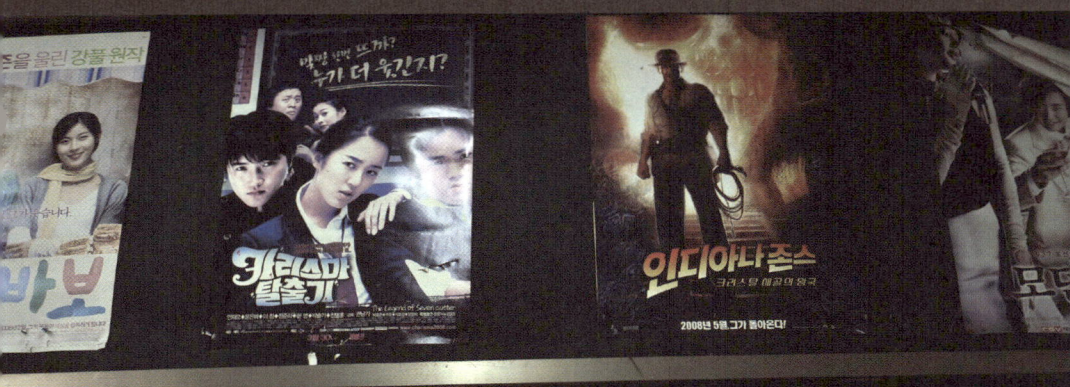

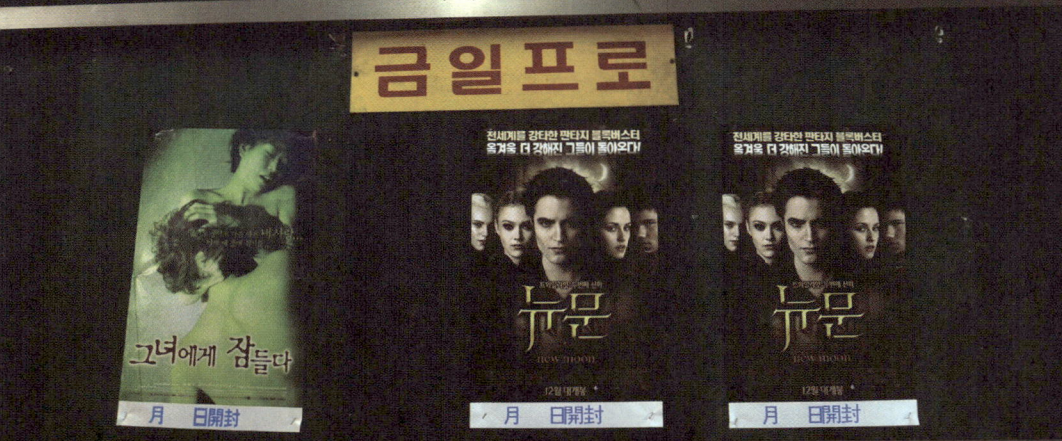

동시상영관은 그야말로 두 가지 영화를 볼 수 있는 장점과
시간대만 잘 선택하면 하룻밤을 영화와 함께 보낼 수 있다.

당시 내가 자주 가던 안양의 모 백화점 옆에 있던 동시상영관은 담배까지
피울 수 있었다. 영사실에서 출발한 한 줄기 빛은 뿌연 담배 연기를 지나
각도를 벌리며 스크린을 향해 달린다.

사실 동시상영관이 여기저기 있었고 찾는 사람도 많았지만, 동시상영관
의 성공 여부는 두 영화의 조합에 있다. 두 가지 영화의 장르 설정이 매우
중요하다. 아무리 좋아도 에로 영화 두 편을 연달아 본다는 것은 어찌 보
면 고문이었고, 당시 인기였던 홍콩 무협 영화 두 편은 현란한 중국어 덕
에 시끄럽고 정신이 사나웠다. 최고 인기였던 홍콩 누아르 영화 두 편은
그나마 가능했지만 뭔가 비슷한 영화들 투성이라 그것도 역시 무리수가
좀 있다. 내가 제일 좋아한 영화의 콤비는 바로 누아르와 에로다.

〈영웅본색〉과 〈애마부인〉 시리즈.

1986년작인 영웅본색은 뭐 말이 필요 없는 남자 영화였었고, 애마부인은
1982년부턴가 나오기 시작했고 1995년, 11대 애마까지 만들고 그 이후
엔 나오지 않았다. 이 점은 아쉽다. 용기 있는 영화사가 나오길 기대한다.

동시상영관에 이 두 영화를 그려낸 간판을 조각조각 이어 붙이기 시작한
날. 그날부터 그 주 토요일을 기다렸다. 영화관 앞 뿌연 유리창 안에는 몇
컷의 사진이 가로로 붙어 있었다. 지금으로 말하자면 메이킹 필름과 예고
편에 해당하는 영화 속 내용의 장면을 찍은 사진이 몇 장 공개되는 것이
다. 인화된 사진 속에는 피 흘리는 장국영이 전화부스 안에 쓰러져 있었
다. 애마부인의 스틸사진은 그야말로 난리다. 안소영의 벗고 있는 뒤태를
찍은 사진이 유리창 안에 버젓이 붙어 있다. 그쪽 유리가 가장 더럽고 오
만가지의 지문이 묻어 있다. 에로 영화 스틸사진은 파격적이었고 몇 장 붙

어 있던 사진을 유리창을 깨고 가져가는 놈도 있었다. 나름대로 소장의 가치도 있었다. 당시 그다지 사진에 관심이 없던 나였지만 그런 사진을 찍는 사람들을 부러워하긴 했었다. 아주 잠시. 영화 속 장면을 눈앞에서 보았을 것을 상상하면 내 몸은 더 뜨거워졌다.

요즘은 이런 동시상영관을 찾아 볼 수가 없다. 멀티플렉스 영화관이 대세다. 무슨 영화가 개봉되었는지 모르고 가도 일단 취사선택이 가능하다. 여러 개의 상영관에서 영화를 차례로 돌려 댄다. 주말이면 예약을 해야 하고 각종 포인트 카드에 할인 카드를 묻는 곳, 난 뭐가 뭔지 도통 모르겠다.

그런 게 어디 있어!

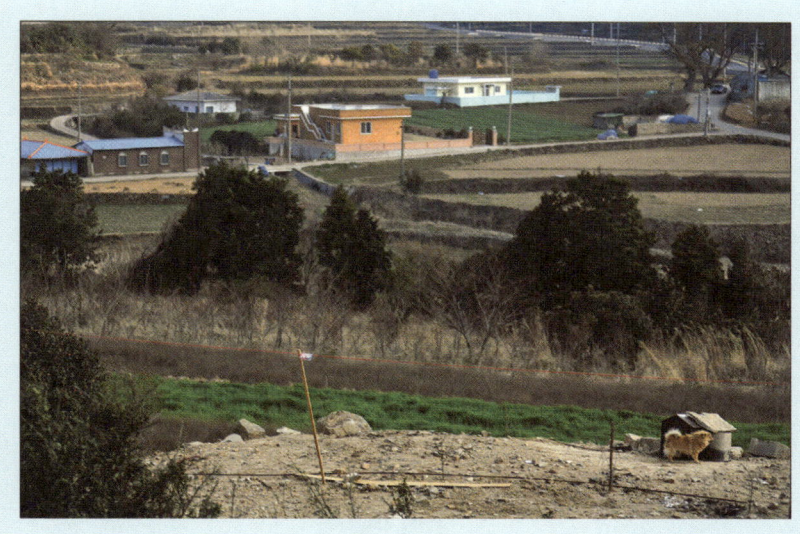

누군가를 애타게

전남 땅 어느 국도를 가다 차를 세운다.
먼 밭에서 일을 하고 있는 주인을 애달프게 바라보는
개가 눈에 들어온다. 측은하기도, 애처롭고 그윽하기까지 하다.

한 사람을 기다리는 것.
그 사람만을 바라보고 있다는 것.
그 사람을 섬긴다는 것.
참 대단한 일이다.

하지만 주인영감은 한 번도 개를 쳐다봐 주지 않았다.
묵묵히 일만 하고 있었다.
개는 한 번도 눈을 떼지 않았다.

자기를 한 번 봐 달라고 짖지도 않는다.
그저 사정없이 꼬리만 흔들 뿐이다.

보고 싶은
# 코미디

05

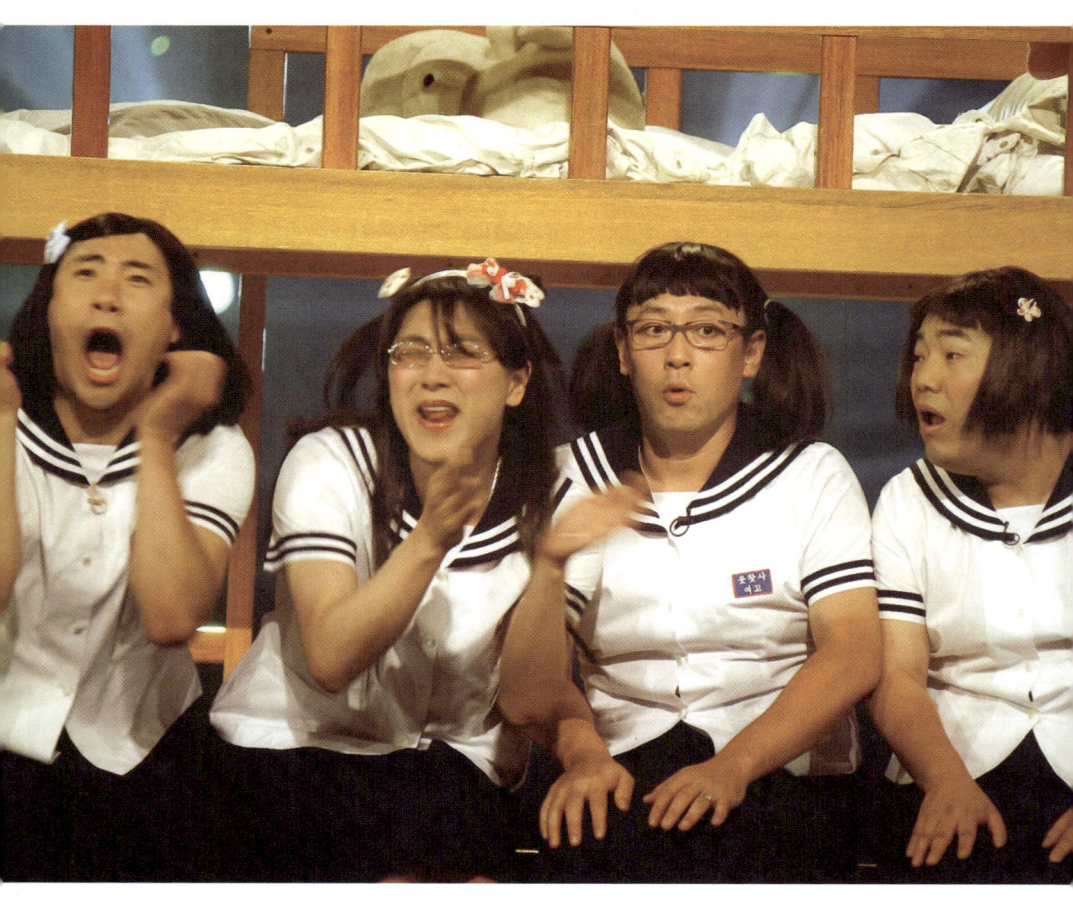

다시 코미디를 하자는 제의를 받았다.

'웃찾사'를 마지막으로 난 코미디를 하지 않았다. 경제적인 이유와 시간적
인 이유도 있었지만 현 코미디 시장의 모호한 흐름과 제작자와의 갈등도
꽤 이유가 된다.

코미디언들은 그야말로 아이디어 회의와 연습의 연속이다. 3~6분 사이
의 코너를 위해 불철주야 연습에 연습을 거듭하고, 앞만 보고 달린다. 그
러면서도 코미디언들의 출연료는 30~300만 원 정도이다. 300만 원이 조
금은 많아 보이긴 하지만 다른 연예인들의 출연료에 비교하자면 그야말
로 껌 값이다.

일주일 내내 나가서 회의하며 쓰는 밥값과 교통비, 그리고 간식비, 의상비
등을 따져보면 적다고 할 수 있다. 그나마 많이 알려진 선배들은 견딜 만
하고, 소속사까지 있다면 숨통은 트인다. 그렇지 못한 후배들에겐 한 달에
달랑 한 프로그램의 출연료로는 살아갈 수가 없다. 그러다 보니 코너가 어
느 정도 인기를 얻고 지명도를 얻게 되면 하나둘씩 코미디 프로그램을 떠
나게 된다.

예능 프로그램에 진출하면 돌아올 수 없는 강을 건너게 되는 것이다. 일단 대본을 직접 짜야 하는 부담감에서 해방되고, 다양한 캐릭터와 연기자들을 만나게 되는 즐거움이 있기 때문이다. 또한, 시청자의 반응도 빠르다. 일주일 이상 회의를 하고 방송 일주일 전에 녹화를 마치는 코미디물은 그다음 주 방송으로 나가게 되니 재미나 반응 역시 조금 느리다. 물론 인터넷의 영향으로 조금 빨라진 것은 사실이지만 드라마보다 늦고, 예능 프로그램보다는 많이 늦는 편이다.

선택의 갈림길에 있는 코미디언에게 가장 큰 영향을 주는 것은 노력 대비 금전적인 대가다. 사실 이 부분이 제일 크다면 크다. 코미디와 예능, 두 가지를 다하면 된다. 하지만 그것은 정말 어려운 일이다. 두 가지를 다 소화하는 후배들도 있긴 하지만 질적인 문제는 어쩔 수가 없다.

확실히 전만 못하다. 왜냐! 그만큼 집중력을 잃게 마련이다. 소속사와 방송 스케줄을 조율해야 하기에 제작진들은 쩔쩔매기 시작한다. 그만큼 준비를 하지 못하고 연기자는 무대에 서야 한다. 어느 정도의 인지도로 인해 박수는 받지만 웃음과 감동은 없다. 그리고 노력과 열정이 무대에선 사라지게 된다. 정해진 공식과 그간의 노하우로 파괴력 없는 웃음으로 일관하다 코너가 곧 폐지된다. 이것이 지금까지 내가 보아온 코미디언의 공식이다.

현재는 공개 코미디가 대세이고, 여유를 두고 볼만 한 콩트가 대한민국에선 사라지고 있다. 예전의 '유머일번지'나 '쇼 비디오자키', 그리고 '웃으면 복이 와요' 이런 프로그램이 정통 코미디라고 할 수 있겠다. 70~80년대를 대표하는 코미디인 동시에 대한민국을 대표하는 코미디이기도 하다.

80년대의 마지막 '유머일번지'를 생생히 기억한다. 유년시절을 코미디의 전설인 그 프로그램과 함께했기 때문이다. 각 코너의 완성도는 실로 대단했다. 적절하게 유행어도 있었으며 출연자 역시 탄탄했고, 시대를 반영하는 촌철살인도 있고 게다가 재미까지! 또한, 분장에서 주는 캐릭터의 묘

사나 완벽한 연기력과 연기자 간의 호흡 역시 생방송으로 진행되는 연극 같았다.

그렇다고 지금의 후배들에게 실력이 없다는 얘기는 아니다. 코너도 잘 짜고 박수가 절로 나오는 아이디어도 내는 능력 있는 개그스타들이 개그콘서트를 이끌어 가고 있기는 하다.

하지만 개그콘서트 1세대부터 내려오던 스피디한 개그는 이제 좀 질린다. 변화가 필요할 때가 분명히 도래한 것이다. 그렇다고 속도를 늦추자는 것이 아니다. 예전의 콩트가 다시 인기를 얻으리란 법도 없다.

다만, 달라져야 하는 것은 코미디를 만드는 사람들의 자세와 그것을 보는 사람들의 관용도다. 코미디를 하는 사람들에겐 하나의 우물만 팔 수 있게 자리를 제공해야 한다. 속된 말로 한눈팔지 않게 해줘야 한다. 지금의 방송사 코미디를 겪어 본 사람들이면 누구나 한눈팔 준비가 되어 있다. 열악한 환경 속에서 어렵게 제작에 참여하고 있는 후배들을 보면 안쓰럽기 짝이 없다.

그리고 방송을 통해 코미디를 바라보는 시선도 달라져야 한다. 코미디언들의 스타성을 보장해 달란 얘기가 아니고, 더 많은 박수와 관심을 보내달란 얘기다. 방송이 끝나면 각 프로그램의 게시판엔 난리가 난다. '뭐는 좋고 뭐는 나빠요'가 아니라 '걘 빼요' 식의 코너 삭제 요청, 타당한 이유 없는 비난이 쇄도한다. 이건 아니라고 생각한다. 물론 애정과 관심에서 쏟은 비난이라면 달게 받겠지만, 대부분이 그렇지 못하다.

'칭찬만 해주면 안 되나?' 논리적인 이유 없이 말이다. 본인이 좋아하는 코너가 있다면 그것만 지지하고 박수를 보낸다. 이것은 팬의 바람직한 자세가 아니라고 생각한다. 모든 프로그램을 응원하고 잘되길 바라야 하는 건 아니지만 좀 더 나은 방향으로 나아갈 수 있는 조언을 주었으면 한다.

이러한 어려운 환경 속에서도 대한민국의 코미디는 잘 자라고 있다. 다만,

아쉬운 것은 예전 선배들의 코미디가 보고 싶을 뿐이다. 이미 돌아가신 분도 계시지만 내가 코미디를 시작할 때 가까이서 뵌 수많은 대한민국 대스타들의 코미디 말이다. 이젠 개그스타들에게 밀려 방송에선 그들의 코미디를 볼 수가 없다. 오전에 하는 프로그램에서 리포터를 하시거나 새까만 후배들 사이에 앉아 방송은 하고 계시지만 우리가 바라는 것은 그분들의 코미디이다.

그것이 어떤 형태의 코미디건 코미디를 사랑하는 한 사람으로서, 그리고 한때 무대에서 코미디를 하다 죽겠다고 말했던 연기자로서 꿈꿔본다. 코미디언이건 개그맨이건 웃길 자리가 있어야 한다. 선후배들이 한자리에서 호흡하고 공생하는 프로그램이 있었으면 좋겠다.

그리고 좋은 관객은 필수적으로 있어야 한다. 코너를 내리라고 말하기보단 희망적인 메시지로 힘을 줄 수 있는 관객 말이다. 더 나아가 코너가 없어져야 하는 이유를 장문으로 남길 수 있는 이해력으로 새로운 프로그램의 아이디어를 줄 수 있는 관객을 기대해 본다.

사라질지 모른다는 생각이 드는 대한민국의 코미디가 위태하다. 한쪽으로 기울여서도 안 되고 독점해서도 안 된다. 재밌는 아이디어와 연기로 승부하는 볼 만한 코미디가 더 늘어나야 한다. 개그콘서트식의 코미디에 너무 익숙해져 가는 것은 좋지 않다. 하루빨리 또 다른 형태의 코미디가 개그콘서트와 경쟁해야 한다. 그것이 코미디의 다양성은 물론 한국 코미디를 이끌어 가는 경쟁과 공존의 지름길이다.

다시 보고 싶은 코미디, 그걸 다시 보게 만들어 내는 것이 어쩌면 선배들의 몫이 아닌가 싶다. 아이러니하게도 난 이런 글을 쓰면서도 아직 결정하지 못했다.

"내가 다시 코미디를 해야 하나?"

4일째 목하 고민 중이다.

봄은
**이제 물러나라**

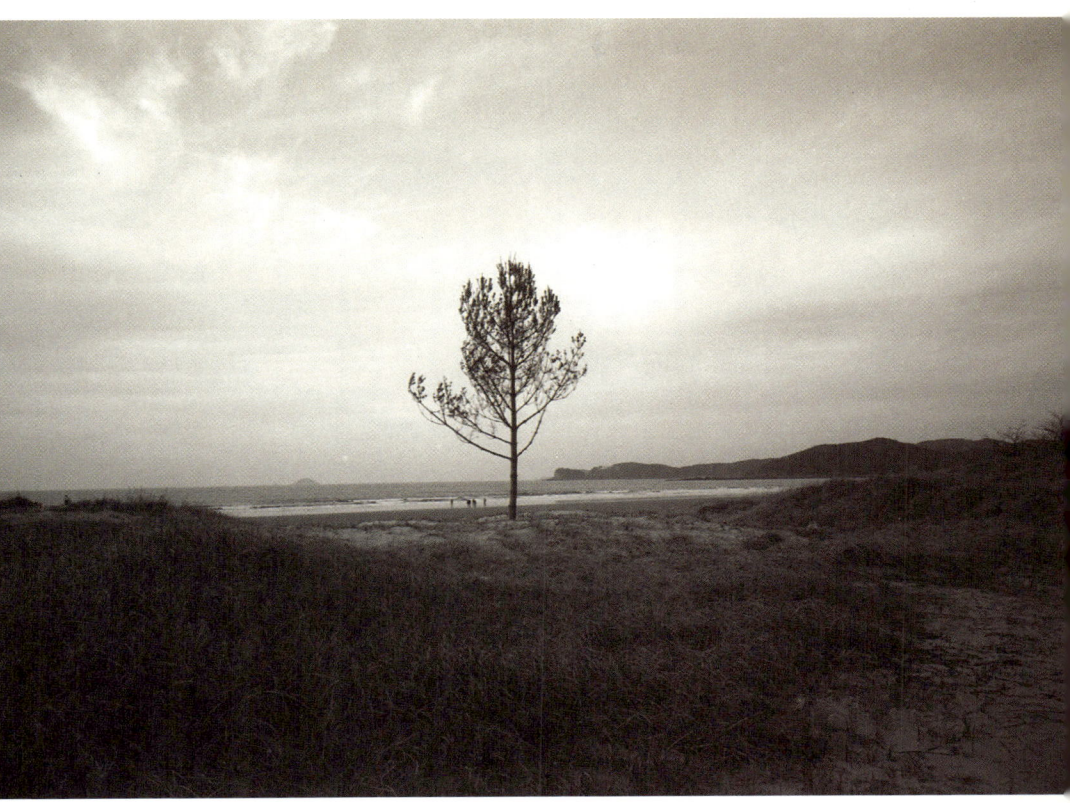

## 갑자기 아내에게 물어봤다.

"자기야! 계절의 여왕이 뭐지?"

"봄이지! 난 인정할 수 없지만"

그렇다.

내 아내는 여름을 그야말로 사랑하고, 난 가을을 좋아한다. 가을이 좋은 이유는 사계절 중 가장 선선하고 돌아다니기 좋아서, 그리고 옷차림은 두 껍지 않아서다. 결혼 후 살이 엄청 찐 나 같은 비만인(?)들에겐 부인할 수 없는 이론이기 때문이다.

이유가 어쨌든 왜 봄은 물러나야 하는가! 그나마 사계절이 뚜렷했을 당시 누가 뽑은 지도 모르는 계절의 순위 때문이다. 누가 봄에게 일등을 주었나 이거다.

사람마다 좋아하는 계절은 모두 다르다. 내가 가장 좋아하는 계절은 가을이다. 봄, 여름, 가을, 겨울의 순서도 누가 정했나? 그것도 의문이다. 난 11월생이기 때문에 겨울부터 삶을 시작했다. 그러므로 난 겨울, 봄, 여름, 가을을 겪으며 40년을 넘게 살았다. 억지인가?

여하튼 이제 봄이 계절의 첫 번째 자리에서 물러나야 할 이유를 들어보자. 따지자면 봄의 활동이 너무 짧다. 연말 시상식에서도 어느 정도 국민에게 사랑받고, 활동내역도 감안한 수상자가 당선 유력이라면 봄은 이제 후보 축에도 끼지 못하는 어설픈 계절이기 때문이다. 오히려 유력한 후보라면 여름과 겨울이 있다.

점점 사라져가는 계절, 봄과 가을은 아쉽지만 이제 후보의 자격이 없다는 것이다. 이제 봄은 그 자리를 내놓고 더 많은 활약을 해야만 한다. 좀 더 따스한 봄내음와 봄꽃들을 우리 앞에 내놔야 하고 더 짧은 가을 역시 마찬가지다. 선선한 가을 햇살에 더 많은 사람이 전국 팔도를 여행할 수 있게 해야 하며 단풍이 떨어지기 전까지 더 신선하고 높은 하늘을 보여 주어야 한다. 그래야만 사라져가는 계절인 봄과 가을을 더 사랑할 것이다.

물론 인간들이 지구를 깨끗하게 쓰지 못하고 인간들이 지구를 뜨겁게 만들고 병들게 하는 이유는 분명히 잘못됐다. 하지만 지구의 병을 낮게 할 치료제를 분명히 누군가가 개발하고 연구하는 중이다. 사람들은 이제 그들이 만들어 놓은 치료법에 잘 따르고 더 이상의 전이와 악화만 막으면 된다. 그렇다면 더 좋아지지 않겠는가 말이다.

'내가 사는 동안만큼은 괜찮다.'라고 생각하는 사람이 더 많은 것이 문제이긴 하지만….

사라져가고 있는 것에 대해 생각하다 보니 여기까지 왔다. 늘 숨 쉬듯 편안하게 아무렇지 않았던 계절마저도 사라져가고 있다는 것을 느꼈을 때 난 무서워진다. 1년을 살면서 한 번도 생각하지 못했던 것이다. 이제 우린 제철이면 나오는 과일 중에 어떤 것은 포기해야 할지도 모른다. 싸게 먹을 수 있었던 제철 과일을 수입해서 또는 금값보다도 더 비싼 돈을 들여 사과 한 쪽을 먹을 수도 수박 한 조각을 가족들이 나눠 먹어야 할 때가 있을지도 모른다. 과일가게를 치밀하게 털어내는 스릴 만점의 영화가 나올지도 모른다. 프러포즈를 금빛 찬란한 참외 하나로 하게 될지도 모른다. 정말 모른다.

사라져가고 있다는 것.

아직 내가 살기엔 괜찮다는 것은 무서운 복선이다. 우리가 전혀 불편함 없이 느끼지 못하고 있을 때 계절은 그렇게 하루하루 그 수명을 다한다. 이제 봄과 가을이 시한부 선고를 받은 환자처럼 서서히 사라져간다. 가기 전에 느끼고 아끼자. 그리고 보살피자. 그 계절에 나처럼 사진을 좋아하는 사람들은 얼마나 행복했는가를 생각하며….

미안하다. 봄아! 그리고 가을아!

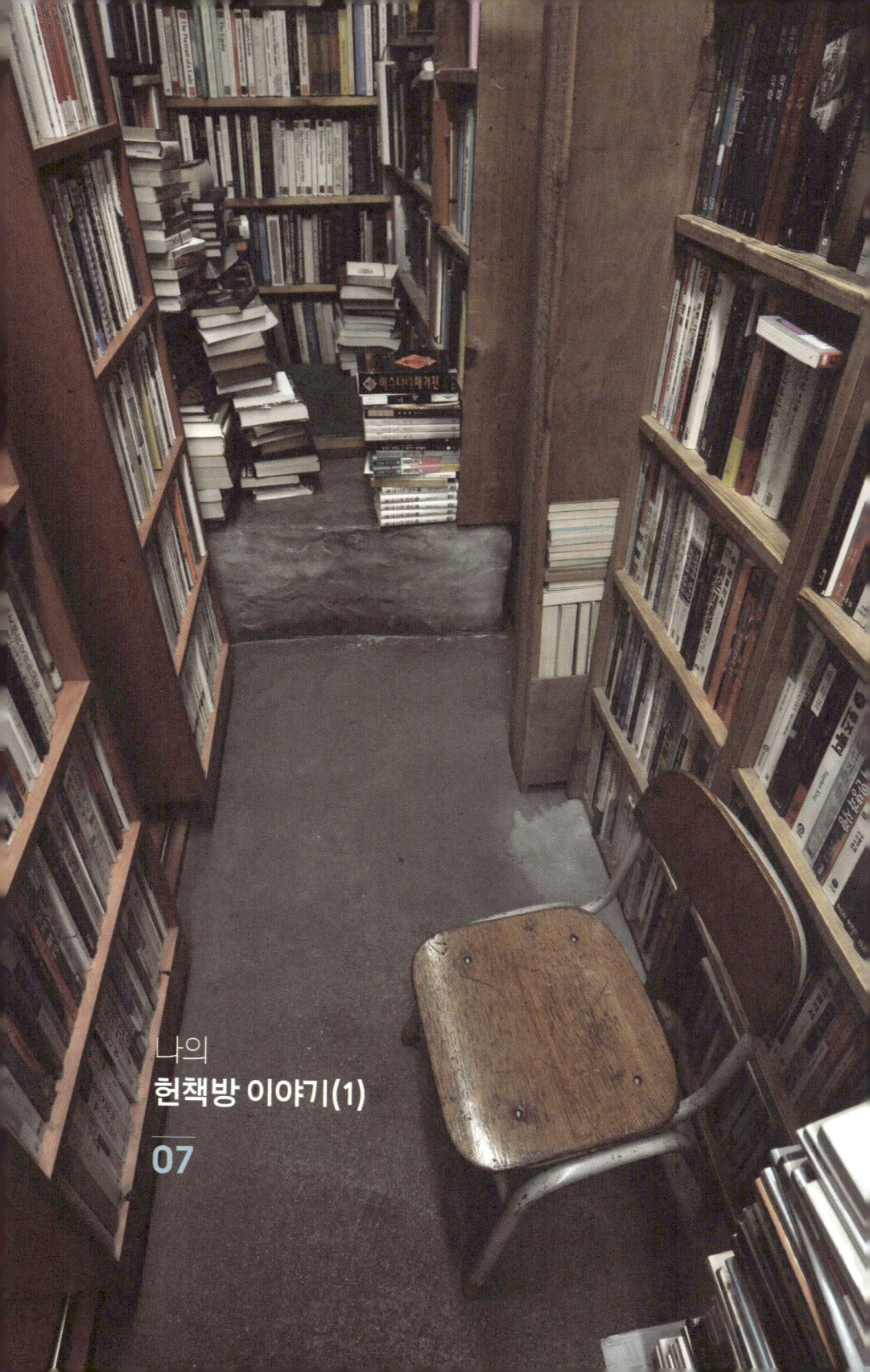

나의
**헌책방 이야기(1)**

07

# 난 책을 좋아하지 않는가보다.

지금 당장 필요한 책도 없고, 예전부터 갖고 싶었던 책도 없고, 누구에게 선물로 줄 만한 책도 생각나지 않는다. 나도 역시 책을 잘 안 읽는 요즘 사람인가? 이것저것 인터넷을 뒤져 오늘도 필요한 만큼의 지식과 정보를 챙기던 중 눈에 띄는 기사가 있었다. 요즘 한창 온통 사라지는 것들, 오래된 것들에 관심이 많이 가니까 시선을 붙잡은 단어가 있었다.

'헌책방'

대학시절 절친이었던 개그맨 백재현의 아버님께서는 동대문에서 헌책방을 운영하셨다. 필요한 책이 있으면 싸게 구입하기도 하고 용돈 타러 갈 때 친구가 있으면 돈을 더 주신다고 함께 자주 갔던 그 곳에는 같은 크기의 다닥다닥 붙어 있는 책방들이 정말 많았다. 많은 책이 쌓이고 널려 있었다.

청계천 주변에도 헌책방이 즐비해 있었고 주로 학기 초에 참 많이 갔었다. 교재를 찾기 위해 헌책방을 찾는 학생들도 있었고, 부모님께 받은 책값을 이미 술값이나 당구비로 탕진한 학생들이 헌책방 거리를 기웃기웃하기도 했다. 내가 그곳에서 허리를 숙여 찾던 책은 거의 희곡이었다. 창작 희곡집이 내가 찾았던 메뉴였다.

단편은 그 자리에서 읽어 버리고 조금 길다 싶으면 하루나 이틀에 걸쳐 다시 헌책방을 찾았다. 가장 만만해 보이는 책방 주인을 나름대로 골라 들어간다. 책을 찾게 되면 이걸 사야 하는지 아님 여기서 다 읽어 버릴 수 있을지 먼저 생각한다. 그리고 적당한 장소를 찾는다.

가게가 크다면 주인아저씨와 거리를 한참 두고 구석진 곳에 가서 앉아 읽고 코딱지만 한 가게라면 책장을 등지고 서서 내 몸을 감추고 책을 읽었다. 그렇게 해서 꼭 사야 할 책을 여기저기 침 묻혀가며 읽다 보면 그 책은 사고 싶은 생각이 없어진다. 오늘 다 못 읽게 되는 책은 내일 다시 와서 읽으면 된다. 나갈 땐 "찾는 책이 없네요."라고 당당하게 말하며 얼굴을 마주치지 않고 빨리 나가면 된다.

다음날 다시 헌책방을 찾는다. 마치 마약 탐지견이 한 번에 마약 소지자를 찾아내듯 어제 읽던 그 자리로 가서 책을 집게손가락으로 빼낸다.

　'아…! 책이 없다.'

반쯤 읽다 두고 간 책을 헌책방에서 다시 찾는다. 정말 미칠 노릇이다. 결국 아저씨한테 책의 위치를 묻는다.

　"아저씨 저…. 어제 보던 책 그거 어디다 치우셨어요?

　"(책으로 머리를 콕 찍으며) 여기 있잖아! 너 올까봐 챙겨 놨다. 얼
　른 보고 있던 데 꽂아라."

생각보다 매우 쿨 했던 아저씨.

내 기억으로 늘 와이셔츠 왼쪽 주머니엔 장미 담배가 꽂혀 있던 아저씨.

멜빵과 돋보기가 참 잘 어울렸던 아저씨.

이것이 내 기억 속의 유일한 헌책방의 추억이다. 책을 사지는 않고 읽으러 갔던 곳. 책을 읽기 위해선 책을 깔고 앉을 수 있었던 곳. 책을 슬쩍하다 걸려도 크게 혼나지 않을 것 같은 곳.

그런 헌책방이 오늘에서야 생각난다.

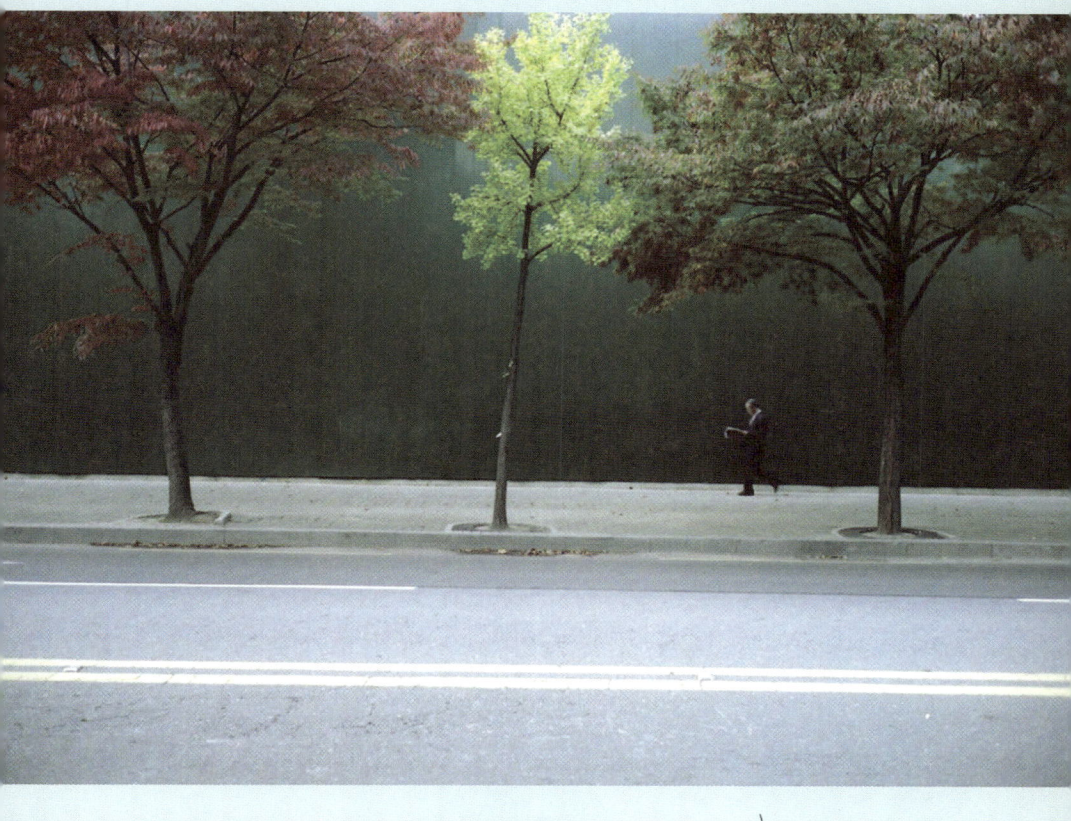

혼자걷는
남자

난 사진을 찍을 때 빼고 **절대 혼자 걷지 않는다.**

왜냐. 글쎄, 뭐랄까….
외로워 보이고 측은해 보일 것 같아서다.
그나마 카메라가 손에 있다면 피사체를 찾아다닌다는
정당성이 내 나름대로 부여되기 때문이다.

난 혼자서 밥을 먹은 적이 단 한 번도 없다.
난 아직 혼자 살아가는 것에 대해 적응하지 못하고 있다.
혼자 자취를 오래 했음에도.

혼자 걷는 남자를 살펴본다.

휴대전화를 받으며 바쁘게 걷는
남자는 분주해 보이고
뭔가 멋있어 보이기도 한다.
음악을 들으며 버스를 타러 가는 남자는
정말 음악을 좋아해 보인다.
난 음악을 잘 듣지 않으므로 그것 역시 부럽다.

신문을 보면서 혼자 밥 먹는 남자.
밥맛은 없어 보이지만 그 짧은 식사 시간에도 정보나 시사를
머릿속에 밥 보다 먼저 넣으려 한다.

혼자서 쇼핑하는 남자.
누굴 위해 사려는 것인지 정성껏 선물을 준비하는
모습이 매우 신중해 보일 때가 있다.
난 백화점에 혼자 갔을 경우에 15분 내에 쇼핑을 마친다.
남자는 미리 살 것을 정하고 가기 때문에 여자보다는
쇼핑 시간이 매우 짧다.

신문을 보며 가방도 없이 혼자 걸어가는
저 사진 속 노신사.

여러 생각이 든다.
아직 직장이 없고 구직을 위해 여의도를 배회하는
신사일 가능성은 그리 크지 않다.
가방은 들고 있지 않기에 걷기 좋은 적당한 위치에
그의 사무실이 있을 것 같다.
그리 빠르지 않은 걸음걸이는 지금 당장 사무실로 급하게 들어가지 않아도
좋을 간부급의 포스도 엿보인다.

그렇다면 저 사람은 여의도에 있는 모 회사의 간부일 것으로
보인다는 결론이다.

약간 백발로 들어선 곱게 빗은 머리는
그의 단정함을 말해주고
천천히 걷는 그의 보폭도 여유로움으로 보인다.

손에 들고 있는 신문은 회사의 주식이나 동료 CEO의 소식이
실려 있는 경제란일 수도 있다.

가을 문턱 여의도를 혼자 걷고 있는 남자를 보며
별 상상을 다 하고 있다.
오늘 촬영할 시트콤 대본이나 외우지….
큰일 났다.

빨간
**우체통**

08

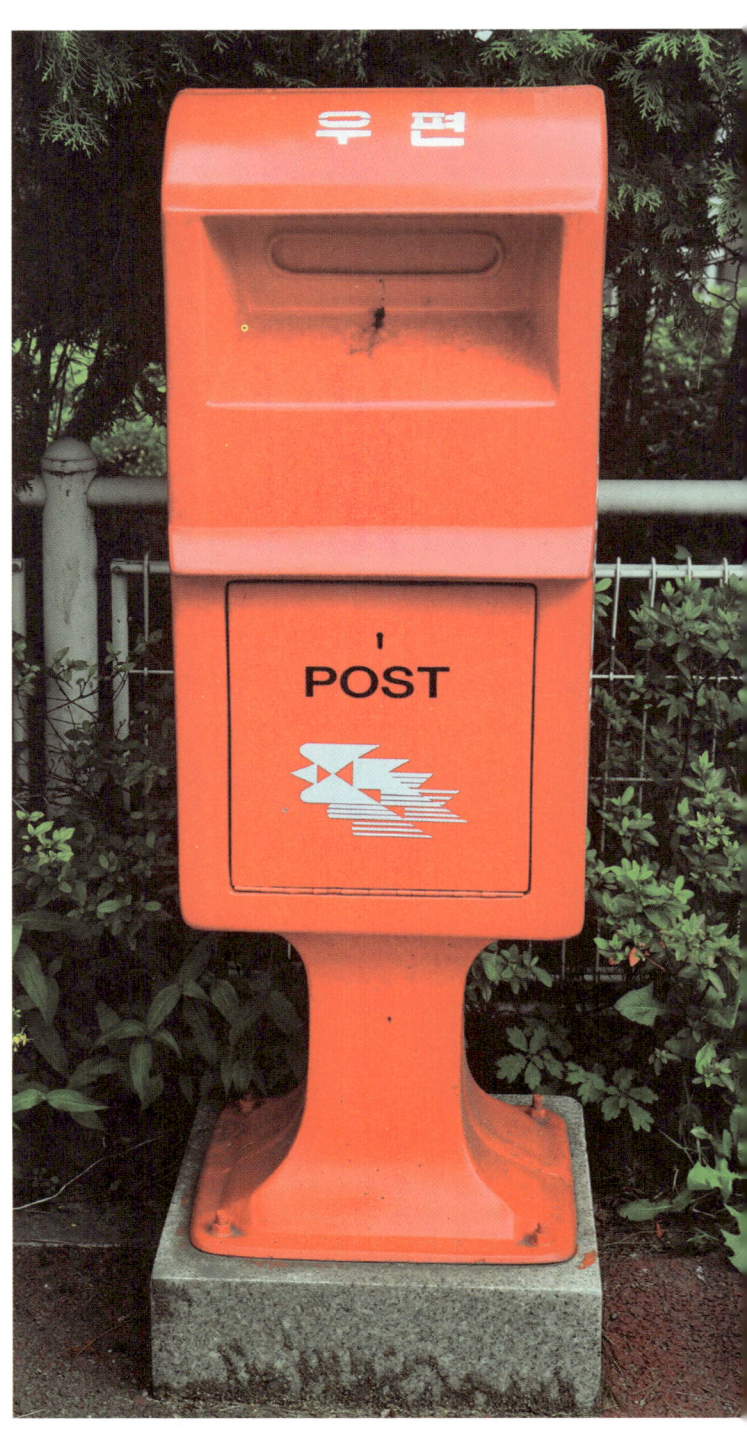

내가 우체통에 넣어 보낸 마지막 편지는 언제였고,
누구에게 보냈을까?

전혀 기억나지 않는다. 우체통 앞에 서 있던 기억이 언제이던가? 그것이
언제였는지 기억조차 나지 않는다. 신기할 정도로 아무 기억도 꺼낼 수
가 없다. 내가 보낸 마지막 편지는 누가 받았을까? 이름 모를 군인 아저씨
한테 보낸 편지가 마지막이 아니라는 건 100% 확신하고, 결혼 전에 만난
여자 중 편지를 주고받았던 여자는 거의 없었다. 그렇다면 지금 내가 기억
하지 못하는 중학교 때부터 고등학교 사이의 기억 안에 있다는 얘긴데 답
답하다.

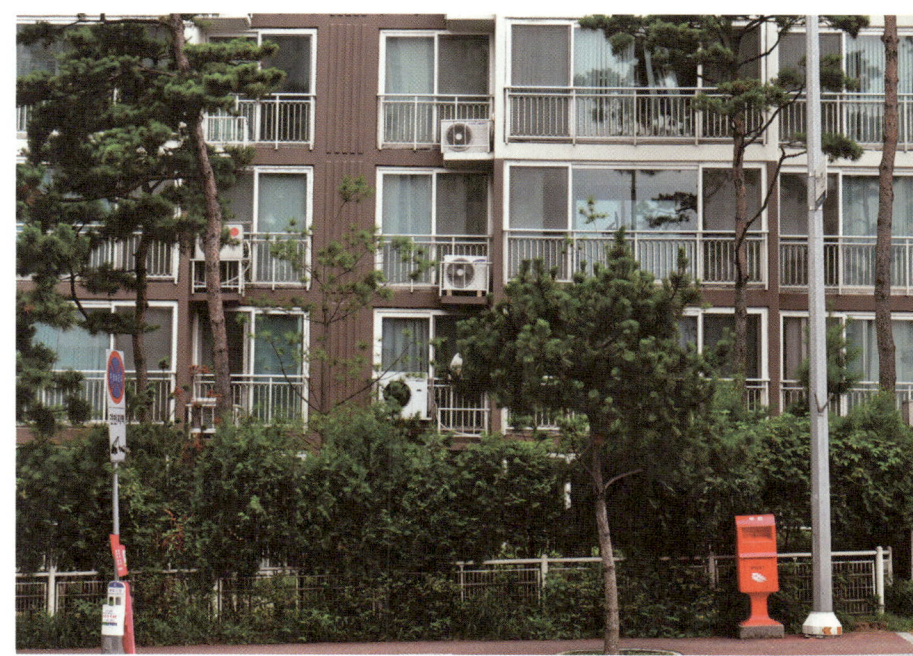

눈에 시릴 정도로 빨간 그 우체통이 눈에 띄지 않는다. 인터넷으로 우리 동네 우체통이 어디에 있는지 검색까지 해보았다. 이미 많은 사람이 자신들 동네의 우체통 위치를 궁금해 했고 물어보았다. 일산에도 아파트 단지 근처나 학교 근처 사거리의 모퉁이 또는 건널목 신호등 옆에 차를 타고 다니다 보면 여러 군데 있긴 있었다. 차를 타고 돌아다닌 지 불과 한 시간 만에 5~6개의 우체통이 눈에 들어온다. 이제 보니 내가 우체통을 찾아볼 수가 없다고 생각했던 것은 틀린 생각이었다. 찾아보기 어려운 것이 아니라 내가 필요로 하지 않았기에 관심이 없었던 것이다. 내 눈에 들어오지도, 찾지도 않았던 것이다.

빨간 우체통은 결과적으로 존재는 하지만 사라지고 있는 것은 분명하다. 실제로 낡거나 부서져 없어지는 것이 아니라 잘 쓰지 않아서 없어지는 것이었다. 당장 필요 없는 것은 눈에 띄지 않기 때문이다.

일 년이면 수십 개씩 쏟아져 나오는 최신형 휴대전화는 소통의 대표적인 장비이다. 휴대전화가 나오면서 전화번호가 적혀 있는 수첩은 종적을 감췄고, 우리들의 기억력은 약해져 지금 머릿속에 외울 수 있는 전화번호는 열 개도 되지 않는다. 또한 꼬맹이들도 이메일을 주고받으며, 사람들은 미니홈피와 블로그에서 안부를 전하곤 한다.

빨간 우체통!

늘 그 자리에 있지만 그것도 눈에 띄는 그 빨간색을 갖고 있으면서도 전혀 사람들을 멈춰 세울 수 없다.

점점 잊혀가고 있다. 그것은 버려지는 것보다도 더 서운하다. 하지만 그렇게 배부른 우체통은 우리 곁에 없고 먼지 풀풀 날리는 거리에 속이 텅 빈 채로 사람들을 기다리고 있다.

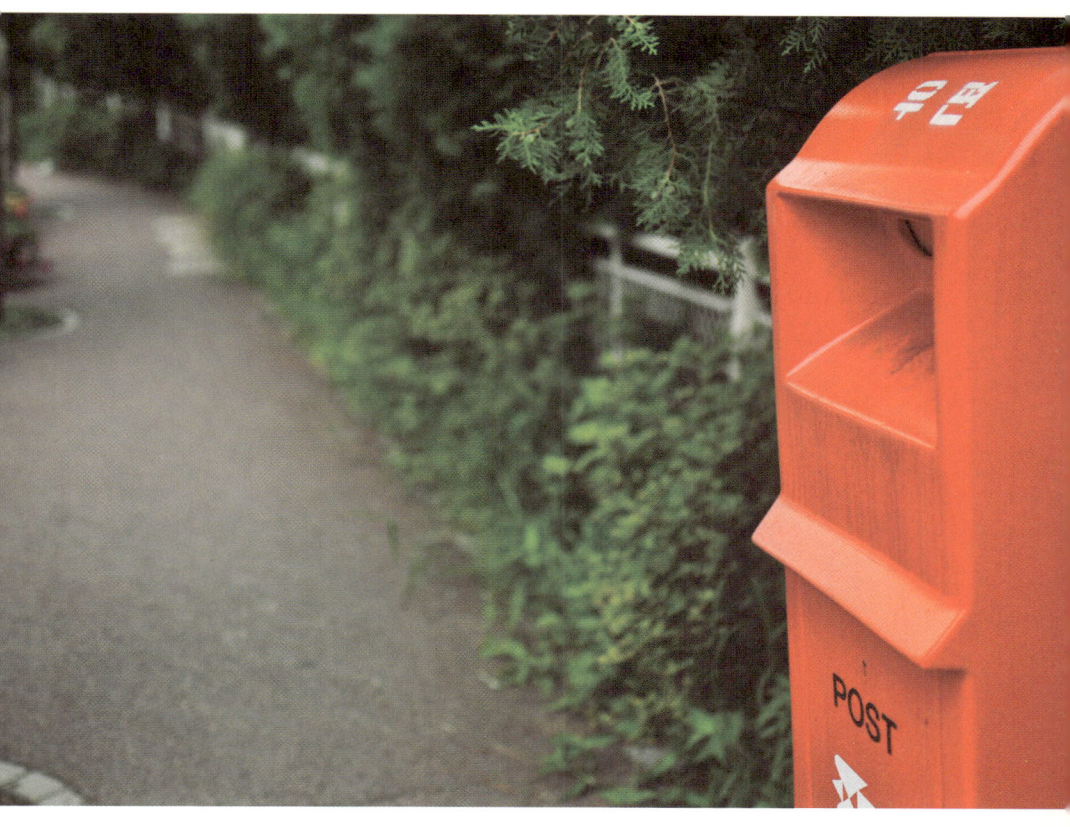

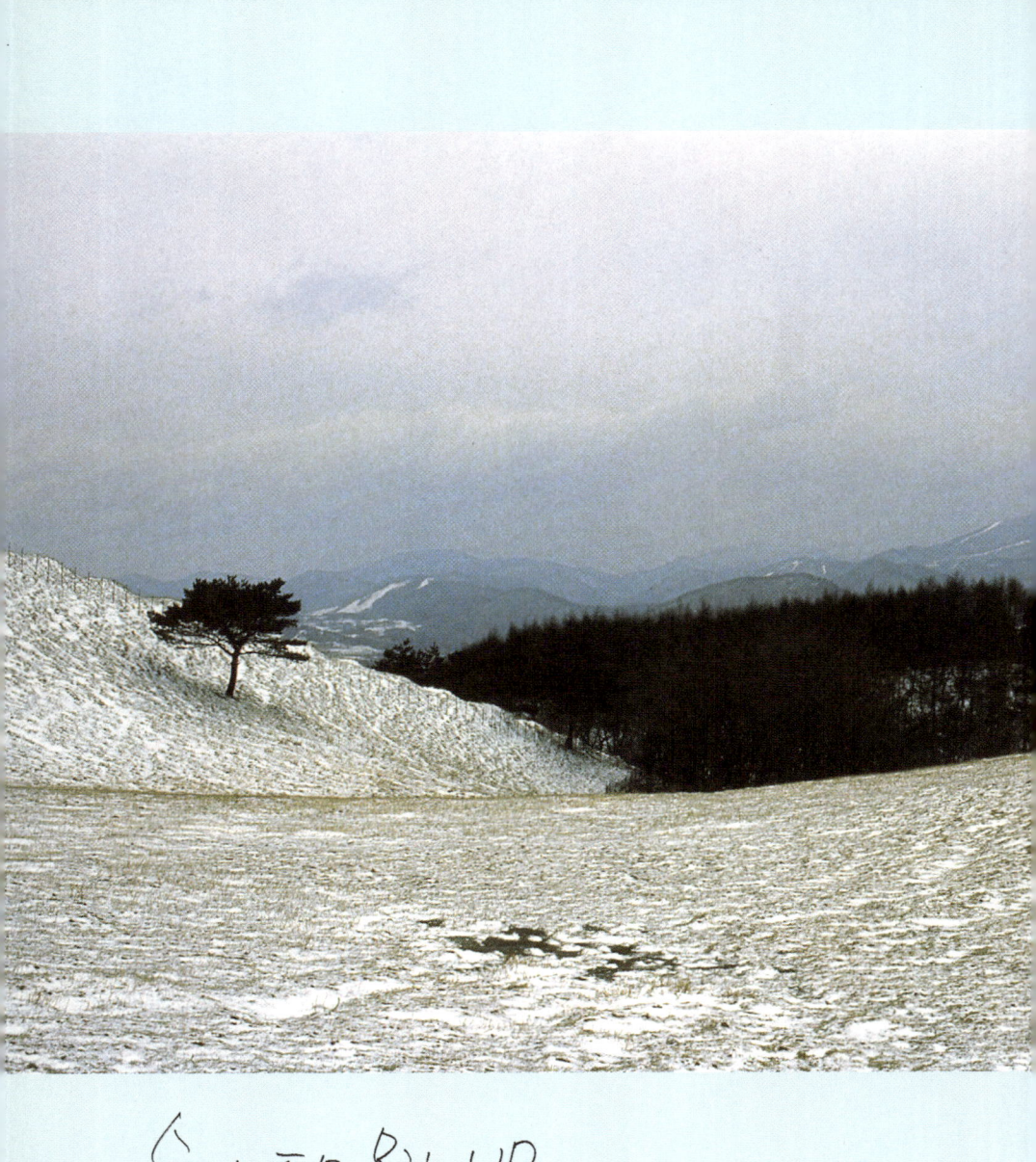

숲이 되지 못한 나무

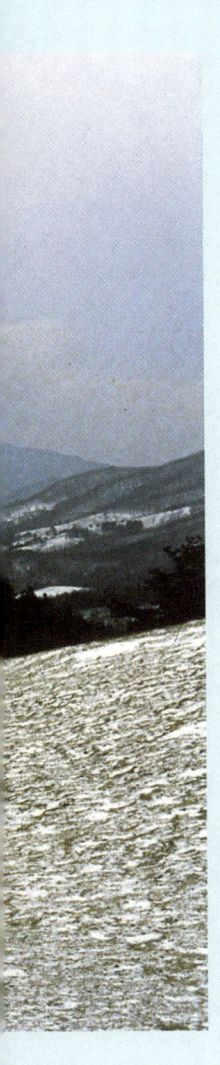

숲에서 조금 떨어진 외로운 나무.
원래는 숲에서 다른 나무들과 어깨를
나란히 비비며 함께 지냈을 나무.

지금은 찬바람을 홀로 고스란히 맞으며
숲을 바라볼 수밖에 없는 나무.

외로움과 고독을 감당하고 있다면 다시 숲으로 가라.
다가갈 수 없다면 숲을 불러라.
네 쪽으로 다가올 수 있게….

그리 멀지 않고 힘든 일도 아니다.
소리 내어 부르고
너의 진심으로 다가가라.

아마 숲도 널 기다리고 있을지 모른다.
알량한 자존심은 버리고 가리지도 마라.
넌 지금 숲이 필요하다.

혼자 살 수 있는 나무는 있지만
숲을 떠나 오래 살 나무는 그리 흔치 않다.

이티
**선생님**

09

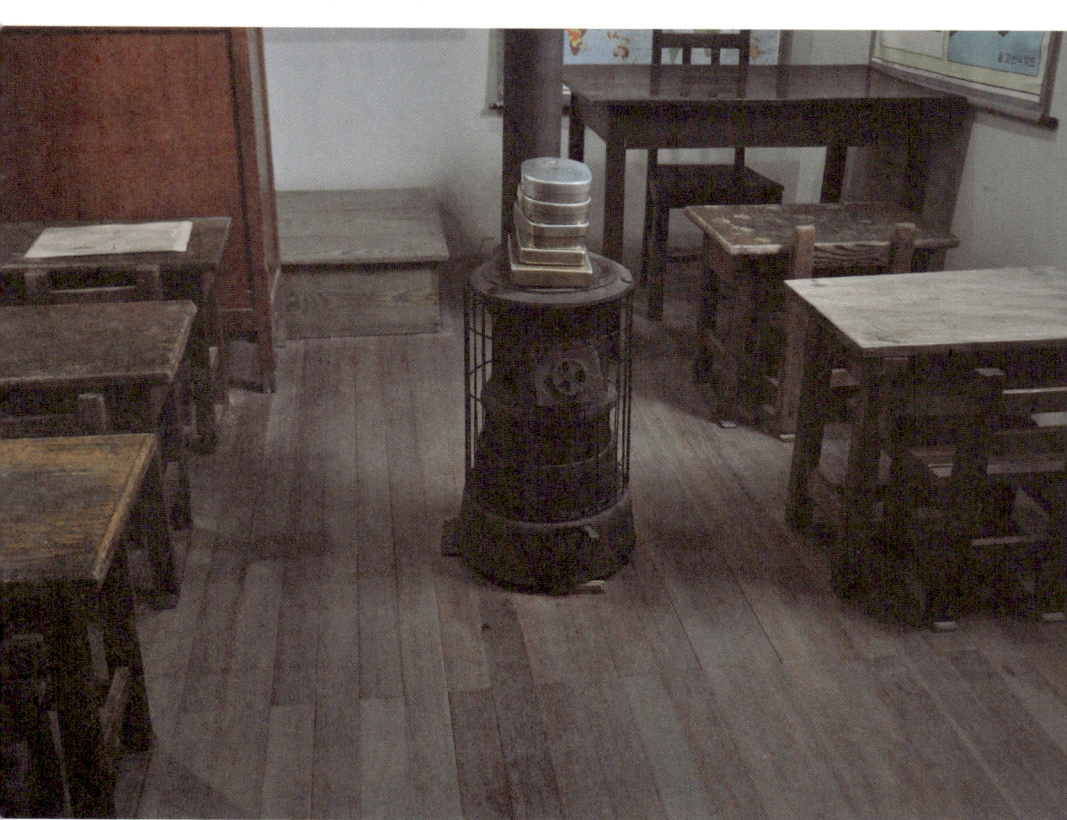

# 고등학교 선생님들 별명 중엔 당연 '이티'가 있다.

'이티'가 뭐냐고? 'ET, 잉글리시 티처(English Teacher)'의 준말이다!
고등학교 2학년 때 담임선생님이 바로 이티 선생님이고, 가장 기억에 남는다. 가장 괴짜였고, 가장 선생님다웠던 분이다. 팝송과 야구를 정말 좋아하셨던 걸로 기억된다. 이를 뒷받침해줄 만한 에피소드가 있다.

토요일 오후가 되면 남자 아이들 몇 명은 절대로 학교를 빠져나갈 수가 없다. 이티 선생님의 집합 명령에 낡은 나무 방망이에 꼬치 꼽듯 글러브를 꼽고 흙먼지 풀풀 올라오는 운동장에 모이면 상대 팀인 옆반 대머리 선생님과 아이들 9명이 기다리고 있다. 정수리 부분에 머리숱이 없는 그 선생님의 별명은 헬리콥터. 그 반의 팀 이름도 헬리콥터였다. 그 팀과 우리 팀과의 경기는 언제나 박빙의 승부였다.

우리 팀은 이티, 그래서일까? 투수는 늘 이티 선생님이 한다. 아무리 체력이 떨어져도, 구위가 떨어져도 교체란 없다. 늘 완투를 하신다. 결정적인 실수를 하거나 찬스를 살리지 못하면 엄청나게 욕을 먹는다. 이런 야구는 세상에 없지만 늘 내기가 걸려 있어 담임선생님끼리의 신경전은 말도 못했다. 괜히 학생들만 고생했던 야구 시합을 매주 해야만 했다. 힘들기도 하고 해야 할 이유가 전혀 없었지만, 생각해 보면 워낙 야구를 좋아했던 아이들만 남아 있었던 것 같다. 그래도 경기에 이기면 학교 교정에서 선생님이 시켜주는 짜장면의 맛이란 정말 잊을 수가 없다. 아직 그것보다 더 맛있는 짜장면을 만드는 중국집은 본 적이 없다.

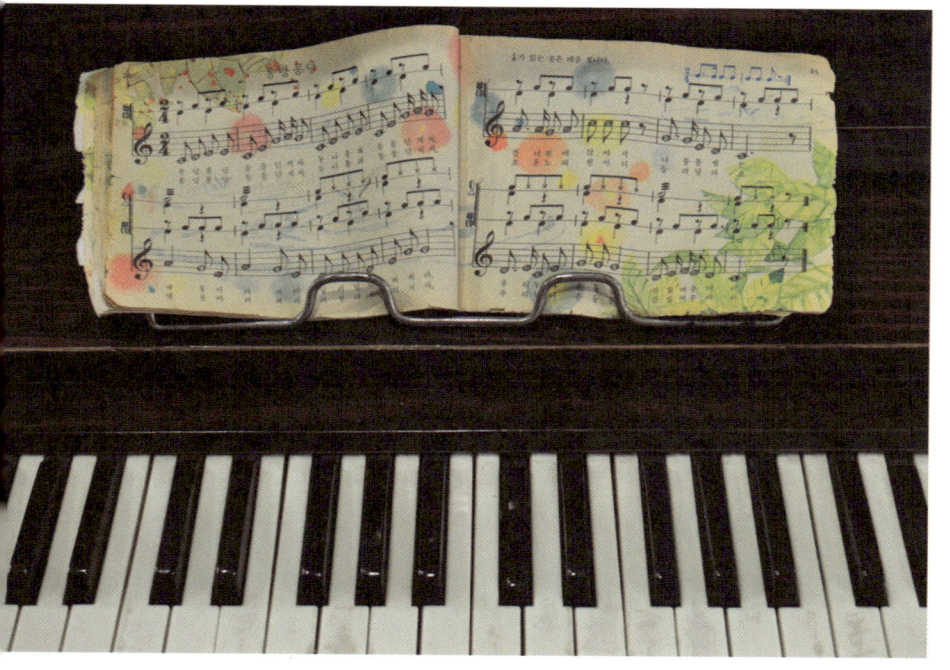

이티 선생님의 또 다른 직업(?)이 있었으니 바로 DJ이다. 점심시간에 교내 시청각실에서 학생들을 상대로 30분씩 방송을 한다. 누가 영어 선생님 아니랄까 봐 음악은 주로 팝송을 다루었다. 시청각실 방송 입장료는 10원인데 10원을 내고 들어가서 빈자리에 앉으면 방송이 시작되었다. 입석은 없고, 자리가 다 차면 더는 입장이 되지 않는다. 기다란 나무 의자엔 학년, 학급을 떠나 전교의 팝을 좋아하는 학생들이 섞여 앉았다. 의자의 곳곳엔 모나미 검정 볼펜과 메모지가 놓여 있어서 원하는 신청곡을 써 놓으면 몇몇 아이들이 거둬간다. 부스 안의 이티에게 전달이 되면 선생님은 음반을 찾느라 멘트하느라 바쁘시다.

"3학년 8반 이병진 군의 신청곡입니다. 이 자식 우리 반입니다.

신청곡은 (무지하게 굴린 발음으로) 불 쒀바스의 곡입니다.

쉬즈 고온!

쉬즈 곤!!

그년은 갔다는 뜻이죠!

붙잡아도 갈 년이었죠!!!! 하하하~~~~~

(이주일 톤으로) 오죽했으면 갔겠느냐!"

이런 싸구려 멘트였지만 선생님의 방송 시간은 하루 일과 중 그나마 실컷 웃을 수 있는 시간이었다. 그까짓 거 공짜로 들려주셔도 될 것을 왜 돈을 걷으시나 했더니 10원씩 걷히는 돈은 새로 나온 음반을 사는 데 쓰인 것이다. 그리고 음반이 없는 곡을 자주 신청하는 아이에겐 경고를 주거나 멘트로 대신한다.

"사서 들어! 이 좌식아~!"

그야말로 괴짜였지만 참 좋은 선생님이었다. 깡마른 체구에 두꺼운 돋보기 같은 안경을 늘 코에 걸치고 다니는 야구광 이티 선생님.

듣기 좋은 음악들을 테이프 양면에 녹음해 신청곡들이 가득 들어있는 통에서 무작위로 한 명을 뽑아 가끔 선물로 나눠주는 이벤트까지… 내가 영어를 잘 못해 영어 시간엔 나를 즐겨 찾진 않으셨지만 야구할 때와 시청각실에선 나를 꽤 찾으셨던 선생님.

고등학교를 졸업하고 대학을 거쳐 사회에 나와 난 뜻하지 않게 코미디언이 되었다. 대학로에서 개그콘서트를 하고 있을 때였다. 갑자기 공연에 선생님을 초대하고 싶어져 학교로 연락했다.

어느 날 공연이 끝난 후 객석에 조명이 켜지고 난 깜짝 놀랐다. 이티 선생님을 비롯한 학년별 내 담임선생님들이 모두 모이셨던 것이다. 공연이 끝나고 분장실은 교무실이 되어 있었다.

"한 번에 네 담임선생님을 다 보니까 좋지? 내가 다 모셔왔다. 그
리고 이거 받아라!"

선생님은 몇 개의 테이프를 건네신다.

"차에서 들어."

상황별로 듣기 좋으라고 녹음해둔 테이프다.

1. 우울할 때 듣기 좋은 음악

2. 여자 녹이는 음악

3. 신나는 음악

내가 받은 최고의 선물이고, 또 최고의 선생님이기도 하다. 공부를 강요한
적도 없고 또 그렇게 예뻐한 제자도 아니다. 하지만 내게 이런 선생님이
있었다는 것이 자랑스럽다. 지금은 야구도 DJ도 하지 않으시겠지만 내가
선생님이란 단어를 보게 되면 생각나는 유일한 분이다.

다시 한 번 선생님의 낙차 큰 직구와 현란했던 애드리브가 그립다. 졸음이
쏟아지던 그 여름 점심시간을 박장대소하게 했던 그 시절 시청각실도 그
립다. 학창시절을 대표하는 기억도 점점 사라지지만 죽을 때까지 잊을 수
없는 이티 선생님.

# 나의 헌책방
## 이야기(2)

10

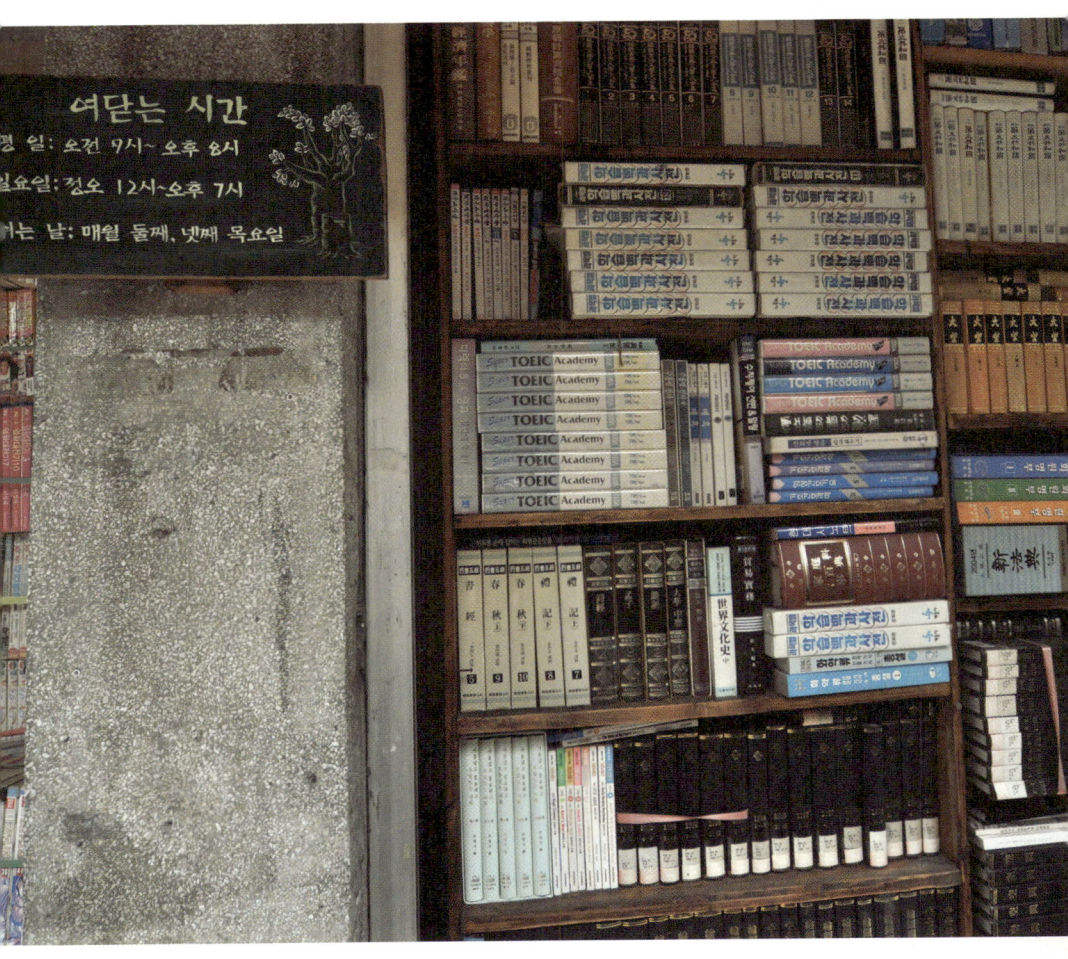

헌책방을 찾아 검색하던 중 사라져가는 시한부 마을이
내 눈에 들어왔다.

그 이름은 바로 인천 배다리 마을이다. 그간 동호회 회원의 제보도 있었던
곳이다. 배다리 마을은 인천의 생활박물관 거리라고 해도 과언이 아닌 그
야말로 인천의 명물이다.

그곳이 최근 인천시의 도시개발 사업과 산업도로 건설로 인해 철거와 보
존의 기로에 놓여 있다는 기사를 보게 된 것이다. 헌책방 골목이라고 해서
찾아가고 싶었는데 기사를 보고 나서 난 가만히 있을 수가 없었다. 아내를
태우고, 배다리라는 곳을 간단히 설명한 후에 바로 인천으로 향했다.

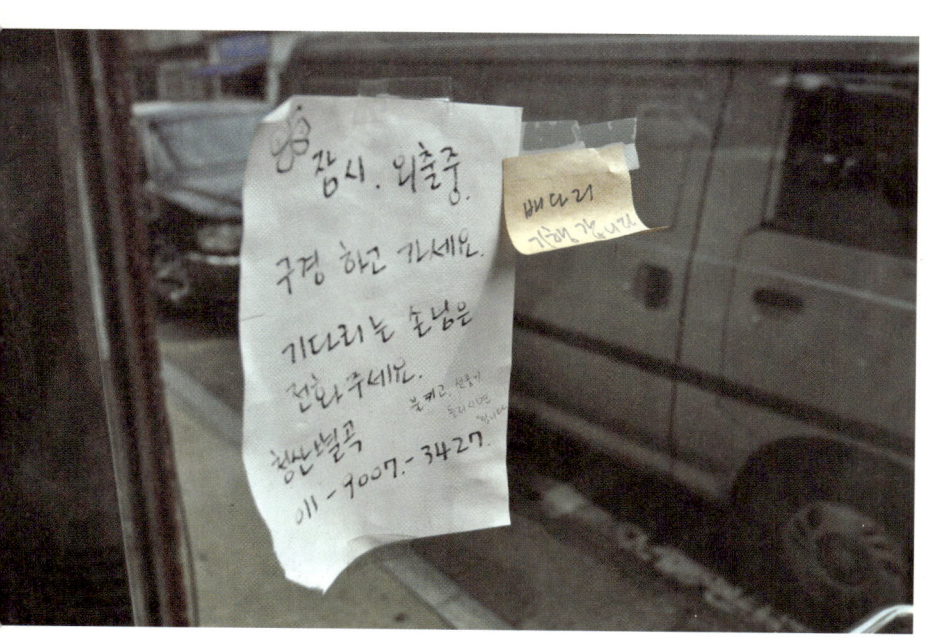

6·25전쟁 이후 그곳에 수많은 헌책방이 생겨났다고 한다. 헌책방이 즐비하던 그곳이 지금은 딱 5개의 헌책방만 남아 있어 그나마 헌책방 거리였음을 가늠케 하고 있었다. 여기저기 블로그에 실려 있던 헌책방도 보이고 해서 이미 낯선 동네가 아닌 듯한 느낌이었다. 뒤늦게 친구에게 문병 가는 미안한 마음과 애석한 마음을 갖고 배다리의 골목을 걸어 다녔다.

헌책방을 쭉 둘러보면서 참 많은 생각이 들었다. 아무것도 찾지 않고 돌아보려니 조금은 미안한 생각이 들어서 혹시나 2006년에 발행한 내 책, 〈찰나의 외면〉을 찾아보았다.

생각보다 찾기 어려웠고 어디에 있는지 묻기는 좀 쑥스러워 말을 건네지도 못했고, 몇 컷의 사진들을 담았는데 35년 이상 책방을 운영하는 주인은 사진에 담질 못했다.

사진 몇 장 구하려는 욕심에 냉큼 달려온 내가 얄밉고 죄스러워서다. 여기저기 산만한 듯하지만 정리가 잘 되어 있어 보이고, 몸을 틀지 않으면 똑바로 걷기 어려운 좁은 서점의 책장 사이를 몇 바퀴나 돌았는지도 모른다. 오래된 책들에서 솔솔 풍기는 종이 냄새를 맡았다. 그렇게 헌책방 거리를 왔다 갔다 하며 필요한 사진을 찍고, 주인 없는 책방에 잠시 앉아 목도 축이며 배다리에서 시간을 보냈다.

'나눔과 비움'이란 북 카페. 기회가 되면 꼭 한 번 들러보길 바란다. 참 좋은 사람이 하는 곳이란 느낌은 떠나질 않는다. 결국 주인은 없는 가게니까. 필요한 전원은 꽂아 써야 하고 물이나 차는 스스로 꺼내 마시고 아무 책이나 볼 수 있는 곳이다. 재활용으로 만들어진 예쁜 소품들과 재생 노트는 판매도 하고 있다. 아내가 참 좋아했다. 우린 맛있고 시원한 차 한 잔을 마시고, 노트 두 권을 사서 배다리 거리를 빠져나와 내 차가 있는 곳으로 돌아와 다시 서울로 향했다.

결국 같은 생각이다. 주민을 위해선 물론 발전도 돼야 하고, 또 인천의 역사를 지키기 위해선 또 배다리의 추억을 위해선 지켜져야 할 것이다. 주민과 정부, 그리고 주민과 방문자들의 입장이 같을 수는 없다. 두 가지를 모두 충족시킬 수 있는 아이디어는 없는 건가? 누군가가 고민하고 있겠지? 얼마나 또 어떤 고민을 하고 있을까? 결국엔 시간만 보내다가 주민의 도장을 받아내고 포클레인과 불도저가 또 이곳을 지우게 되는 건가?

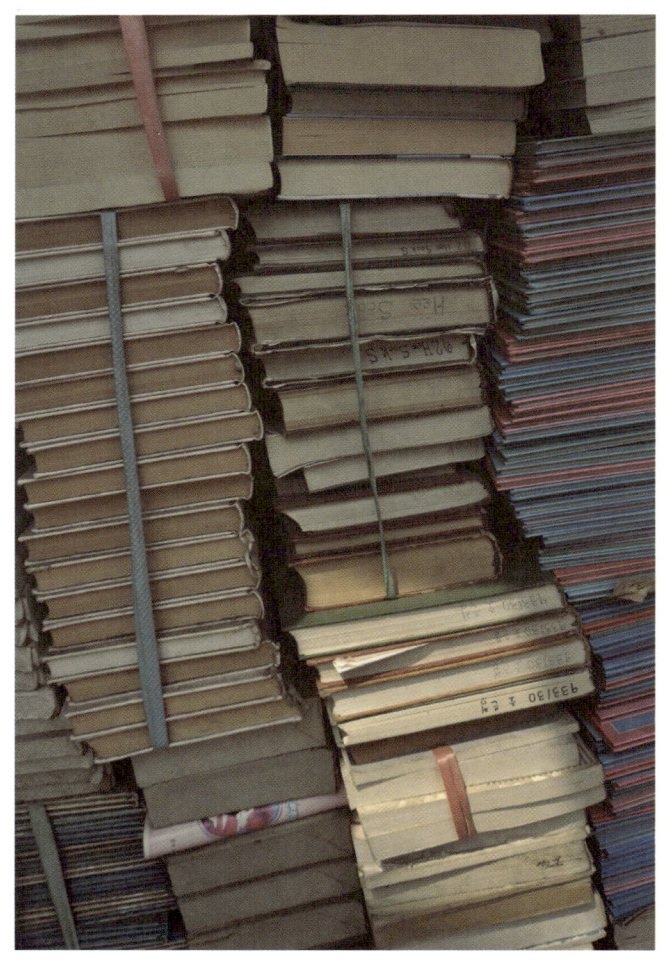

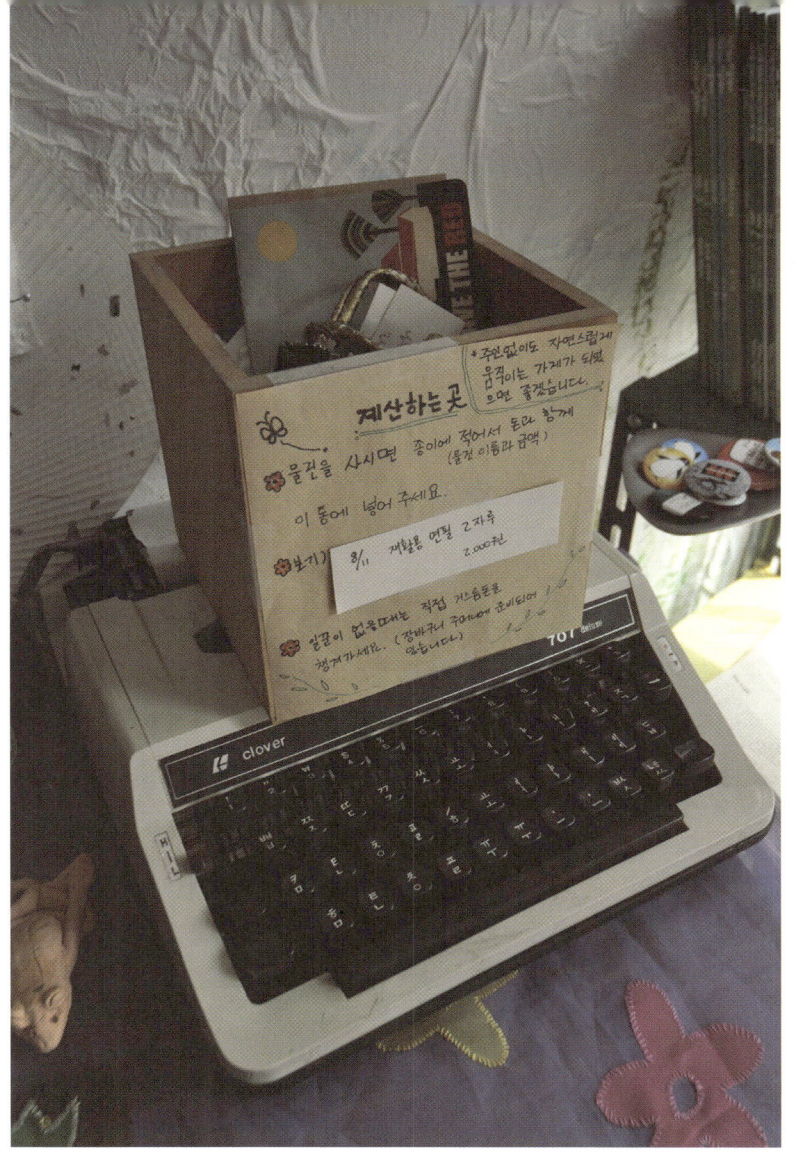

이 글을 사람들이 읽을 때 즈음에 남아 있는 배다리의 헌책방 다섯 곳과
'나눔과 비움', 음식 맛이 좋을 것 같은 '개코막걸리', 옛날 완구를 파는 문구
점, 오래된 양장점, 그 옆집 이발소 모두 그 자리에 그대로 있기를 바란다.
한 시간 반 정도 돌아본 배다리는 아직은 숨을 쉬고 있었지만, 점점 허리가
굽어가는 노인네처럼 숨소리가 나약해 보였다. 이러다 넘어지진 않을지,

아니면 천천히라도 걸을 수 있는데 포기하는 건 아닌지, 돌아오는 길이 숙연하고 마음이 무거워진다.

인천도시축전의 포스터와 홍보문구가 인천 여기저기에서 눈에 들어온다. 인기그룹 소녀시대의 사진 아래 큼직한 글씨체로 '인천으로 오세요'라고 쓰여 있다. 도시축전이라…. 배다리와 도시축전. 글쎄다. 좀 아이러니다.

적어도 오늘 나에겐!

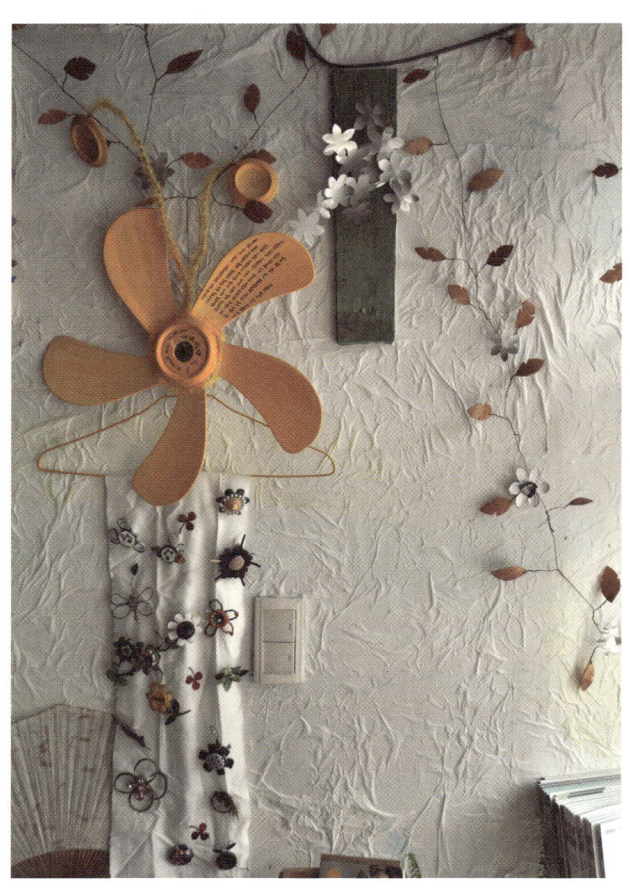

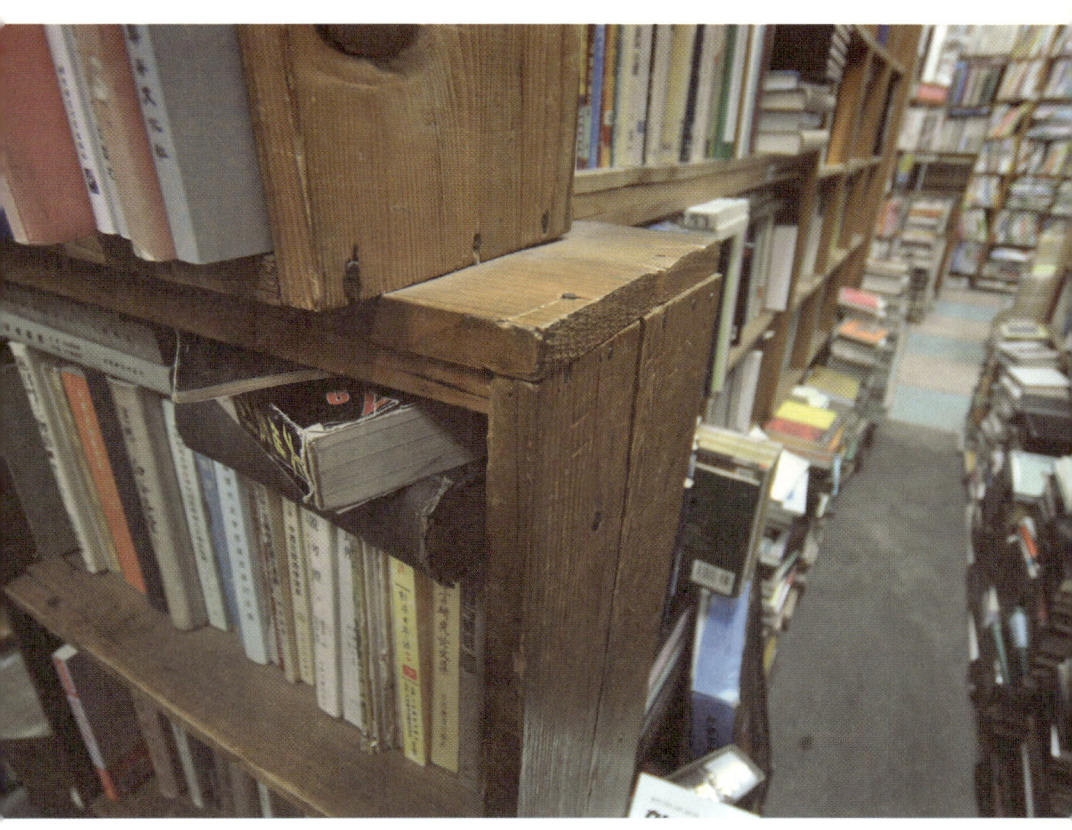

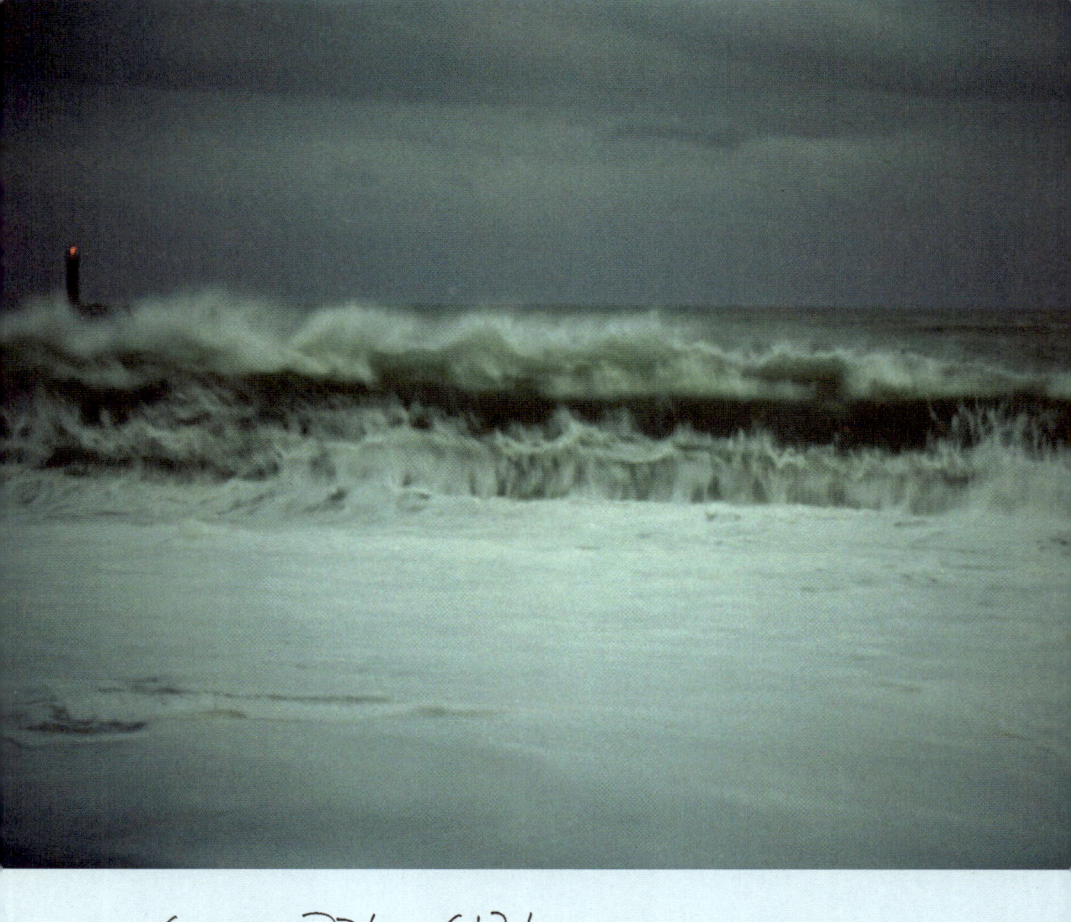

소리로 찍은 사진

국도를 달리던 중 갑자기 창문으로 들려오는
소리에 차를 세운다.

겨울이지만 파도 소리가 시원하게 창문 틈으로 들어와
히터로 쪄들어 있는 차 안의 공기를 식혀준다.
비상등을 켜고 깜깜한 곳을 향해 코와 눈을 들이댄다.
아무것도 보이지 않지만 그곳에 바다가 있다는 것은 누구나 알 수 있었다.
아주 가깝게 파도가 일어났다 부서지고 있었다.
아무것도 볼 수 없지만 파도가 내게로 오고 있다는 것을 느낀다.
목에 걸고 있던 카메라의 셔터를 여유있게 조절하고 목에 걸린 스트랩을
쭉 잡아당겨 나름의 수평을 유지한다.

소리로만 듣고 내 심장 소리도 잠시 멈춘다.

그리고 가볍게 셔터를 누른다.
아무것도 보이지 않지만….

그리고 며칠 뒤,
이 한 장의 사진이 정말 궁금했다.
현상된 필름을 통해 하늘에 비춰 보니 그날 보지 못했던
바다가 필름 한 컷에 들어 있었다.
집으로 곧장 돌아와 이 컷을 찾아 먼저 스캔했다.

이 사진이 그날 그 바다다.

깜깜한 포항 근처의 국도에서 소리로 만난
그 바다.

# 모래내시장을
## 누가 죽였나

11

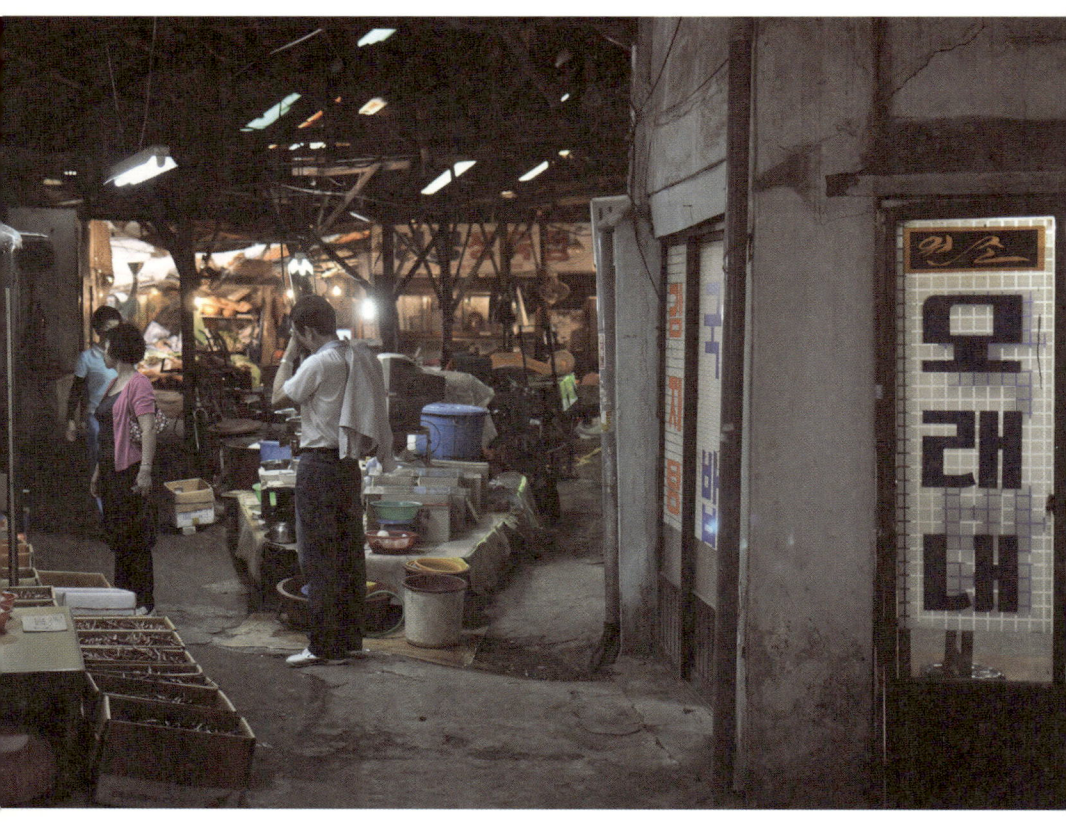

## 남가좌동에 십 년 넘게 살았다.

가좌역 바로 옆으로 아버지의 오디오 대리점이 있었고, 길 건너엔 대한민국에서 마지막 남은 대규모 재래시장인 모래내시장이 남아있다. 신인 시절 딱히 일이 없을 때는 아버지의 오디오 대리점에 거의 매일 나가 일을 도왔다. 기술적인 일은 할 수가 없지만 사람들에게 오디오에 관련한 얘기를 해주면서 제품을 소개하는 정도는 그동안 봐 온 게 있어서 그런지 꽤 잘해냈다. 재미있는 말솜씨로 카세트 플레이어를 사러 온 손님에게 전축으로 마음을 돌리게 했으니 말이다. 가끔 수당도 떨어지고 아르바이트 아닌 아르바이트를 했다.

돈이 생기면 길 건너 모래내시장도 구경하고, 지금은 없어진 육교 위에 만물잡화를 펼쳐 놓은 좌판 앞을 어슬렁거리기도 했다. 아직도 난 고속도로 휴게소에 가면 트럭에서 파는 국적 불명의 조잡한 소품이나 물건을 그냥 지나치지 않는다.

대리점에서 건너편 시장을 바라보며 멍하니 시간을 보내기도 했고, 첫 번째 출연했던 프로그램의 모니터도 송은이, 백재현, 조혜련, 김생민, 김늘메, 이런 놈들과 함께 모래내시장의 반지하 중국집에서 짜장면과 탕수육을 시켜 놓고 보기도 했다.

예전 〈서세원쇼〉에서 내가 토크왕을 차지했던 에피소드도 바로 이 오디오 대리점에서 생긴 일이다.

옛날 모래내가 유배지였기 때문에 어려운 사람들이 모여 살면서 시장이 생기고 또 가격 역시 서울에서 가장 쌌다는 어느 시장상인의 얘기를 귀 뒤로 들은 것이 내가 아는 모래내시장 역사의 전부다. 맞는지 아닌지 모르겠어서 말 나온 김에 인터넷에서 찾아봤다. 내가 말한 역사는 좀 더 확인이 필요할 것 같고 어쨌든 그래도 오랫동안 시장에서 살아오신 분의 얘기라 그리 신빙성이 없진 않은 것 같다. 그냥 여러분도 그 정도는 전설이나 옛날 이야기로 들은 거라며 넘어가 주길 바란다. 어쨌든 이 모래내시장은 내 추억의 일부에 꽤 오랜 시간 동안 배경이 되는 건 사실이다.

아버지의 대리점은 밤 10시에 문을 닫았는데, 집까지 걸어서 20여 분이었지만 모래내시장 안의 지름길로 가면 빨랐다. 시장통을 걸어갈 때면 시장의 가게들도 거의 문을 닫았거나 닫기 위해 자판의 상품을 정리하는 시간이었다. 아버지는 시장 사람들과 인사를 나누면서 걸어가고 난 가다 서다를 반복했다. '웬만하면 그냥 좀 가시지. 바빠 보이는데 일부러 찾아가서 인사를 하는 건 뭐야.'라는 생각으로 아버지의 행동이 늘 탐탁지 않았다. 가끔 가다가 순댓국이나 잔치국수를 사줄 땐 좋았다. 역시 어렸었나 보다.

그런 모래내시장을 오랜만에 갔다. 아내에게 시장을 보여주고, 아주 오래전 내가 걸었던 코스를 알려주며 옛날 이야기를 해주었다. 이미 많은 곳이 없어졌거나 자리를 비웠고 시장을 떠난 사람들의 흔적만 남아 있었다. 방송 모니터를 위해 모였던 중국집은 옷 가게로 바뀌었고, 동생과 자주 가던 순댓국집은 겉은 비슷한데 주인장과 간판 모두가 바뀌어 있었다. 길을 걷다가 생각난 떡집도, 추석 특집 방송에 입는다고 찾아갔던 한복집도 찾긴 했지만 옛날 주인이 아니었고, 예전 시장의 분위기도 아니었다.

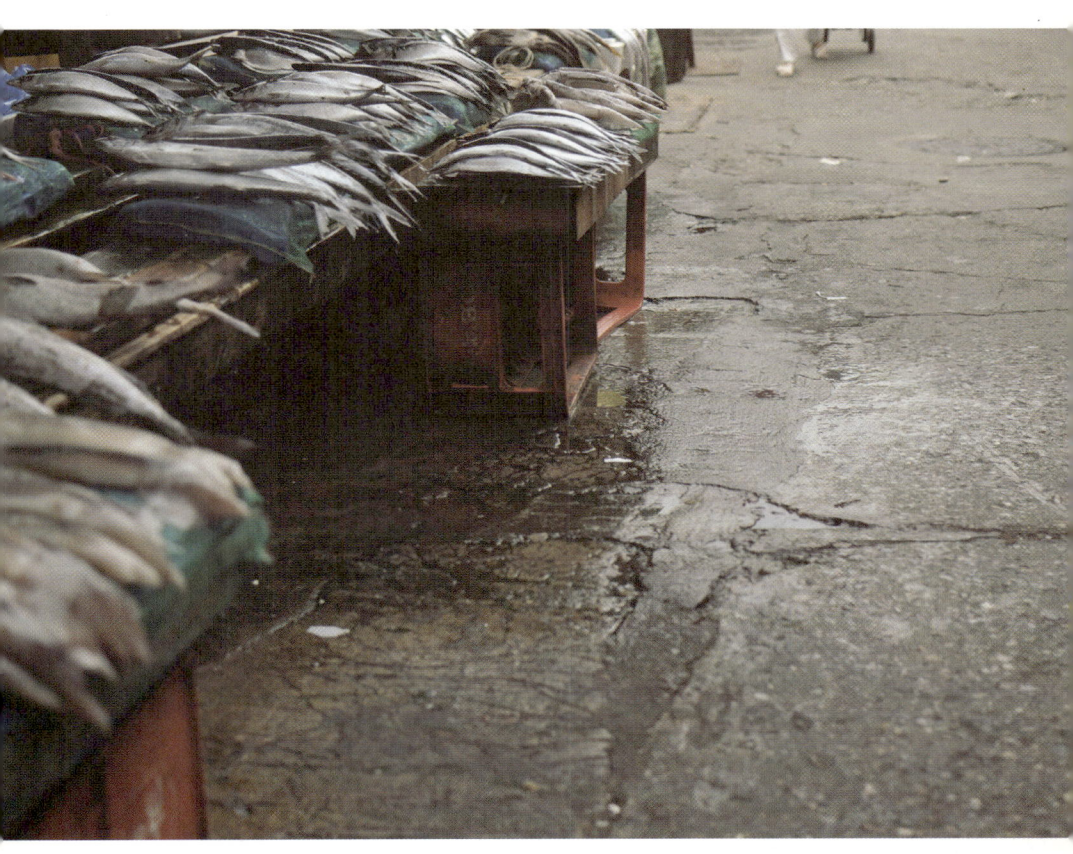

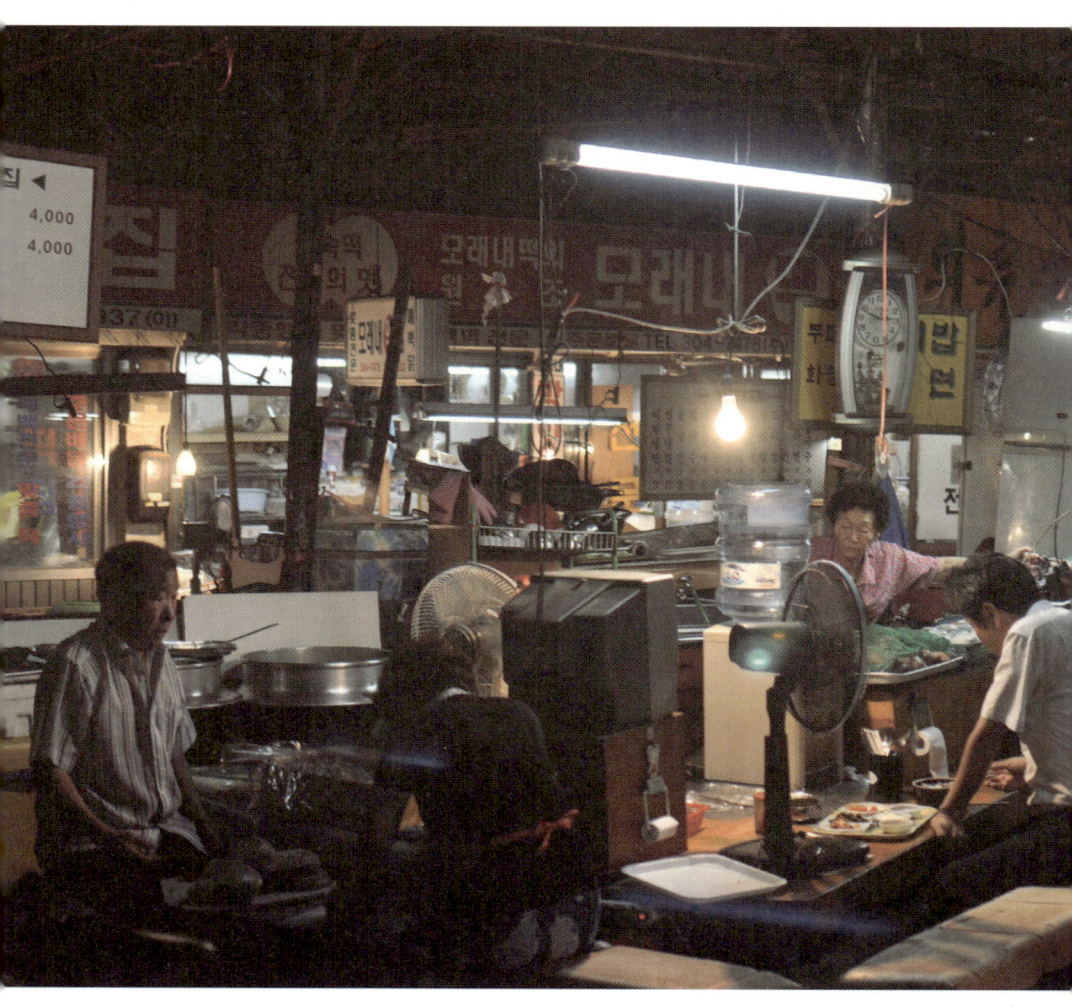

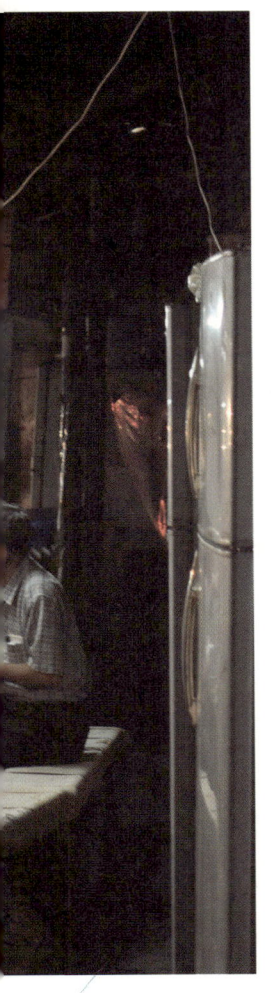

그렇게 시장을 돌며 빠져나온 출구에는 뜻밖의 광경이 펼쳐졌다. 아버지와 함께 시장 골목골목을 지나 빠져나오면 있었던 그 동네가 흔적도 없이 다 사라진 것이다. 이미 포클레인이 기초 공사를 하고 있었기 때문에 넓은 황토색 흙밭뿐이었다. 옛날 저기쯤이었겠구나 하며 검지로 허공을 가리킨다.

역시 재개발이 시작됐다. 이미 오래전부터 땅을 파내려갔고 이젠 야금야금 시장도 사라지고 있었다. 모래내 옆을 지나 한강으로 흐르는 하천변의 마을은 완전히 초토화되어 전쟁을 치른 마을을 지나가는 기분이었다.

정든 곳을 떠나 새로운 집과 환경을 찾아간 사람들.

옳거니 하고 박수를 치며 이 동네를 떠난 사람들.

끝까지 반대하며 목에 핏대를 세웠던 사람들.

불도저로 밀어 버리겠다고 윽박지르는 머리 짧은 아저씨들.

뒷짐 지고 마을을 돌아다니는 구청 관계자들과 용역 관계자들.

누구 편을 들 수도 없고 말릴 수도 없다.

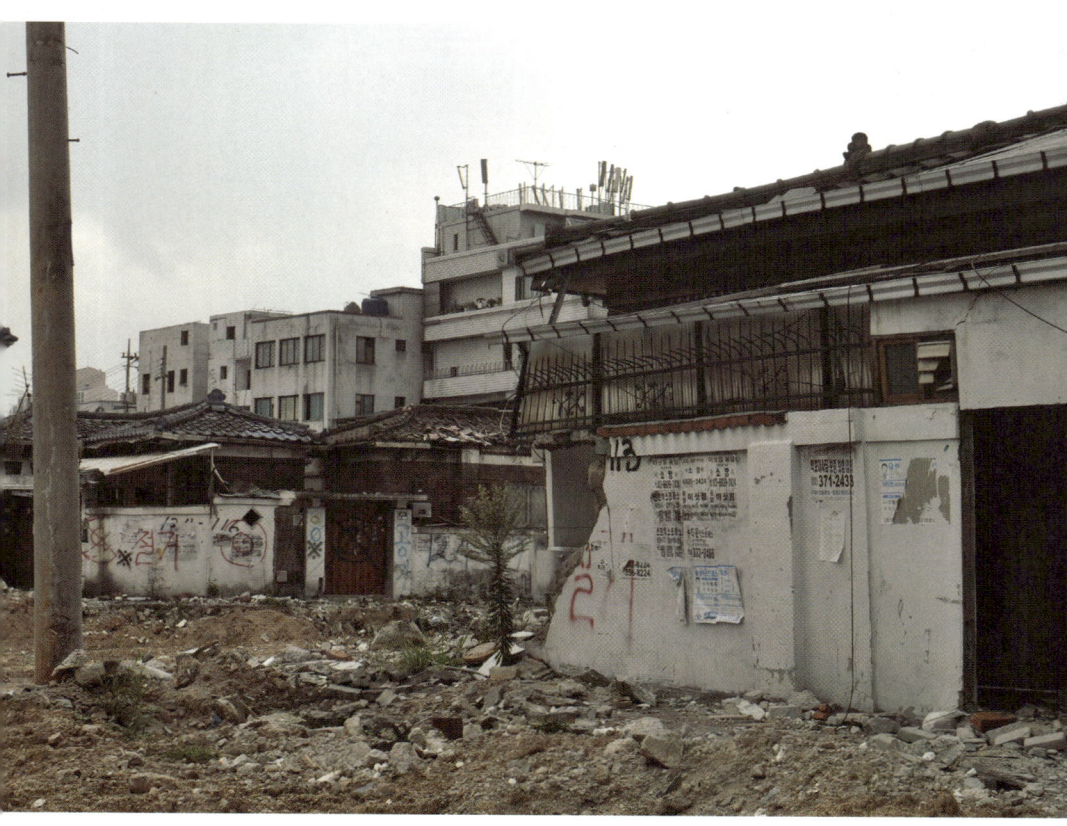

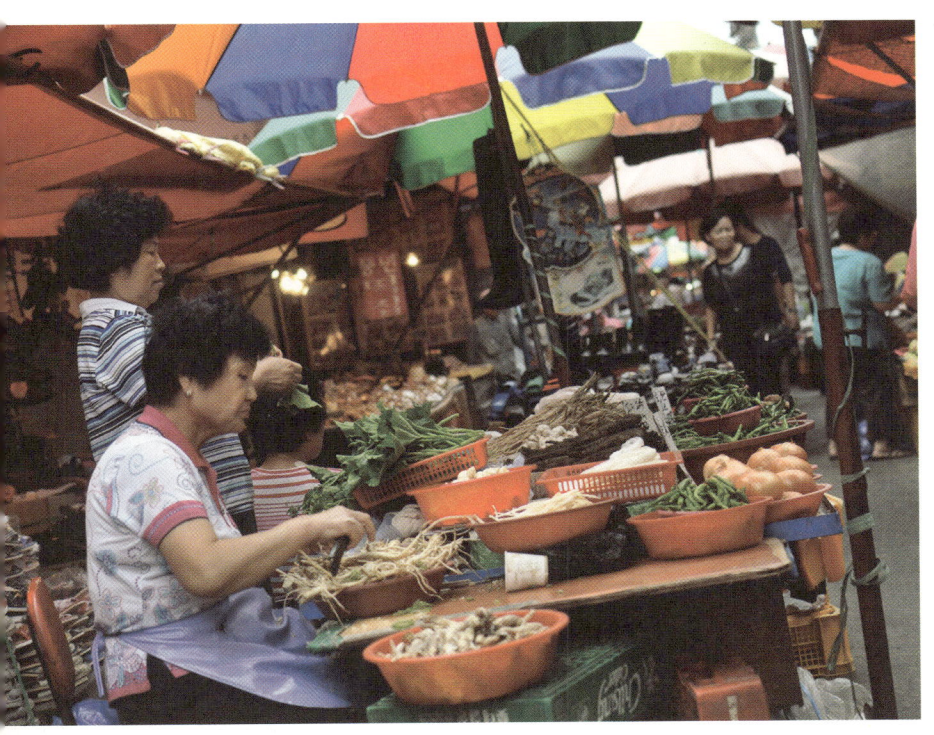

서울에서 가장 무서운 것이 이러한 추억의 장소가 재개발의 바람 속에 사라져간다는 것이다. 또 하나의 내 추억이 사라져가는 현장에 내가 서 있다. 아직 골목 몇 군데는 예전 그 모습으로 후덕한 미소와 인정을 내걸고 손님을 기다리고 있다. 어떤 골목은 이젠 들어가기가 겁날 정도로 변해 있고 어둡다.

이미 사라진 것들을 생각해보면 결국 모든 범인은 동일인물이 된다. 범행 동기는 재개발이었고, 주범은 아파트고 공범도 있다. 주상복합이 꽤 많은 범죄를 도왔다. 앞으로도 모래내시장이 얼마동안이나 지금 이 모습으로 남아 있을지는 모른다. 이것이 모래내 사람들의 현재 모습이다.

재개발이 물론 사람들을 위한 사업이겠지만 누군가에
겐 반드시 좋겠고, 누군가에겐 재개발이란 미명 아래
길 밖으로 또는 집을 두고 떠나는 어처구니없는 일이
생기기도 한다. 모래내가 옛날 유배지라고 했는데, 지
금 이 모래내 생활이 유배지처럼 느껴질 사람도 있을지
모른다. 다시 찾은 모래내시장은 아직 살아 있긴 하지
만 뭐랄까 지팡이 뺏긴 등 굽은 노인네처럼 어디로 가
야 할지, 뭘 붙잡아야 할지 모르는 그런 모습이다. 도와
드리진 못하지만 가실 때까진 넘어지지 않았으면 하는
생각만 간절하다.

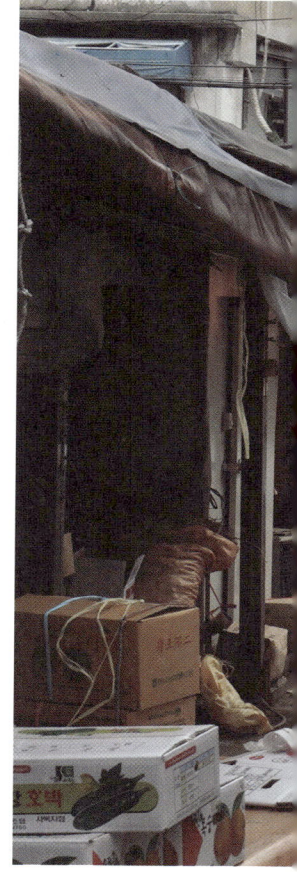

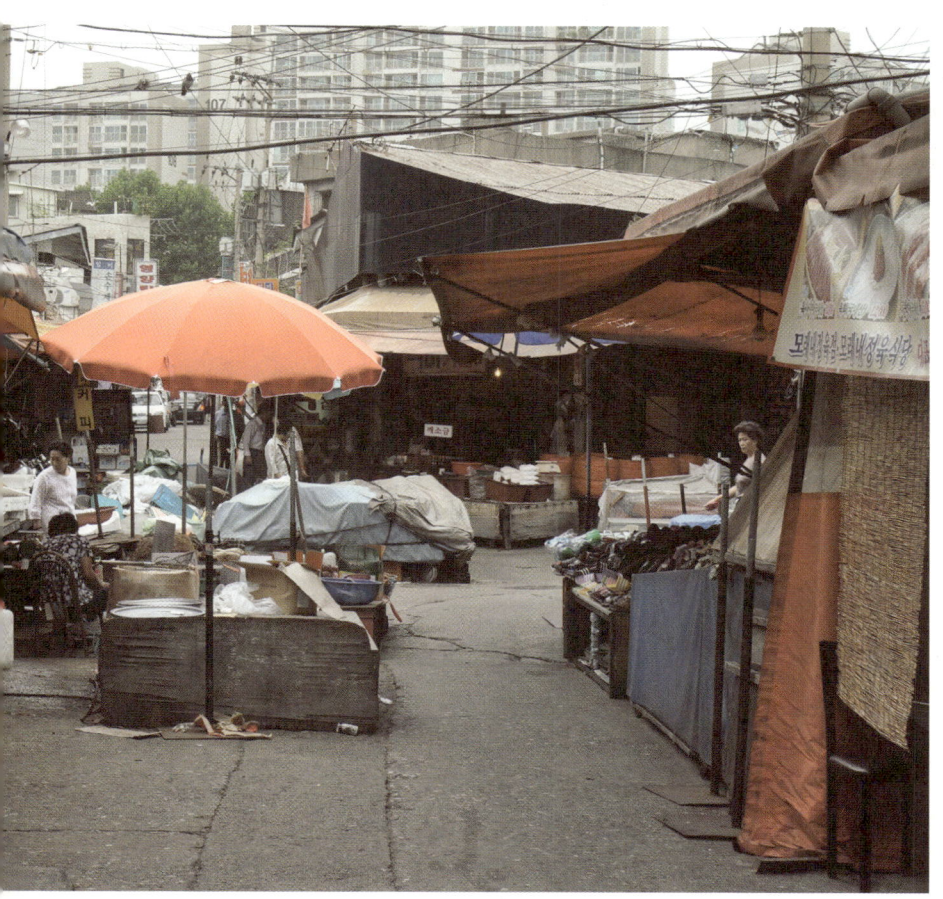

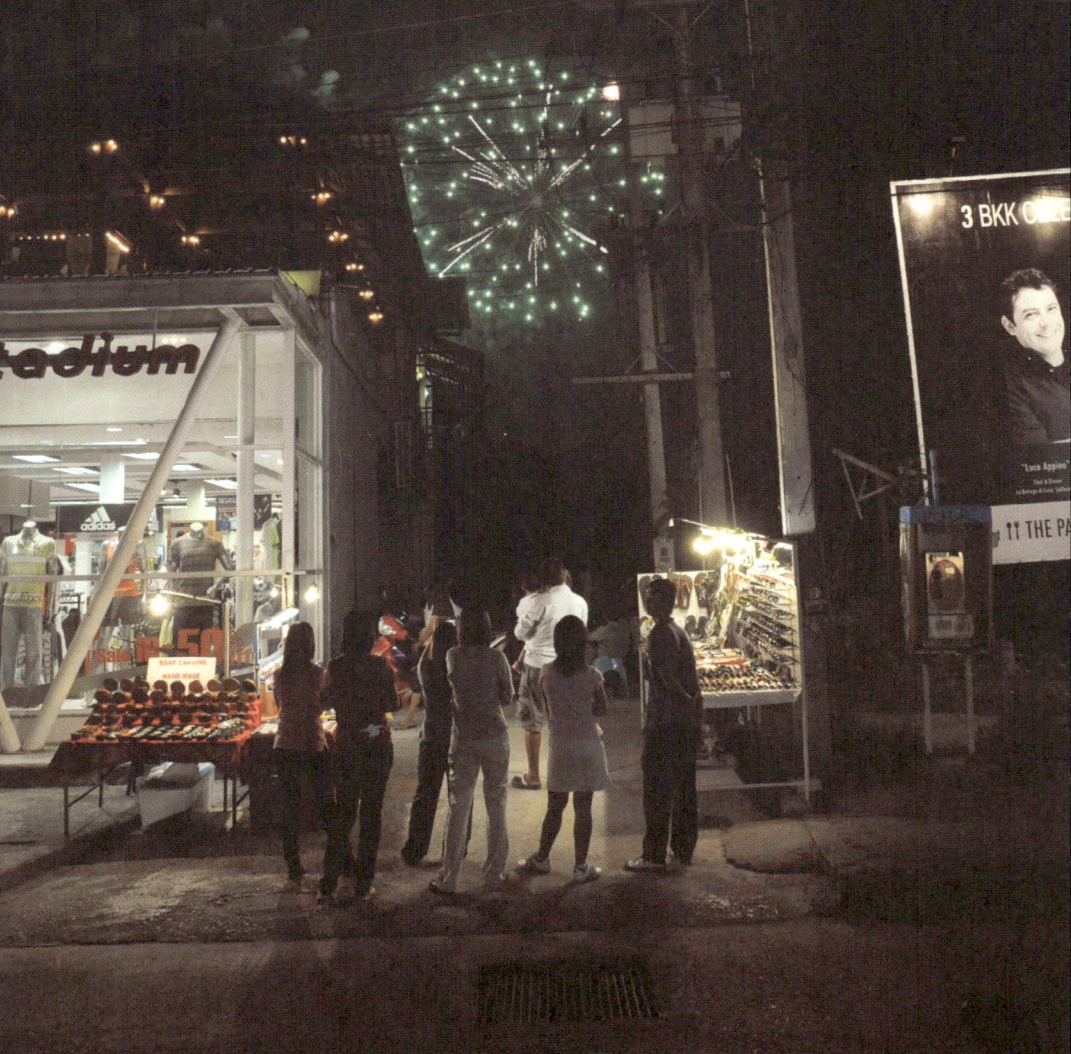

# 아빠의 선물

11월 어느 날, 태국.
아마도 우리나라의 추석과도
같은 태국의 명절이었다.
아내와 함께 거리를 걷다가 우연히 바라본 모습.

불꽃을 쏘아 올리며 축제를 즐기고 있는 사람들 가운데 눈에 띄는 두 사람.
밤하늘을 수놓는 불꽃을 바라보는 아이와 그 아빠.

이 멋지고 화려한 밤하늘을 본 아이는
아빠의 선물이라고 생각할 것이다.

아빠는 아이를 가슴에 안고 무슨 생각을 하고 있었을까.
그것이 무슨 생각이었건 중요하지 않다.

난 이 순간 가장 행복한 아이와 아빠를
보게 됐을 뿐이다.

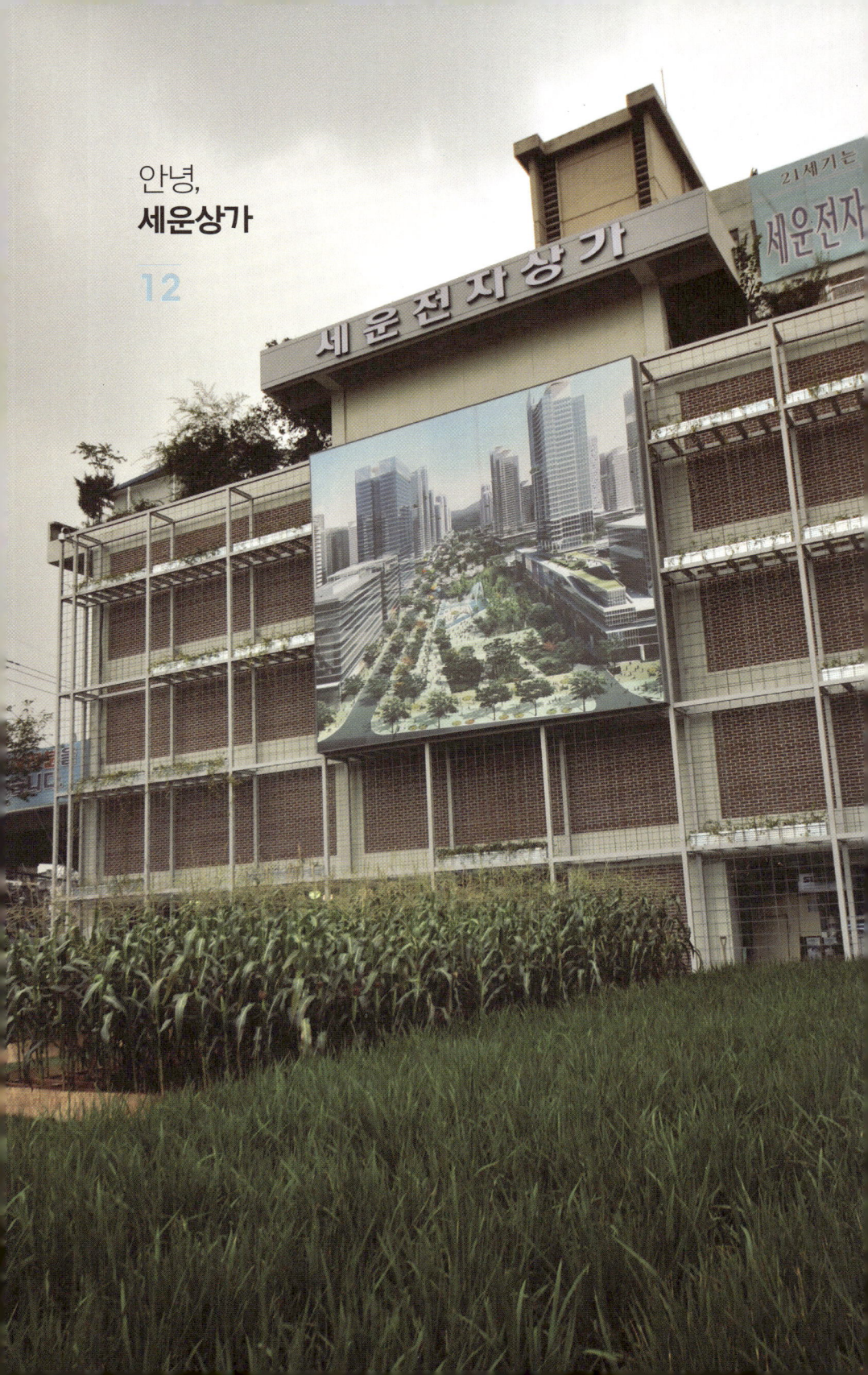

안녕,
**세운상가**

12

## 2년 전 세운상가 철거 전 '안녕, 세운상가'라는
## 프로젝트에 참가한 적이 있다.

오랜 역사를 가지고 종로의 중심에서 남산을 바라보며 굳건히 서 있던 세운상가는 앞으로 대규모 쇼핑몰로 바뀌게 되어 있었다. 세운상가 상인협회는 협회장이 머리를 미는 등 세운상가의 재개발을 강력히 반대했지만, 결국 세운상가는 역사 속으로 사라진다. 그에 따른 보상 문제에 관련한 여러 가지 일들도 많았지만 '안녕. 세운상가'라는 프로젝트 제목과 기획의도가 너무나 내 마음을 이끌었다.

어릴 적 나는 아버지가 세운상가의 대부인 줄 알고 자랐다. 아버지는 오랫동안 오디오 관련 일을 하시면서 글도 쓰셨고, 직접 제작도 하셨다. 세운상가에는 아버지를 따르는 동생 분들이 많아, 상점들을 지나갈 때면 나는 모르는데 나를 알고 있는 아저씨들이 꽤 계셨다. 아주 어릴 때 본 적이 있거나 내 얘기를 아버지가 하고 다녔거나 둘 중 하나일 것이다.

가끔씩 아버지를 따라 왔던 세운상가는 짜장면을 얻어먹을 수 있고, 신기한 전자제품이 많았던 곳이었다. 가전제품뿐 아니라 수많은 좌판에 지갑이나 선글라스 등 아저씨들의 발을 붙들만한 짝퉁 물건들이 많았던 곳, 불법 복제 포르노 테이프와 CD의 천국이기도 했기 때문에 은밀하게 구입하려던 학생들도 많았다.

프로젝트가 시작되면서 세운상가를 자주 찾았고, 사진으로 기록하면서 서서히 작별인사를 시작했다.

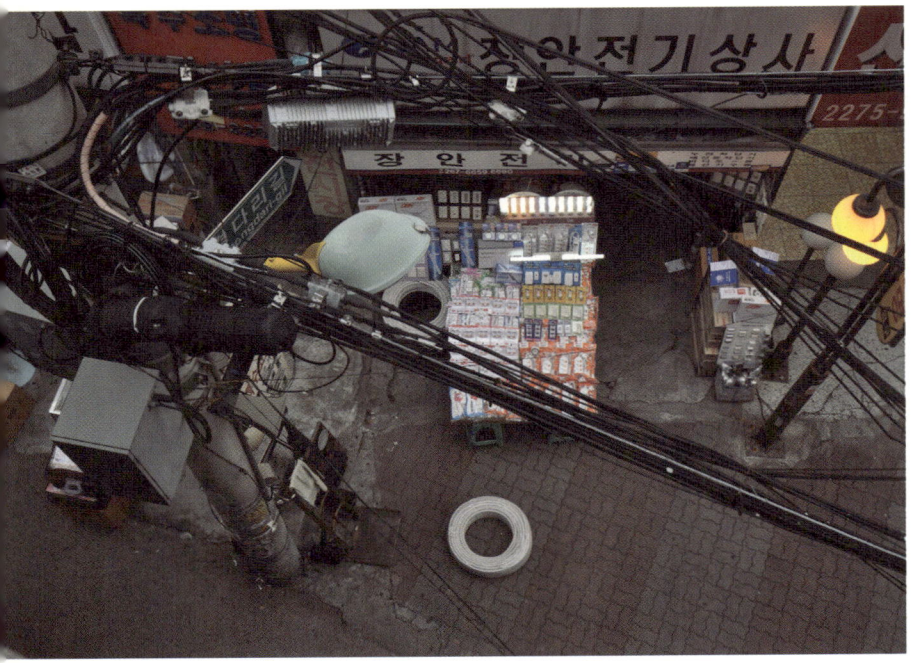

지금은 인터넷으로 검색하고 몇 번 클릭만 하면 가장 싸게 살 수 있는 업체의 연락처와 찾아가는 길까지 안내가 된다.

정말 편한 세상이다. 세상에 안 되는 것, 못하는 것이 없는 요즘, 세운상가는 불편하다. 종로 한복판에 있어서 사람도 많고, 주차도 힘들고 어디부터 둘러봐야 할지 엄두가 나지 않을 정도로 정신이 없다. 유사 상점들도 많아서 비교하기도 어렵고, 길거리 제품들은 중국산 내지는 산다 해도 제대로 사용할 수 있을지 의심스러운 조잡한 물건도 많다. 하지만 그런 것들이 세운상가의 얼굴이고 그 맛에 가는 것이 아닌가 하는 생각을 해본다. 2층 발코니 흡연구역에는 표지만 봐도 침이 질질 흐르는 야한 비디오도 이제는 없다. 철거 전 덤핑처리를 위한 낡은 전자제품이 진열되어 있고 행인들에게도 상인들은 이제 관심이 없다. 이미 철거를 인정하고 아무도 싸우지 않는다. 각자의 보상이 해결되고 다른 곳에서 장사할 생각이 먼저다.

이제 세운상가를 다들 떠난다. 이미 그들의 짐도, 그들의 마음도, 세운상가와는 이젠 안녕이다.

　'부수지 말고 지키자.'

　'부수지 말고 지키자.'

참 오랫동안 머릿속에 남아 맴돌던 말이다.

그래! 잘 지켜서 오래 쓰면 될 것을 왜 계속 부수기만 하지? 역사적인 의미가 있는 건물인데 리모델링하고 수리해서 보존하기보다 부수고 새로운 건물을 짓는 것이 좋기만 한 것인지….

점점 옛것들이 사라지고 있다. 사람들의 입맛에 맞게, 그리고 편의를 줄수 없다면 우리나라는 과감하게 바로 없앤다. 보수보다는 새로 짓는 것이 빠르다고 판단하는 것인지…. 유럽처럼 한 번 지으면 몇 백 년이 유지되는 건물을 짓는 편이 더 효율적인 방법이라고 생각한다. 처음에 지을 때부터 미래를 내다보지 않아서 지금 이렇게 다시 짓는 것일 테지.

물론 오래되고 낡은 건물보다는 새로 지은 모든 것이 편리하고 좋을 때가 있지만 낭만은 없지 아니한가. 아버지와 함께한 추억과 경험담은 이제 갓 태어난 어린이들은 모를 것이다.

　"내가 왕년에…."

이러면서 할 수 있는 이야기가 없어져 버릴지도 모른다.

종로에서 충무로까지 이어지는 세운상가는 무너지고, 다시 새로운 모습으로 어느 순간 우리 앞에 다가오겠지. 다시 태어난 세운상가에 금방 적응하게 될 것이고 사람들은 다시 찾게 될 것이다.

난 이렇게 세운상가를 보냈다. 다시 기억난 유년시절의 종로, 여드름 붉게 핀 얼굴의 친구들에게 받은 돈으로 구해야 할 포르노 테이프들, 짝퉁 아이와 카세트, 솔 다방 미스 김이 서비스로 준 요구르트 한 개, 여기저기 브라운관에서 뜯어낸 엄청난 파워의 자석들, 좁은 가게 안에서 스피커박스를 뒤집어 올려놓고 일부러 불려서 먹던 짜장면, 여기저기 진열되어 있던 동전을 안 넣어도 되는 전자 오락기들, 그 앞에만 가면 내가 탤런트처럼 잘생겨 보였던 조명가게 앞의 쇼윈도, 곡예를 하듯 머리에 쟁반을 3~4층 쌓아가면서도 온 동네 참견 다하는 밥집 아줌마들의 카랑카랑한 웃음소리….

이젠 안녕. 세운상가.

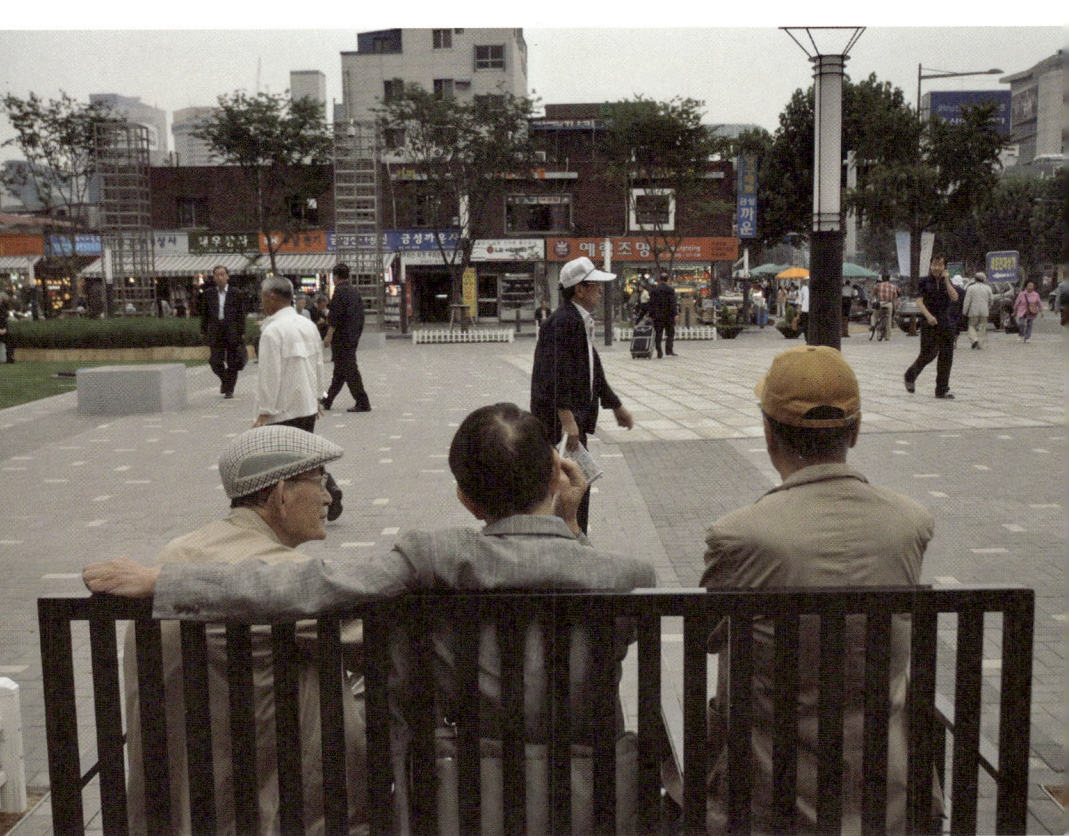

항해.

잔잔한 바다의 항해는 재미없다.
모험은 언제나 흥분되어야 한다.

경험하지 못한 것을 겪거나
예상치 못한 일들이 갑자기 닥치게
된다면 더욱 흥미로울 것이다.
물론 예상이 가능한 순조롭고 편한 여행은
몸과 마음이 편하다.

하지만
재미는 없다.

모험은 약간의 개고생과 뜻밖의 해프닝 그리고
불확실한 정보가 도움이 될 때가 있다.

마흔두 해를 살면서 늘 편안하고
행복하기를 바라지만 여행만큼은 아니다.
난 잔잔한 항해는 재미없으니까.

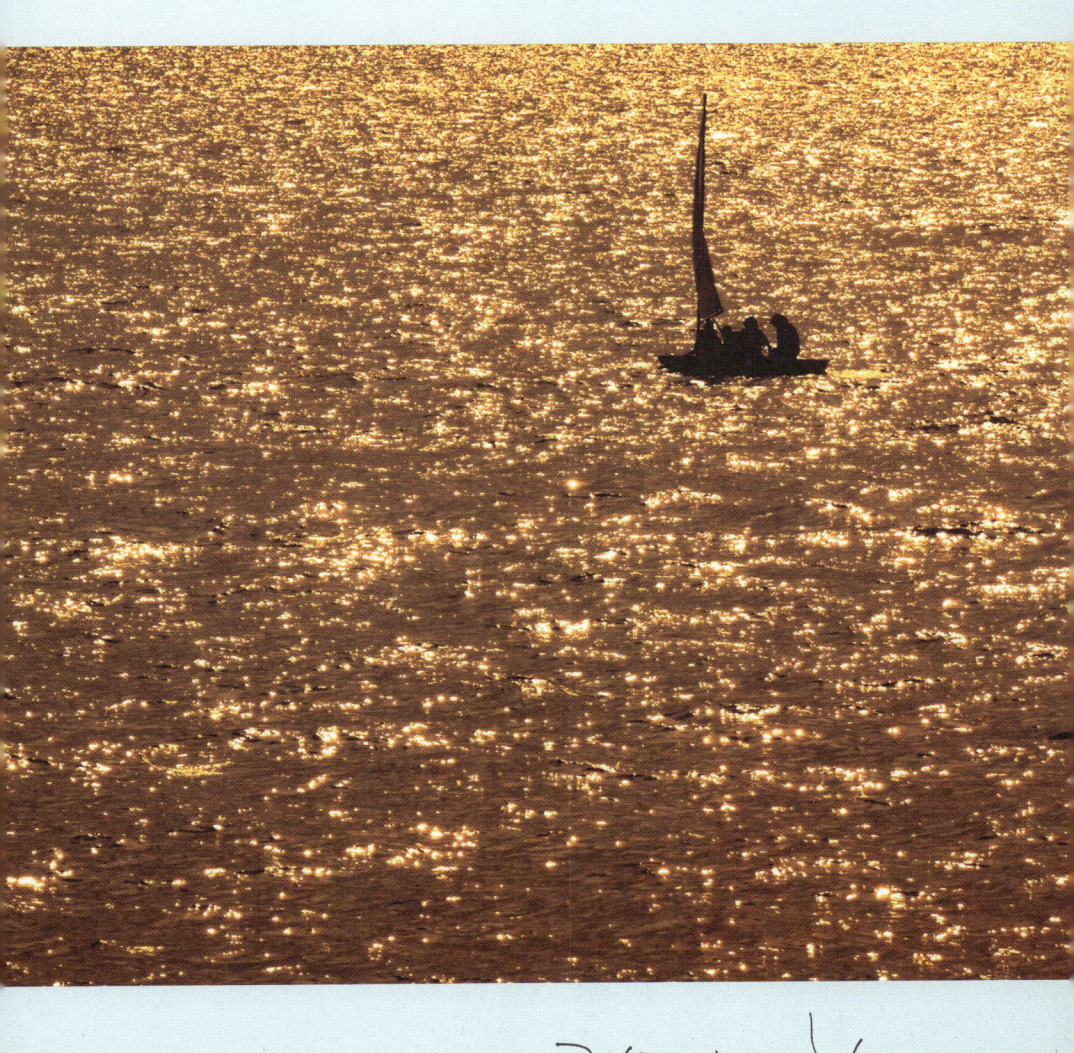

잔잔한 항해

# 그때
# 그 골목

## 13

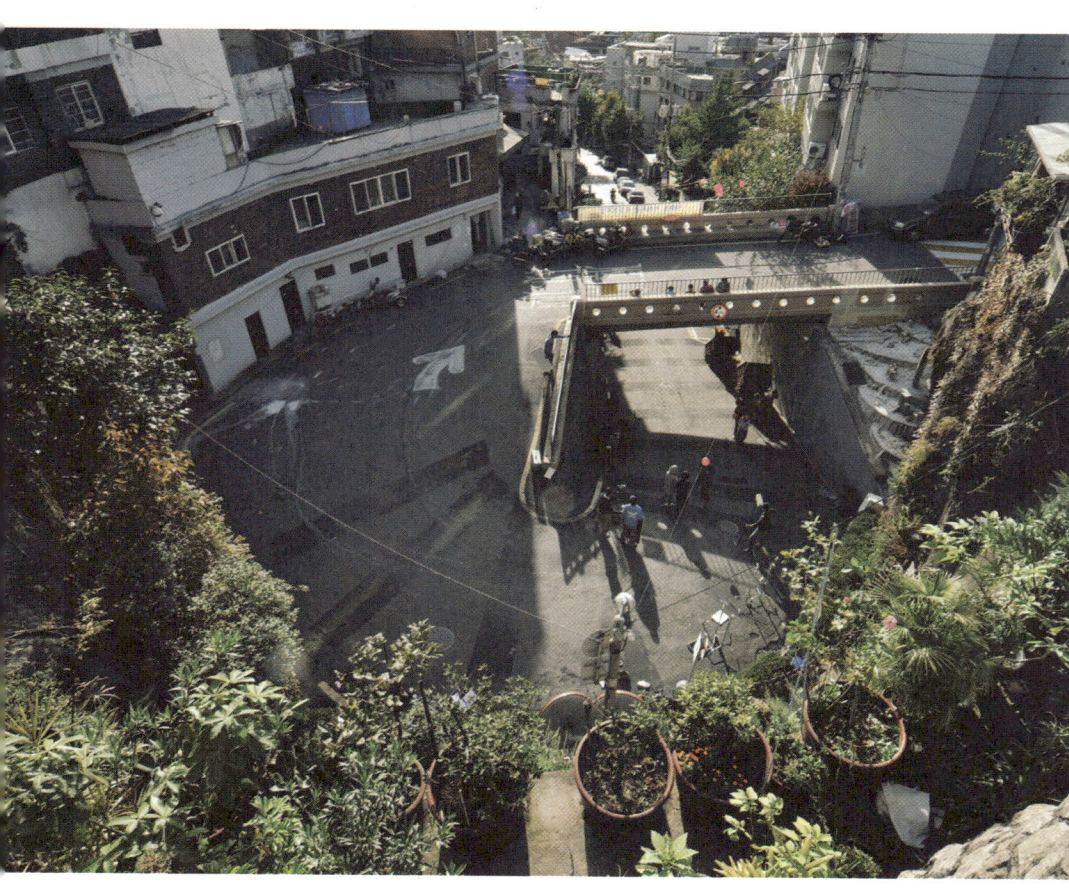

**추석 연휴 때 찾은 아내의 외할머니가 계신 장위동의 골목.**

외할머니 댁에서 엄청난 양의 저녁밥을 먹은 탓에 아내와 사진 찍기 놀이
를 하고 있다. 전봇대의 백열등이 일부분만을 비추고 있는 골목에 아내를
여기저기 세워 놓고 촬영을 하다 문득 생각이 난다. 어릴 적 추억의 골목
풍경이…. 골목이 왜 이렇게 좁아 보일까? 어렸을 땐 어찌나 넓어 보였는
지…. 몸이 커지면 내 눈의 화각도 넓어지는 건가?

동네가 떠나갈 듯 떠들어도 뭐라고 꾸지람하지 않는 맘씨 착한 아주머니가
살고 있는 집의 담벼락은 말뚝박기와 숨바꼭질을 하기 위한 최적의 장소였
고, 해 질 녘까지 망까기나 자치기를 했던 곳이 바로 골목이다. 엄마는 밥
먹으라고 고개를 골목으로 내밀어 나를 부르며 고개를 좌우로 바쁘게 움직
인다. 꼬질꼬질한 얼굴로 엄마에게 억지로 끌려 들어가며 집 대문을 넘어
간다. 고개를 뒤로 젖혀 아직 골목에 남아 있는 친구들을 향해 외친다.

　　"밥 먹고 나갈게!"

그럼 엄마는 늘 내 등을 젖은 손바닥으로 치며 말씀하셨다.

　　"뭘 나가! 밥 먹고 숙제해!"

참 오랜만에 생각나는 골목의 기억이다. 사진을 찍으러 다니면서 많은 골
목을 봤는데, 장위동 골목은 고향인 부산에서 그리고 진주에서 또 안양에
서 만났던 골목과 참 많이 비슷했다. 아내도 나의 이런 얘기에 공감했는지
한 곳을 가리키며 미소를 머금는다.

　　"와~. 저거!"

담벼락에 있는 도둑방지용으로 설치된 녹슨 창살이다. 담벼락 밑엔 시멘
트로 발라 만든 쓰레기통이 참 오랜만이다. 오래된 철문의 문고리와 문고
리 안쪽의 걸쇠도 옛날 우리 집 그것과도 같았다. 현관 위를 올라갈 수 있
게 만든 집 구조도 반갑고, 그 위에 널어놓은 수건들과 아이들의 옷가지,

내 손바닥만 한 하얀색 실내화도 정겹다.

물론 이런 집에 사는 사람도 많을 것이고 이런 집도 찾으려면 그리 어렵지 않다. 하지만 점점 사라져가고 있다는 것은 부인할 수가 없다. 이 골목의 일부는 벌써 아파트 재개발에 들어갔고, 또 들어올 예정이라고 한다.

전봇대에 붙은 부도처리 폐업광고가 좀 서글프다. 집안의 못 쓰는 물건들이 이미 골목의 가장자리를 차지해 골목은 점점 좁아지고 있었다. 차는 들어 올 수 없고 사람들의 왕래도 잦지 않은 골목이 되어 가고 있다.

이 골목에서 아이들의 까르르 떠드는 소리와 그 아이들을 지켜보는 할머니들이 대문 앞 계단에 앉아 있는 모습을 상상해 본다. 옆집에선 오늘 저

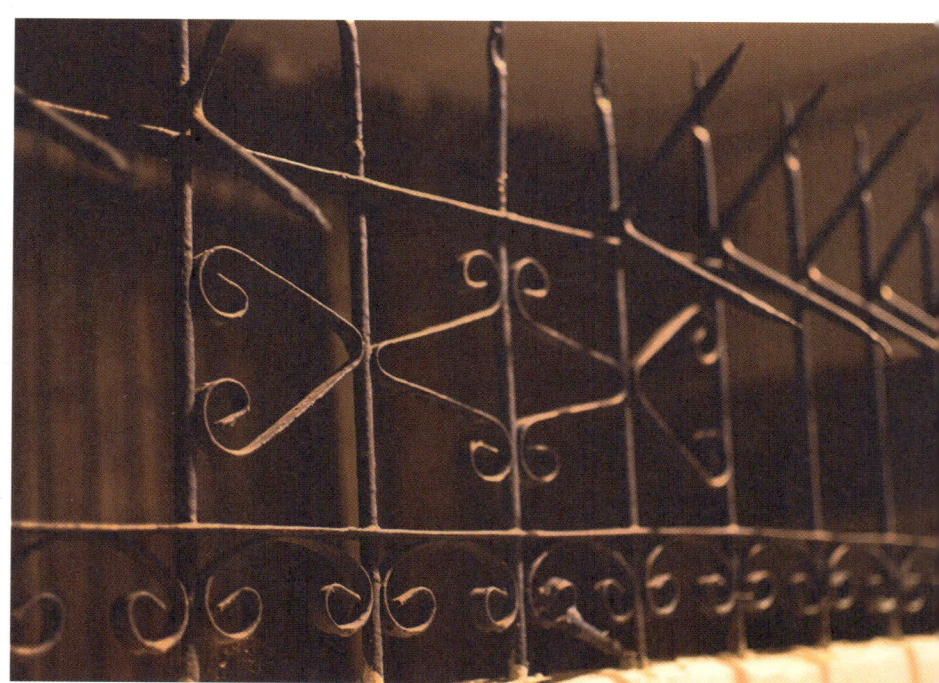

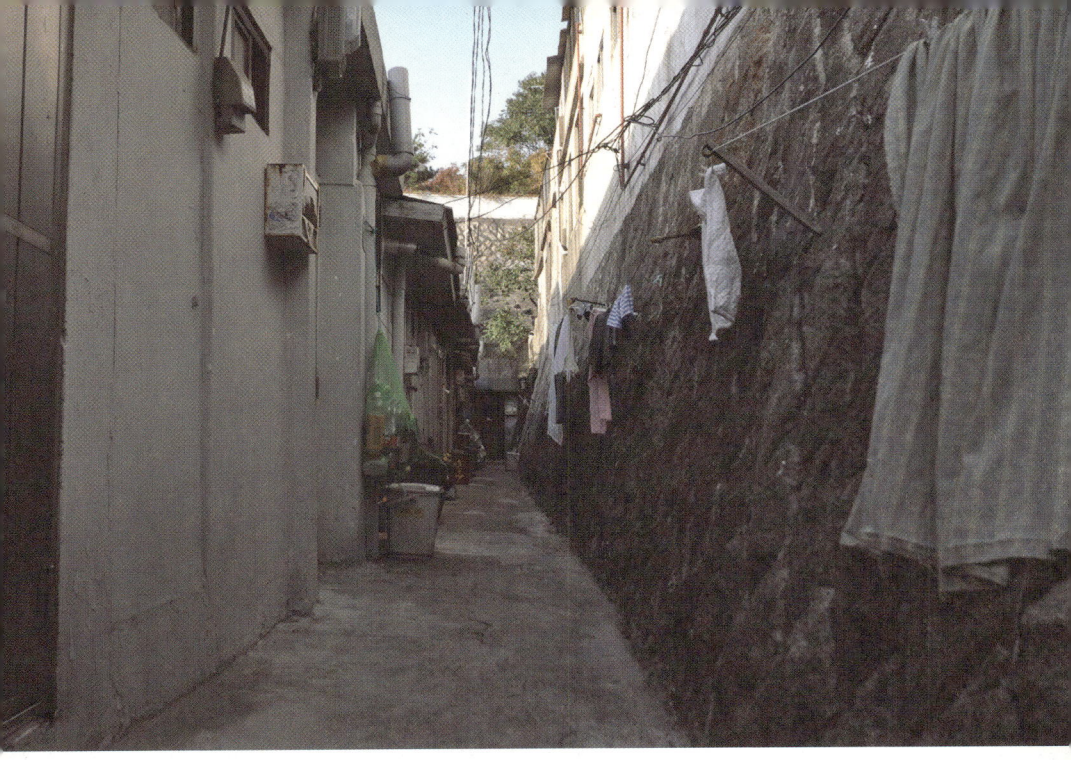

녁에 뭘 해먹는지, 좁은 골목의 집집마다 메뉴가 무엇인지 알 수 있었으면 좋겠다. 옆집의 감나무가 우리 집으로 넘어와도, 옆집 빨래가 바람에 날려 우리 집으로 날아와도 좋겠다. 옆집의 개짖는 소리가 시끄러워도, 누가 땅을 사고, 시집 장가를 가는지, 동네에 누구누구 네가 어떻다느니 소문을 들을 수 있도록 골목은 늘 시끄럽고 북적댔으면 좋겠다.

그런 골목이 서서히 사라진다. 추억과 함께….

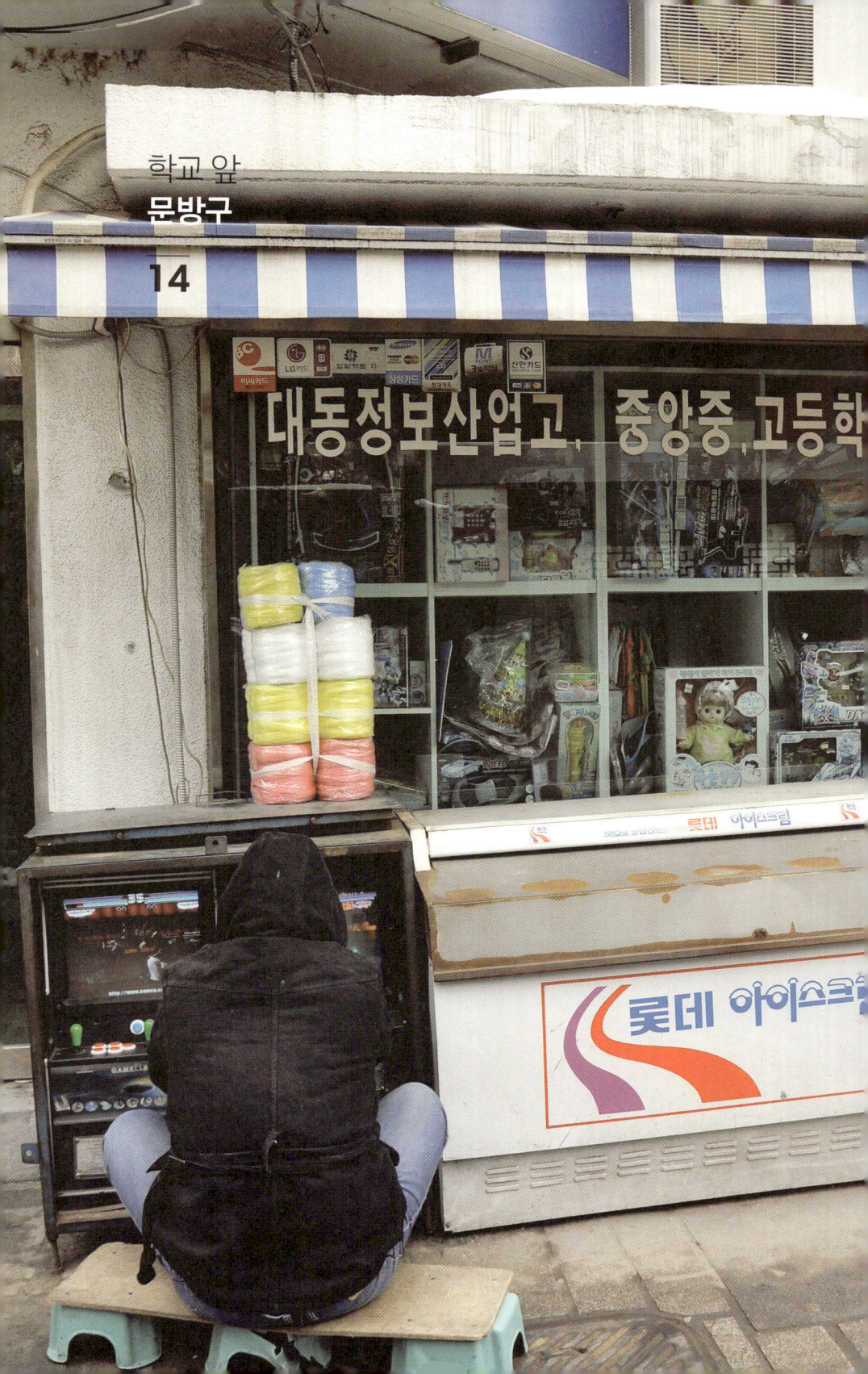

## 학교는 싫어했지만, 문방구는 좋아했다.

초등학교 조카들도 어렸을 땐 뭘 그렇게 사고 싶은 게 많은지 집에서 쉬는 날이면 '삼촌 5백 원만'이란 말을 연발한다. 돌이켜 생각해 보면 나도 그랬던 거 같다. 딱히 필요한 것도 아닌데 그렇게 갖고 싶은 게 많았는지….

불량 식품, 딱지, 구슬, 농구공, 축구공, 미니 만화책, 저금통, 바람개비, 동전을 넣고 다이얼을 돌리면 나오는 예측 불허의 조잡한 장난감들과 기타 등등. 상상을 초월한 쓸모없는 화려한 컬러의 코 묻은 돈을 뜯어내고야 마는 호기심 가득한 제품들, 공부도 안 하면서 쓰고 싶은 연필과 볼펜은 왜 그렇게 많았는지….

최고는 역시 문방구 앞 게임기. 게임기 앞에 앉아 있는 아이의 현란한 손놀림 옆에는 다음 순서를 예약한 동전 몇 닢이 놓여 있다. 지금의 다양한 게임기에 비하면 그야말로 단순한 게임들이다. 블록 깨기, 인베이더, 동킹콩 정도의 게임에도 열광했던 나의 어린 시절. 우습다.

지금은 영화를, 텔레비전을 3D 또는 4D로도 볼 수 있는 세상이다. 아이들은 닌텐도에 열광하고 아니 이미 한물갔을지도 모른다. 부모들은 두뇌 계발이란 카피에 속아 결국 아이들의 머릿수대로 안겨줘야만 한다.

문방구 앞에서 한참을 몸이 빨려들어갈 듯 열심히 게임을 하다 보면 엄마의 밥 먹으러 들어오라는 목소리가 들리고 어린 동생이 오빠나 형을 찾아 그곳까지 오게 된다. 집에 들어와 누워 있으면 천장에 블록을 깨고 다니던 공이 떠다닌다.

요즘에도 아주 가끔 가게 앞 조그마한 게임기들을 볼 수 있다. 동네 꼬마들이 게임을 하는 모습도 볼 수 있다. 목욕탕 의자를 깔고 앉거나 아니면 그냥 땅바닥에 무릎을 꿇고 앉아서 좌우지간 열심이다.

나 역시도 그랬겠지만 다시는 그 앞에 내가 앉아서 그 게임을 할 수 있을까? 아주 오랜만에 골목길을 카메라를 들고 다니다 덩치 큰 남자가 모자를 뒤집어쓰고 게임기 앞에 앉아 게임 삼매경에 빠져 있는 모습을 보게 됐다. 누가 불러도 모를 것 같은 대단한 몰입도다. 동네 꼬맹이들이 앉아 있었다면 개인적으로 더 고마운 사진이었겠지만 그래도 이런 생각이 나게 하는 소중한 한 컷이다.

나이가 들면서 사라져가는 소품 중 하나가 문방구 앞 게임기이겠지만 나이가 들면서 사라지는 것 하나가 더 있다. 바로 용기다. 나라면 저기 앉아 저 게임을 혼자하진 못 할 것 같다. 아주 친한 친구들과 같이 있다면 모를까. 우연하게 본 서울 종로구의 한 동네를 지나면서 이런 생각을 해본다.

역마차
**다방**

15

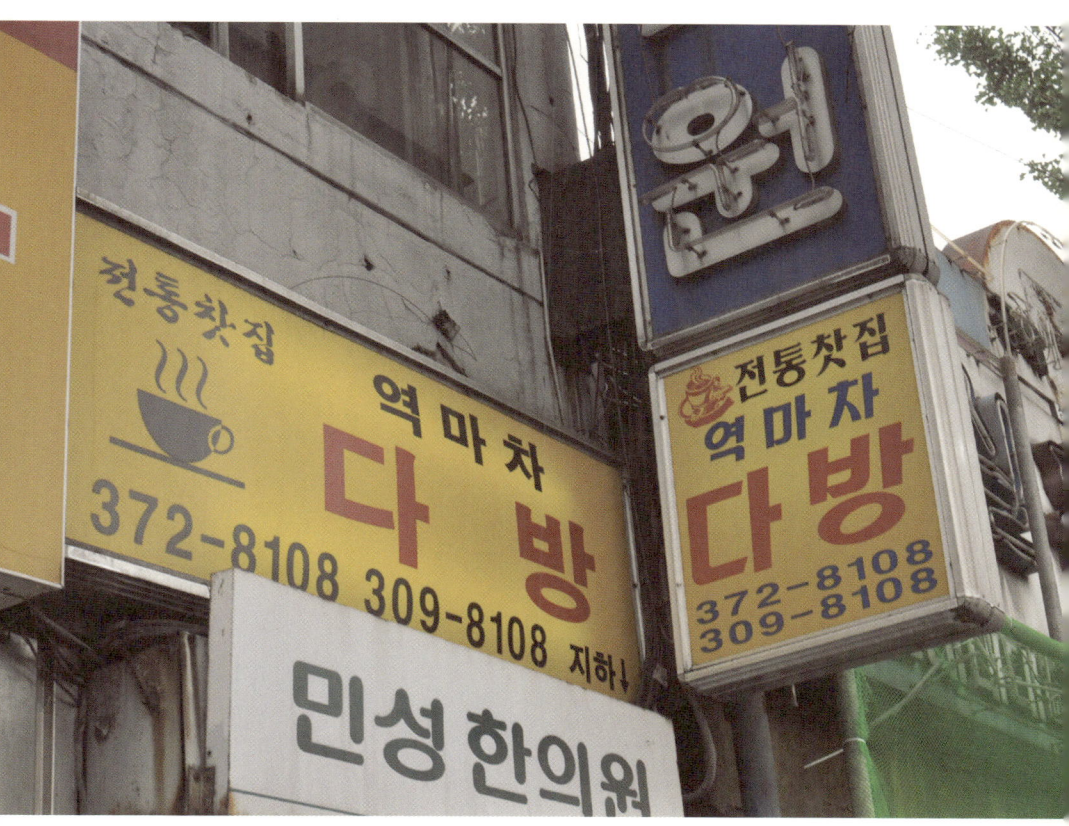

언제나 다방의 모습은 영화나 드라마 속의 다방이
먼저 떠오른다.

'다방'하면 난 늘 짙은 화장의 아가씨가 노란 쟁반에 보자기를 씌워 껌을
씹으며 아버지 가게에 배달와서 마셨던 그 커피가 생각난다. 오래전에 아
버지의 대리점은 망했지만 가끔 일이 없는 경우는 나가서 일을 도왔드렸
던 샤프오디오 모래내 대리점. 그 옆에 있던 역마차 다방. 우리나라 어딘
가에 쉽게 찾을 수 있을 것 같은 촌스러운 이름의 그 다방. 역마차 다방.
커피를 늘 시켜 먹던 다방의 기억은 이렇다. 가게에서 어김없이 점심을 시
켜 먹고 난 후 10분이 지나면 자동으로 아가씨가 커피를 들고 하이톤의
인사를 하며 가게 문을 밀며 들어온다.

　"식사하셨어요?"
나를 보고 반가워하며 말을 건넨다.

　"오늘은 일이 없나 봐요. 가게에 계시네요."
그렇게 시켜 먹던 역마차 다방의 커피는 자판기 커피와는 달랐고 서비스
로 가져오는 5개가 연달아 붙은 요구르트는 늘 냉장고에 키핑이 되어 가
게에 오는 손님들의 목구멍으로 들어갔다.
다방 커피의 진수라고 할 만큼 맛있었던 역마차 다방의 커피. 어쩌면 아직
도 그 맛을 잊지 못해서 별 다방, 콩 다방 등 질 좋은 커피를 마다하고 믹
스 커피를 즐겨 마시는지도 모르겠다. 다방 아가씨들 여러 명이 우리 가게
를 번갈아 다녀갔으며, 제일 실망스러울 때는 아가씨들이 오지 않고 마담
아줌마가 직접 커피를 가져올 때였다.
다방을 가르쳐 준 아버지는 늘 당신이 웃음을 주는 사람이라고 생각하신
다. 집안에선 정말 재미없고 무뚝뚝한 아버지였는데 밖에선 사람들을 웃
기려 하고 분위기 파악이 안 되는 농담으로 가끔 우리를 당황하게 할 때

가 많다. 기억나는 에피소드가 있다.

어느 날 겨울, 가게에서 시켜 먹은 짜장면 그릇을 신문지로 덮고 있는 순간 역마차 아가씨가 커피를 들고 들어온다. 몹시 추운 날이었는데도 아가씨의 옷차림은 충격적이었다. 가슴골이 훤히 내다보이는 앞섶이 과감하게 파헤쳐진 옷을 입고 나타나 시원하게 허리를 굽혀 커피를 탄다. 그야말로 뜻밖의 선물이다. 아버지와 눈이 마주쳤다. 갑자기 아버지는 아가씨의 가슴팍을 강하게 후려치며 말씀하셨다.

"안 추워?"

"헤헤. 옷이 없어요!"

그러자 아버지는 아가씨의 손목을 잡고 급히 일어서며 가게 문을 향한다.

"따라와."

그리고 한 30분이 지났을까? 다시 가게 문으로 들어온다. 아가씨에게 따뜻한 목 폴라 티셔츠를 사 입혀 나타난 것이다. 좋아하는 아가씨에게 새 옷을 입히고 오신 아버지. 커피를 마시고 아가씨는 다방으로 복귀했고 아버지에게 물었다.

"아니, 왜 옷을 사줬어요? 동네에 소문나면 어쩌시려고요."

잠시 후 아버지는 음흉한 미소와 함께 농을 던진다.

"소문나야 해. 그래야 더 벗고 다닌다."

못 말린다. 진짜. 웃어야 할지 울어야 할지.

청룡
**탁구장**

16

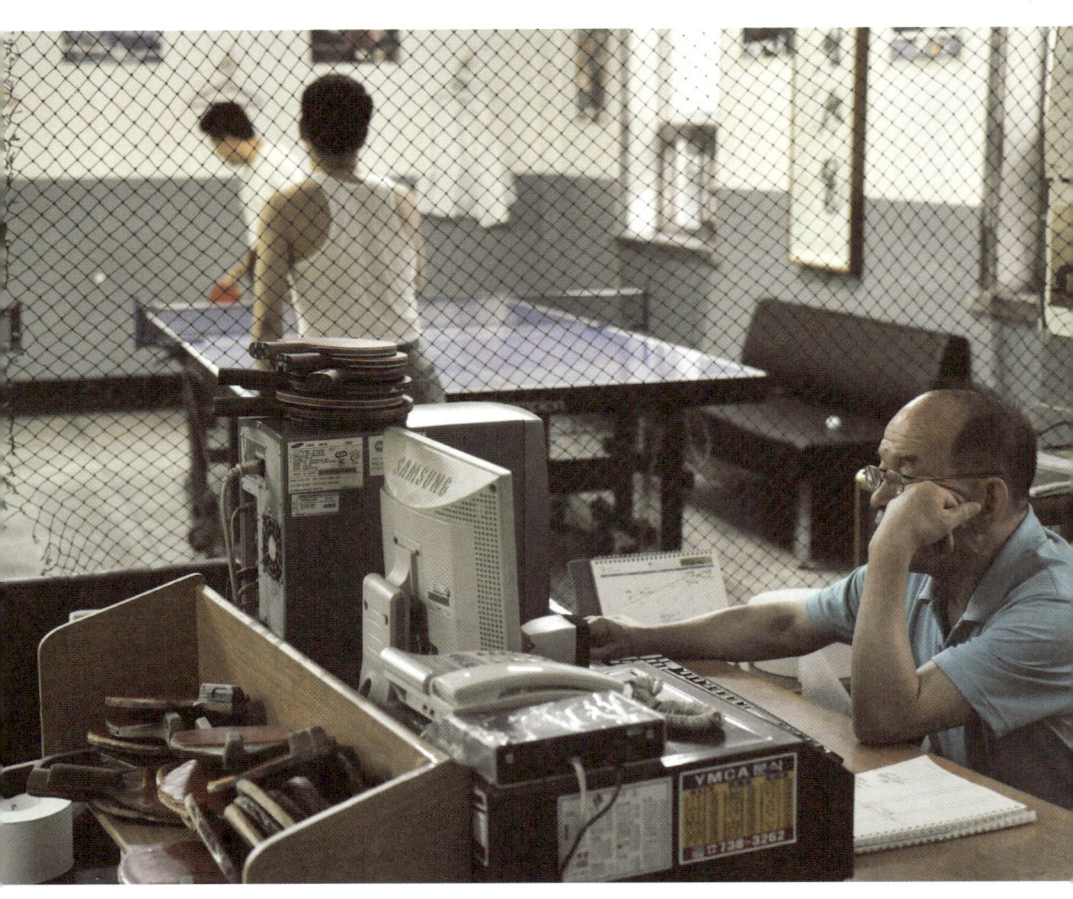

오래전 땀내 나는 여름 교복을 입고
가방을 어깨 뒤로 힘차게 돌려 매고 뛰어갔던 탁구장.

그곳과 가장 흡사한 곳을 찾아보기로 했다. 종로 한복판에 그것도 대학 시절 수차례 지나갔던 그 길에 예전의 모습으로 날 기다리고 있었다. 탁구대 5~6대와 흰색 러닝셔츠를 입고 탁구를 치고 있는 손님들, 마음씨 좋아 보이는 주인할아버지까지…. 이 탁구장에서 1986년의 모습을 찾아본다.

탁구대는 지금까지 다녀간 수많은 손님의 땀으로 약간은 시금떨떨한 냄새를 풍기고 수십 년 전에 주인아저씨가 써놓은 듯한 손 글씨의 표어가 정감 있게 여기저기 붙어 있다. 냉장고에는 예전에 즐겨 먹었던 삼강사와만 없을 뿐 그 시절 그 향수가 군데군데 남아 있었다.

한 시간에 만 원이다. 예전에는 얼마를 내고 한 시간을 쳤는지 기억이 나질 않는다. 30분에 6천 원, 한 시간에 만 원이니까 여유 시간이 많다 싶으면 무조건 한 시간을 치지 않을까? 함께 간 후배들에게 왕년의 솜씨를 보여주고 싶었다. 후배들은 상대가 되지 않았고 멀리서 지켜보던 주인할아버지께서 말씀하신다.

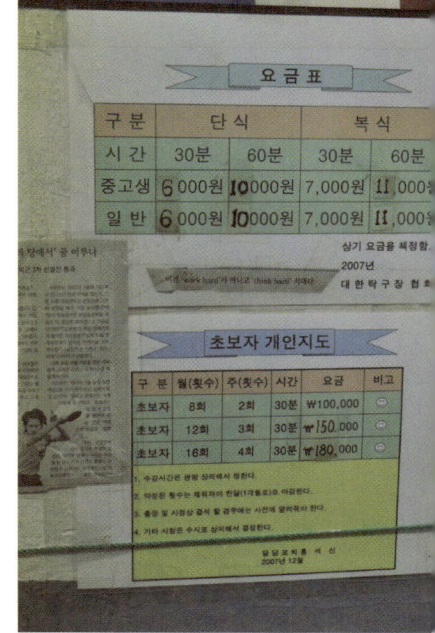

"잘 치네. 게임 운영을 잘해. 원래 그렇게 하는 거야."

"그래요?"

"그 정도면 잘 치는 거야!"

하기야 이 정도면 노력 많이 한 실력이긴 하지. 친구 상근이를 이기기 위해서 얼마만큼의 노력을 했는데…. 단 한 번이라도 이기기 위해 흘린 땀을 아주 오랫동안 묵히다 쓸데

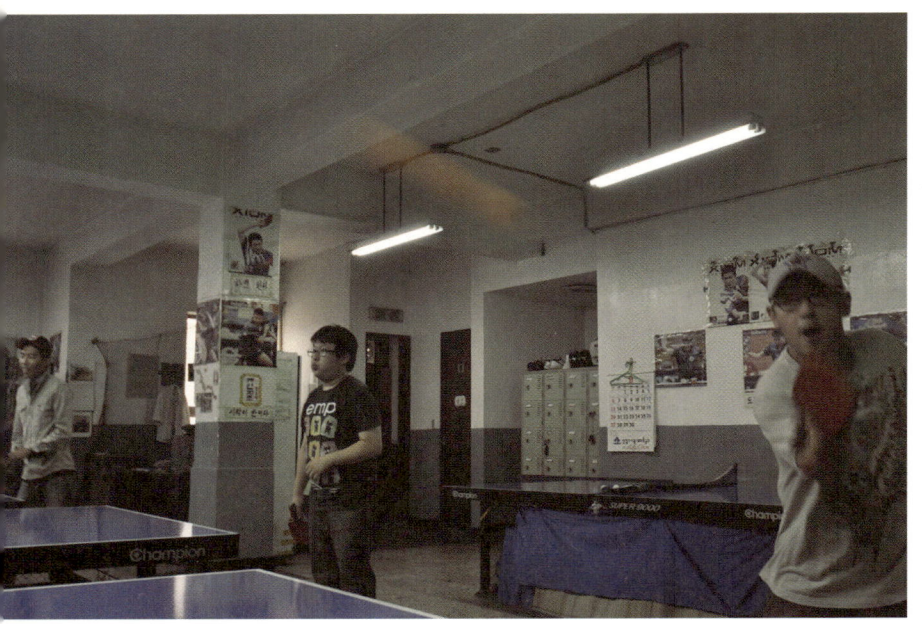

없는 내 후배들에게 쏟아부었다. 주인할아버지께 물었다.

"요즘 탁구장이 너무 없어요. 일부러 일산에서 왔어요."

"에구. 뭐 그렇게 멀리서 왔어! 일산에도 많이 있는데."

"있긴 있죠. 여기 같지 않아서 그렇죠. 하하!"

주인할아버지가 이 탁구장 건물의 건물주였고, 미소가 멋들어진 할아버지는 오랫동안 청룡을 지켜온 관리인이셨다. 25년을 이 종로 한복판에서 유남규, 안재형, 자오즈민, 현정화, 이에리사와 같은 탁구 선수를 낡은 테이블 초록색 망사 뒤에서 흐뭇하게 봐 오셨을 테고, 오늘은 나를 멀리서 지켜보고 계셨다.

참으로 오랜만에 탁구로 땀을 흘렸다. 17~18살에 탁구를 쳤던 기분을 마흔이 넘어 다시 느낀다. 기분은 그 시절로 돌아간 것 같으나 몸은 조금 힘이 든다. 나보다 잘했던 친구 상근이가 아니고 나보다 못하는 후배들을 데리고 와서 예상된 승리를 거두었기 때문에 그리 재밌는 경기는 아니었지만 그래도 즐겁다. 그때보단 더 힘들고 땀도 많이 나고, 공 주으러 다니는 것도 귀찮고 힘들어서 공을 몇 개씩 손에 쥐고 시합을 했지만 참으로 오랜만에 추억에 젖는다.

그때 그 탁구장은 이제 없지만 비슷한 탁구장에서 참 신이 나 있었다. 탁구대 옆에서 연신 내 사진을 찍으며 나를 지켜보던 아내도 계속 웃는다. 어릴 적 추억에 취해 탁구대 주변을 종횡무진 뛰어 다니고 있는지 아는 모양이다.

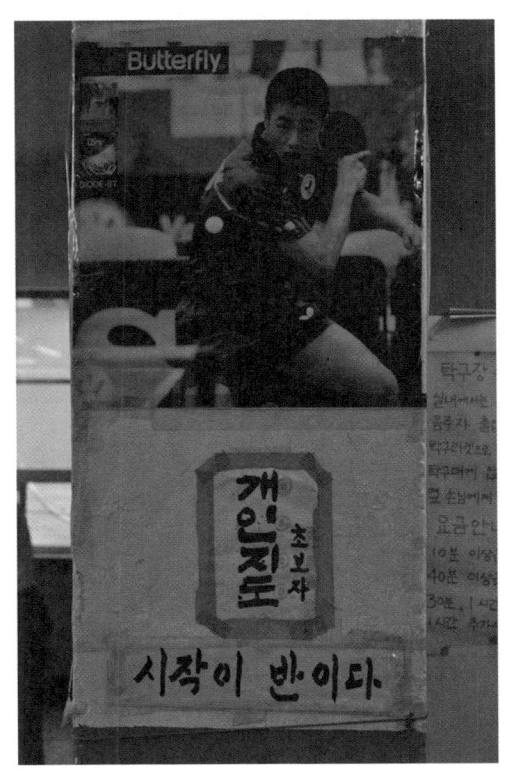

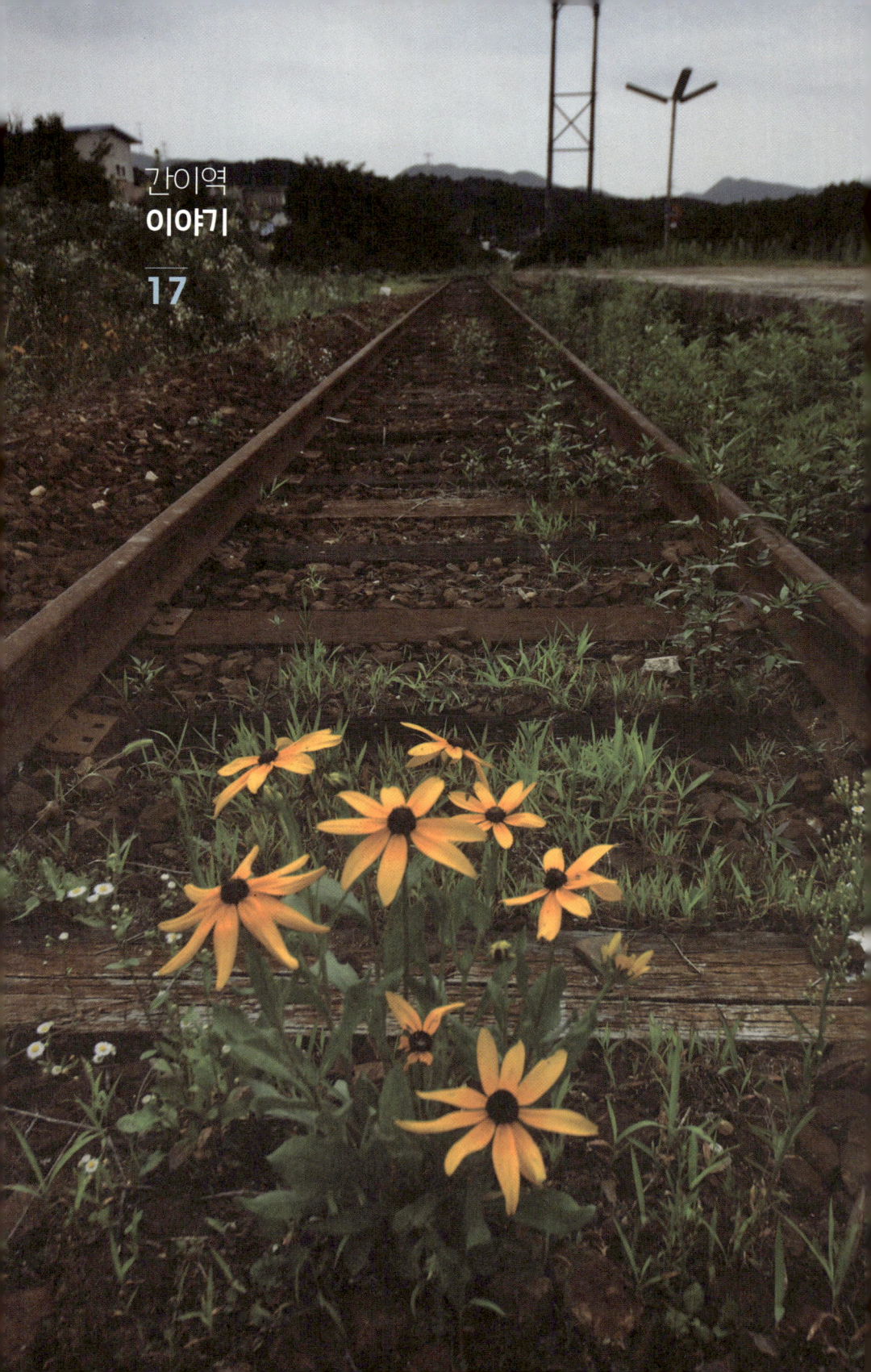

간이역
**이야기**

**17**

# 우리 집 근처에는 백마역이 있다.

모꼬지의 대명사 남이섬과 함께 70~80년대 청춘남녀들의 명소였던 곳. 서울에서 가까운 곳에 있는 데이트하기 좋은 장소이기도 하다. 통기타 6 줄이 끊어져라 신 나게 튕기고 나면 다음 노래가 끊이질 않게 옆에 있던 친구는 그 두꺼운 포크송 대백과를 찾아대던 그림이 그려진다.

그랬던 백마역은 이제 없다. 골프 연습장이 들어서서 낮에 골프공이 하늘을 가르는 소리만 들리고, 밤엔 귀가를 서두르는 차들이 쌩쌩 달리는 길가에 추억을 간직한 채 언제나 그 자리에 서 있다. 그나마도 이젠 새로운 역사로 바뀌고 간이역의 흔적도 사라지고 없다. 늘 지나가던 길이라 굳이 카메라를 꺼내 들 생각도 없었고 필요하면 언제든지 찍을 수 있었던 백마역이 이젠 없다.

편의와 도시미학이란 미명 아래 간이역들이 사라지고 있다. 오래전 학교 앞 떡볶이집이 없어지는 슬픔에 비유할 수 있을까? 그래서 이미 사라진 백마역한테 더는 지켜주지 못해서 미안한 마음뿐이다.

나의 학창시절 추억의 장소. 백마역에 내려 술 냄새를 따라가면 어김없이 선배들은 그곳에 모닥불을 피워 놓고 술과 함께 예술과 청춘에 대해 논하고, 공식적인 첫 외박이라던 여자 신입생들은 상기된 얼굴로 첫 경험을 즐기고 있었다. 이미 늦었지만 전국의 우리 동호회 회원들에게 간이역이 아직 남아 있는 곳을 제보해 달라고 요청했다.

물론 찾아보면 아직 많이 남아 있겠지만 이미 기차가 지나지 않는 역! 하지만 흔적이라도 남아 있는 곳이 있으면 백마역처럼 다시 한 번 추억을 되돌려 보고 싶다. 그런 곳이 역시 있었다. 물론 더 찾아보면 또 있었겠지만 난 결정했다.

도고온천역, 그 역을 향해 난 이미 가고 있었다. 온천을 위해 도고를 찾은 적은 한 번도 없었지만 워낙 유명한 지명이기에 생소하거나 떨림도 없었다. 으리으리하고 번쩍번쩍 빛나는 윤기 있는 회색의 새 건물인 도고온천 신역사 앞에 내비게이션이 내 차를 세웠다. 새로운 신역사가 너무도 평범하여 할 말을 잃었다. 늘 서울에서 보던, 강변북로를 지나면서 보던 옥수역이나 성수역 정도의 느낌이었다. 서울 사람 아니 시골 사람에게 물어도 아무런 감흥이 없는 그 많은 역 중의 하나일 뿐이다. 도저히 사진을 찍고 싶은 기분이 아니었다. 오는 동안 피우지 못했던 담배 한 대를 피울 정도의 시간만 신역사와 함께했다.

15분 정도를 더 달려 작은 마을 하나가 나타난다. 도고온천역을 심장에 안고 있었던 조용한 그리고 조그만 동네가, 평범한 시골의 작은 마을 한가운데에 오랫동안 사람들의 흔적이 없었던 작은 건물 하나가 눈에 들어온다. 중앙현관은 열려 있었다. 벽엔 열차 시간표와 건전지마저 멈춰진 커다란 벽시계와 피곤한 여행자들을 쉬게 했던 노란 니스가 발라진 오래된 의자가 기우뚱 누워 있다. 대합실 바닥에는 먼지가 차곡차곡 뽀얗게 쌓여 있다. 내가 지나간 자국마다 내 흔적이 마지막이 될 것처럼 남는다. 숙제하듯이 찾아온 간이역이지만 그래도 아직 남아 있어줘서 고마웠다.

다 쓰러져간 대합실 구경은 마치고 얼른 플랫폼과 철로가 있는 곳으로 나가고 싶었다. 대합실에서 열차를 타러 나가는 곳은 두꺼운 자물쇠가 가로막고 있었기 때문에 그 안으로 들어갈 곳을 찾기 시작했다. 담벼락은 이미 무너져 없었고 나처럼 여러 사람이 지나갔 듯이 보이는 나무와 나무 사이에는 길이 나 있었다.

그리 크지 않은 간이역인 백마역에서는 젊은이들의 추억과 수많은 연인의 이야기가 떠올랐다면, 이곳 도고온천역은 아마 수많은 효녀 효자들이 보낸 우리네 부모님의 이야기로 가득 차 있을 것이다.

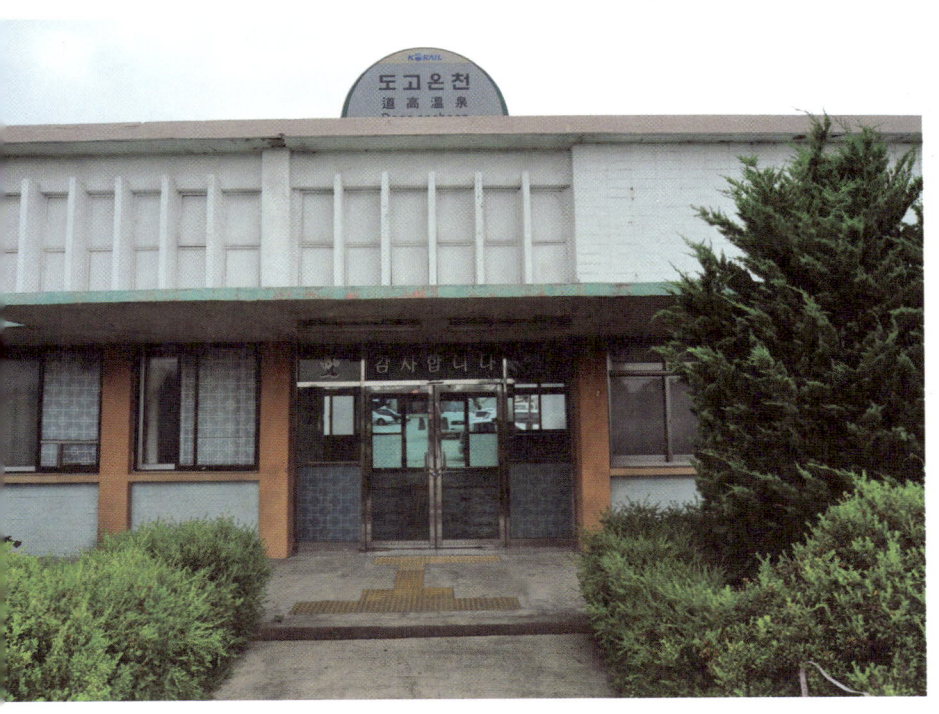

플랫폼에서 열차를 기다리던 낡은 벤치는 이제 콘크리트 바닥을 뚫고 의자를 덮을 기세로 올라오는 이름 모를 풀들을 막을 수가 없었고, 녹이 슬어 점점 빨간색으로 변해가는 오래된 철로는 힘 없이 잡초와 엉켜 싸우고 있다. 은빛 찬란했던 레인은 이제 늙고 지쳐 두 손으로 잡고 꺾으면 금방이라도 부러질 듯 녹슬고 지쳐 있다. 이젠 천천히 가는 완행 열차조차도 이동시킬 수 없어 보인다. 유모차라면 모를까…. 그렇게 도고온천역은 이제 호흡기를 뗀 시한부 환자처럼 서서히 사라져가고 있었다.

역 주변은 그저 무미건조하게 커다란 덤프트럭이 먼지를 날리며 빠른 속도로 지나가고 있었고, 오랫동안 주인 없는 개들이 활보하고 있었다. 이곳저곳엔 온천장의 잔재들이, 자식들이 보내준 온천지에서의 휴가를 집 걱정 없이 보낼 리 없는 부모들의 마음이, 도고의 도로 구석구석에 남아 있는 듯했다.

어차피 사라지게 되겠지만 죽기 전에 병문안 온 사람처럼 내 가슴 한켠은 계속 짠해 왔다. 사라져가는 것들을 찾기 위해 여기 저기 여행을 다니고 있지만 사실 그렇다. 주변의 모든 것들은 그렇게 사라져가고 있다. 한때 휴가철이나 주말이 되면 버글버글했던 이곳 유명 온천지도 이렇게 사라져간다. 아파트 단지 근처에는 어김없이 대규모의 찜질방이 경쟁하듯 오픈하고 연인들마저 각종 편의시설이 마련된 찜질방에서 데이트를 즐긴다. 백마역에서 시작한 나의 사라져가는 것들에 대한 단상은 일이 커져 버렸다.

이제는 사용하지 않는 도고온천역은 그렇게 거기 뜨거운 여름 땡볕을 혼자 버텨내며 죽어가고 있었다. 아직 도고온천엔 유명한 온천들이 남아 있고, 사람들의 발길은 줄었어도 끊이지 않는다면 한때 도고온천이 하와이와도 바꿀 수 없었던 그 추억의 도고온천역을 이대로 두어서는 안 된다는 생각이 든다. 온천 박물관으로 리모델링을 해도 좋을 것 같지만 내가 할 수 있는 것은 아무것도 없다. 그저 사진으로 남기고 추억하고 생각만 할 수 있다는 것이다. 그래도 사진을 취미로 둔 덕분에 추억할 수 있는 것이 얼마나 다행인가.

그렇게 도고온천역을 느린 내 발걸음 뒤로 남기고 벌써 월요일 오후 교통체증을 걱정하며 상경할 채비를 하고 있었다. 천천히 내 차를 찾아가던 길에 발견한, 딱 봐도 아주 오래돼 보이는 건물 하나가 나를 멈추게 한다. 건물은 이미 부식된 지 오래되어 보이고, 함석판 외벽에 거의 지워져 보이지 않는 글자는 이곳이 정미소라는 것을 짐작하게 해준다.

활짝 열려 있는 정문에서 보이는 작은 쪽방 안으로부터 퍼져 나오는 하얀 불빛의 스탠드가 밥상 대용 책상 위에 켜져 있고, 무언가를 열심히 고치고 있는 한 남자를 발견했다. 쪽방 앞엔 그 남자의 슬리퍼가 급히 방으로 들

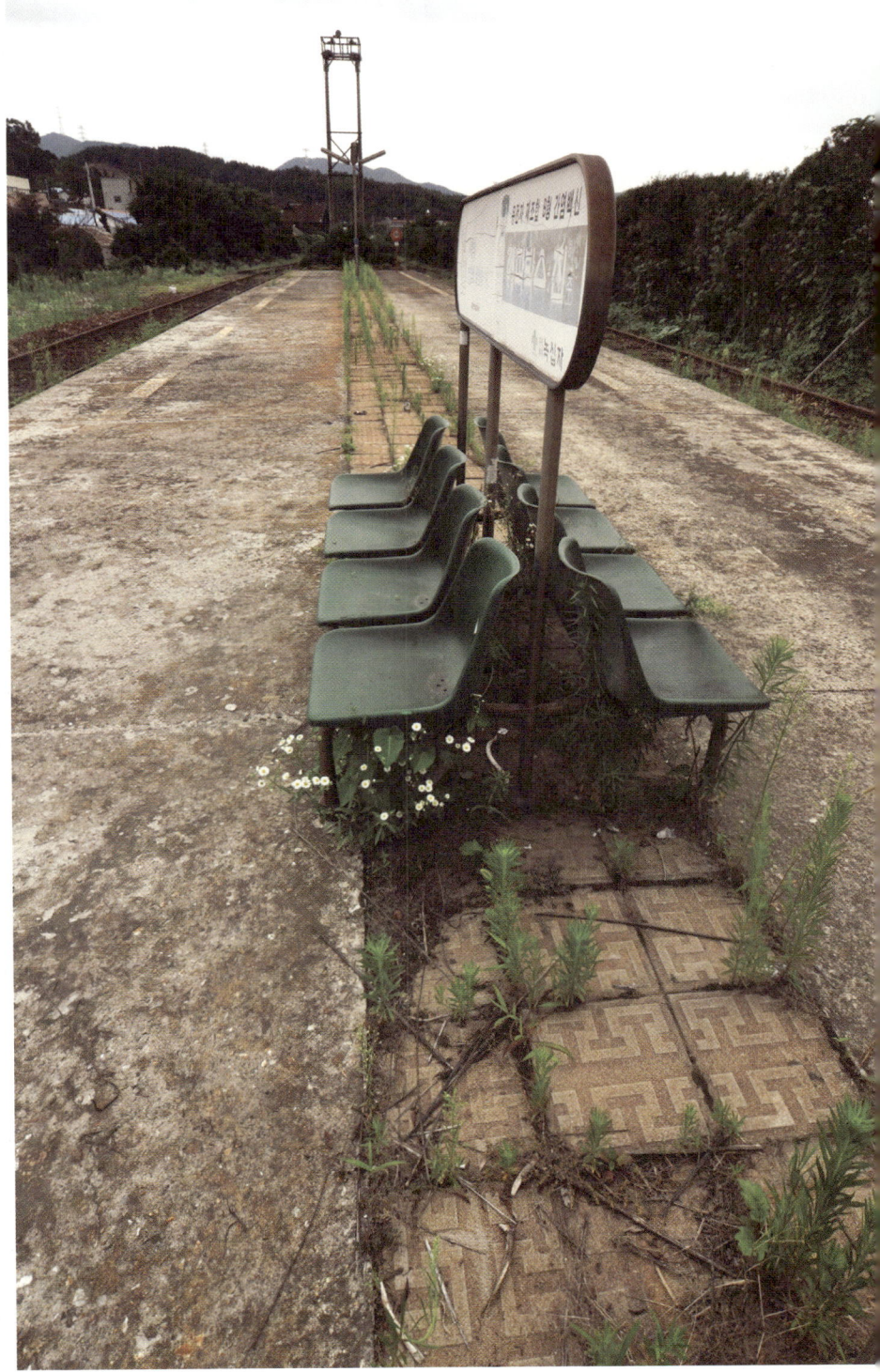

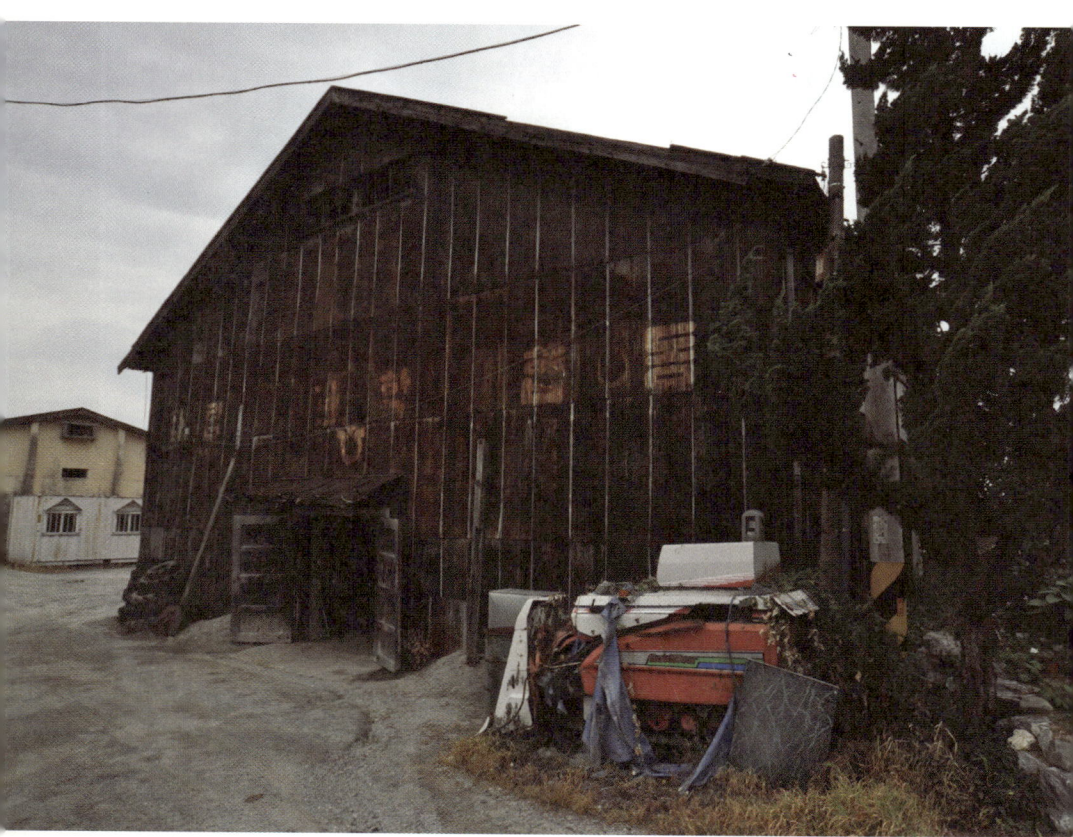

어간 모양새로 한 짝은 누워 있고 또 한 짝은 바로 있다. 방문을 빼꼼히 열어 인사를 하며 말을 건넸다.

"사진 좀 찍어도 되나요?"

"그러세요! 근데 뭐 찍을 게 있나? 여긴 그냥 별 볼 일 없는 창곤 디…."

뜻하지 않았던 승낙에 일단 급한 대로 셔터부터 눌러댄다. 외관상으론 적어도 50년은 넘겠구나 싶다. 세상에 이럴 수가…. 딱 내가 찾던 피사체다! 낡고 오래된 것들을 한참 찾고 있던 내겐 더없는 훌륭한 건물이었다. 내 카메라를 지켜보던 아저씨가 입을 열었다.

"그거 디카지유? 나도 예전엔 사진 많이 찍었시유. 옛날엔 깡통 필름에서 쓸 만큼 뽑아서 찍으러 무진장 돌아다녔쥬. 디카 그거 편해서 좋긴 한데 뭐 사진 같지는 않더구만유."

정겨운 사투리, 그리고 사진 이야기라니. 반가웠다. 아저씨도 한때 사진을 좋아했었고 피사체를 찾아다녔고 사진을 즐겼다니 더더욱 반갑고 동지를 만난 기분이었다. 아저씨는 이곳에 대해 설명을 시작하셨다.

이 건물은 1916년에 지어졌고 정미소로 사용하다 지금은 반씩 나눠서 앞은 고물들, 뒤쪽은 마을 농협에서 창고로 쓰고 있다고 말씀하신다. 그리고 방 안에서 스탠드를 켜놓고 하시던 일은 무언가를 만들기 위한 설계도를 그리고 있었다고 한다. 마을에선 못 고치고 못 만드는 게 없는 아마도 홍반장과도 같은 역할을 하고 계신 듯했다.

바로 길 건너엔 그동안 고생 많았다던 아내와 함께 살고 있는 집이 있고, 두 아들은 오래전에 상경해서 열심히 살고 있다고 한다. 이 창고의 시작부터 함께하신 분은 아니지만 지금 이 창고를 지키고 있고, 곧 이 창고가 극장 내지는 공연을 위한 무대로 바뀌게 될 것이라는 얘기를 지나가는 어르신의 입을 통해 듣게 되었다.

아저씬 깊은 한숨을 아무 말 없이 내쉰다. 그러면서 80년대부터 써왔을 커피포트에 물을 넣으면서 말씀하신다.

　"커피 하지유?"

나와 내 아내 그리고 동행했던 내 동호회 회원 녀석들의 머리를 센다. 그리고 아주 숙련된 동작으로 커피믹스의 끝을 잡고 잘 섞이게 마구 흔들어댄다.

　"내가 커피를 좋아해! 하루에 뭐, 몇 주전자를 마시지."

그 말에 아저씨의 외로움이 묻어나는 것은 왜일까? 오는 사람들에게 일일이 커피를 타주면서 쪽방에서 못한 말들을 쏟아내고 싶었던 것은 아닐까 하는 생각이 든다.

창고에 굴러다니던 오래된 철제 의자를 끌어와 앉으며, 딱히 주제가 없는 이야기들이었지만 난 그저 아저씨의 말을 경청하고 있었다. 내가 누군지 잘 모르시는 것 같았고 나중에 내 이름을 물어보시고선 이름은 많이 들어본 것 같다며 환하게 미안한 웃음을 지어 보이신다. 커피를 마시며 사람에 관해 입을 여신다.

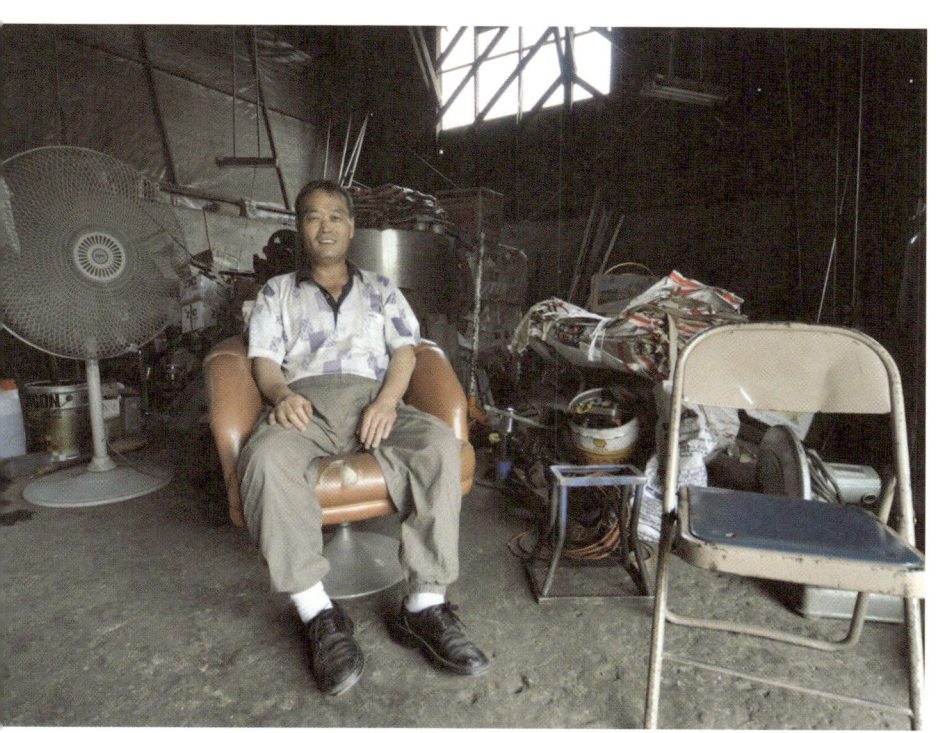

"사람들이 오면 마다 안 해유. 이렇게 찾아와서 문을 열고 먼저 말
을 건네는 사람들 중 나쁜 사람은 없어유!"

"사람들은 다 착해유. 사람들이 너무 많은 말을 하다보면 그게 사
기가 되는 거구, 너무 적게 하다보면 혼자 있게 되는 거유."

"그래서, 난 사람들 오는 게 좋아유."

그러면서 물이 끓고 있는 커피포트에서 눈을 떼지 못한다. 종이컵에 커피
믹스와 물을 부으면서도 웃고 계셨다. 그렇게 우린 그 뜨거운 함석 지붕
아래, 90년이 넘은 찜통 같은 창고에서 뜨거운 커피를 마셨다. 그러면서
욕심이 생겼다. 이제는 곧 사라질 이 창고의 마지막 주인인 아저씨를 사진
에 담고 싶었다. 사실은 계속 몰래 파인더를 보지 않고 셔터를 누르곤 있
었지만 사진은 맘에 들지 않았다.

"아저씨 사진도 한 장 찍고 싶은데요. 안 되나요?"

"날 찍어 뭐하게유?"

그리곤 잠시 말이 없다. 다시 입을 연다.

"그려 찍어유. 뭐 몰래 찍지 말고 그냥 찍어유. 내가 잘못한 것도
없고 죄진 사람도 아닌데 못 찍을 건 또 뭐유."

"하하하!"

난 그렇게 아저씨를 촬영하게 되었고, 나도 아저씨 옆에서 함께 사진을 찍
었다.

"텔레비전으로 본 적은 없는데, 유명한 양반이시라니까 한 장 같이
찍어 둬야겠구먼. 하하하."

아저씨의 호의, 아저씨의 창고 이야기. 너무나도 감사했고 뜻하지 않았던
도고의 하루였다.

이제는 사라질 것을 알지만 끝까지 지키고 있었던 아저씨와 그 안에 들은
짧은 이야기는 오래오래 기억 속에 남아 영원히 사라지지 않을 것이다.

책이 나오면 꼭 보내드릴 것을 약속드리며 창고의 주소와 전화번호를 받았는데 걱정이다. 이 책이 나올 때쯤이면 이 창고가 그대로 그 자리에 있을지….

"아저씨, 더운 날에 건강하시고요. 커피는 조금 줄이세요."

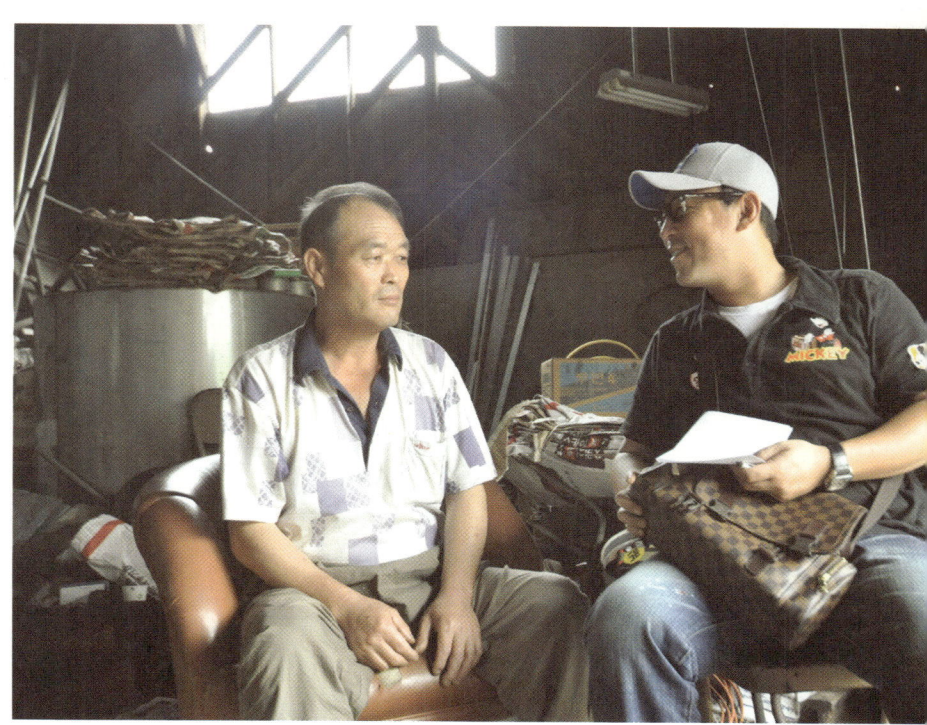

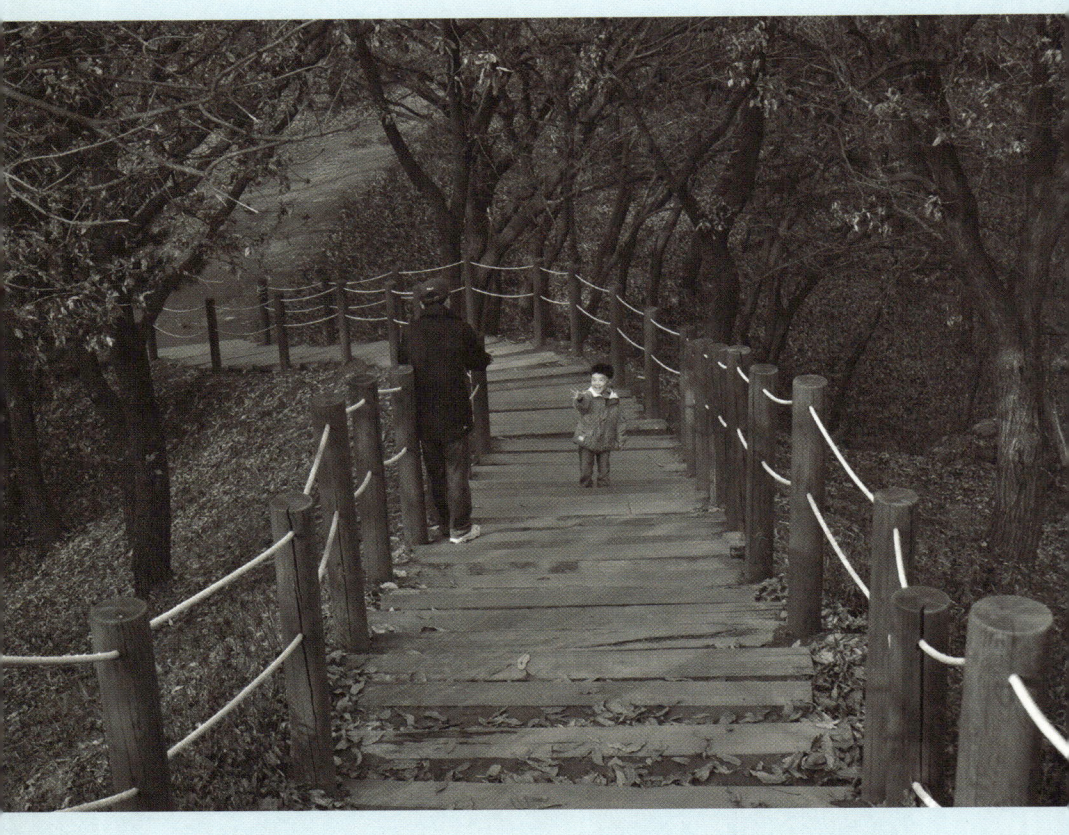

아버지하고
나하고

계단을 가위바위보로 한 계단씩 내려가는
부자의 모습이다.
아이의 표정은 그야말로 세상에 이것보다
더 재밌는 일은 없다는 표정이다.

행복하다는 것을 아직 알지는 못하지만 시간이 지나면 지금 이 순간도
아마 꽤나 기억에 남을 명장면이 될지도 모른다.
짜장면이 세상에서 제일 맛있는 음식이 아니라는 사실을
깨달은 순간부터가 나의 유년시절은 끝난 것 같다.
가위바위보 하나만으로도 저런 표정의 웃음이 나올 수 있다는 게 부럽다.
그리고 아빠하고의 놀이가 저렇게 즐거운 일일 수도 있다는 것이….
거의 8년 전 아버지와 함께 사진 찍으러 나간 출사가
아마도 마지막인 것 같다.

같은 취미를 가졌지만 자주 나가지 못했다.
그리고 크게 노력도 하지 않는다.

살기 바쁘고 힘들고 어렵다는 핑계는
이미 써먹은 지 오래다.
죄송하다.

노력하면 되겠지만 이제서야 같은 길을 걸으면서
서로의 파인더에 충실할 수 있을까?
힘들 것이다.

저 아이와 아빠의 모습에서 아주 잠깐
부모님이 떠오른다.

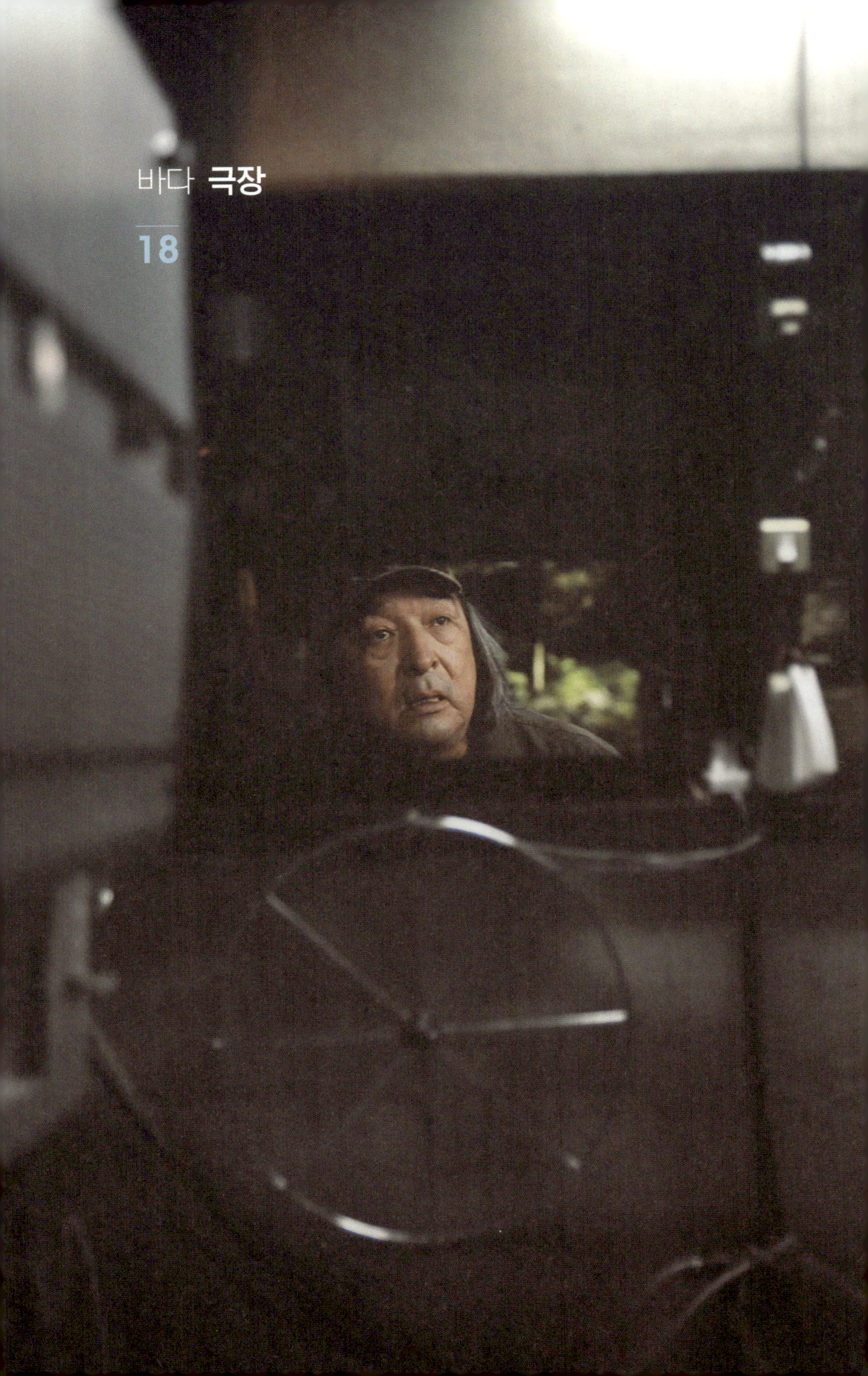
바다 극장
18

지금까지 운영을 하는 곳이 있을지 모르지만
동시상영관을 애타게 찾고 있었다.

혹시 모두 사라지고 또 뒤늦은 후회를 반복하는 것은 아닌지 점점 걱정스
러워지고 있을 때 알게 된 곳이 바로 바다극장이다. 2009년까지 그나마
서울에 남아 있던 동시상영관 세 곳 중 이미 두 곳이 용도가 바뀌거나 영
업을 하지 않는다는 얘기를 전해 들었다.

인터넷에서 이미 바다극장에 다녀간 블로거의 짤막한 글과 사진을 본 것
이 계기였다. 짧은 소개글만으로는 내 호기심을 만족시키지 못했기 때문
에 인터넷으로 검색하면 뜨는 두 군데의 '바다극장' 전화번호를 내 휴대폰
에 입력하고, 전화를 걸어 영업을 하고 있는지 확인했다. 바다극장에 전화
할 때의 기분은 옛날 학교 앞 분식점이 아직 영업을 하고 있다는 소식을
듣게 된 모교를 찾은 졸업생의 일방적인 반가움이었다.

청계천 4가의 오래된 낡은 건물에 그리 눈에 띄지도 않고, 생뚱맞게 영화
두 편을 소개하는 간판이 걸려 있다. 극장 앞의 인도는 좁고 복잡해서 위
를 쳐다보기도 어려운 동선이다. 그렇다면 길 건너에서는 잘 보일까? 그
런 것도 아닌 곳에 떡하니 두 편의 영화 간판이 붙어 있다.

현재 상영작은 '뉴문'과 처음 들어 보는 한국영화의 제목이다. 일단 묻지
도 따지지도 않고 들어가 본다. 극장 입구라고 누구도 생각하지 못하는 일
반적인 건물의 입구가 나름 극장의 정문이다. 계단을 따라 올라가면 절대
로 극장은 이 건물에 없다는 확신을 갖게 한다. 원단을 팔고 있는 상가가
먼저 눈에 들어오고 '에이, 결국 없는 거구나'라고 생각할 때쯤 불규칙한
리듬의 계단 하나가 더 나온다. 그 계단이 바다로 가는 마지막 계단이다.

극장이라고 쓰여 있는 문으로 들어서면 곧장 1970년대로 접어들게 된다. 입구 옆 매표소는 직원을 따로 둘 여유가 없어 지금은 극장 입구 바로 옆 책상에서 노신사 한 분이 앉아 낯설고 생소한 극장표를 뜯어 건네준다. 표도 직접 팔고, 누가 과자를 고르면 매대로 가서 꺼내주고, 자판기 청소도 하고 커피와 크림도 직접 갈아야 하는 1인 3~4역을 한다. 관람객은 나이가 드신 분들이 대부분이었고 젊은 사람들은 주말이나 돼야 가끔 눈에 띄는 정도라고 한다. 주인아저씨와 관리인아저씨, 영사실 기사님 이렇게 세 분이 극장 식구의 전부라고 한다.

바다극장의 나이는 30년 정도로 1, 2층 모두 합쳐 340석의 나름대로 큰 상영관에 속한다. 예전에는 유명가수들의 공연도 있었을 정도로 꽤나 잘 나가던 극장이었다고 한다. 지금은 극장 내부의 벽은 찌든 담배 연기와 세월의 상처로 얼룩져 있어서 무슨 드라마 세트장을 옮겨 놓은 듯했다.

요즘 같은 상황이면 이 극장은 인테리어를 새로 해서 사무실이나 또 다른 공간으로 만들어 임대를 줘야 했다. 그럼에도 이 극장이 아직도 이곳에 그대로 남아 있는 데는 분명한 이유가 있을 것이다. 모든 불편한 것들이 사라지고 돈이 되지 않으면 수시로 업종도 바꾸는 현시대에 이런 극장을 유지하고 있는 명백한 이유가 궁금했다. 그것은 다름이 아니고 아직도 이 극장을 찾아오는 사람이 있기 때문이라는 것이다.

가슴 뭉클한 감동이었다. 30년째 이 극장을 찾는 단골손님들과 청계천 4가에서 일하던 남녀의 데이트 장소였던 이 곳을 결혼 후에 아이들과 다시 찾는 손님들이 있다는 것이다. 극장을 지켜야 할 이유는 많았다. 하지만 언제까지 이 모습으로 계속 유지가 될지는 장담하지 못할 것 같다고 주인아저씨는 말씀하신다.

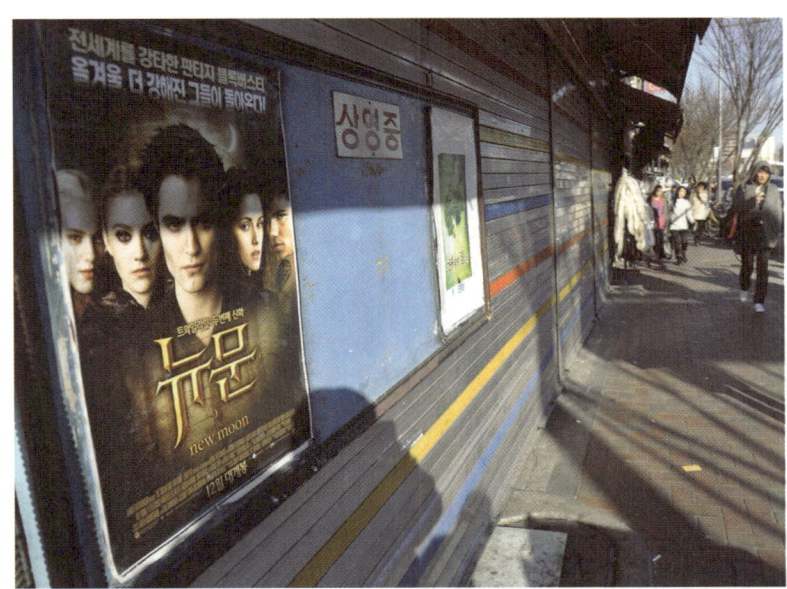

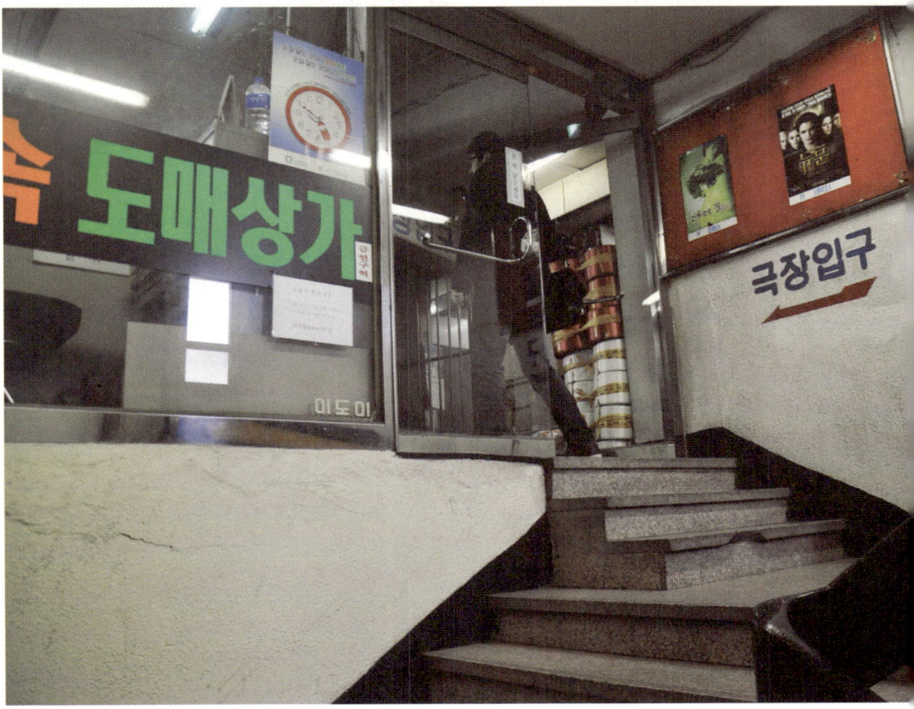

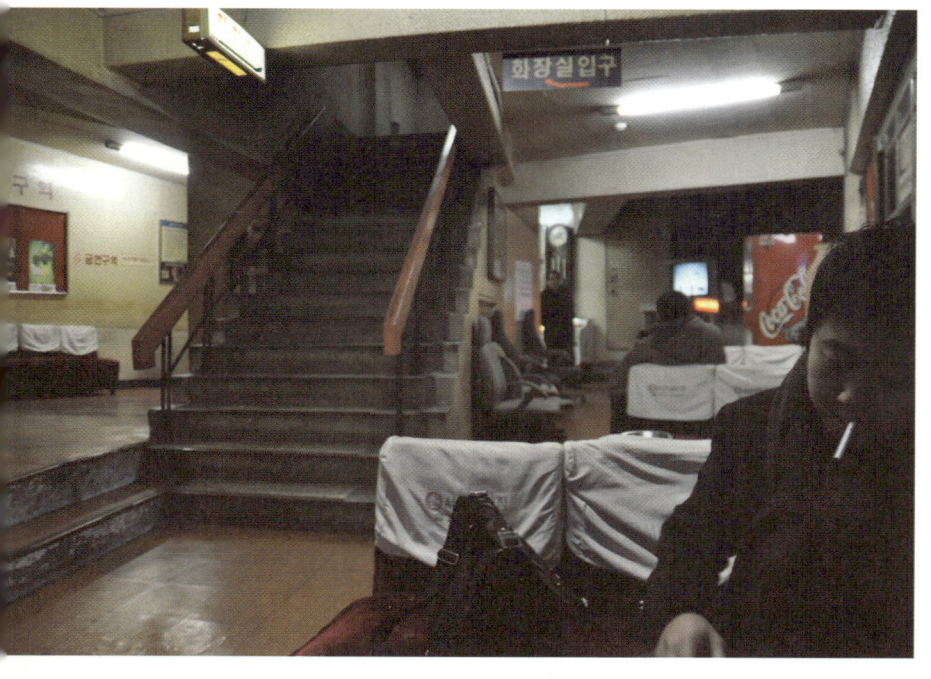

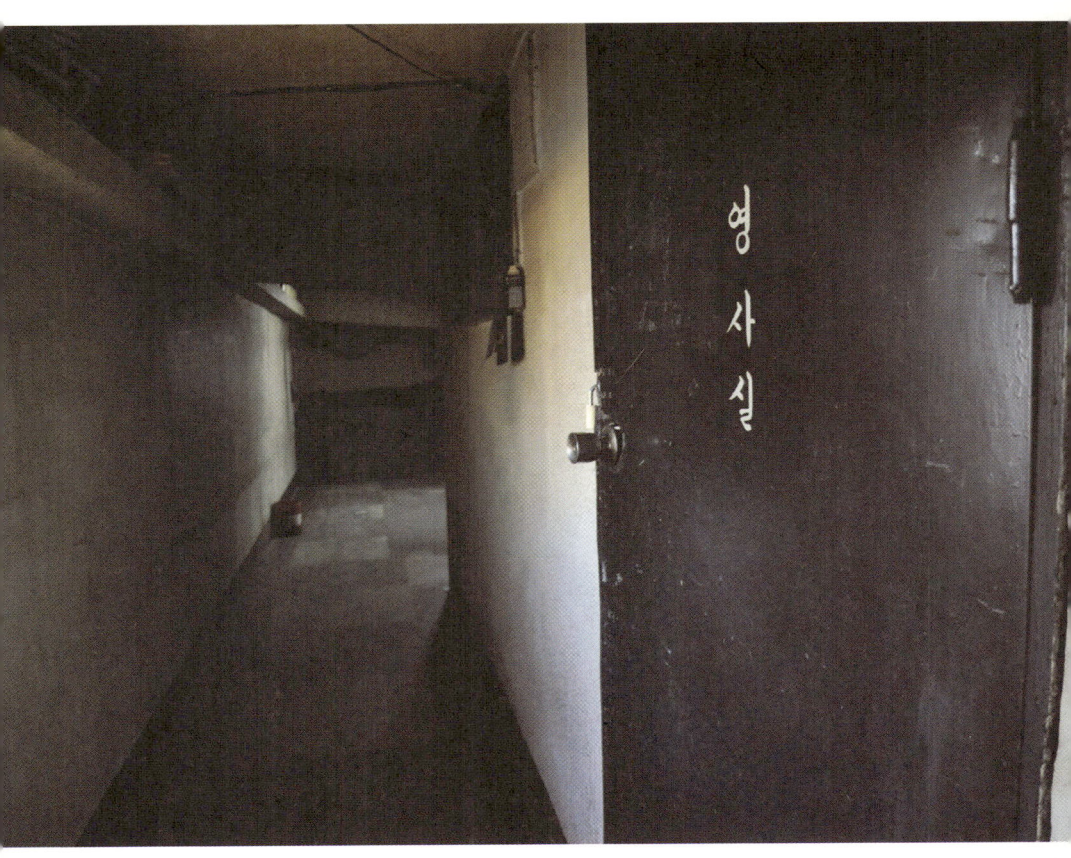

언젠가는 사라질 것을 예감하는 듯 아쉬운 표정의 아저씨와 그 순간이 생각보다 더 빨리 찾아올 것 같은 느낌을 지울 수가 없다. 나와 같은 생각의 아저씨가 한마디 하신다.

"왜들 다 없애고 부수는 건지 모르겠어. 지킬 건 좀 지켜야지!"
상당히 공감되고 안타까웠다. 아저씨는 잠시 후 외출을 위해 다른 분과 교대를 하셨고, 너무나도 고맙게도 교대하시는 분에게 "이 친구가 물어보는 거 있으면 다 얘기해 줘!"하며 극장을 나가셨다. 사실 묻고 싶은 것은 다 물었고, 보고 싶은 것은 이미 다 보았다.

동시상영중인 영화는 이미 개봉관에서 다 본 것들이어서 극장 안에 들어가 잠시 객석에 앉아 있다 금방 일어섰다.

그리고 바다극장의 심장인 영사실로 향했다. 극장 2층의 통제구역인 골목 끝에 영사실이 있었다. 조심스럽게 문을 열고 들어간 곳은 영화 '시네마천국'에 나오는 고전적인 느낌의 영사실은 아니었지만 문을 열고 들어간 순간 나는 셔터를 누를 수밖에 없었다. 사실 영사실은 아무나 출입할 수 있는 곳은 아니고, 나도 처음 경험한 장소이다. 필름은 거침없이 '좌르르르' 소리를 내며 시원하게 한쪽 릴에서 다른 릴로 감기고 있었다. 영사기를 돌린 지 40년 정도 됐다는 베테랑 기사님은 불쑥 찾아온 불청객을 반겨 주셨고, 20년 정도 됐다는 영사기도 얼마나 손질을 잘하셨는지 제대로 돌아간다고 자랑까지 하신다. 오전 10시부터 시작해서 밤 10시까지 영사기를 돌리게 되면 꼼짝없이 영사실에서 갇혀 산다는 아저씨의 유일한 친구는 낡은 텔레비전이었다. 그래서인지 연락도 없이 불쑥 들어온 낯선 손님과의 대화에도 거리감은 없었다. 오히려 잠깐이나마 심심치 않으셨던 것 같았고 나중에 또 놀러오란 말씀도 하셨다. 빈말일지 모르겠지만 그래도 그 말이 고마웠다. 아저씨와 극장 관리인 그 누구도 나를 알아본 사람은 한 명도 없었으나 바다극장 식구들은 모두가 상냥하고 친절했다. 영사실을

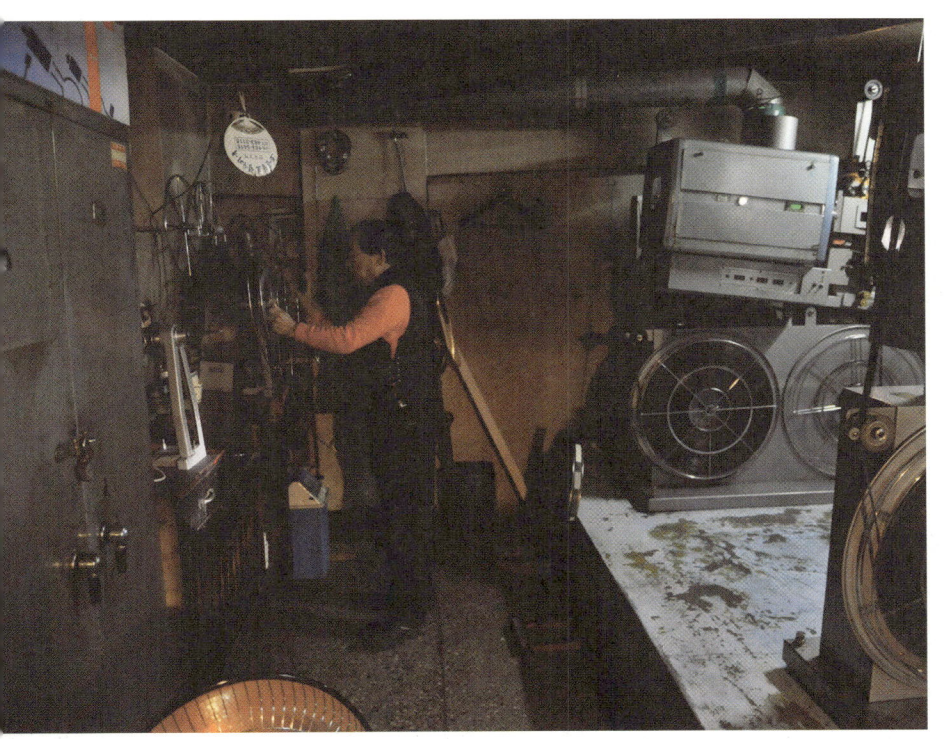

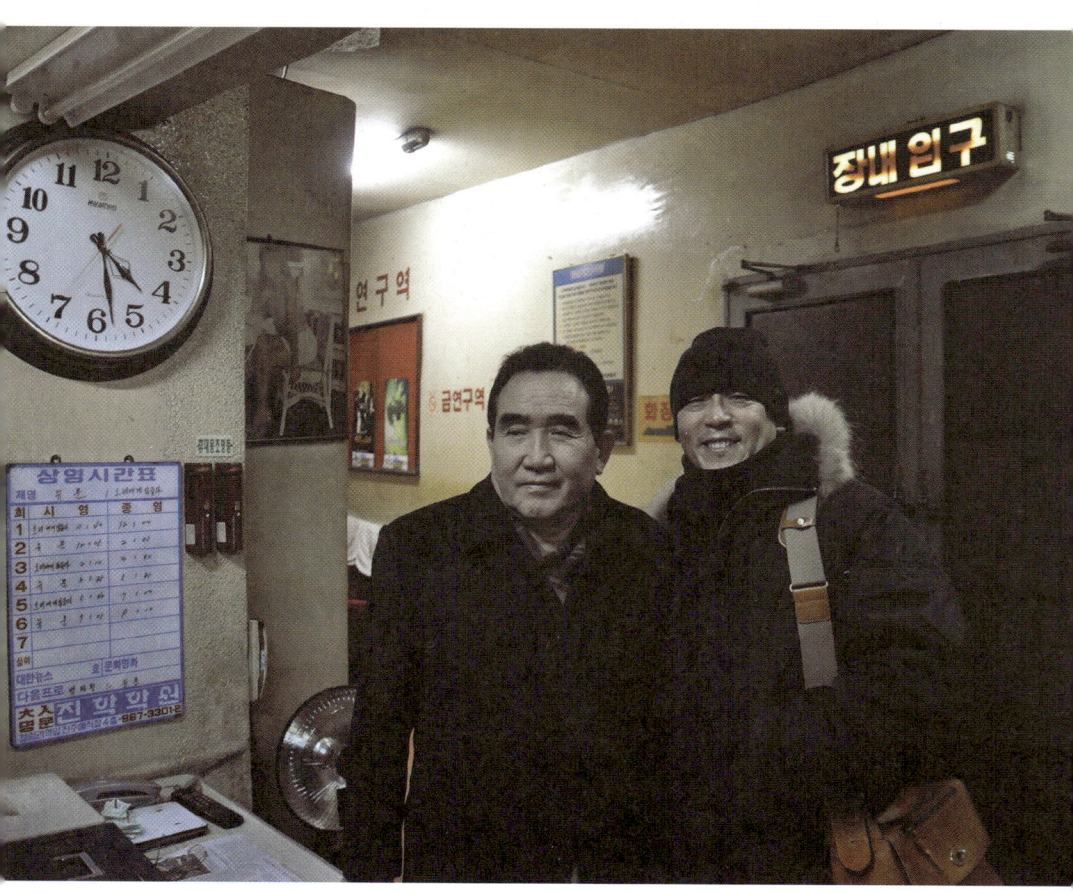

나와 극장 식구들께 인사를 드리고 바다극장을 나왔다.

"안녕히 계세요."

"건강하세요."

진심이었다. 정말로 안녕히 이 극장과 함께 계셨으면 좋겠다는 생각이 절로 든다. 언젠가 다시 이 바다극장의 안부를 묻기 겁날 정도로 불안한 바다극장의 미래가 현실이니까…. 어떤 블로거가 써 놓은 제목이 생각난다.

"세상에서 제일 예쁜 극장 이름, 바다극장."

종로와 청계천 지역에 꽤 많았던 옛날 극장들은 이제 모두 사라지고 유일하게 남은 극장일지도 모르겠다.

지켜주지 못해 미안하다는 요즘 세대가 만들어 낸 말처럼 바다극장을 지키지 못할 것 같은 불안감과 미안함을 느낀다. 그냥 언제까지 바다극장은 고치고 고쳐서 그 자리에 남아 있길 간절히 기원해 본다. 청계천 4가의 명물로써 최고령 옛날 극장의 대표로써 갑자기 꺼내 보고 싶은 옛날 앨범처럼 그 자리에 그 모습 그대로 다시 찾아갈 수 있기를 기대해 본다.

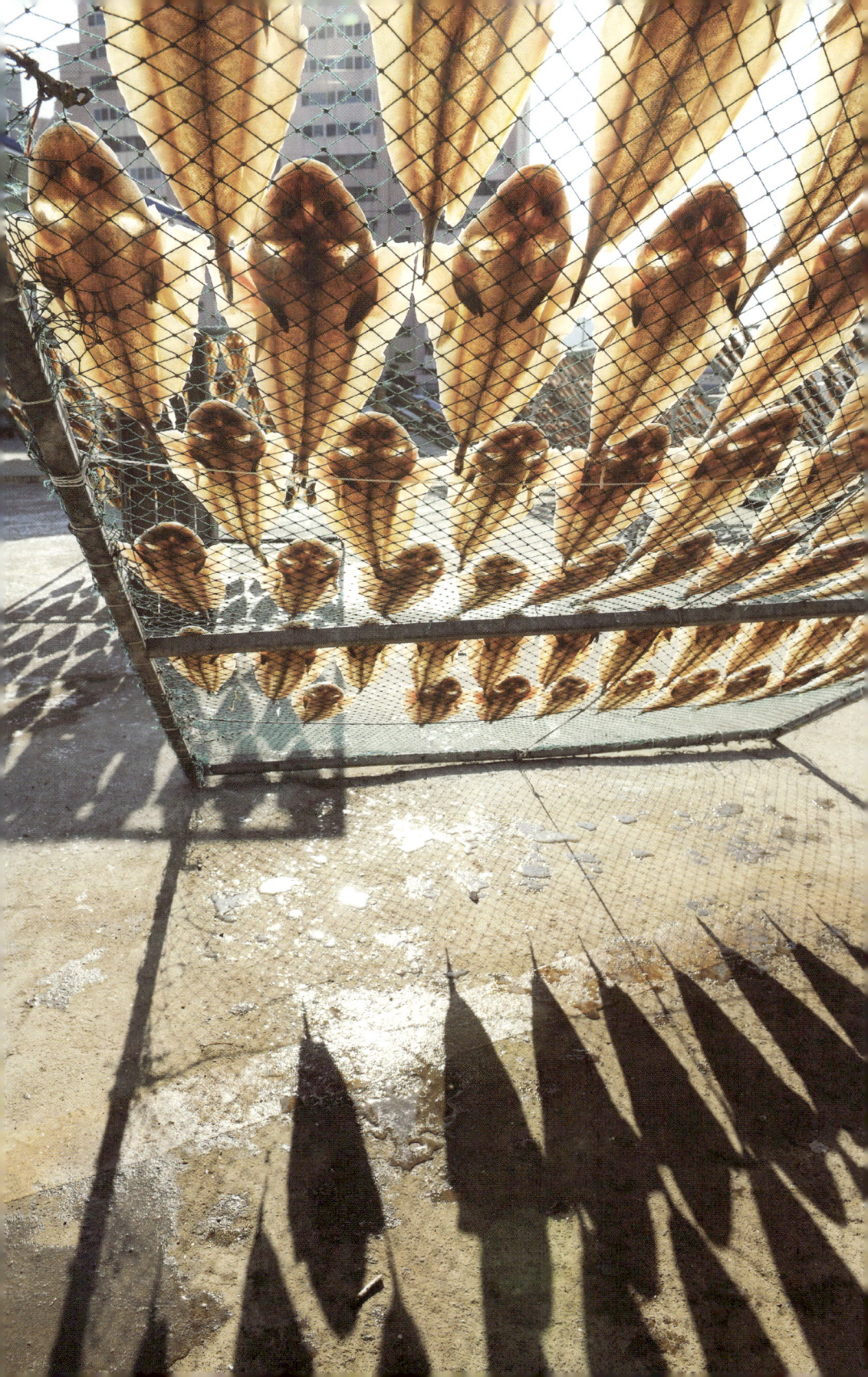

살아가는 나를 유혹하라

피사체

나는 한때 화가를 꿈꾸던 미술학도였다. 그러나 미술은 고등학교 1학년 때 처음 시작하게 됐던 연극에게 지고 말았다.

당시 웅변을 특별활동으로 했던 나에게, 친분도 없었던 선생님으로부터 연극을 권유받았다. 지금 생각해 보면 그 선생님은 나의 재능을 어떻게 알았을까 하는 의문만 남기고, 어디론가 전근을 가셨던 것 같다. 이후로 매일 캐릭터를 연구하고 연극대사를 외우며, 무서운 선배들에게 엉덩이를 내주며 그렇게 연극에 미쳐갔다.

결국 대학도 원하던 연극과에 진학하게 되었고, 내 생각이지만 대학로에선 나의 졸업을 기다릴 정도로 연기로는 인정 받는 연극인이 되어 가고 있었다.

그러는 와중 다른 유혹이 기다리고 있었고 나는 끌렸다.

그것이 바로 '코미디'다.

나의 말 한마디에 사람들이 배꼽을 잡고, 눈을 감고, 머리가 뒤로 넘어가도록 시원하게 웃는 것을 보고 '와아~ 이거 재밌네', '기분 좋다'라는 단순한 중독에 이끌려 연극에서 희극대본을 찾게 되고 학교 내 개그동아리에 가입하게 된다. 군 전역 후 친구들과 개그방송을 시작하게 된 것이 오늘날 이병진의 직업을 '코미디언'으로 만들어준 결정적인 계기가 된다.

코미디를 천직으로 알고 열심히 해야 하는데 여러 가지 여건과 상황으로 지금은 코미디를 안 하고 있다. 아니 사실대로 말하면 못하는 거다. 우리나라 방송의 여건상 코미디만 해서는 연예인으로서의 삶을 유지하기가 어렵다. 출연료도 싸고, 더 열심히 하는 준비된 개그 후배들이 쓰나미처럼 도전하고 있기 때문이다. 어쨌든 난 이제 코미디언이 아닌 방송인이다. 예능 프로그램을 하고 있으나 자주 나오진 않고, 스포츠 중계 형식의 코미디를 하고 있다. 라디오 프로그램에선 몇 개의 코너에서 척척박사님처럼 상담하는 등, 내 입담을 과시(?)하고 있다.

늘 여기저기서 묻는다. 왜 사진을 찍고 있느냐고.

이 말이 왜 이렇게 듣기 싫은지 모르겠다. 사실 싫다고 하기 보단 아마추어인 나를 점점 부담스럽게 만들고 적지 않게 스트레스를 준다. 그냥 편안하게 경치가 좋은

곳을 다니면서 사진도 찍고, 맛집을 찾아다니며 아내와
여유 있게 여행을 하고 싶을 뿐이다. 그런데 사람들의 이
런 질문은 내게 숙제를 자꾸 주는 기분이다.

지금은 이 책을 위해 방송과 사진을 겸하고 있는 것
은 분명하다. 이제껏 참 다양한 일을 해왔지만 지금은 작
가다.

사람들에게 내 생각을 말하고 글과 사진으로 담아서
공감을 만들어내야 한다. 실제로 내가 바라는 것은 부담
없이 그저 촬영하러 다니고, 많은 사람을 만나며 그들과
소통하고 사진에 담고 얘길 나누고 싶다.

작은 소망이랄까? 내게 시간이 많지는 않지만 부지
런히 다녀야 한다. 적어도 진심과 정성을 다해서 말이다.
앞으로 사진을 꾸준히 할 것이란 걸 내 스스로도 자신한
다. 사진처럼 나와 잘 맞는 취미도 없다. 천천히 느리게
사는 나와 아주 잘 맞는 옷이란 걸 나는 알고 있다.

하지만 앞으로 나는 또 무엇을 하게 될는지 아무도
모른다. 늘 나의 결정에 지원을 아끼지 않고 따라와 주고
응원하는 아내도 모른다. 내가 무엇을 사게 되고 무엇에

관심을 두게 되고 또 무엇을 배우게 되는지 아직 나도 모른다. 하지만 누구에게나 관심사는 다르며 그 대상도 바뀌게 될 것이다. 나이가 많아서 못하는 것도 아니고 열정이 없는 것도 아니다.

앞으로 내가 갖게 될 호기심에 벌써 흥분되고 기대가 된다. 아직 젊기에, 열정이 있기에 그 무엇이든 내게 오길 바란다. 지금 하는 일도 이렇게 재밌고 좋은데 또 다른 무언가가 나를 흔들 것이라는 생각이 든다.

내 나이, 소위 말하는 불혹의 나이다. 어떤 유혹에도 굴하지 말아야 하는 내 나이에 난 또 다른 유혹을 기다린다. 그것이 뭐가 됐든 사진만큼 진지하게 열심히 접근할 준비는 되어 있다.

언제든 내게 오라. 나를 유혹하라. 나의 호기심을 자극하라. 여자 빼고 다 오라(여자는 이제 필요 없다. 여자는 내 아내 하나면 남은 인생 최선을 다하면서 살 수 있다).

기다리고 있을게!

# 내 **아내**

01

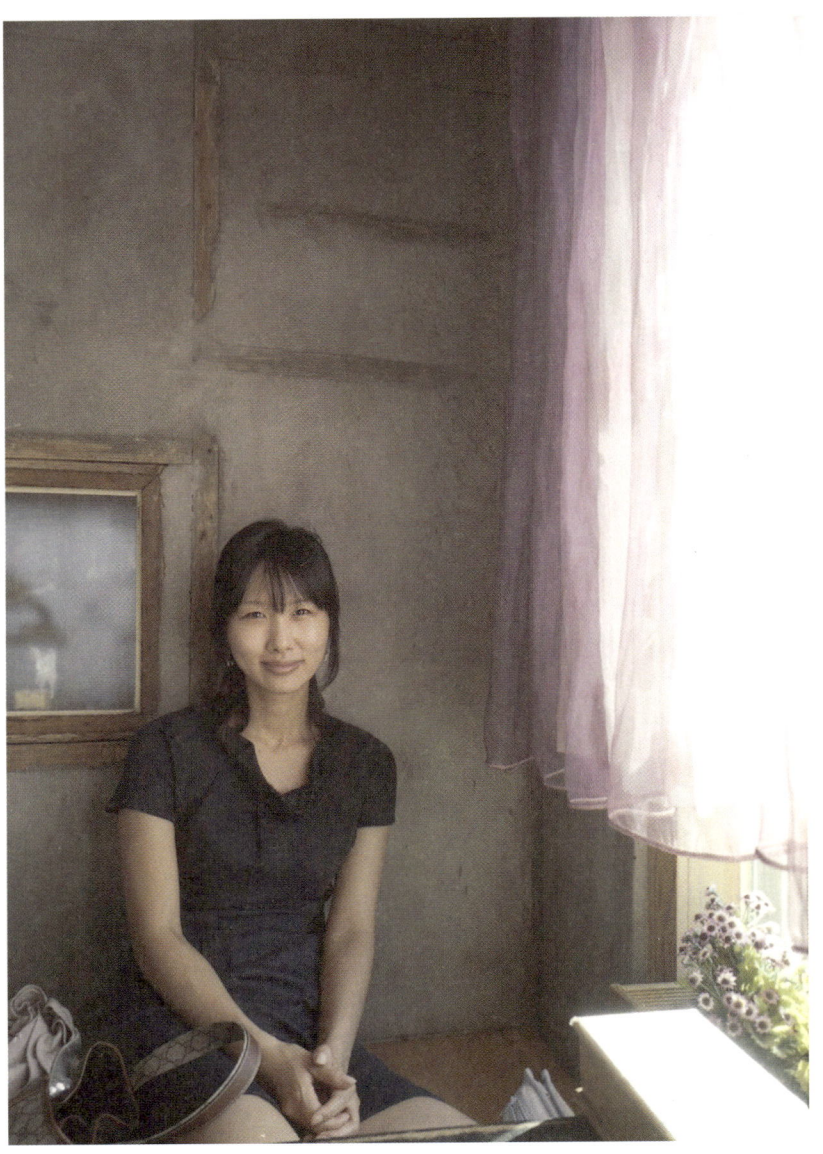

내 아내다.

내 책에서 아내 이야기를 한 적이 많다. 그런데 그건 어쩔 수 없는 것 같다. 난 직장인도 아니고 그렇다고 내 아내도 직장인이 아니다. 늘 같은 시간에 출근과 퇴근을 반복하는 재미없는 패턴의 일상을 좋아하지도 않는다. 코미디언의 아내로서 그리고 나라는 답답한 남편의 아내로서 몇 년에 한 번씩은 작가의 아내로서 내 아내는 완벽했다.

코미디언의 아내로선 늘 나를 즐겁게 해준다. 언제든 나를 웃겨 주기 위해 농담과 장난을 준비하기도 하고 즉흥적으로 만들기도 한다. 난 그런 아내를 보면서 복식호흡으로 호탕하게 웃을 수밖에 없고 내 아내는 내가 웃겨 주기를 바란다. 오빠는 재미없다고 하면서….

말귀를 잘 못 알아듣는 답답한 남편의 귀가 되어 주기도 한다. 대단한 기억력과 암기력은 언제나 나의 혀를 내두르게 한다. 나의 스케줄과 시간 그리고 지난 방송에서 어떤 의상을 입었는지도 기억해 같은 옷을 두 번 입게 하지 않는다. 아내는 나의 코디네이터다.

결혼 전 아무 요리도 할 줄 몰랐던 내 아내는 이제 요리사다. 매일 밤, 자기 전에 서재로 들어와 똑각똑각 키보드가 바쁘다. 유명한 파워 블로거의 요리 레시피를 메모하고 입력하고 잠이 든다. 출근시간이 따로 없는 내가 늦잠에서 일어나면 그 음식은 이미 식탁에 올라와 있고 아내는 카메라에 음식을 담고 있다. 내 아내는 이렇게 불과 결혼 1년6개월 만에 달라졌다.

그리고 이제 작가의 아내다. 잠들기 전, 이번 주 스케줄을 침대에서 중얼

거리며 내 사진 촬영 스케줄을 짜 준다.

"오빠. 00일은 사진 찍고 오세요."

늘 아내와 함께 있는 시간이 많고 잠시라도 떨어져 있으면 걱정되고 불안해하는 내게 가끔 그런 엄청난 아이디어를 제공한다. 그럼 나도 한참을 생각한다. 함께 갈 곳을 정하던지 아니면 아내가 갈 수 없는 출사지를 선택한다. 결국 웬만하면 함께 갈 만한 곳이 유력한 출사지가 된다.

늘 내 그림자이며 나의 든든한 붉은악마다.

그런데 오늘은….

내 아내의 사진이 조금 슬퍼 보인다. 나를 그윽하게 바라보며 웃고 있는 모습이 온통 나에 대한 걱정스러움이 묻어 있는 것 같다. 늦은 결혼과 함께 그렇게 연애 때처럼 잘 해주지 못해서…. 그리고 하라는 거 안 하고, 끊으라는 못 끊고, 먹으라는 거 안 먹고 해서…. 내 컴퓨터 하드에 저장되어 있는 아내의 사진을 어젯밤 책상에 나란히 앉아서 보게 됐다. 예전 아내의 사진들을 하나하나 천천히…. 아내가 이야기한다.

"7~8년 전 사진인데도, 여기가 어디고 뭐하러 갔는지 다 기억 난다."

그리고

"늙었다. 나도, 오빠도."

난 아무 말도 할 수가 없었다. 뭐라고 했어야 하는데.

늘 미안하다. 그리고 늘 사랑한다.

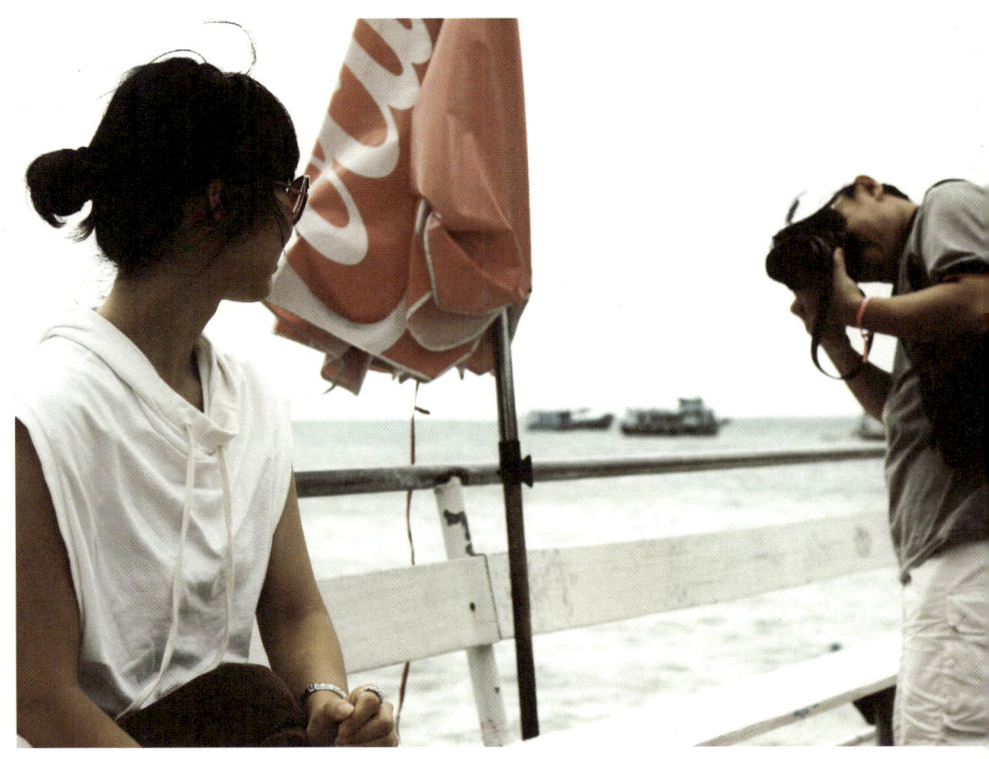

라디오
**스타**

___
**02**

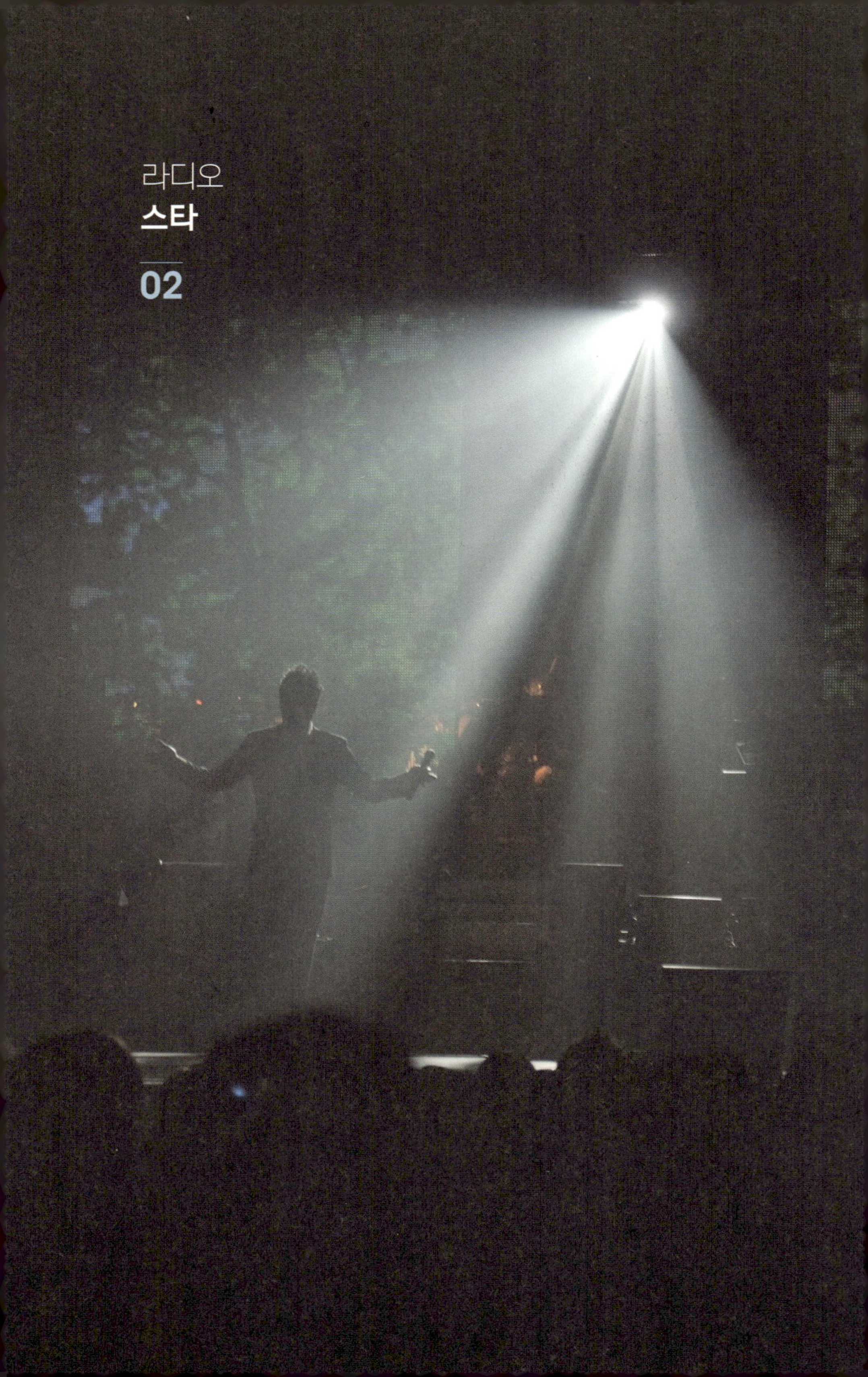

월요일 아침이 되면 학교 교실은
어제 들었던 라디오 프로그램 이야기로 술렁인다.

당시 최고 인기였던 이문세의 〈별이 빛나는 밤에〉와 이종환의 〈밤의 디스크쇼〉는 그야말로 인기 절정의 라디오 프로그램이었다. 어제 누가 나와서 무슨 말을 했는지, 어떤 가수가 라이브를 잘하더라, 이문세가 웃긴다 아니다 이종환이 최고다, 게스트로는 역시 이택림과 이수만이지, 뭐 이런 얘기로 수업종이 울리기 전까지 난리가 난다.

물론 텔레비전 프로그램도 있긴 하지만 당시에는 라디오를 듣는 친구들이 많았다. 공부할 때 집중력이 높아진다는 핑계를 대면서…. 야간자율학습 시간엔 대부분의 친구들이 이어폰을 꽂고 있었고 과연 공부는 하고 있었는지 의문이 날 정도였다.

"창밖에 별들도 외로워~노래 부르는 이바~암! 다정스런 그대와
얘기 나누고 싶어요~ 이문세의 별이~ 빛나~는 밤에!"

밤 10시가 되면 어김없이 통기타 반주를 하며 부드러운 목소리로 별밤지기앞에 불러 모으던 시그널은 아직도 기억이 생생하다. 월요일부터 주말까진 사연과 노래를 소개하는 코너들이 주로 있었고, 생일인 청취자들의 신청곡과 사연들이 소개되기까지의 경쟁률은 엄청나게 치열했을 것이다. 어느 날 야간자율학습 시간에 갑자기 누군가가 소리친다. 자신의 사연과 이름이 이문세의 입을 통해 소개된 것이다. 기쁨의 환호가 나왔다. 그렇게 부러울 수가 없었고 나도 한 번 도전하게 되었다. 학교에선 그 친구의 이름이 유명 인사처럼 알려졌다.

"어제 몇 반 아무개가 별밤에 나왔어."

당시 라디오는 수업보다도 중요했고, 친구들과의 대화에서 빠질 수 없었던 이야깃거리였기에 그야말로 서로 경쟁하듯 청취했다. 라디오에서 흘

러나오는 음악을 들으며 가수가 누구인지, 제목은 무엇인지 꼭 기억하고 연습장에 노랫말을 귀담아듣고 받아쓰기를 했다. 다 받아 적지 못한 아이는 노트를 들고 교실을 누볐고 그탓에 노랫말은 다 다를 수밖에 없었다.

"너 적었어? 야! 이 다음에 뭐라고 한 거야?"

그리고 몇 번 더 듣고 노래가 좋으면 곧장 레코드숍으로 가서 앨범을 구입하게 된다. 늘 내가 좋아하는 노래는 라디오를 켜면 노래가 끝나가고 있다. 노래가 끝나면 제목과 가수의 이름을 알고 싶은데 DJ는 아무 말 없이 다음 사연으로 이어간다. 제목과 가수를 아마 노래 시작 전에 얘기한 모양이다. 이런 상황은 아마 나뿐만이 겪는 게 아닐 것이다.

라디오는 학창시절 학교생활의 일부였고, 돈 안 드는 취미이기도 했다. 〈별이 빛나는 밤에〉의 이문세는 내게 있어 거의 우상이었고, 롤모델이었다. 가수가 꿈은 아니지만 나중에 혹시 라디오 DJ가 된다면 꼭 이문세처럼 해야지 하고 말이다. 이문세의 라디오 진행의 특징은 포근하면서 재밌있게 이끌어간다는 것이다. 과장하진 않지만 한번 몰아치기 시작할 땐 그 웃음의 파괴력이 강했다. 거기에 이종환과의 콤비 플레이는 그야말로 최고의 스트라이커였다. 골 결정력으로 따지자면 거의 완벽에 가까운 콤비였다. 이종환이 터트리면 그걸 받아 이문세가 종지부를 찍는다. 이문세가 더 웃긴다 싶으면 이종환도 절대 가만히 있지 않는다. 이렇게 두 사람의 진행과 말솜씨는 청취자를 즐겁게 한다. 그렇게 두 시간은 정말로 순식간에 지나간다.

그리고 20년이 지난 어느 날, 난 진짜 이문세와 만나게 된다. 진짜 라디오 DJ가 되었고, KBS 2FM 이병진의 〈두 시가 좋아〉를 진행하고 있을 때 가장 좋아하는 연예인 남녀 두 명을 초대해준다는 제작자의 이야기에 두 말 하지 않고 결정했다. 남자 연예인으로는 역시 이문세였고, 여자 연예인은 당시 가요계의 헤로인 핑클이었다. 평소 존경하는 마음이 있었고, 그렇게

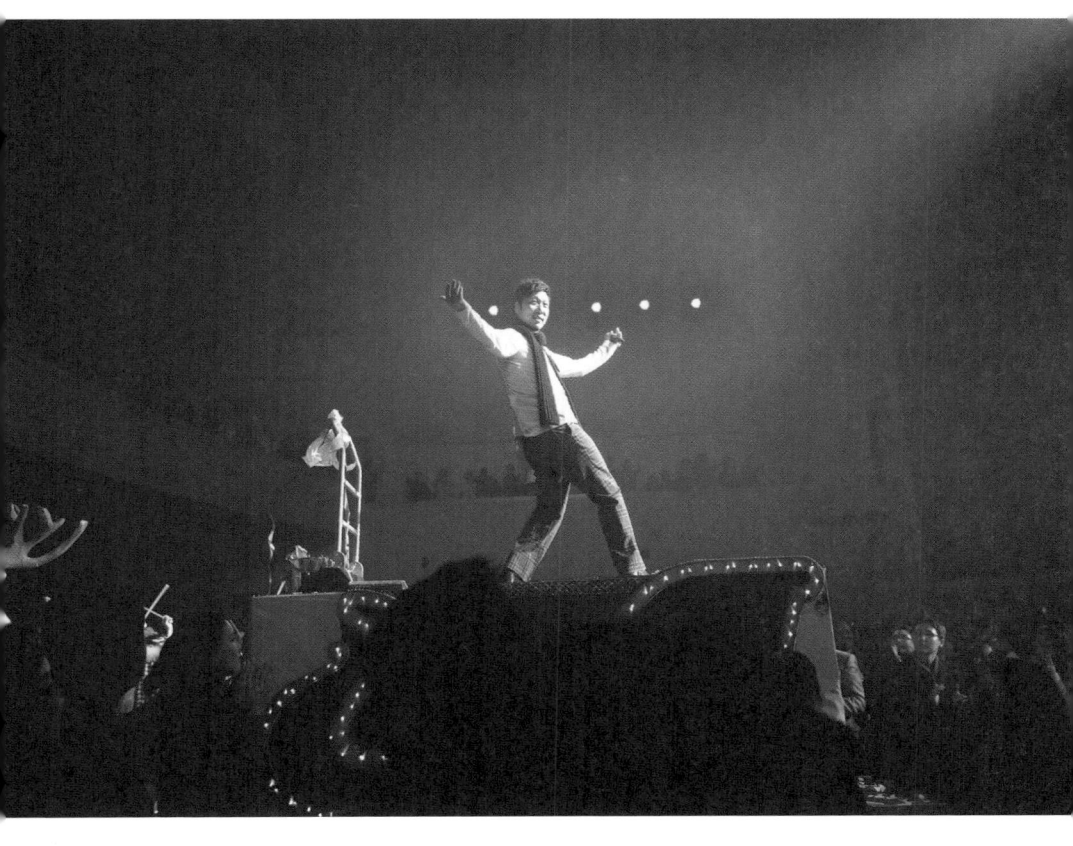

되고 싶다고 느낀 DJ 이문세가 바로 내 앞에 와 있었다.

첫 만남은 그렇게 이루어졌고, 세상에 나만 이문세의 팬이었던 것처럼 음악이 나가는 동안 옛이야기를 계속 쏟아 부었다. 그 짧은 만남이 인연이되어 내 결혼식 때 축가를 불러주기로 했지만 결혼식 전날 중국 출장 중이라 결혼식에 불참할 것 같다는 이야기를 매니저가 전해 왔다. 이 사실을 어렵게 아내에게 말했고, 아내 역시 이문세의 팬이었기 때문에 실망이 컸다. 예식 도중 축가를 듣기 위해 아내와 내가 하객들을 향해 몸을 돌리는 순간 아내가 내 옆구리를 팔꿈치로 쿡 찌른다.

"오빠! 이문세 아저씨 봤어? 저기 오셨어. 웬일이야!"

축가를 위한 반주가 흘러나왔고, 우리 두 사람의 축복을 위한 노래가 시작됐다. 난 한동안 멍하니 바보처럼 입을 다물 수가 없었지만 곧 '소녀'를 함께 불렀다. 중국에서 시간 맞춰 식장에 와주신 것도 고마운데 내 아내 앞에서 내 아내가 가장 좋아하는 노래 '소녀'를 부르고 있었다.

아마도 내가 본 수많은 결혼식 축가 중 가장 멋있는 장면이었고, 하객들역시 엄지손가락을 펼치는 데 누구 하나 거부하지 않았다. 그렇게 이문세는 나와 아내에게 또다시 우상이 된다. 자주 연락드리지 못해 죄송하지만내가 가장 존경하는 분이다.

텔레비전 프로그램은 수시로 바뀌고 애정이 깊지 않다. 늘 그때뿐이다. 시청률에 좌지우지하고 존폐의 결정도 빠르고 기다려주지 않는다. 그래서미련도 없고, 바뀌고, 또 달라지고 한다.

라디오는 그렇지 않다. 그래서 언제나 라디오 DJ를 꿈꾸게 한다. 지금은음악도 디지털 파일로 돼 있어서 코드번호만 누르면 입력된 노래가 자동으로 틀어지고, 사연도 인터넷으로 올리고 내리고 한다. 어디 그뿐인가.라디오 부스 안을 실시간으로 볼 수 있는 서비스도 지원되고 있다.

그러나 아직 라디오의 감성은 아날로그다. 간간히 편지나 엽서로 사연이도착했으면 좋겠고, 턴테이블과 릴테이프의 장비들도 그립다. 순수하고서민적인 내용으로 가득한 라디오는 끝까지 아날로그 감성으로 남았으면한다.

각 방송사의 라디오 프로그램에 게스트로 출연하기도 하는데 다른 방송보다 라디오 방송을 하는 날이 가장 들뜨고 신이 난다. 내가 일주일 중 가장 많은 말을 하는 시간이 아마 라디오 방송일 것이다. 한 시간씩 내 목소리를 기다리는 사람들도 있고, 방송 내내 내 말에 대한 반응을 볼 수도 있고 내가 도움을 구할 수도 있다. 가장 좋아하는 일을 하고 있을 땐 내가 즐기고 있는 것이다. 그것이 라디오다.

학창시절엔 지친 심신을 달래 주었고, 중년이 된 지금은 내가 하는 일 중 가장 즐거움을 주는 것이 바로 라디오다. 라디오가 내게 준 것이 너무 많다. 웃음, 추억, 행복, 감사, 희망… 아직 생각나지 않은 많은 것을 경험했다. 라디오를 통해…. 라디오 스타를 통해….

　　"고마워요. 라디오."

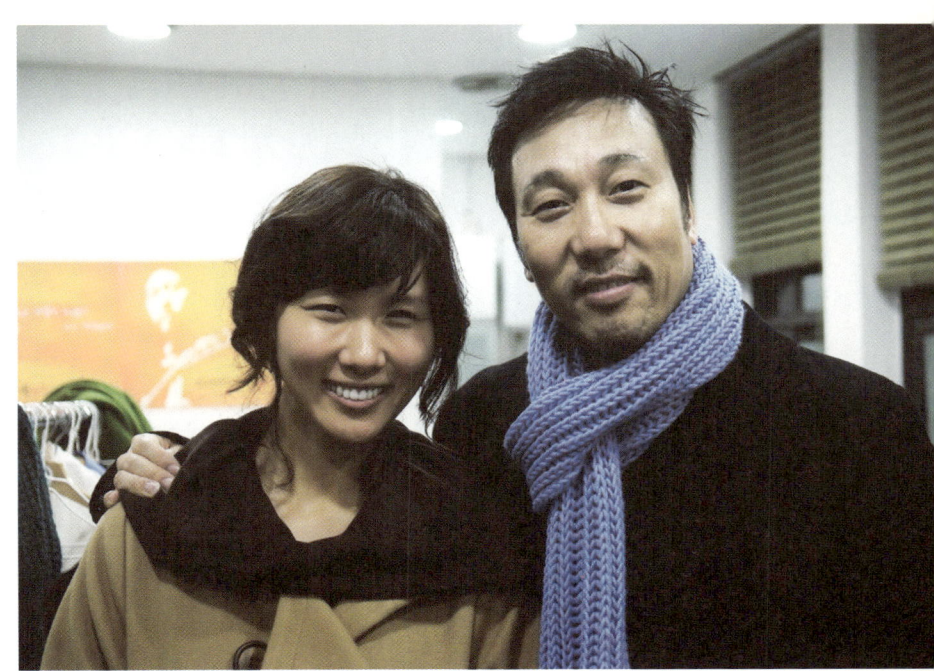

# 이상한 첫눈

첫눈의 기준은?
올해 처음 온 눈?

그 겨울의 **첫 번째** 눈인가?

2010년 12월에 온 눈은 첫눈인가?
2011년 1월에 내렸던 눈이 첫눈 아닌가?

그렇다면 올겨울 첫눈이 좀 더 정확하고
설득력 있는 눈 아닌가?

뉴스를 보니 다 첫눈이라고 하네?
**나만 이상한 건가?**

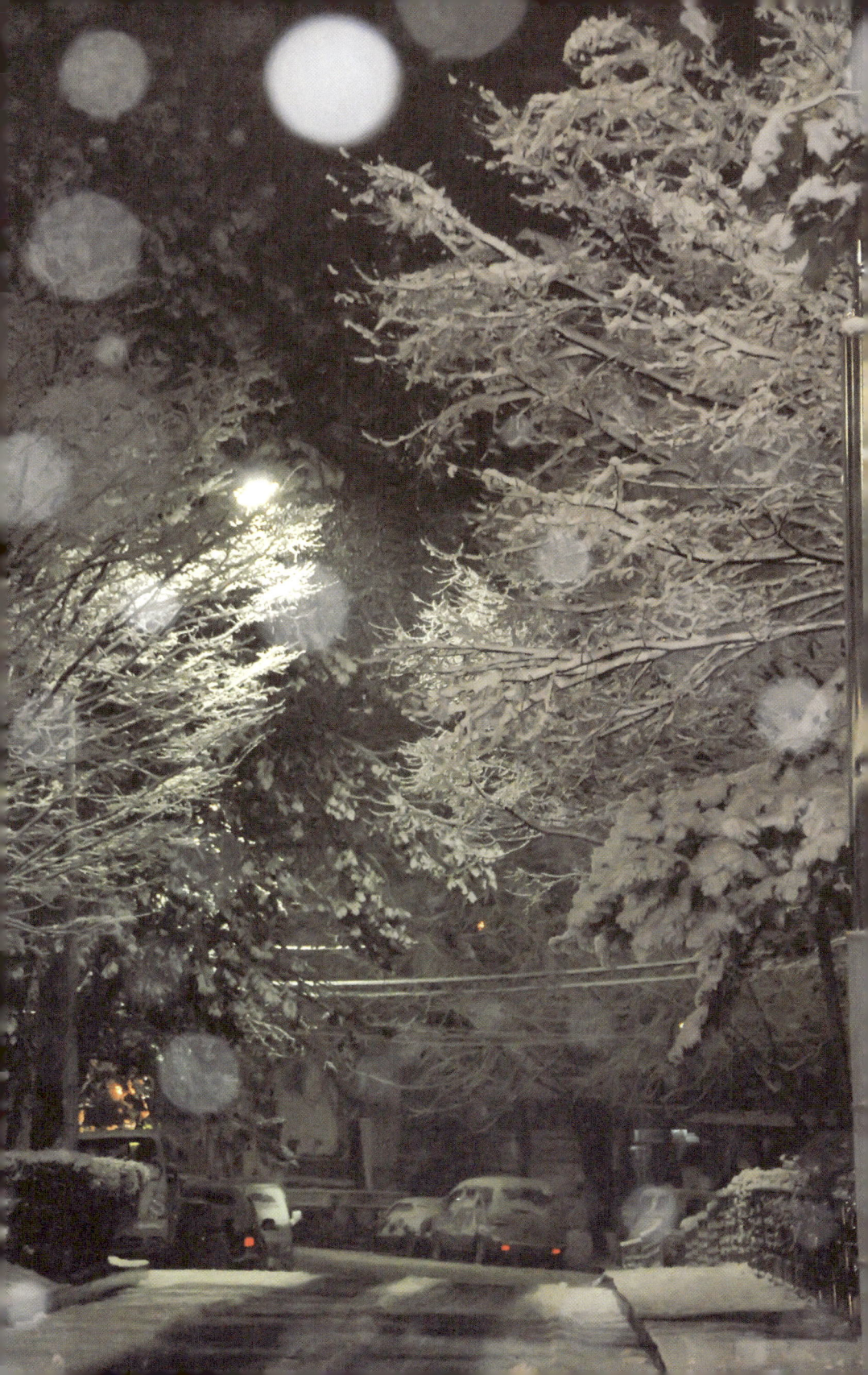

나는
**가수다**
___
**03**

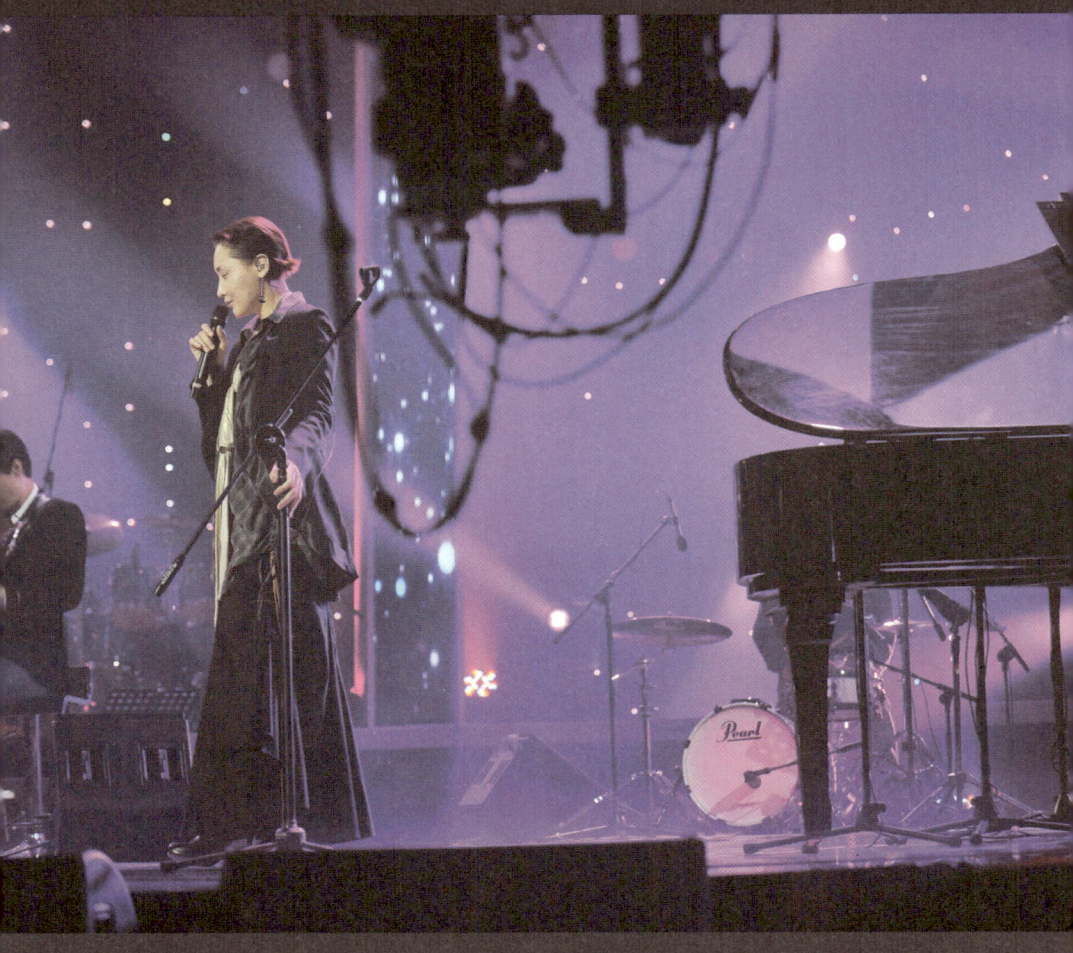

나는 거기에 있었다.

대한민국 유일의, 감성을 끝까지 가져갈 환상적인 파트너,
내 친구 소라.

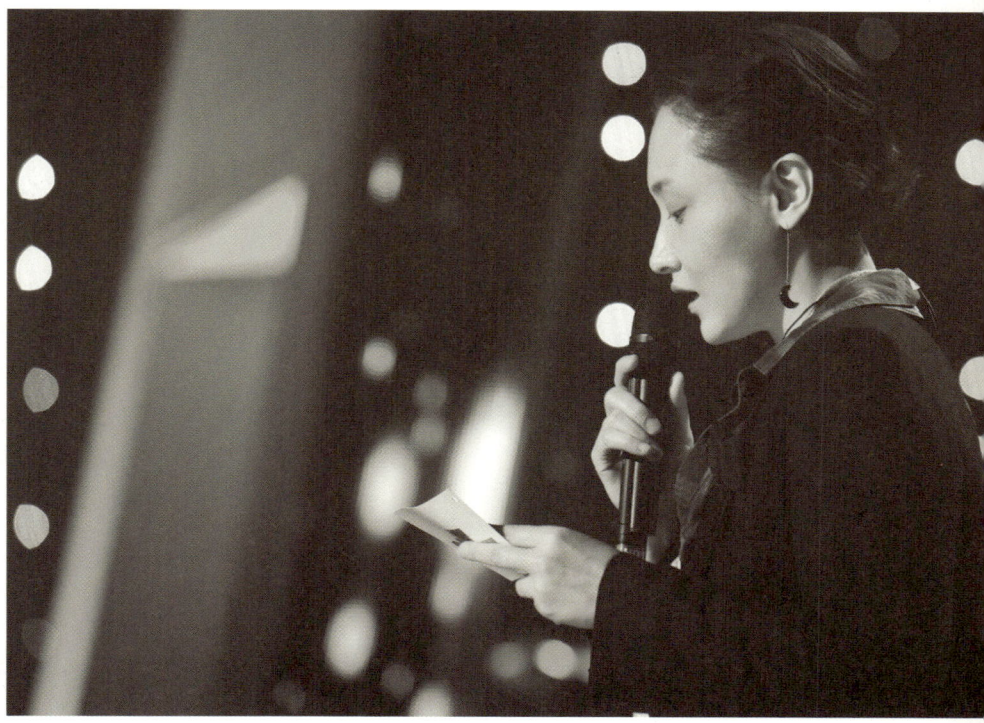

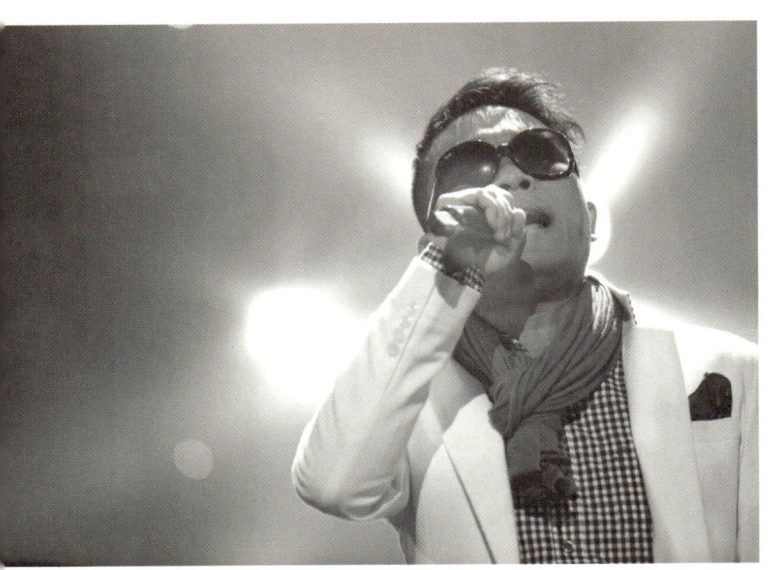

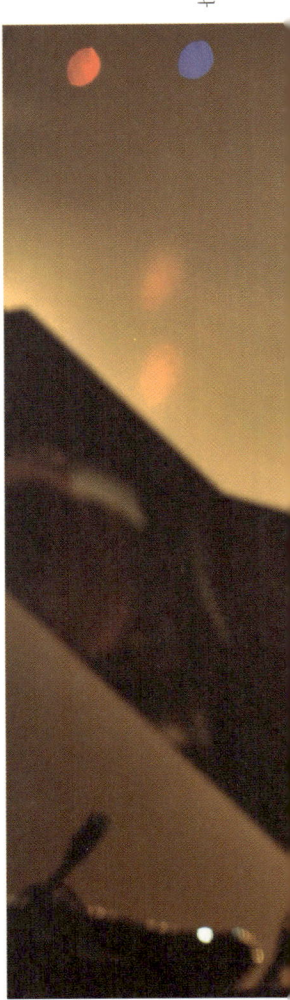

어려운 결정을 하면서 최악의(?) 아니 최
고의 20주년 선물을 받게 된 천재 노래꾼
건모형.

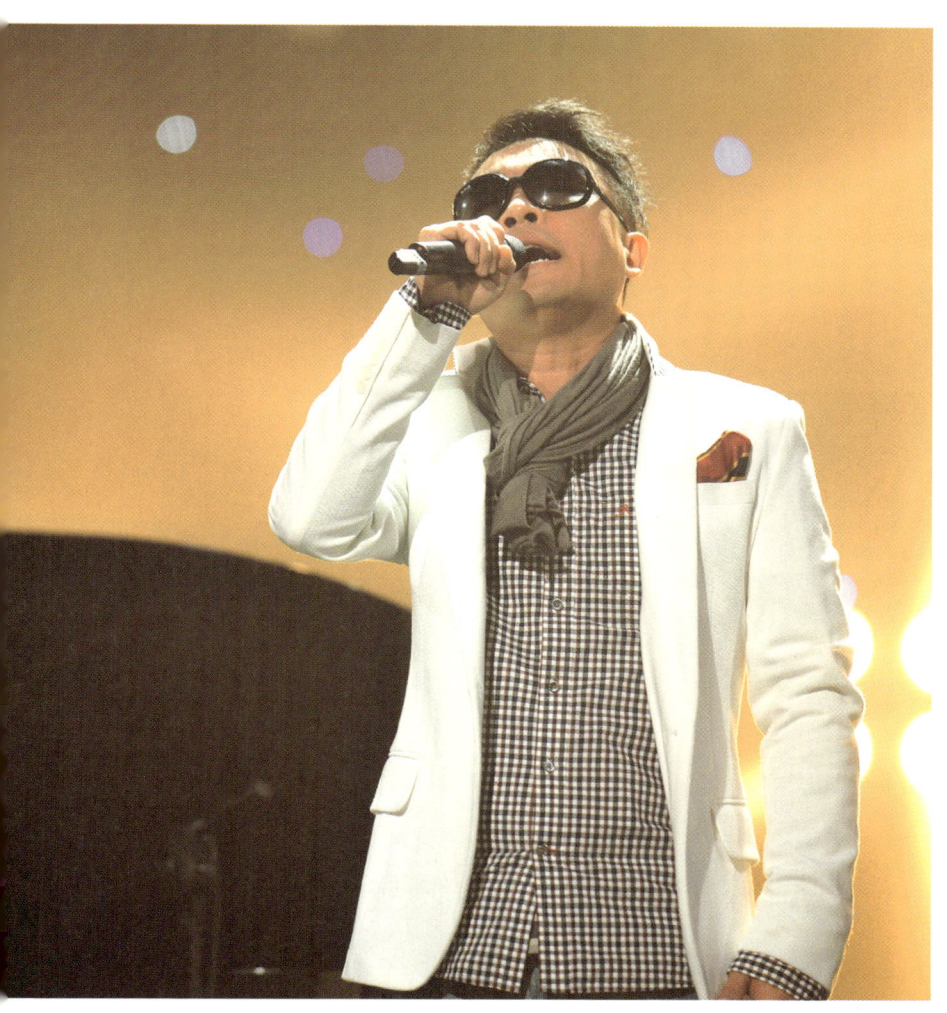

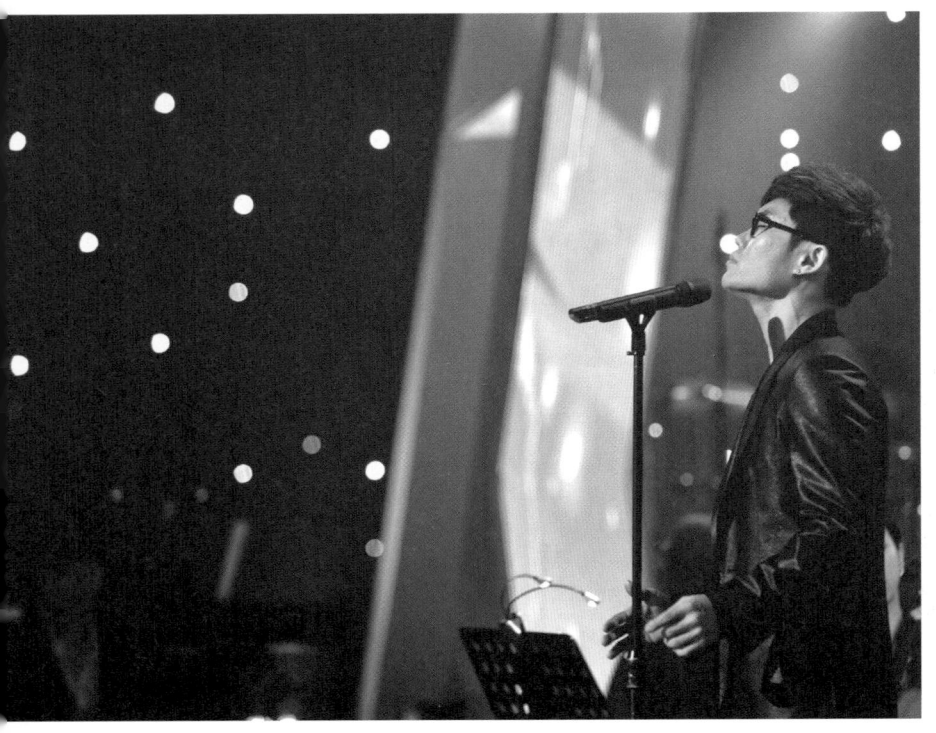

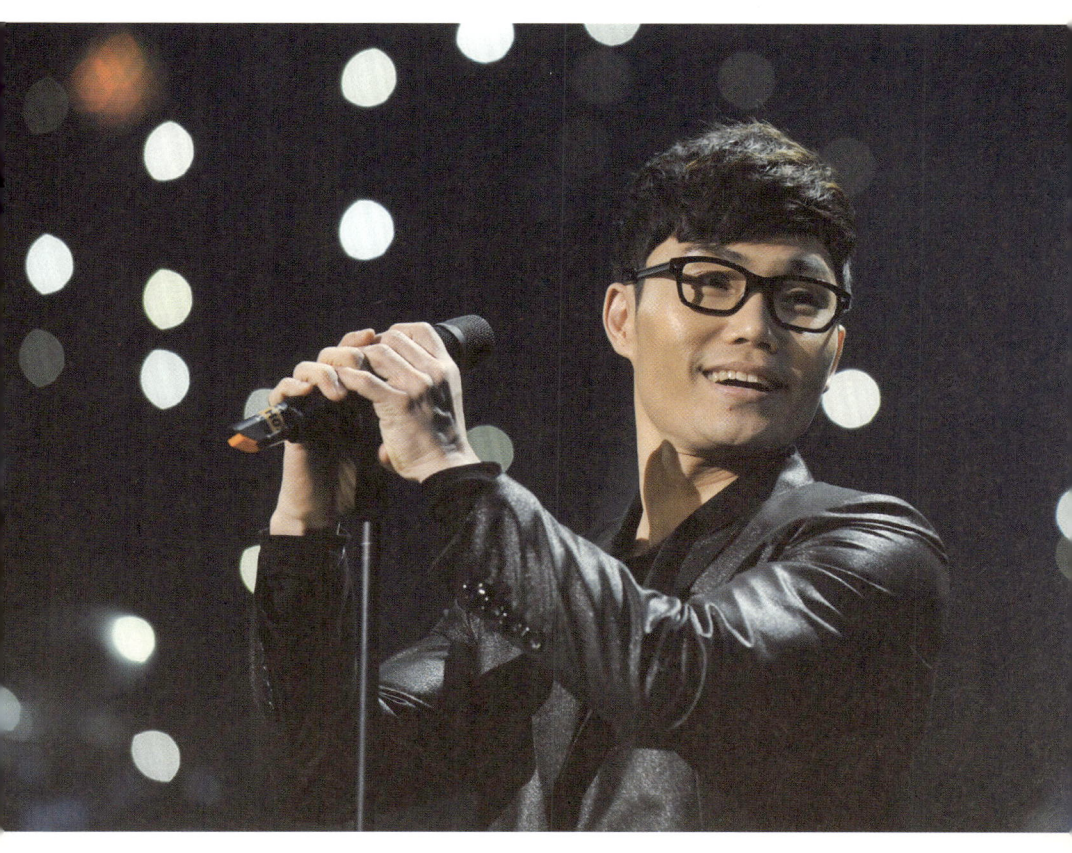

최고의 가창력을 외모 때문에 저평가 받았던 맛있는 노래를

부를 줄 아는 소리꾼 범수.

내가 DJ시절 그렇게도 가까이에서 보고 싶었고 듣고 싶었던,
노래하는 아침 요정 정현이.

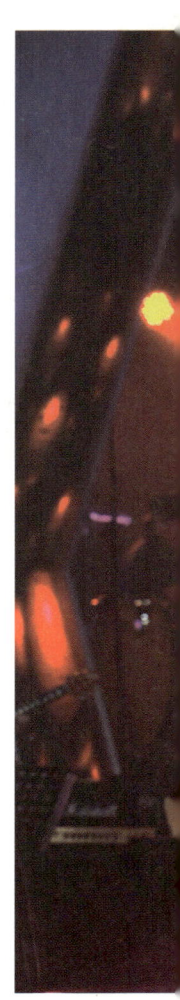

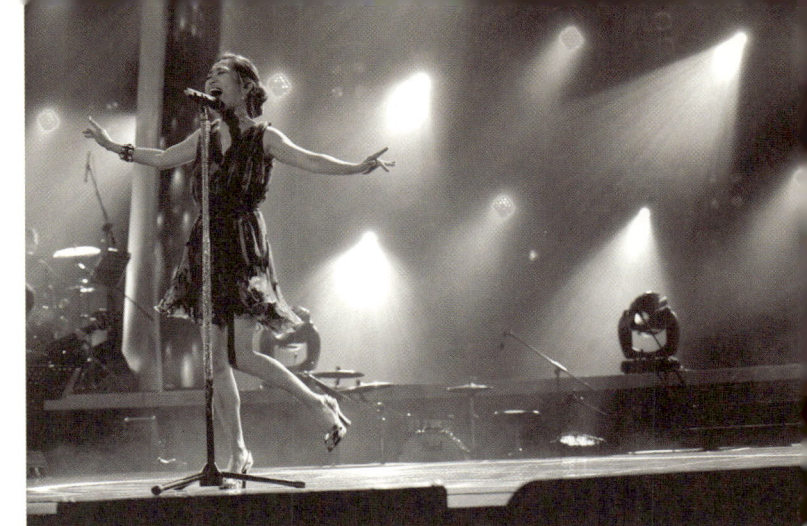

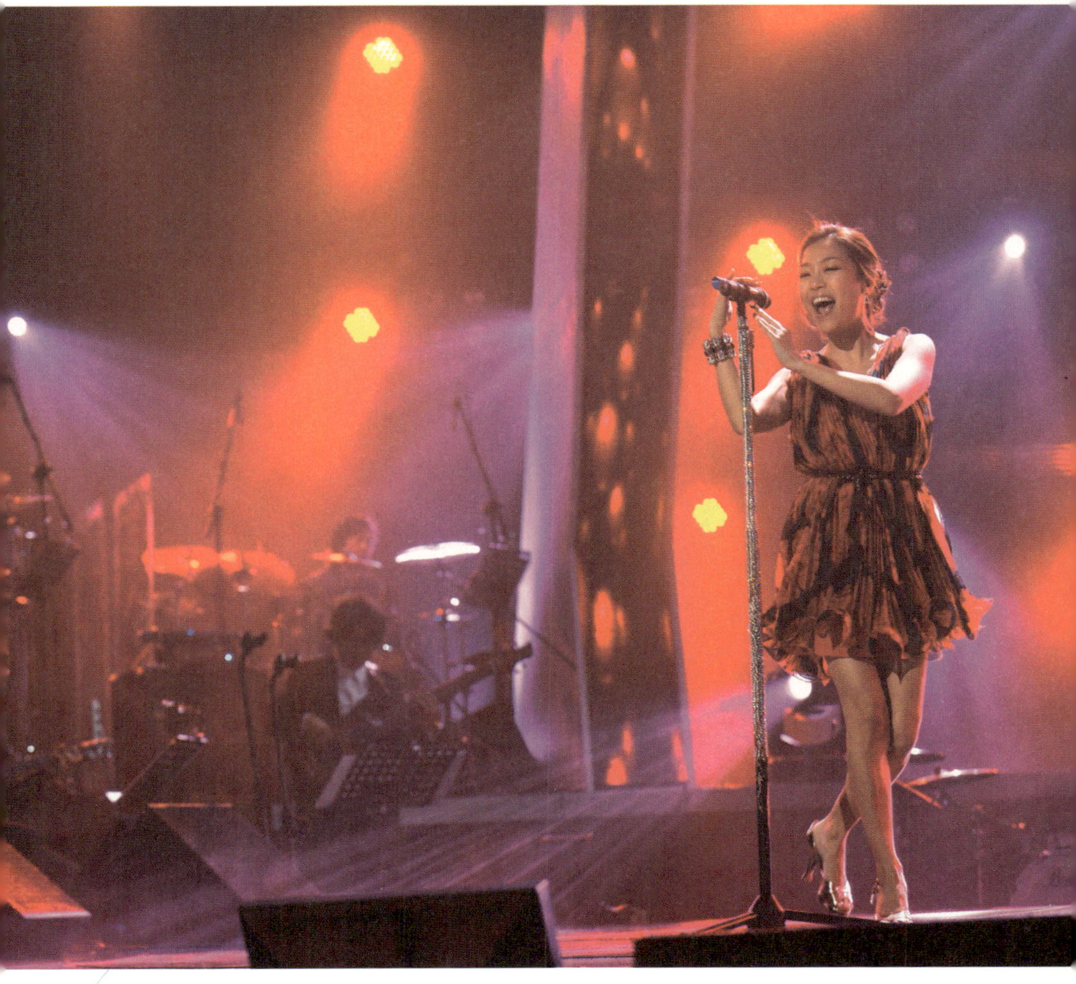

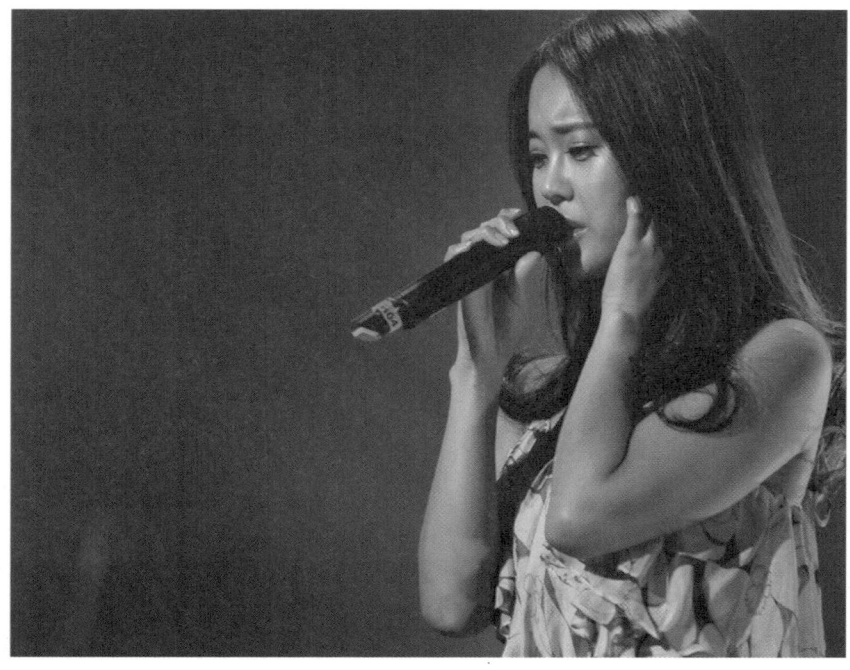

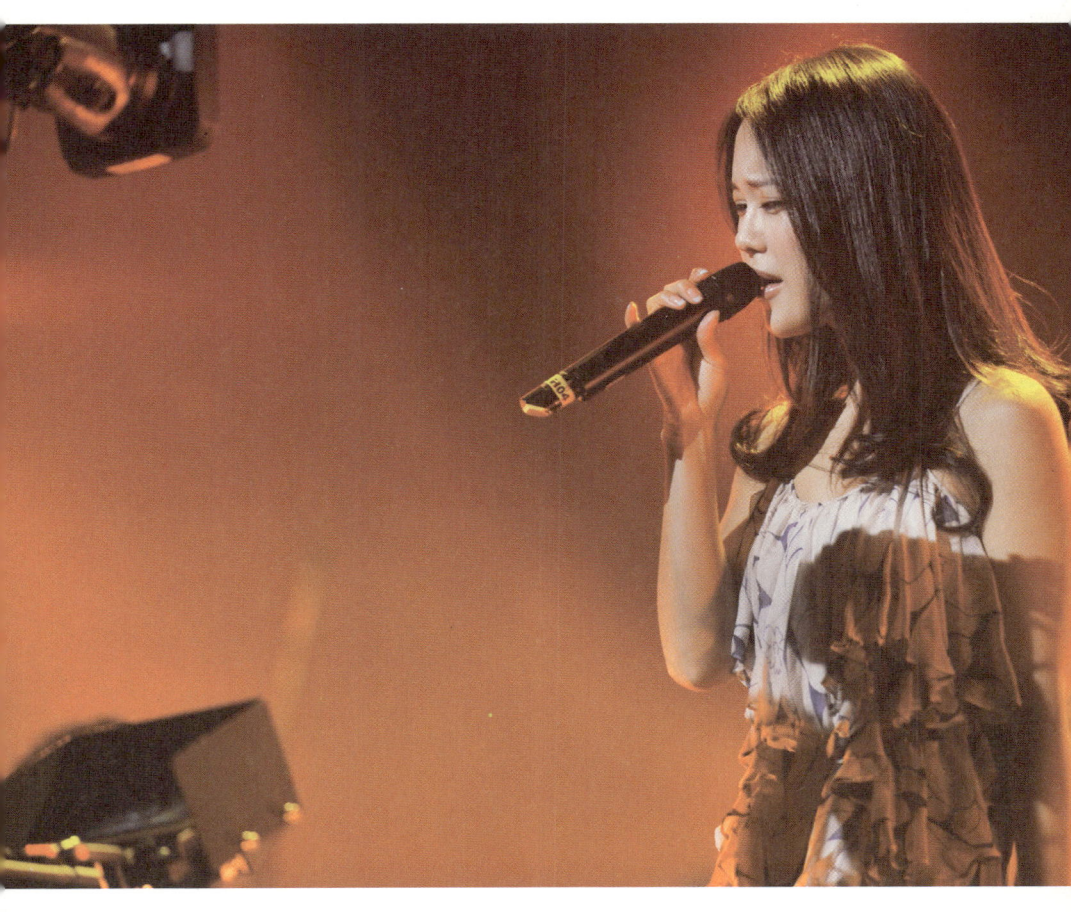

음악을 듣노라면 드라마가 떠오르는 눈물도 많고 정도 많은
지영이.

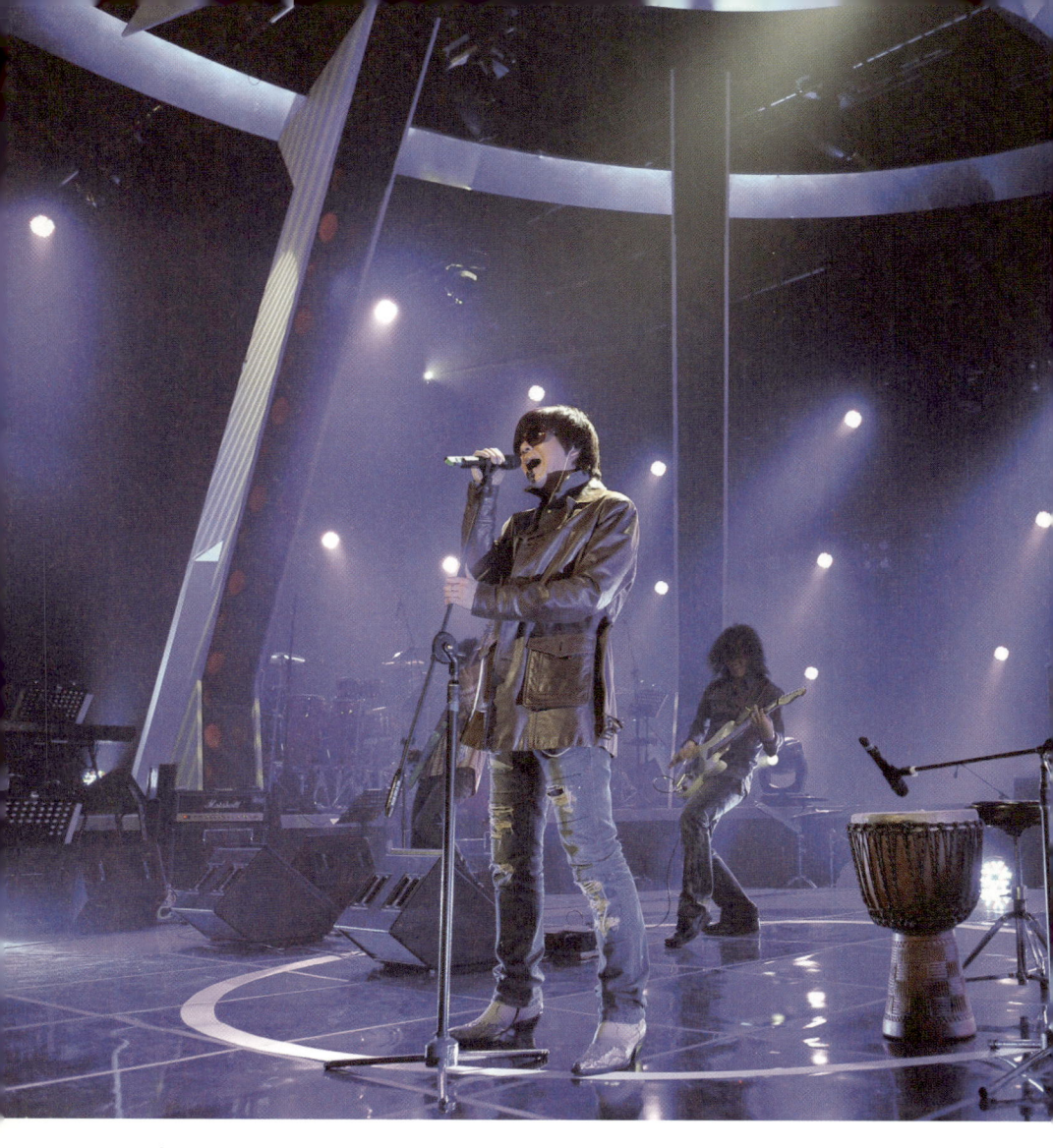

즐기려 하며 또 가장 즐길 줄 아는 멋쟁이 록커!

로큰롤 베이비 도현이.

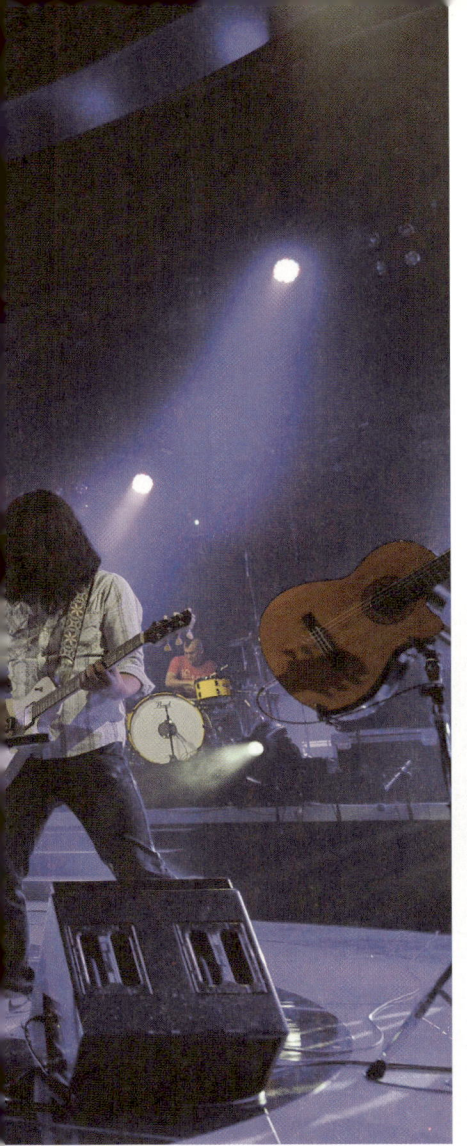

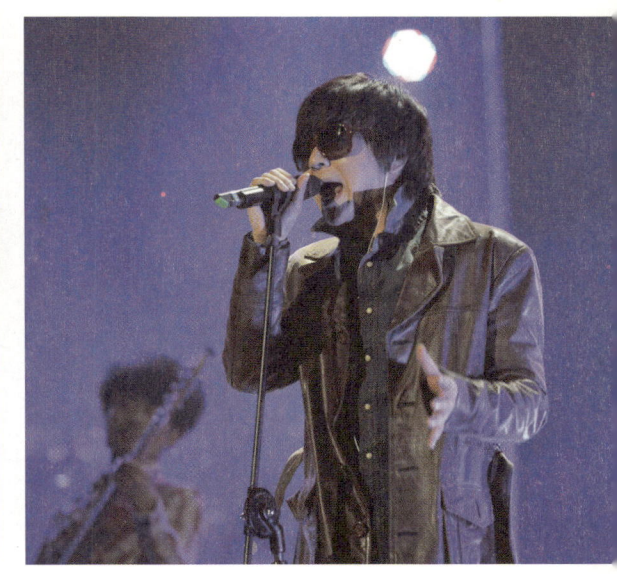

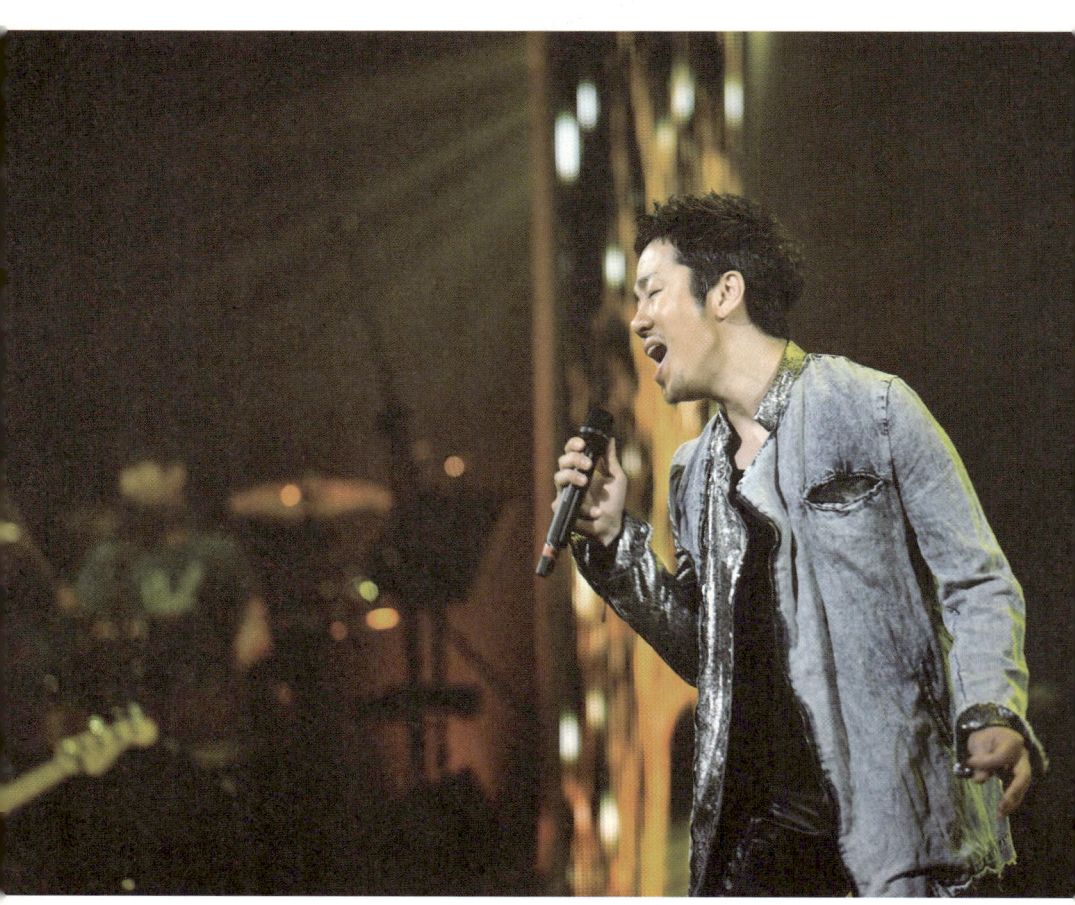

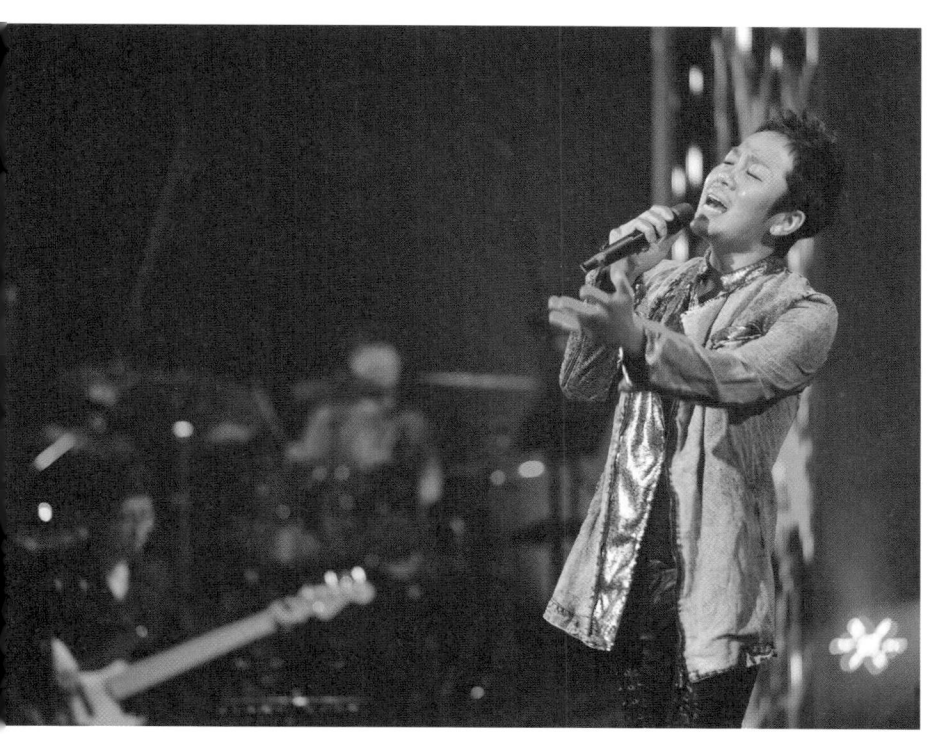

뺏고 싶은 목소리,

내 아내의 남자가 돼버린 정엽이.

7명의 가수와 함께 보낸 시간은 짧지만 뜨거웠던 내 인생 최고의 봄이었다. 코미디언이란 타이틀을 이소라를 위해 내려놓았던 시기였고 텔레비전에 나와야 할 방송인이 이소라의 안정을 위하여 대기실의 카메라를 치워 달라고까지 말해야 했다.

예능 프로그램? 음악 프로그램? 그런 건 중요하지 않고 내가 신경을 써야 했던 사람은 가수 이소라이고, 그녀는 많이 힘들어 했고 긴장하고 있었다. 몇 번을 후회하고 셀 수도 없이 화내고 만족하지 않았다. 난 늘 그런 이소라를 위해 슬며시 농담을 하며 그녀가 특유의 웃음을 짓도록 노력했고 기분이 좋아지게 만들고 싶었다. 그럼 그녀는 호탕하게 웃으며 '너 때문에 한다'라며 빈말도 아끼지 않았다.

물론 그런 상황이나 이야기를 담을 카메라는 없었다. 그래야만 그녀가 노래를 할 수 있었으니까…. 그 엄청난 무대에서 그녀가 노래를 불러 줘야 하니까…. 그렇게 내 욕심을 비웠고 진심으로 내 가수를 위해 소리 없는 그림자가 되기를 자청했다. 그녀와 나의 방송 분량은 다른 6명의 가수들에 비해 턱없이 부족한 것은 당연했다.

하지만 그걸 불평하거나 부러워하지 않았다. 그들의 음악으로 모두 보상을 받기 때문이었다. 나 역시 그 음악에 심취하고 감동 받고 눈물을 몰래 훔친 적이 있다. 그래서 더욱이 짧았고 한여름보다 뜨거웠던 그 3개월의 봄이 강렬하게 내 기억에 남았다.

내가 하차를 하게 된 이유? '이소라를 위한 일편단심'이란 기사도 있었고, '가수와 매니저 동반탈락의 약속을 지킨 이병진?'이란 기사도 있었다. 생각보다 나를 더 멋진 남자로 만들어줬다. 그건 좀 고맙다. 추측성 기사이지만 그래도 마음에 드는 이야기다.

하지만 가장 큰 이유는 또 다시는 그런 감정은 없을 것 같아서였다. 가장 예민했던 무대 뒤, 반복되는 패턴의 녹화 형태, 바뀌는 가수, 늘 여전히 공존하는 비슷한 긴장감과 객석의 반응 그리고 스포일러와 양산되는 기사들…. 불 보듯 뻔한 이야기에 다시 들어가고 싶지 않았기 때문이다. 가장 뜨겁고 신선할 때 난 거기에 있었고 가장 아름다운 음악을 현장에서 들었던 그 순간보단 덜했을 이 감정들…. 그래서 더 익숙해지는 리액션이 싫었기 때문이다.

"그때가 최고였어."

"그 안에 있었으면 됐어."

이것이 내가 내게 내린 결론이다.

여기 실린 이 멋지고 사랑스러운 7명의 가수 사진은 이미 주인들에게 선물로 준 사진들이다. 리허설에서 몰래 촬영한 후 크게 인화를 하여 회식자리에서 졸업장을 나눠 주듯이 그들에게 돌려준 사진이다.

그 이후 〈나는 가수다〉에서 난 카메라를 꺼내 들지 않았다. 그 이후 가수들을 찍지 않은 이유는 딱히 없지만 가장 멋진 처음을 함께했던 가수들에게 더 큰 의미를 부여했기 때문이다. 그들에게는 이미 더 멋지고 유명한 작가들이 그들을 찍어 준 사진이 있다. 하지만 함께 공연과 경연을 준비하고 그들에게 최고의 애정을 보여 준 선배가 찍은 사진에 가식 없는 감동으로 기뻐했다. 그래서 너무 고마웠고 나 역시 내가 사진을 찍는다는 것이 무척이나 기뻤던 순간이었다. 잘 찍은 사진은 아니지만 무대 아래에서 그들을 애정 어린 시선으로 바라보며 걱정하던 매니저가 찍어 준 사진, 그걸 주고 싶었던 것뿐이다.

'유아 마이 레이디'를 부르며 파르르 떨던 국민가수, 회식 자리에선 최고로 웃긴 건모형. 건모형의 제안에 술집에서 자신의 노래를 소주병을 들고 열창했던 쿨한 여자, 착한 여자 지영이. 지금은 유명세에 잘생긴 얼굴을 되찾은 귀여운 겟올라잇 범수. 은근히 웃기며 은근히 터프한 정엽이. 술에 취한 김영희 PD가 회식자리에서 개인 전화번호를 물어보자 "전화는 그냥 매니저에게⋯."하며 대박웃음을 만들었지만 왜 웃는지 모르는 순진 요정 정현이. 딸 바보, 아내 사랑이 예쁜 건전한 가요계 R.O.T.C 도현이. 마지막으로 착해서 건모형 잡았다가 전 국민에게 돌 맞았던 대장부, 오로지 집밖에 몰랐던 40대 소녀(?)가 날 믿고 회식 2차라는 자리에 처음 따라와 준 소라.

모두 그립다. 가장 힘들고 정신없이 지나간 2011년의 봄. 내 방송생활 중 다시는 없을 것 같은 흥분과 감동. 난 거기에 있었고 그 사람들과 함께 취해 있었다.

2011년 가장 아름다운 기억이었다.

컬러가
**사라지다**

04

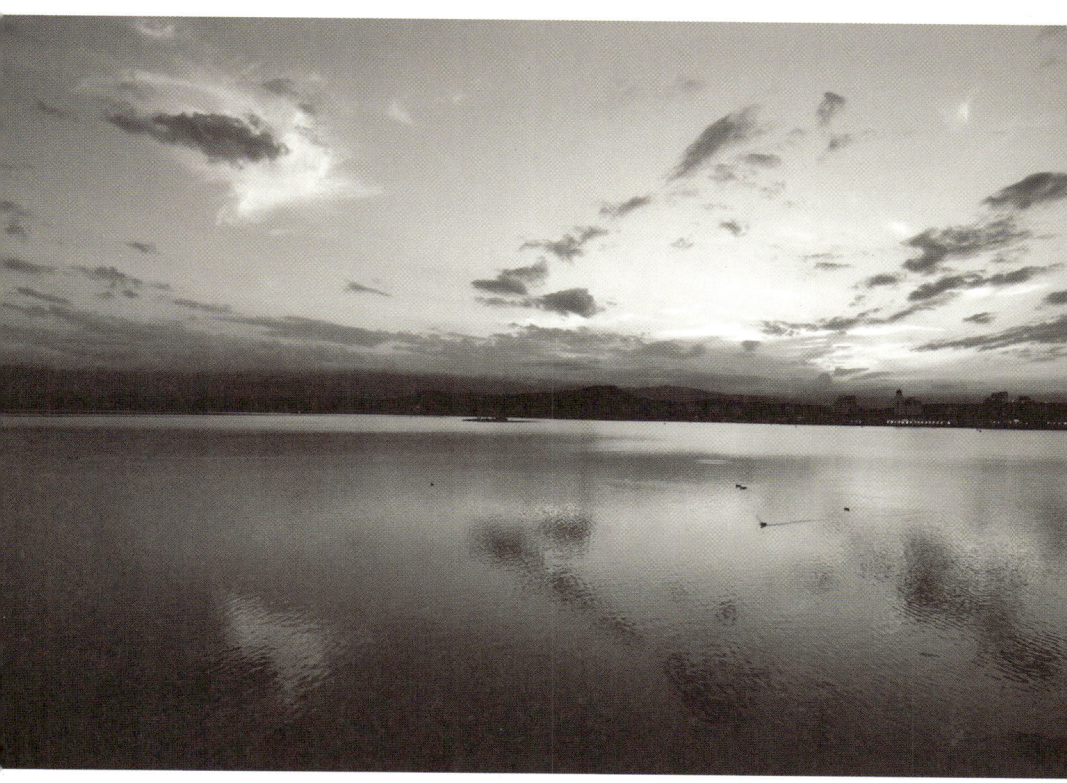

평소 네거티브 필름을 자주 쓰긴 하지만 봄과 가을은
슬라이드 필름을 주로 사용하기도 한다.

화려하고 원색이 많은 계절엔 발색 좋은 필름을 당연히 선호하게 된다. 그
럼 일 년 중 흑백 필름은 언제 쓰는가 하고 묻는다면 일 년 내내다. 컬러가
사라지고 단 두 가지 색인 블랙과 화이트로 만들어 주는 흑백 사진은 참
묘하다는 생각이 든다. 파란 하늘을 파랗게 표현하지 못하고, 그녀의 빨간
립스틱도 거무스름하게 만들고, 초록의 나뭇잎도 회색으로 먼지 낀 답답
한 색이 된다.

이렇게 단순하지만 흑백 사진은 그만큼 표현하기가 어렵다. 단순히 느낌
이 좋아서? 물론 그것 하나만으로도 흑백이 주는 느낌은 대단하지만 난
오히려 색을 없애는 과정이 재밌다. 제한적이고 룰이 있을 것 같은 독특한
미술 시간과도 같다.

두 가지 색의 물감과 스케치북, 두 가지 색의 볼펜과 A4 한 장, 분필과 흑
판의 한 귀퉁이, 먹이 잔뜩 묻은 붓과 화선지.

어려서부터 미술교육을 받은 영향이 있어서인지 내 사진에는 어느 정도
공통점이 발견된다. 모든 사진에 적용되는 것은 아니지만 색 선택을 매우
중요하게 생각하면서 촬영한다. 사진에서 보이는 전체적인 색감이 아니
라 프레임에 들어가는 피사체의 색상이나 색 배치에 신경을 많이 쓴다. 안
정적인 색상 배치와 대비, 그리고 색의 조화를 파인더를 통해 한참을 본
다. 그런 다음에야 셔터를 누를 수 있다. 누가 시킨 것이 아닌 사진을 하는
나의 습관이고 방침이다. 그런데 흑백을 촬영할 땐 다른 여러 가지 생각들
로 머릿속이 꽉 찬다.

흑백 사진은 마술이다. 뷰파인더에 들어오는 피사체의 배경은 모두 고유
의 색을 가지고 있지만 셔터를 누르는 순간 색은 사라진다. 그 짧은 순간

에 색을 빼앗긴다. 빠른 셔터 스피드라면 검지를 누른 순간 세상의 색은 흑과 백으로 마술처럼 순식간에 변하고 느린 셔터 스피드라면 검지를 누른 순간 천천히 에로 영화의 여배우가 가운을 벗듯이 색은 천천히 흑과 백으로 나뉜다. 무엇이든 두 가지 색으로 표현된다. 그래서 더 어렵고 재밌지 않은가.

흑백 촬영을 염두에 두고 찍던지 컬러 사진을 보정하다하다 결국 흑백으로 전환을 한 사진이던지 흑백 사진은 참 착하다.

흑과 백. 원하지 않는 색들은 과감하게 보이지 않게 해주는 처리 능력으로 단 두 가지의 색으로 표현해내는 게 참 절묘하고 신기하다. 강하게 보이기도 하고 부드럽고 따뜻해 보이기도 하는, 양면성을 가진 성격처럼 말이다. 그렇기 때문에 흑백 필름이 들어간 카메라를 주변에 두고 1년 내내 찍는다. 찍던 안 찍던 흑백 필름이 들어간 카메라가 주는 안도감이 있다.

디지털 카메라와 흑백 사진을 위한 카메라, 흑백 필름이 들어간 P&S, 롤라이 필름이 들어간 롤라이와 티맥스가 들어간 F3. 이 조합이 늘 가방 안이나 내 차량의 보조석에 준비가 되어 있다. 언제나 설렘과 기대감을 주는 흑백 사진은 촬영된 결과물도 컬러 사진 보다는 더 기다려지고 걱정스럽다. 결과가 어떻게 나올지 예측이 어렵기 때문이다. 내가 뷰파인더를 통해 본 색들과 결과는 분명히 다르기 때문이다.

흑백 사진을 현상하고 인화해서 보는 과정은 첫 소개팅이나 미팅에 나가기 전날의 기분처럼 늘 설렌다. 나도 남자지만 왠지 잘생긴 남자를 기다리는 여대생의 분위기가 떠오른다. 어떤 남자일까?

검정 슈트에 타이를 매지 않은 깔끔한 느낌의 훈남, 흰색의 슬리브리스 셔츠 위에 입은 검정 가죽재킷의 조금 거칠어 보이는 남자, 한창 유행인 배기팬츠에 목이 깊게 패인 하얀 면 티셔츠를 입고 뛰어오는 남자.

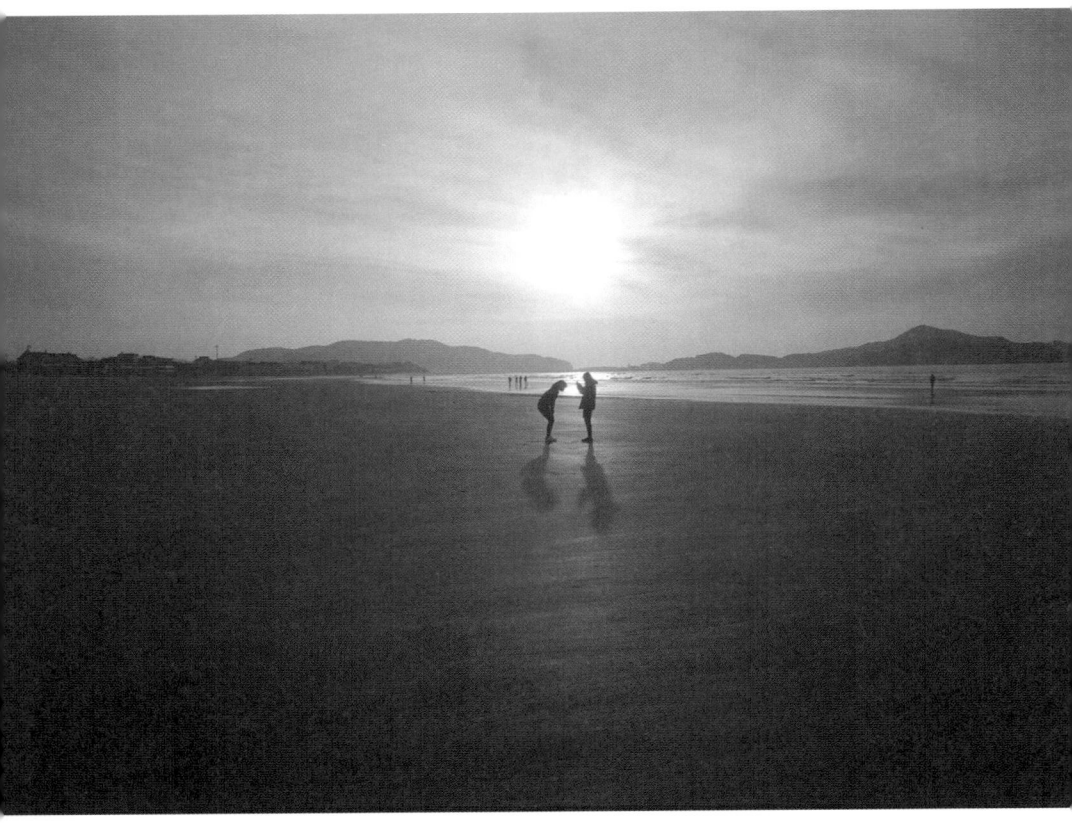

흑백 필름은 그런 남자들과 같다. 어떻게 입느냐에 따라 다른 느낌을 낼 수 있는지가 분명하기 때문이다. 매년 빠르게 변화하는 패션의 세계에서 유행하는 컬러를 굳이 따지자면 흑과 백은 늘 빠지지 않는 컬러가 아닌가. 소개팅에서 만난 여러 남자와 같은 느낌의 사진들. 어떤 남자가 나오건 그 남자들의 의상은 흑백이란 거, 옷이야 어떻든 그 남자들의 느낌은 내가 결정할 수 있기 때문이다. 내가 잘못 찍어도 이해와 관용을 베풀 줄 아는 녀석이다.

그래서 흑백이 재밌고 즐겁다. 그리고 오늘도 난 흑백 필름을 챙겨 나간다.

# 잔흑낙영사

지구의 시계가 12시까지라면
지금 지구의 나이는 9시 정도가 됐단다.
이제 3시간 정도밖에 남지 않은 지구다.

사계절로 따지면 가을을 지나 이제 겨울로 가고 있다.
난 어차피 3시간이 지나면 죽겠지만 내 아이나
손자들에게는 **정말 미안한 일이다.**

너무 많은 시간을 쓰고 얼마 남지 않은 시간을
남겨주는 것 같아서….
**분명히 사계절인데 기억나는 건
늘 두 개의 계절이다.
여름과 겨울.**

갈수록 계절의 경계는 없어지고,
또 짧아지고 있다.

**언제 왔다가 갔는지 모를 정도로
계절의 흐름까지 빨라지고 있다.
성장이 너무 빨라 비둘기의 새끼들을
보지 못하는 것처럼.**

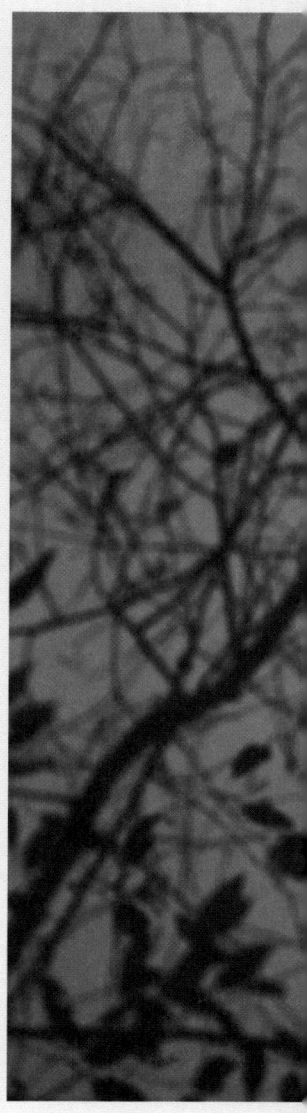

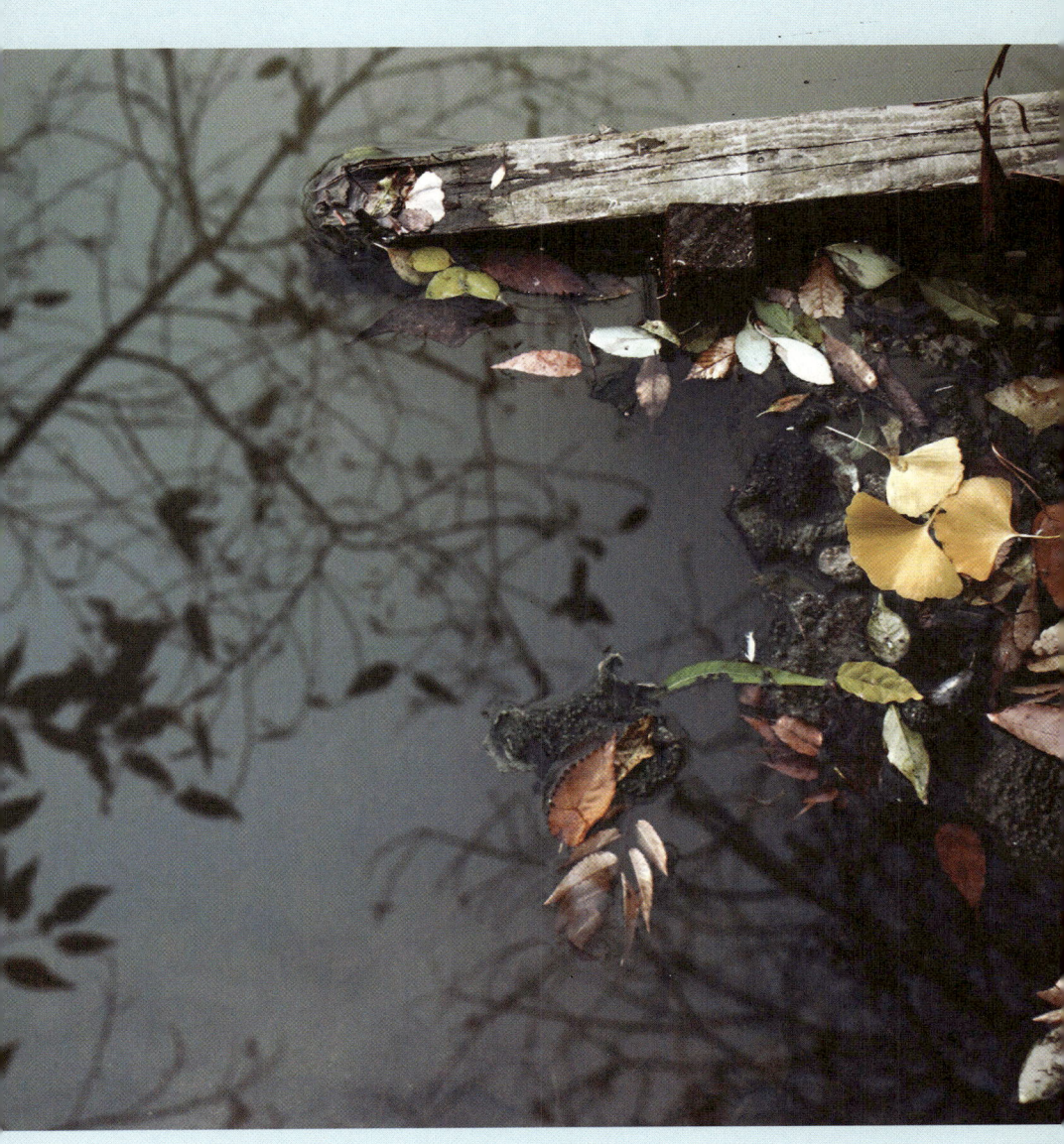

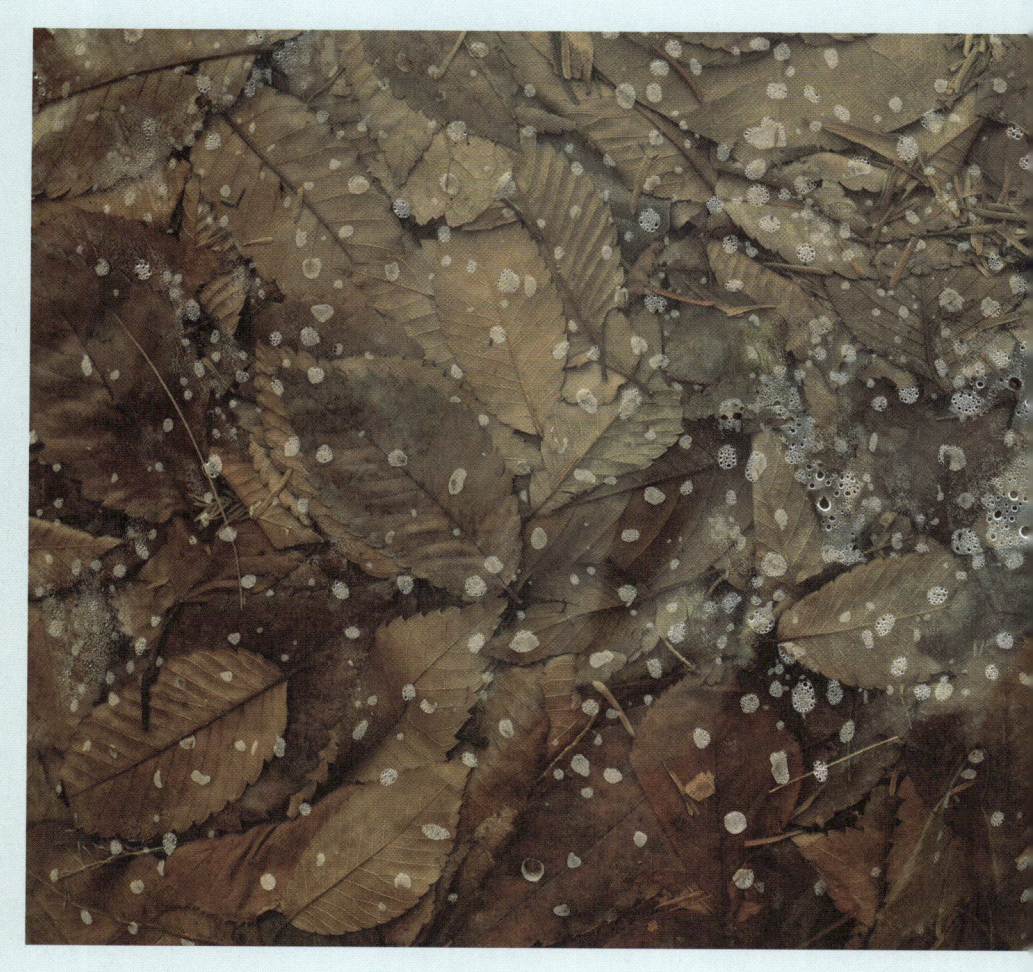

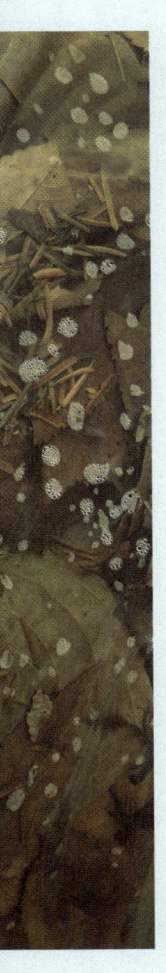

아파트 구석에 쌓여 있는 비닐 포대에는
지나갈 가을이 담겨 있다.

괜히 측은하기까지 하다.
아파트 지하 주차장을 내려가는 계단에도 가을의 흔적이
앙상하게 남아 있다.
계단의 초록색이 마치 낙엽에 스며들어 낙엽을 다시 촉촉하고
생기 있는 봄의 잎으로 만들어 줄 것 같다.

하지만 낙엽과 가을은 그렇게 길지 않은 생을 마감한다.
겨울이 오기 전 그렇게 바닥을 뒹굴고 지나가는 바람에
갈가리 찢기고 뜯겨 겨울이 된다.
제 몸을 불태워 사람들에게 아주 짧은 기쁨을 주기 위해
애를 썼던 가을 낙엽은 이제 없다.
이 추운 겨울을 지나 다시 태어나
가을보다 더 짧은 봄에는
초록빛과 광합성으로 사람들에게 좋은 공기를 나눠 줄 것이며
뜨거운 여름엔 자신의 몸을 살찌워 사람들에게
그늘을 줄 것이다.

그리고 다시 가을.
찬란하고 화려한 색을 만들고
다시 죽음을 기다린다.
이렇게 낙엽에겐 가을은
늘 잔인한 계절이다.

출근길.
낙엽을 보고 이런 생각으로
갑자기 카메라를 꺼내는
나도 슬프다.

나는
**전설이다**
___
05

## 1989년 서울예전 202호 연습실.

아서 밀러의 작품 〈시련〉이라는 연극 연습이 한창이었다. 내 의지와는 상관없이 교수님의 추천으로 아무도 맡으려고 하지 않았던 92살의 노인역을 21살에 맡게 되었다. 아내가 억울하게 기소되어 마을 최고 연장자로서 법정에서 항변하는 안타까운 늙은이를 연기해야만 했다.

분명히 오디션은 다른 역을 보았는데 담당교수는 나를 그 배역에 앉혔다. 누구도 맡지 않는 역이었고, 나 역시 하기 싫었다. 그래서 학교에 나가지 않았다. 나름의 불만을 등교 거부와 연습 거부로 표출했다. 교수님이 이틀 뒤 집으로 전화했다. 그리곤 한마디만 하고 일방적으로 끊으셨다.

"야! 이병진!! 쉬운 배역은 없는 거야. 넌 그래서 진정한 배우가

아니야. 넌 이 역할을 해내야만 해. 그래서 널 시킨 거니까."

생각에 빠졌다. 당시 주인공으로 오디션을 봤고 결과는 아무도 예상하지 않았던 92살의 노역이 내게 왔다. 이미 다른 극단이나 학교연극에선 그 역할을 빼거나 분량을 줄여 공연하기도 했다. 그만큼 어려운 역할이었기 때문이었다. 며칠 뒤 난 학교로 가서 교수님을 만났다.

"해보겠습니다. 교수님이 제게 기회를 주신 거죠?"

"미친놈. 네가 한 번 해봐. 도와줄게."

난 이제 프랜시스 너어스란 인물로 6개월을 살아야 했다. 바로 남산에 가서 오래된 나뭇가지를 꺾어 지팡이를 만들고 파고다 공원에선 노인들을 관찰했다. 21살의 나는 6개월간 지팡이를 들고 다녔고 호흡은 이제 완전 노인네의 호흡으로 힘들게 걷고 힘들게 말하게 됐다. 그야말로 피나는 연습과정을 겪어야 했다.

무더운 여름날 202호 연습실이었다. 연기하던 중 교수님이 계속 내 대사를 끊는다. 마음에 들지 않는다고 한다. 에너지가 그게 아니라며 계속 반

복시킨다. 짜증도 나고 화가 난다. 계속 소리를 지르고 목소리는 커진다. 그래도 반복을 요구하는 교수님은 그게 아니라며 나를 무섭게 다그치고만 있다. 입에선 욕이 절로 나오면서 화가 머리끝까지 치밀어 오른다. 그때다. 내가 가지고 있던 지팡이를 뺏어 내 머리를 내려친다. 머리에선 피가 흐르고 있었다. 머리가 터지고 이마를 가로질러 콧잔등으로 피가 흐른다. 이미 휘둥그레 놀랐지만 교수는 대사를 하라고 소리친다. 모든 에너지를 모아 내뱉었다. 욕처럼.

"여긴 세일럼이니까요."

교수님은 갑자기 박수를 치면서 연습 종료를 알리며 그제야 병원을 가라고 한다. 이해할 수 없는 연기 지도이지만 그 대사는 그런 기분이어야만 완벽하게 소화할 수 있다는 것을 알게 되었다. 교수님은 그렇게 나를 혹독하게 가르쳤고 또 원했다. 배역이 원하는 것이 무엇인지 알아내는 방법은 마음에 안 들었지만 느낄 수는 있게 했다. 그리고 뭐가 됐든 난 따라가고 있었다. 어쨌든 오기와 광기가 느껴질 정도로….

그리고 6개월 후. 그렇게 난 완벽한 92살의 애늙은이가 돼 있었고 공연을 마쳤다. 그런 반전이 있을 줄은 몰랐지만…. 4시간짜리 연극 중 내가 나오는 장면은 한 30분 정도다. 그나마 내가 일어서서 대사를 하려는 순간 나는 멍해져 버린다. 상대역이 3페이지 뒤의 내 대사를 입에서 내뱉는다. 난 다시 소리 없이 자리에 털썩 주저앉는다. 내 대사의 절반이 넘어갔기 때문이다.

그렇게 내 6개월간의 노력은 물거품이 되어 버렸다. 공연이 끝난 뒤 천천히 얼굴의 도랑을 지우고 있을 때쯤 교수님이 내 어깨에 손을 슬며시 올렸다.

"잘했어! 안 봐도 알아! 화 풀고 이제 품평회 시작할 거야. 무대로 올라와."

뒤늦게 무거운 마음을 들고 무대로 올라갔다. 갑자기 박수가 터져 나온다.

나를 위해 박수를 치고 있었다. 거기에 한마디를 교수님이 덧붙인다.

"그동안 잃어버린 배역을 찾았다. 물론 대사는 다 못했지만 그간의 열정을 우린 다 보았고 오늘 공연에서도 짧았지만 프랜시스너어스를 제대로 봤다. 이 연극에서 난 잃어버린 배역을 8년 만에 다시 찾았다."

그가 재직해 있었던 8년 동안 이 배역을 맡으려 했던 배우도 없었고 결국 이 역할은 없애고 공연을 해왔다고 한다. 난 그제서야 웃을 수 있었다. 그리고 알았다. 왜 내게 이 배역을 억지로라도 시켰었는지.

정말 대단한 교수님이다. 아직도 서울예전에서 이 작품을 하게 되면 내 이야기는 전설처럼 후배들에게 전해지고 있다고 한다. 그렇게 하라고. 그런 열정으로 작품에 임해야 한다고. 그런 얘기를 들으면 흐뭇하고 기분은 좋아진다.

아주 오래전 코미디언이 되고 난 뒤 대학로에서 교수님을 우연히 만났지만 날 거의 모른 척하다시피 하셨다. 분명히 날 알아보셨을 텐데…. 뛰어가 돌려세우며 인사를 드렸다.

"안녕하세요. 교수님."

"기껏 가르쳐놨더니…. 바쁠 텐데 그냥 가라. 열심히 해라."

그러고는 뒤도 보지 않고 어느 극장으로 들어가 버리셨다.

지금은 방송을 하고 있지만 아마도 교수님은 나를 대학로에 두고 싶어 하셨던 것 같다. 이제 와서 대학로로 다시 갈 수는 없지만 난 그렇게 배웠고 그렇게 열심히 했다. 다시 그렇게 살 수 있을까? 무언가에 미쳐 그렇게 뜨겁게 모든 걸 걸고 뛸 수 있을까? 당시엔 불만투성이였고 짜증과 신경질적인 나를 이렇게 만들어 내는 것이 역시 스승이라는 생각을 하게 해준 교수님은 내게 최고의 스승이었다.

1989년 뜨거운 여름보다 더 뜨거웠던 나의 대표작인 〈시련〉과 프랜시스 너어스는 열정 그 자체였고 전설이 되었다.

나도 누군가의 전설이 되었다는 것. 앞으로 또 만들어야 할 전설을 위해 난 뜨거워져야 한다. 예전 생각을 하면서 생뚱맞게 힘이 솟는다.

이 글을 쓰기 전까지 우울하고 힘들어 했는데…. 힘내자. 다시.

난 누군가의 전설이니까.

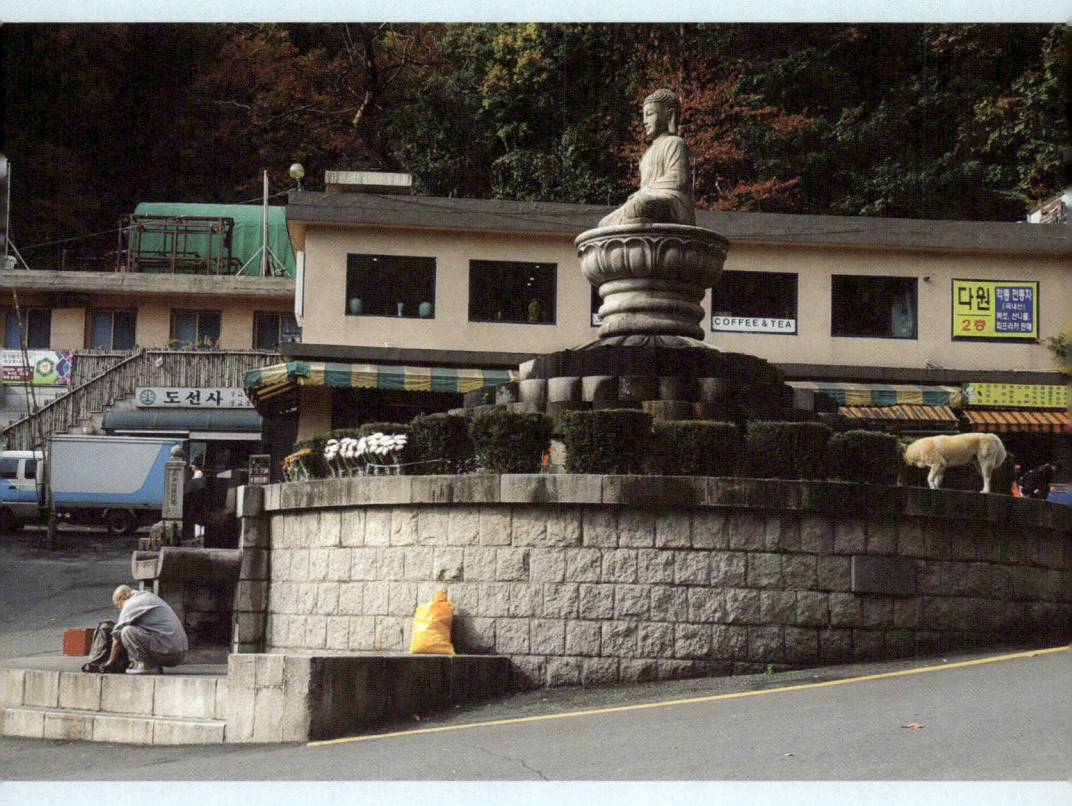

# 보물찾기

스님은 가방 안에서 무언가를 열심히 찾고 있었고
화단에 코를 박고 무언가를 열심히 찾고 있는 개 한 마리.
혹시 부처가 숨긴 무언가를 찾고 있는 것은 아닌지….

**살며시 미소를 머금고 부처는 말한다.
"다들 찾았느냐!"**

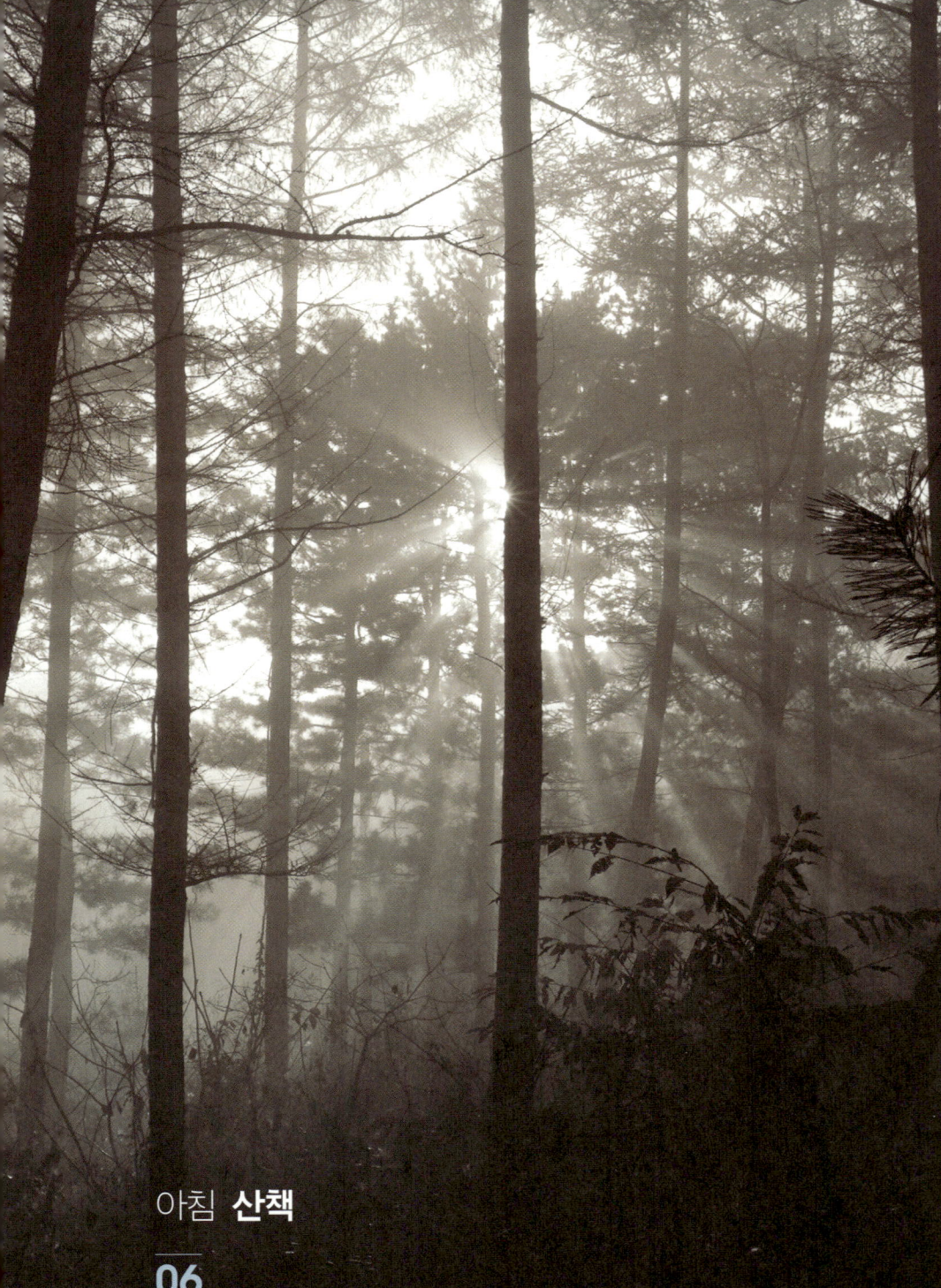

아침 **산책**

06

## 아침은 언제나 기분 좋다.

어젯밤 과로의 흔적도, 장시간 운전의 피로도 남아 있지 않다. 다소 무거 웠던 내 몸도 몇 번의 기지개로 다시 리세팅되는 것처럼 느껴진다. 아침은 어제보다 오늘 다시 잘하라고 주는 기회다. 대신 어젯밤을 잘 보낸 사람만 이 아침이 반갑다. 많은 사람은 아침이 오는 것을 두려워한다. 특히 어젯 밤이 좋았다면 오늘 아침은 힘든 것이 당연하다.

오늘 아침은 나도 힘들다. 아내와 함께 보낼 곳을 찾아 어젯밤 출발했으니 까…. 피곤하고 힘들고 요즘 생각도 많다. 어쨌든 난 아침을 즐기고 있다. 어쩌면 매일 그래 왔던 사람처럼 보이고 싶었나보다. 새벽안개를 보고 올 라온 산길에서 오늘 아침을 시작한다. 어제는 이제 사라지고 오늘을 반긴 다. 딱히 할 일이 없는 아침이 벌써 며칠째 연속되지만 그래도 오늘 아침 은 좀 더 반갑다. 내 발걸음은 자연스럽게 바람 가듯 숲을 향해 따라간다. 숲을 휘감은 희뿌연 안개는 마치 담요 같다. 아직 이불 속에서 '10분 더'를 외치는 아이처럼…. 안개들은 아침을 깨우고 있는 11월 아침 햇살을 피해 도망을 다니고 있다.

웬일인지 11월 아침볕이 참 따뜻하다. 마른 낙엽이 운동화 밑에 깔려 부 서지는 소리가 맛있다. 이 신선한 아침 공기는 배가 터지도록 마셔두자. 아침은 늘 매일 어김없이 찾아온다. 월요일이 싫다고 화요일부터 살 수는 없는 것처럼 우린 매일 아침을 피할 수가 없다. 누군가에게는 너무 예쁜 아침이 될 수도 있고 누군가에게는 너무 괴롭고 귀찮은 시간이 될 수도 있다. 그것도 역시 자기 몫이다.

어제는 이제 잊어라. 지금은 아침이다. 어서 씻고 새 옷 입고 나가자. 다른 사람들은 벌써 나와 있다. 그것만으로도 넌 벌써 지고 있다. 빨리 하품 시원하게 하고 팔다리 목 허리에서 두둑 소리 나게 기지개 한 번 시원하게 하고 나가자.

명심해라. 아침부터 걸어야 한다. 그래야 밤에 뛰지 않아도 된다.

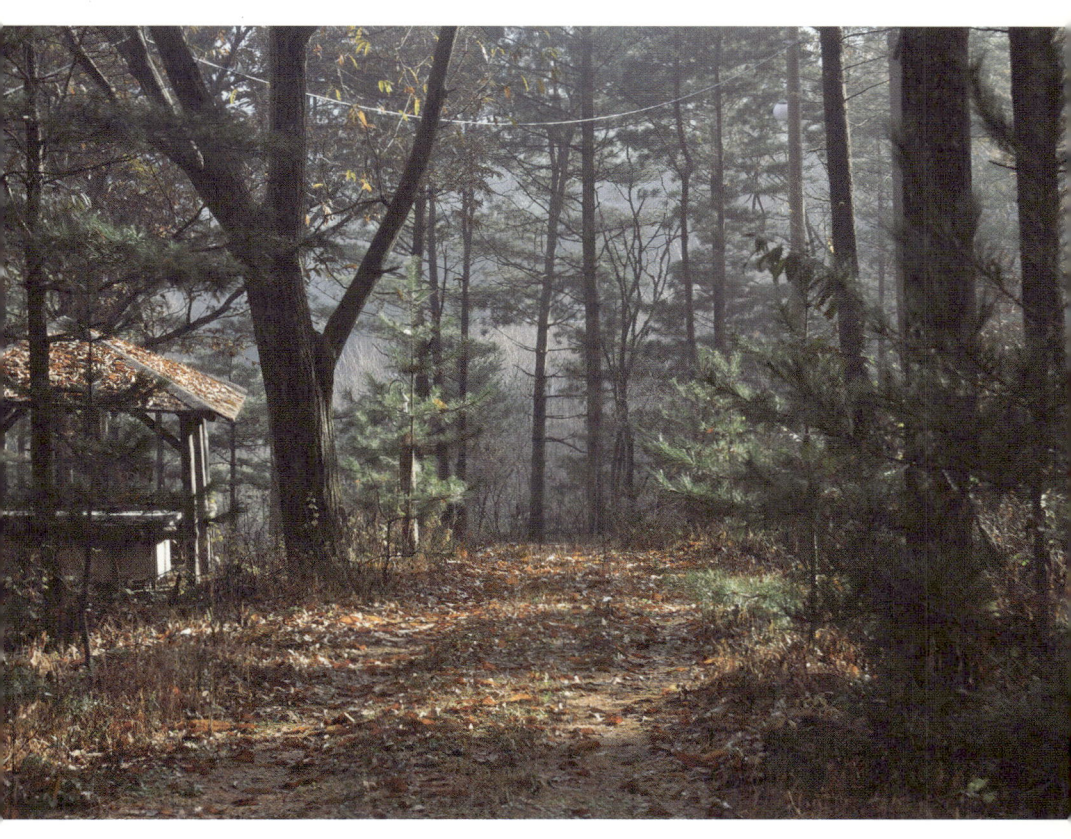

## 당신은 언제 가장 뜨거웠습니까?

갑자기 그런 생각이 들었다.
그래서 주위 분들에게 오래전 찍어 놓은 내 사진이 있냐고 물었다.
몇 년 만에 주인에게 돌아온 사진을 보고 느낀다.

**"난, 이때 참 뜨거웠었는데….".**

돌려받은 사진이 그리 많지는 않았다.
내가 원래 사진 찍히는 걸 좋아하지 않으니까….
하지만 그들이 찍은 사진 속 나의 모습은
거의 일관성을 띄고 있었다.
모두 내가 좋아하는 것을 하고 있는 모습이었다.
워낙에 사진의 주인공이 되는 것을 싫어하는 나는
등 뒤의 카메라도 찾아낼 수 있는 촉을 갖고 있다.

그럼에도 불구하고 내가 찍힌 사진은
무언가에 몰두하는 모습이었다.

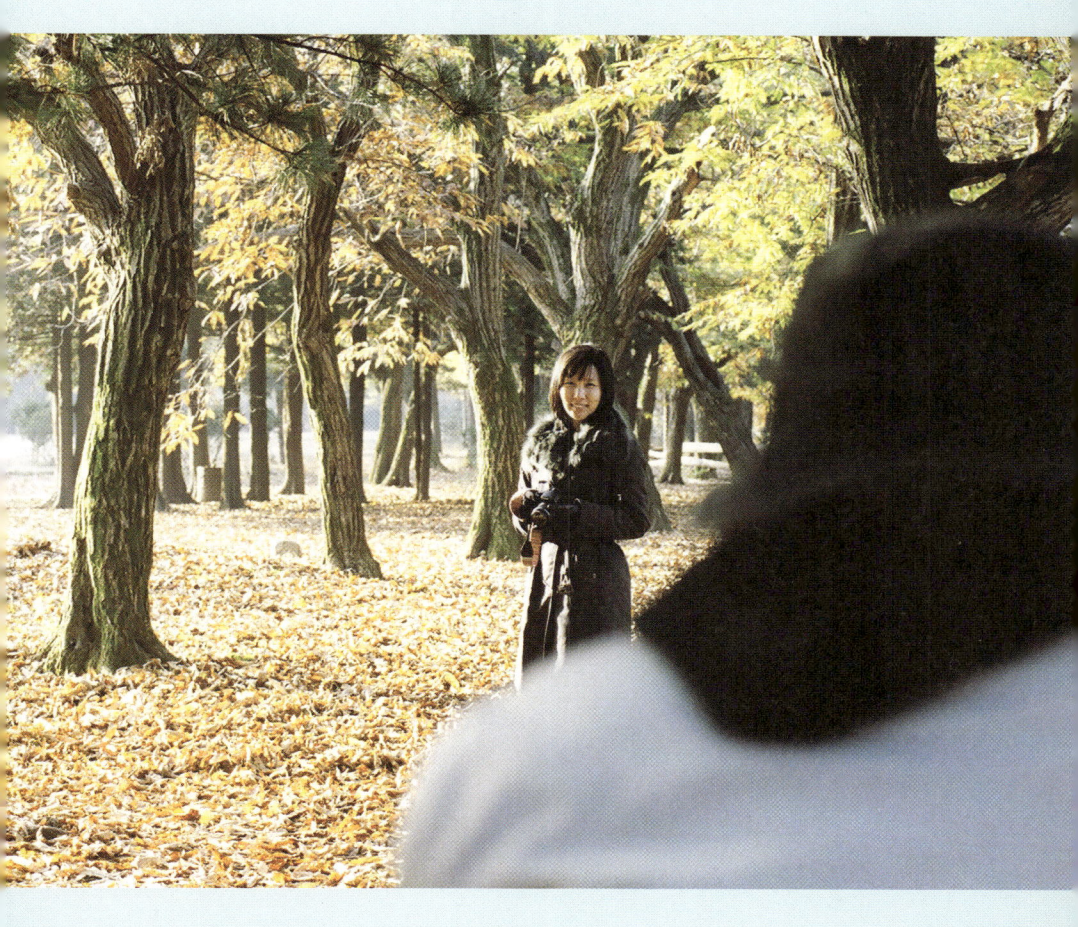

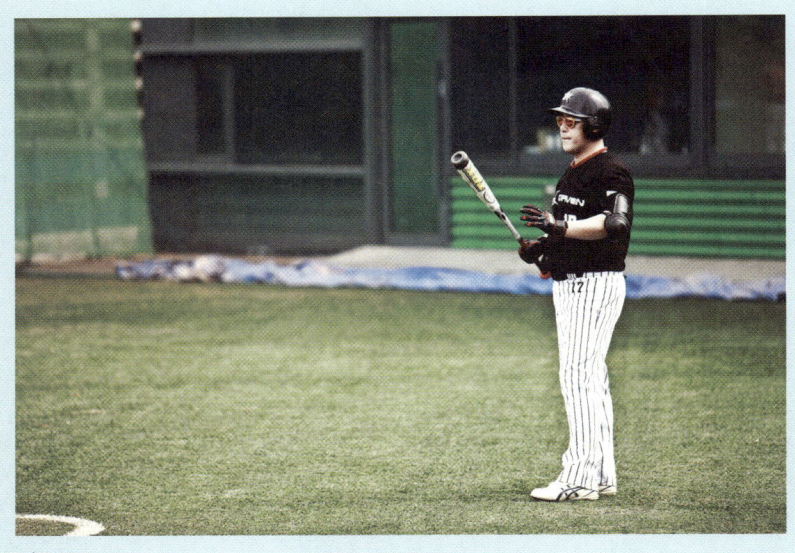

이런 생각이 든다.

아주 힘이 들 때,
내가 갈 곳을 잃었을 때,
정체의 혼돈 속에 빠져 있을 때,
지난 사진을 들춰 보면 어떨까 하고 말이다.

아주 갑자기 받게 된 사진 속에서 난 그것을 발견한다.
내가 가장 뜨거웠을 때를 말이다.

사진에서도 그렇듯이 난 무대 위에서 그랬고,
무거운 카메라를 들고 떠나지만 마음만은 가벼워지는 사진 여행이 그랬고,
치고 느리게 달리던, 마음만은 프로페셔널인 야구장에서 그랬다.

그리고 7년간의 구애 끝에 이룬 언제나 사랑스러운
내 아내와 함께할 때가 가장 뜨거웠다.

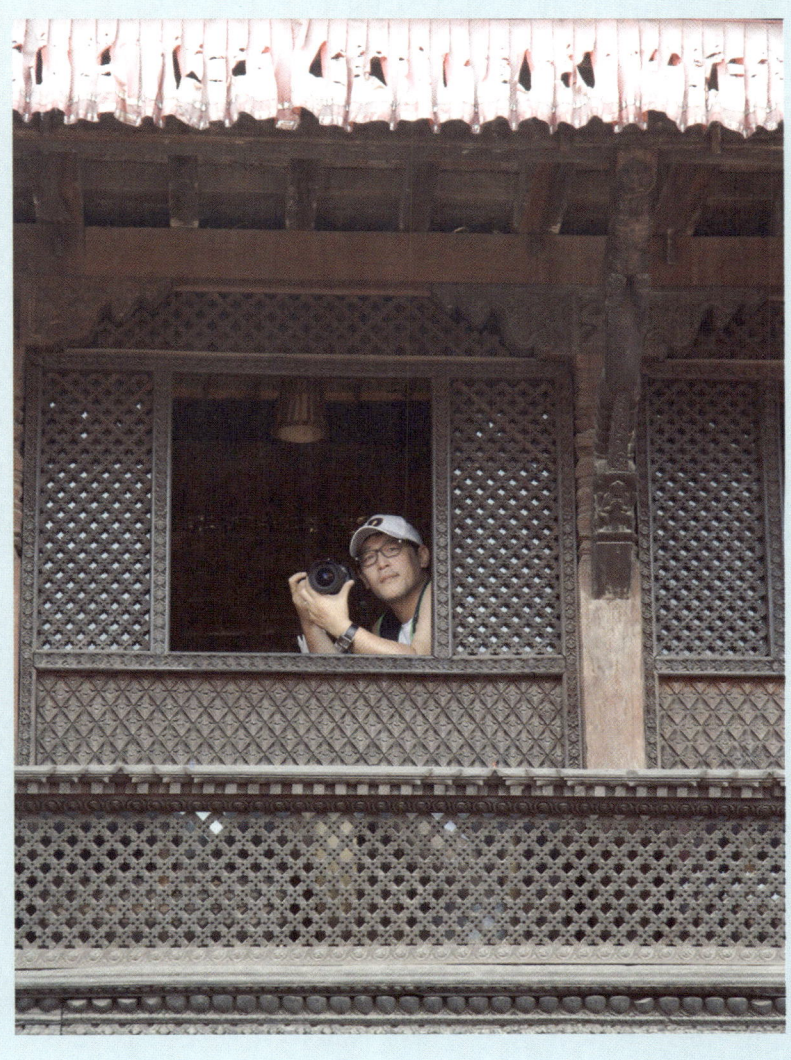

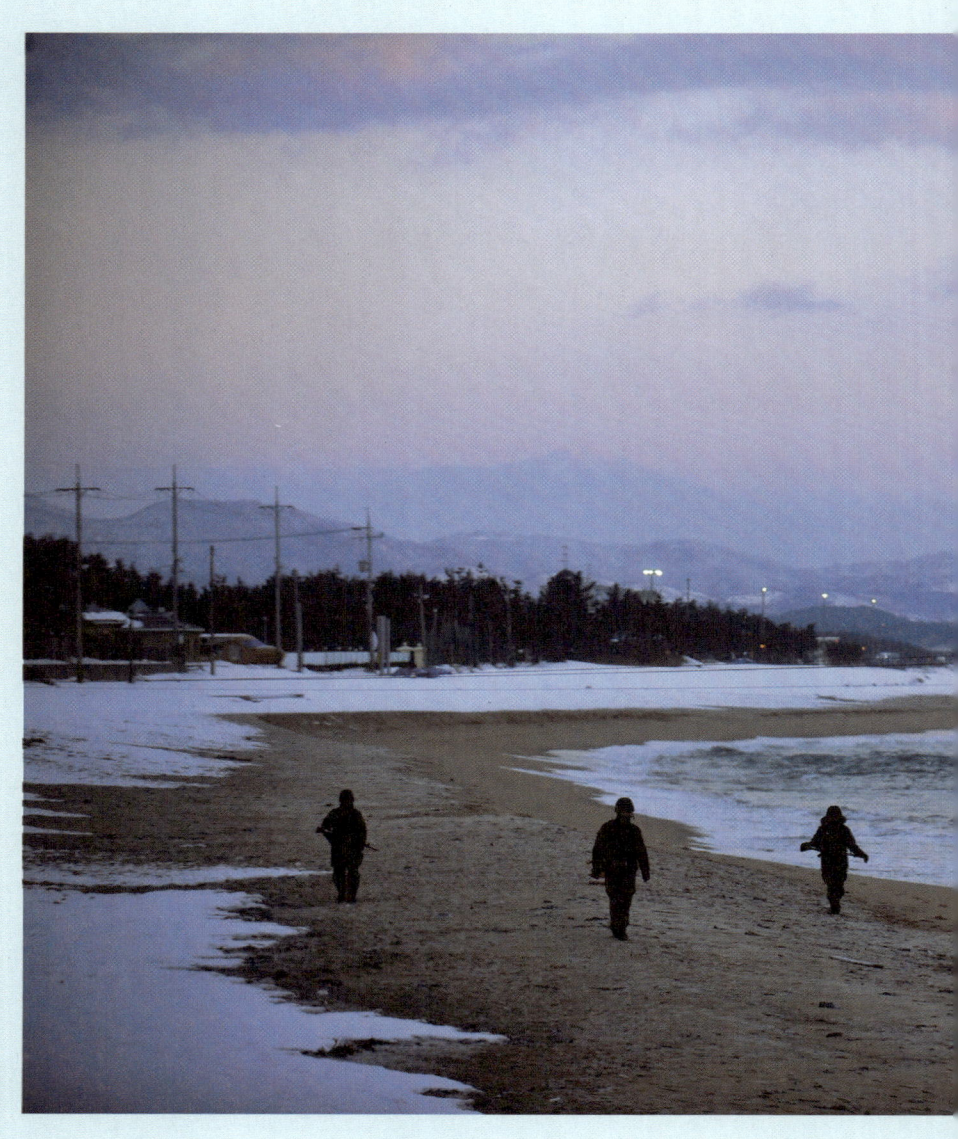

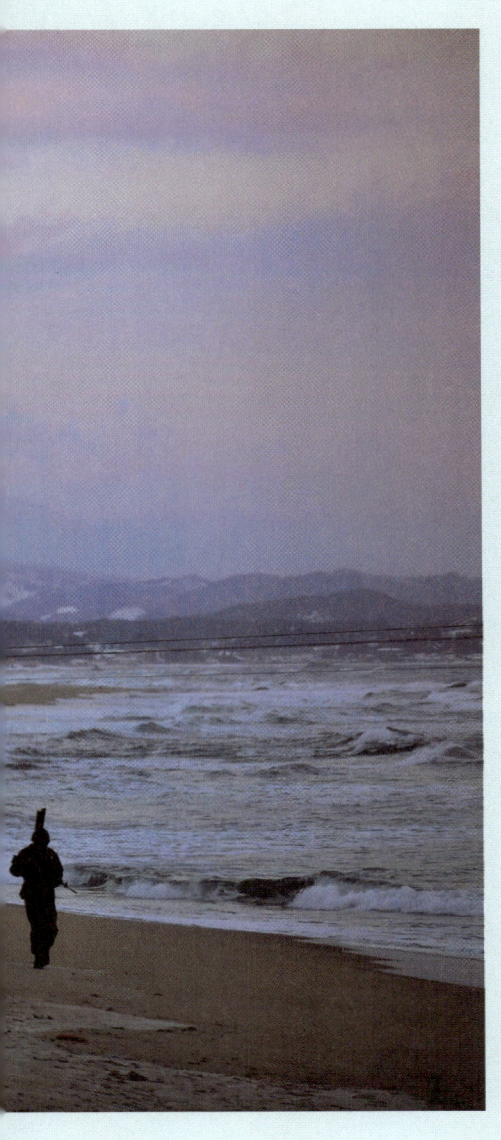

당신은 어떤가?

지금 뜨거운가?

아니면 그 뜨거워질 때를 기다리고
있나?

아니면 보내고 후회를 하고 있나?

당신이 가장 뜨거웠던
그때. 그때가 가장
행복했던 시간이다.

다시 뜨거워지기를
바란다.

한 번도 이겨본 적 없는 놈!
# 박상근

07

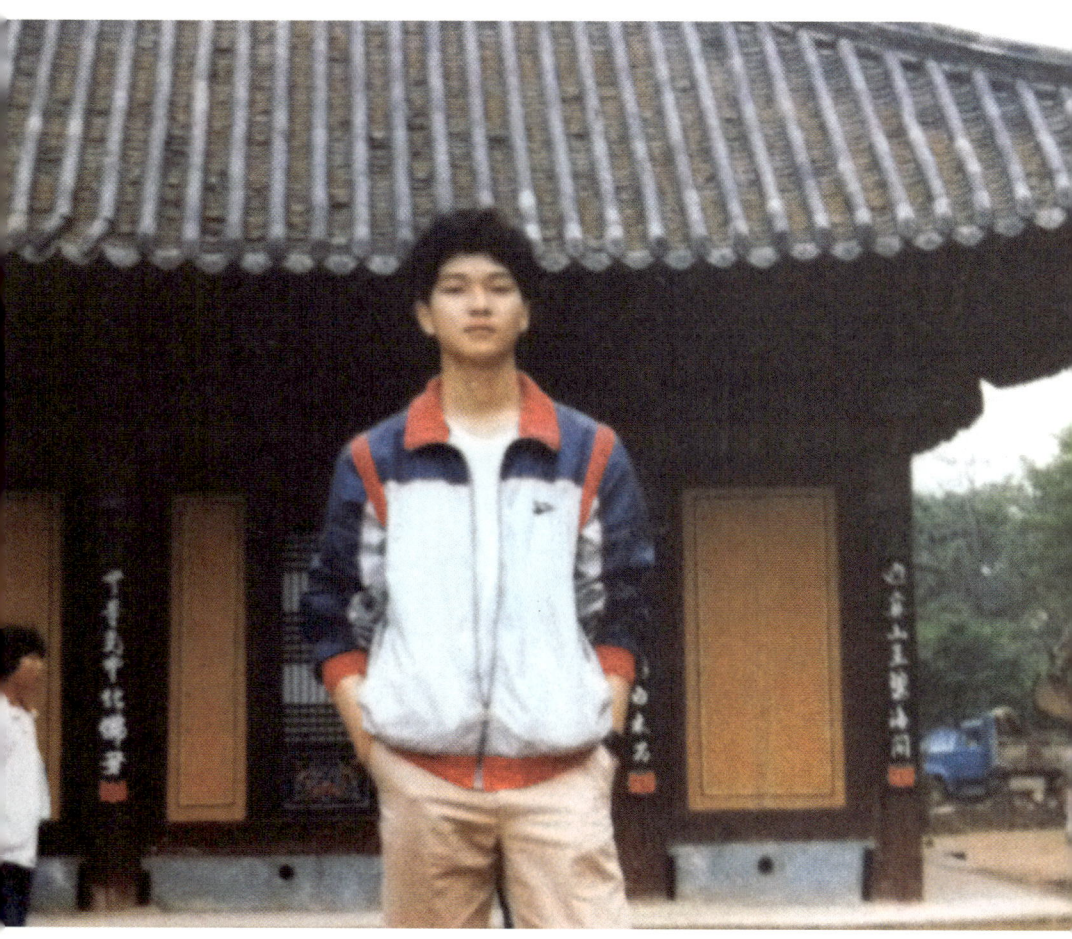

정말 강적이었다.

중학교 친구인 그 자식은 참 좋은 기억만 가득한 놈이다. 모든 좋은 기억
은 함께했다. 학교는 달랐지만 중학교 때 가장 많은 시간을 함께했던 녀석
이다. 지금은 아주 오래전에 미니홈피에 짧은 글을 남겨두고 연락두절이
된 녀석. 모든 면에서 나와 늘 상대가 되지 않았던 놈이다. 아주 지독한 연
패였다. 그땐 딱히 얘기한 적은 없지만 이건 해도 해도 너무한 완패의 기
억밖에 없다.

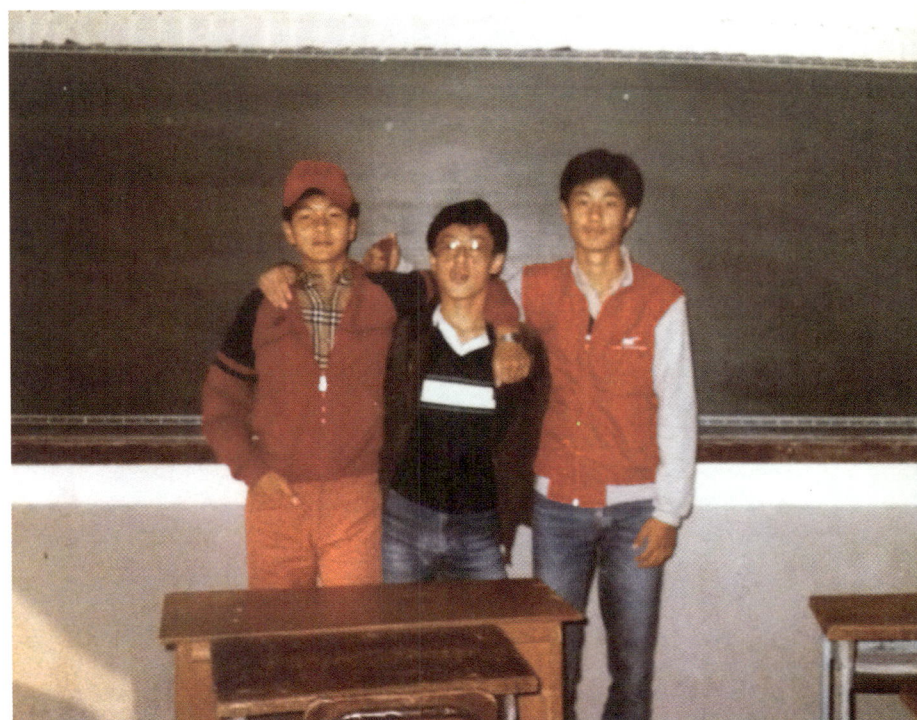

먼저 공부! 학교가 다른 이유가 여기에 있다. 내 성적으론 갈 수 없는 학교에 다녔다. 방과 후 집 근처에서 만나야만 했다.

가정환경! 그 녀석 집에는 차도 있었고 입는 옷은 늘 단정했다.

호감도! 나의 첫 미팅도 이 녀석과 함께 나갔다. 내가 마음에 든 여학생은 상근이를 찍었고 난 진상을 처리했다. 거의 스토커 같았던 그 진상. 다시 생각해도 무섭다.

축구! 늘 게임을 하면 한 두 골을 기록했다. 대단한 슛 감각과 골 결정력을 갖고 있다. 상근인 늘 최전방 공격수이고 난 후반에 점수가 넉넉해지면 투입되는 선수다. 그것도 수비로…. 그러다 다시 팽팽해지면 다시 교체되는 수준의 선수였다.

농구! 180cm 정도 되는 키에 굉장히 날렵했던 것으로 생각난다. 이충희 못지않은 슛 감각을 지녔음에도 늘 대댄찌를 하면 상근이를 따라 내는 놈들이 있었다. 역시 센터가 멋지긴 하다. 환상의 드리블, 높은 블로킹 그리고 잘빠진 멋진 체격의 롱다리 센터. 그 당시 꽤나 큰 편에 속했다.

그 녀석의 인상착의! 그 녀석이 입은 청바지는 무조건 좋아 보였고 어깨부터 내려오는 날이 선 하얀 아놀드파마 티셔츠, 19,800원짜리 하얗고 앞코엔 회색 가죽으로 덧댄 나이키 테니스화. 모든 것이 부러웠다.

언제나 모범생을 넘어선 엄친아 그 자체의 완벽한 놈이었다. 이렇게 늘 모든 것이 상대되지 않았던 녀석한테 그나마 비슷한 실력을 겨뤘던 것이 딱 하나 있다.

그것은 탁구였다.

왜냐 결국 지기는 했지만 세트 스코어에 있어선 늘 박빙이었기 때문이다. 삼판이승제면 늘 2대1로 지고 5판짜리면 무조건 2승 3패로 지니까 말이다. 그나마 탁구장 가는 것이 복수를 할 수 있는 유일한 기회였다. 녀석은 언제나 양손레버를 쓰는 셰이크핸드 라켓을 선호했고 난 언제나 공격적인 펜홀더 라켓을 들었다. 내 공격은 언제나 그 자식의 날카로운 꺾기에 밀려 네트에 걸리기 일쑤였고 가끔씩 날아오는 백핸드 스매싱은 거의 칼날 같았다. 한번은 내 안경알에 탁구공이 맞았는데 안경에 금이 갈 정도였으니 그 녀석의 파워는 대단했다. 학교를 마치면 늘 땀을 한 바가지 흘린 후 몸을 풀고 놈을 기다렸다.

탁구장 주인아저씨가 하는 말.

"너, 무슨 전국체전 나가냐! 그만하자. 아저씨 힘들다."

그 녀석을 이기기 위해 아저씨를 가볍게 이기고 녀석을 기다렸다.

잠시 후 오래된 탁구장 바닥에서 녀석의 무게를 느낄 수 있는 느낌이 온다. 창문엔 오렌지색에 가까운 석양을 등지며 그 자식이 히포 하얀색 스포츠 가방을 어깨에 둘러메고 들어온다. 역광의 그 녀석 실루엣이 멋있다. 당시 164cm의 단신인 내게는 없는 카리스마를 반대쪽 탁구대에서 느꼈다.

"어…. 왔어?"

땀을 한 바가지 쏟아 놓고선 하는 말이 이거다.

"나도 방금 왔어."

정말 유치하고 비겁한 변명이다. 너무나도 편안한 모습으로 웃으며 가방을 내려놓고 가방에서 그 무시무시한 양손 라켓을 꺼내 든다. 가볍게 몇 번의 랠리를 주고받는다. 벌써 묵직함이 느껴진다. 연습 때 가끔 집어넣는 녀석의 드라이브는 각도와 스피드에 놀란다. 실전에 이게 들어온다면 분명히 내 공격은 네트에 걸리거나 공이 지나간 다음 라켓이 따라갈 것 같았다.

하지만 나도 그동안 백핸드 푸시 공격을 그 녀석 모르게 연습을 많이 한 터라 연습 때는 절대로 백핸드 푸시 공격은 하지 않았다.

오늘 경기에서 이 기술만 들어간다면 녀석을 반드시 이길 거로 생각했다.

경기는 시작됐고 결국 난 졌다. 내 백핸드 푸시는 그 녀석의 백 드라이브에 다 걸려 경기 내내 떨어진 공을 주우러 다녔다. 정말 어처구니가 없었다. 언제쯤 탁구로 녀석을 이겨볼까?

그렇게 난 아무 말도 하지 않고 그놈과 같은 방향의 집으로 걸어갔다. 내 속도 모르는 녀석은 내 어깨에 팔을 올리며 패스트푸드점에서 콜라와 햄버거를 산다며 나를 안양의 일 번가에 있는 패스트푸드점으로 데리고 간다. 내가 사고 싶다. 내가 이겨서 그 녀석에게 쏘고 싶었다. 간절히 이기고 싶었다. 그것이 뭐가 됐든 상근이를 이기고 싶었다. 단 한 번도 나한테 지지 않았던 그 녀석, 박상근!

이제 나이가 들어서 난 40대 중반을 향해 달려가고 상근이도 이 나라 어디에선가 가정을 이뤄 아이들을 낳아 잘살고 있을 것이다. 그래도 가끔 아직도 나보다 뭐든지 잘할 수 있는지 궁금하고 어떻게 늙어 가고 있는지도 궁금하다. 그 녀석의 연봉도 궁금하고 차는 뭘 타고 다니는지, 와이프는 내 아내보다 예쁜지…. 그야말로 별것이 다 궁금하다. 상근이도 내가 그렇게 보고 싶은지도 궁금하고…. 중학교 시절 내가 그렇게 상근이를 이기고 싶어 했는지 아마 그 녀석은 모를 수도 있다. 당연히 늘 이겼으니까. 어쨌든 오래된 시간을 들추다 보니 생각난 녀석, 박상근!

분명히 어디선가 대단한 일을 하고 있을 것 같고 열심히 살고 있을 것 같은 녀석. 내 친구였고 나의 라이벌이었고 어찌 보면 내게 있어 상근인 스타였다. 늘 완벽했던 녀석의 모든 능력이 부러웠고 한 번도 이겨보지 못했던 그놈이지만 밉지 않은 추억 속의 녀석.

박상근! 보고 싶다! 넌 언제나 최고였다. 죽기 전에 연락된다면 탁구나 한 번 쳐보자. 와이프들 옆에 두고 응원 받으며 내기하자. 햄버거와 프렌치프라이 그리고 콜라 한잔 걸고.

그나저나 탁구장 찾기가 어려울 텐데…. 파란색 망사로 된 천이 걸려 있고 바닥은 군데군데 삐걱거리는 옛날 그 느낌의 탁구장이 있다면 더 좋겠다.

손잡이 부분이 새까맣게 손때가 묻어 있는 탁구 라켓도 그립고 시커메진 탁구공 중에 그나마 가장 하얀 탁구공을 골라 맨땅에 튕겨 보던 그때가 그립다. 땀이 바닥에 뚝뚝 떨어지면 벽에 걸려 있는 낡은 선풍기 아래에서 땀을 식히던 그때가 그립다.

정말 보고 싶다. 추억의 그 탁구장.

그리고 너! 상근이!

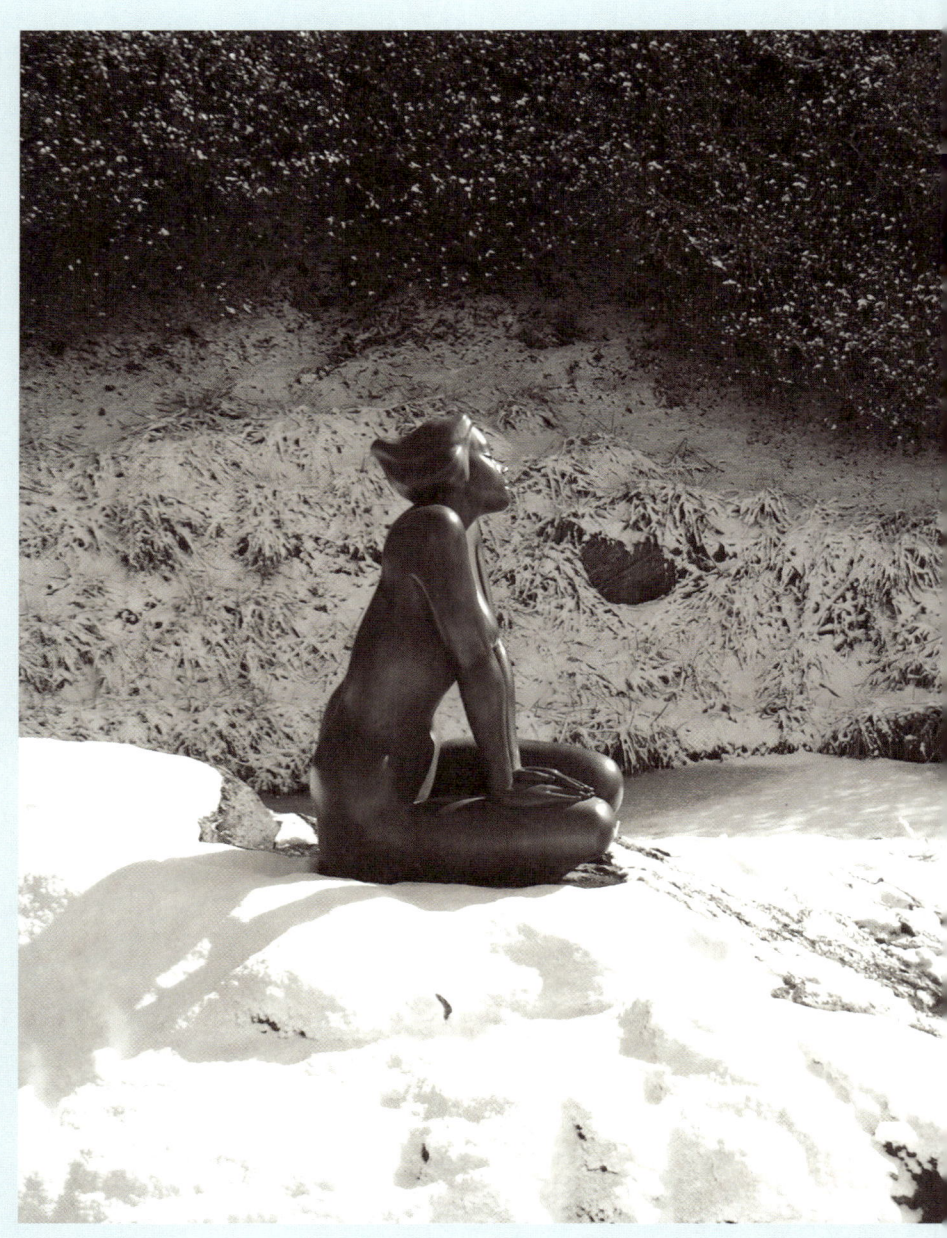

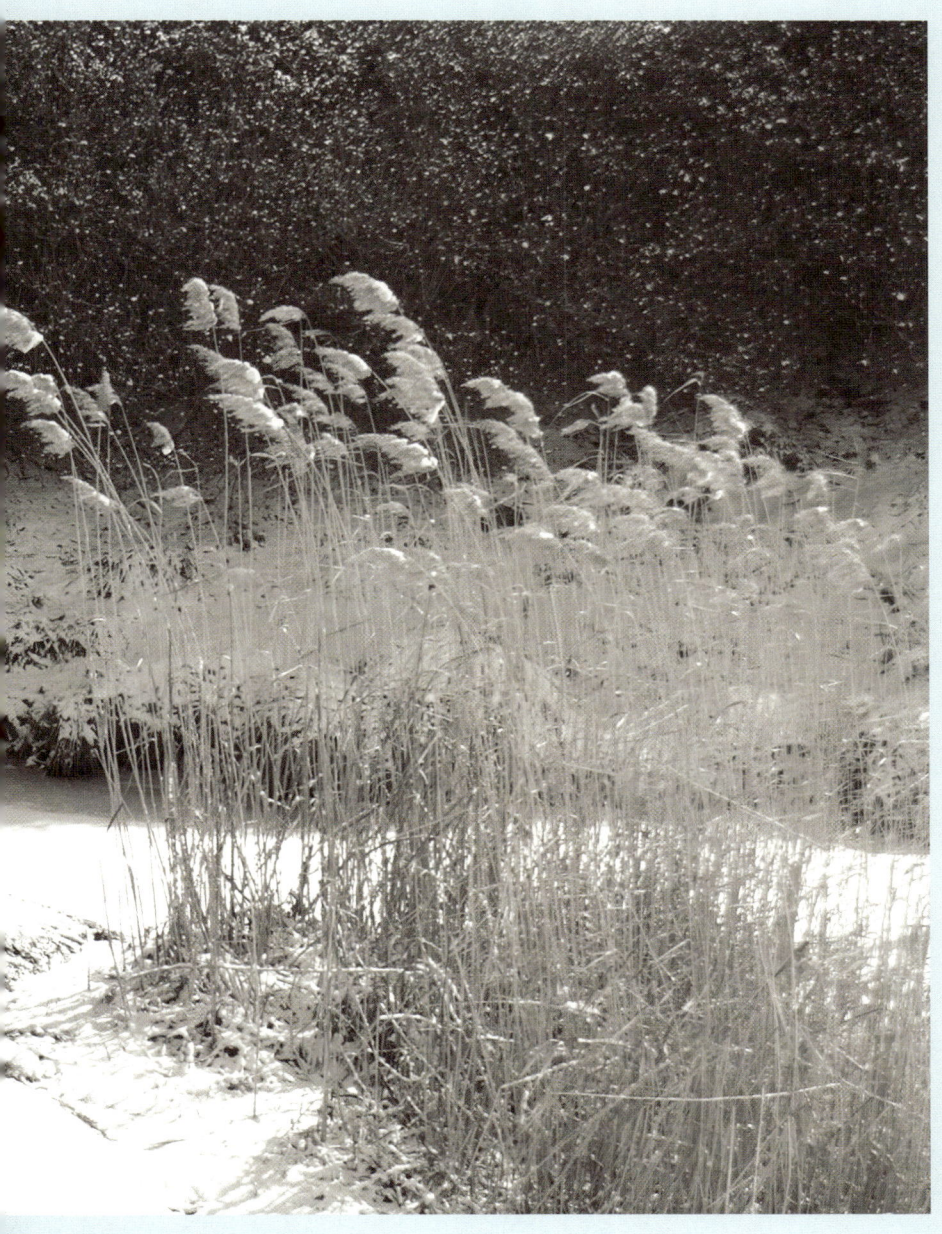

인터뷰

옛날 카메라와
**필름**

08

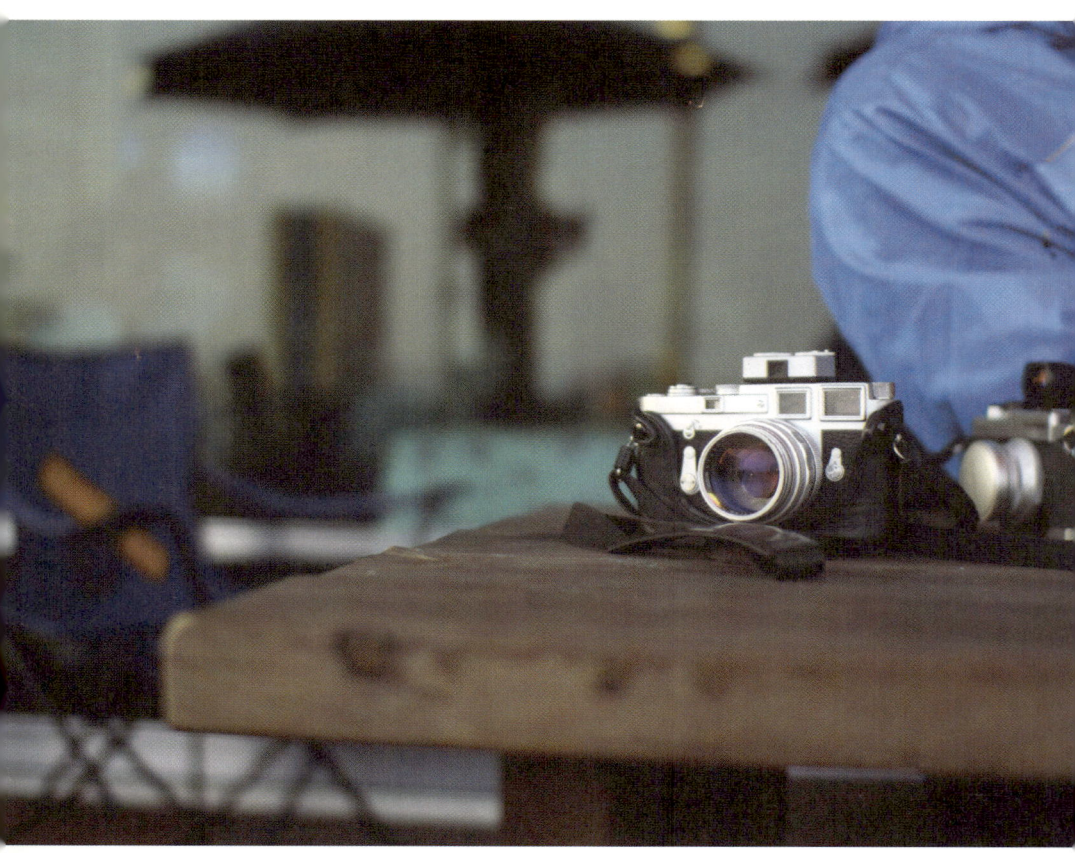

옛날 카메라와 필름,
이 두 가지 아이템은 날 설레게 하는 것들이다.

아무리 새로운 기종이 다양한 기능이라는 큰 무기를 들고 하루가 멀게 나오고 있지만 카메라는 낡고 오래된 클래식 카메라와 필름이 좋다. 어떤 것들은 내가 태어나기도 전에 만들어져 지금껏 위풍당당하게도 사진을 뽑아주고, 어떤 것은 수명을 다해 지금은 장식장에서 먼지를 입으며 과거를 추억하고 있을지도 모르겠다.

다양한 기능과 성능, 편리함이 장점인 디지털 카메라보다 낡고 오래된 클래식 카메라의 매력은 무엇일까? 한 컷을 위해 일일이 조리개도 돌리고, 셔터 스피드도 맞추는 등의 신중하게 하는 조작 동작이 아닐지 생각해 본다. 옛날 카메라는 한 번이라도 카메라를 더 만져 주게끔 한다. 그런 불편한 동작이 수동 카메라의 매력이기도 하다.

난 옛날 카메라에 필름을 넣어 찍는 것이 참 좋다. 필름 통 뚜껑을 열었을 때 슬며시 나오는 그 시큼한 필름 냄새는 디지털 카메라처럼 바로 확인할 수 없으니 다 찍을 때까지 기다려야 하는 기다림의 냄새라고 할 수 있다.

카메라엔 손이 많이 갈수록 애정이 더 깊다. 아무리 비싸고 좋은 카메라도 자주 쓰지 않으면 그만이고 잘 다루지 못하면 그건 고가의 진열품에 지나지 않는다. 그래서 낡고 오래된 카메라가 난 더 좋다. 고장이 난다 해도 이미 오래됐으니 고장이 날 때도 됐지 하고 위로 삼으면 되고, 사진이 잘 나오면 역시 명기라고 생각하고 잘 관리하며 쓰면 되고, 잊어버려도 손해 보지 않는다고 생각하면 오래된 낡은 카메라는 정말 괜찮은 카메라다.

게다가 노출계도 없고 1.5v 배터리도 들어가지 않는 기계식일 경우는 그야말로 양손이 재미나다. 그런 카메라는 늘 내 눈에 들어온다. 조금씩 쓰다가 금방 다른 녀석에게 눈길을 뺏겨 장식장에 순서대로 들어가는 일이 있다 해도 낡은 카메라를 보고 만지는 것은 정말 기분 좋은 일이다.

그럼 이제부터는 필름을 얘기해보자. 난 딱히 좋아하는 필름도 없다. 원래는 있었으나 스캔과 인화 과정에서 조금씩 달라지는 색감을 인정하기에 굳이 색감을 위주로 필름을 선택하지는 않는다. 그냥 필름의 느낌과 인화물에서의 느낌만큼은 필름을 더 선호하기에 필름 작업을 할 경우는 이제 나한테는 제한적이다. 내가 찍는 모든 결과물의 컷 수를 모두 필름으로 찍는다면 난 아마 방송국보다 매일 홍대의 현상소에서 살아야 할 것이다. 가끔 사진 관련 사이트에 가면 이런 글을 꼭 보게 된다.

"필름은 없어지겠죠?"

"필름을 왜 쓰세요?"

글쎄, 정답은 그 누구도 모르지만 바람은 있다. 어떤 필름회사가 됐든 어딘가에선 계속 제작될 거란 자신 없는 확신은 있다. 그리고 필름과 디지털에서의 고민은 유저들 사이에서 어느 정도 구력이 되는 슈터라면 반드시 한번은 진지하게 고민하게 된다.

실속과 편의의 디지털이냐! 불편과 감성의 필름이냐! 내 결론을 말하자면 '그냥 둘 다 써라'다. 나도 각종 디지털 장비와 그리고 유명한 필름 보디들을 모두 섭렵했던 적이 있다. 지금은 결혼과 동시에 장비들이 많이 줄고 내게 필요한 것들만 소장하고 있지만 정말이지 예전엔 무섭게 사들였을 때가 있었다.

사진에 대한 또는 장비에 대한 고민은 아마추어 작가들에겐 여러 번 찾아오는 딜레마다. 사진을 찍을 때 정말 필요한 것이 결코 장비가 아니란 것을 알기까지는 이런 고민은 되돌이표처럼 되풀이되기 때문이다.

각 브랜드에서 이제 거의 필름 SLR 사업은 100% 접었다고들 한다. 생각만 해도 아쉽다. 필름을 능가하는 디지털을 열심히 만들어 내고 있고 필름에 가깝고자 디지털 장비들의 가격은 이제 천만 원 시대를 돌파한 지 오래다.

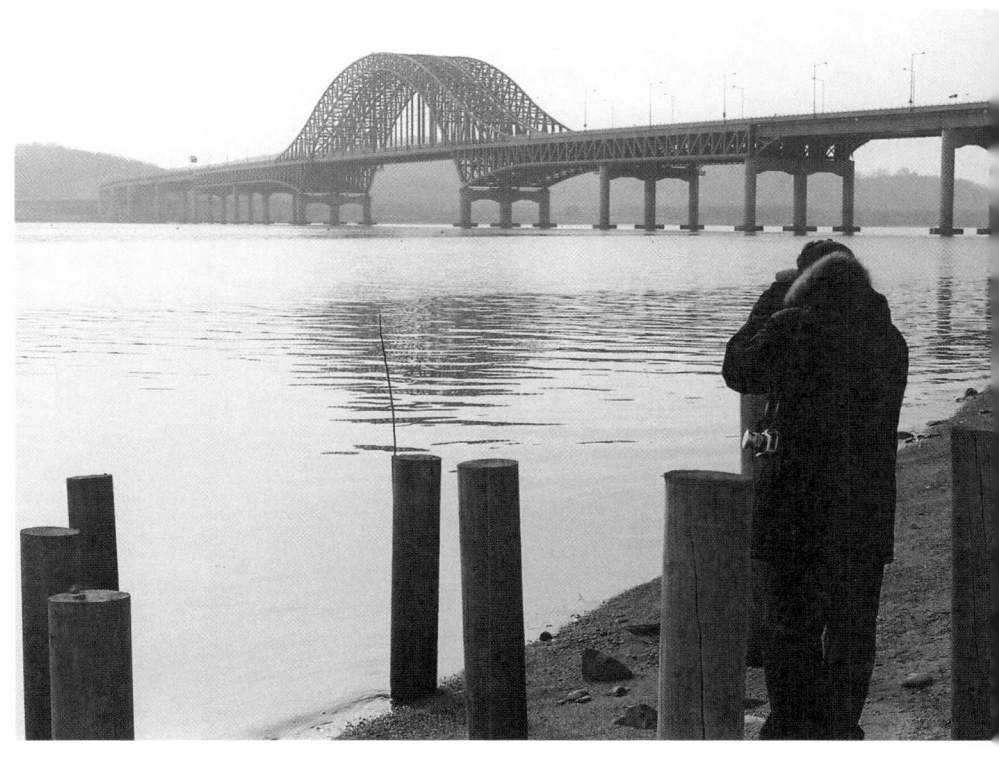

이러다 결국 필름과 필름 카메라는 거의 사라진다고 보는 사람들이 자신 있어지는 것은 당연하다. 하지만 그런 비극은 없을 것이다. 적어도 나 같은 사람들이 계속 필름을 사용하고 낡은 옛날 카메라에 관심이 있다면…. 사진을 찍지는 않아도 낡고 오래된 카메라를 그냥 액세서리 정도로만 달고 다니는 패셔니스타가 늘어나는 것도 좋다. 여러 매체에서 나오는 뮤직비디오에 오래된 폴라로이드 기종이나 낡은 카메라를 예쁘고 청순한 언니들이 들고 나와 해맑게 웃으며 샤방샤방한 역광 아래에서 공 셔터를 마구마구 날려 주는 일도 좋은 것이다.

그것들이 그냥 여자들 눈에는 예쁘게 보여야 하고 제작하는 프로듀서는 사진 찍는 그 모습을 아름답고 멋지게 담아내야 할 필요가 있다. 어찌 됐건 그렇게라도 그 예쁜 옛날 카메라는 눈에 보여야 한다. 그 모습만으로도 아름다운데 이제 관심까지 사라진다면 참으로 슬픈 일이다.

옛날 카메라 그리고 필름들에 관심이 더 필요하다. 비인기 종목의 설움처럼 노숙자들의 빈 깡통처럼 상영 일주일 만에 포스터를 내리는 슬픈 영화처럼 그렇게 이제 관심 밖으로 밀려나면 안 된다. 팔리지 않을 걸 알면서 새로운 제품을 만드는 바보 같은 카메라 회사는 없겠지만 난 그 바보를 기다린다. 분명히 그런 바보가 오기를 간절히 바란다.

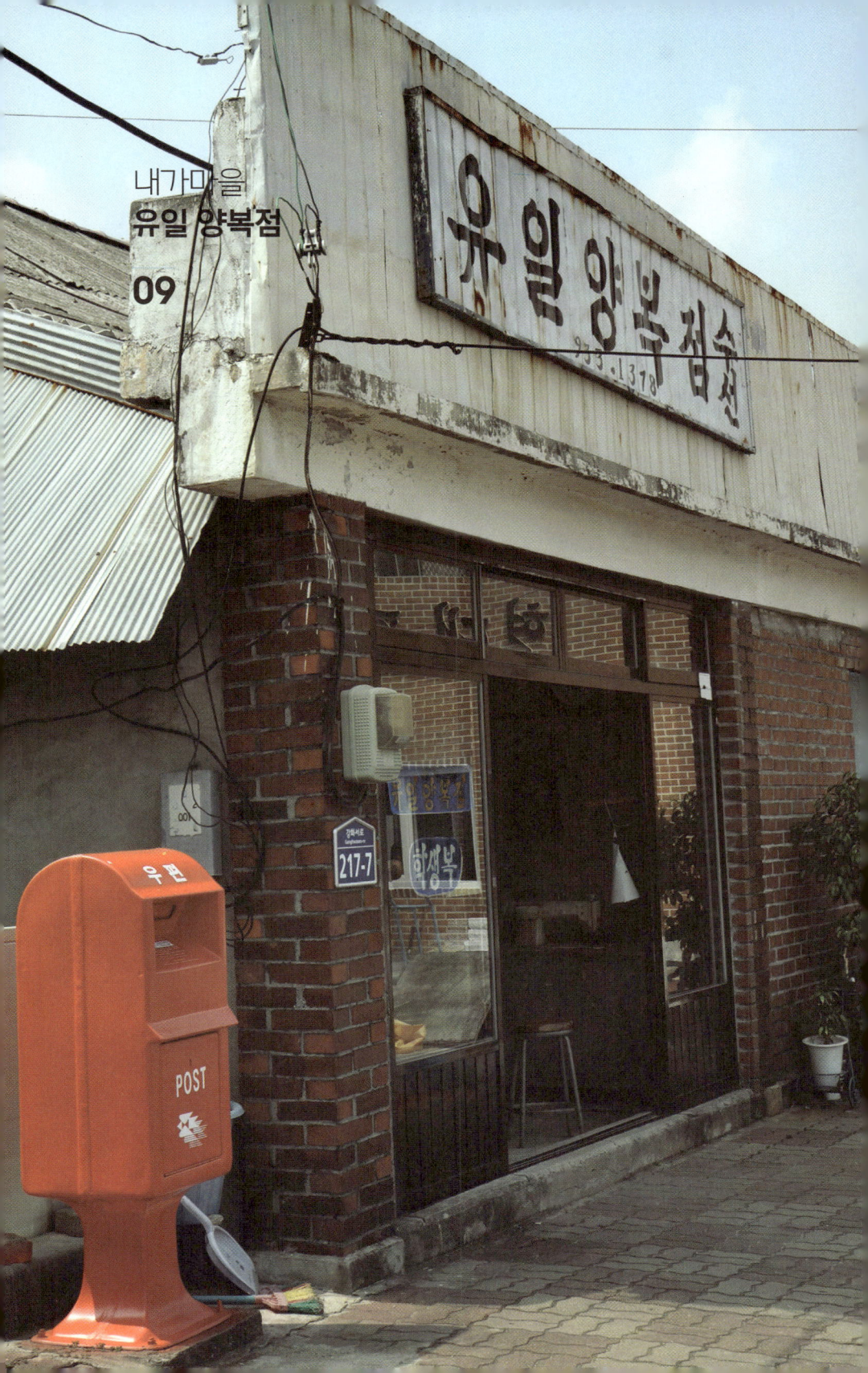

내가마을
**유일 양복점**

**09**

언제인가 인터넷에서 발견한 강화군의 작은 마을.

70년대의 빛바랜 느낌을 아직도 간직하고 있는 작고 정겨운 마을에 대한 이야기를 본 적이 있다. 마을 여러 곳을 다니며 찍은 사진 중에서 내 눈에 들어오는 가게 하나 '유일양복점'.
폭염주의보가 내려진 어느 여름날 오후에 아내와 함께 차를 끌고 무작정 강화군으로 향했다. 자주 가봤기 때문일까? 그 어느 여행보다 가벼운 마음이었다.
자주 하는 여행이지만 항상 떠날 때의 느낌은 똑같다. 양복점 문이 열려 있었으면, 사장님이 촬영을 허락해 주셨으면 하는 등 여러 가지 생각 때문에 가슴은 두근거렸다. 늘 아내와 함께 출사를 다니지만 아내가 좋아하는 것 중엔 맛집을 찾아내는 기쁨도 꽤 크다. 마찬가지로 그 근처에서 맛있는 식사까지 해결하면 좋겠다는 생각이 굴뚝같았다.
내비게이션을 이용해 '내가면사무소'를 찾으면 바로 마을 입구까지 친절하게 안내해 준다. 면사무소 앞에 도착하니 처음 출발할 때보다 더 긴장되고 떨린다. 약속 없이 무작정 찾아온 마을이 눈앞에서 기다린다. 반경 1km 정도의 마을이라 한눈에 어디에 뭐가 있는지 다 볼 수 있다.
제일 먼저 유일양복점을 찾았다. 그리 어려운 일이 아니다. 멀리서도 한눈에 보이는 작은 마을의 양복점. 정말이지 이름 그대로 동네의 유일한 양복점인 '유일양복점'이 있었다. 곧바로 달려가서 사장님께 인사를 드리고 서서히 말을 걸어볼까? 그렇지 못했다. 역시 난 바로 들이대는 스타일은 아니다.
천천히 아주 조금씩 접근해서 이야기를 나누고 상대가 마음을 놓게 되면 그제야 카메라를 꺼내 든다. 그리고 세상에서 가장 어색하고 느린 말투로 이야기한다.

"사장님, 사진 한 장 같이 찍어요."

"제가 멋지게 찍어드릴게요."

이게 역시 내 스타일 아닌가. 차에서 내리자마자 아내에게 말했다.

"옆에 냉면집이 있네! 냉면 먹자."

아내도 웃는다. 내 스타일을 뻔히 알고 있으니까.

그렇게 해서 우린 냉면을 후다닥 해치웠다. 긴장을 했는지 난 입맛이 없었고 내 것까지 아내에게 덜어 줬다. 아내가 젓가락을 내려 놓기를 기다린 나는 바로 계산을 했다. 냉면집을 나왔는데 양복점 앞 작은 의자에 러닝셔츠를 입고 앉아 있는 아저씨와 눈이 딱 마주쳤다.

한 번에 사장님이란 걸 알 수 있었다. 조심스레 입을 열었다. 그리고 내가 누군지 알아봤으면 좋겠다. 그럼 말문을 쉽게 열 수 있으니까. 전혀 모르는 눈치다. 오히려 카메라도 없는데 도시 사람의 접근을 경계하는 눈빛에 가까웠다.

코끝에 걸친 금테로 된 돋보기, 카리스마 철철 넘치는 러닝셔츠, 아내가 시장에서 사왔을 법한 30인치 정도의 면 반바지, 그리고 목에 둘러맨 디스크 환자의 목 보호대까지….

"사장님! 안녕하세요!"

"어찌 오셨수!" (하긴 누가 봐도 양복 맞추러 온 사람은 아니다.)

"아~. 네…." (날 못 알아보신다. 울고 싶다.)

"인터넷에서 검색해 보고 여기 유명해서 취재 왔어요."

"여기, 뭐 볼 게 있다고!" (퉁명스럽게 말씀하신다.)

"사장님! 여기 유명해요. 그리고 저요. 원래 코미디언인데 사진도 찍고 있거든요. 인터넷으로 여기 보고 사진에 담고 싶어서 여기까지 왔어요. 사진 좀 찍고 질문 몇 가지 드려도 되죠?"

말씀이 없다. 어색한 침묵만이 흐르고 잠시 후.

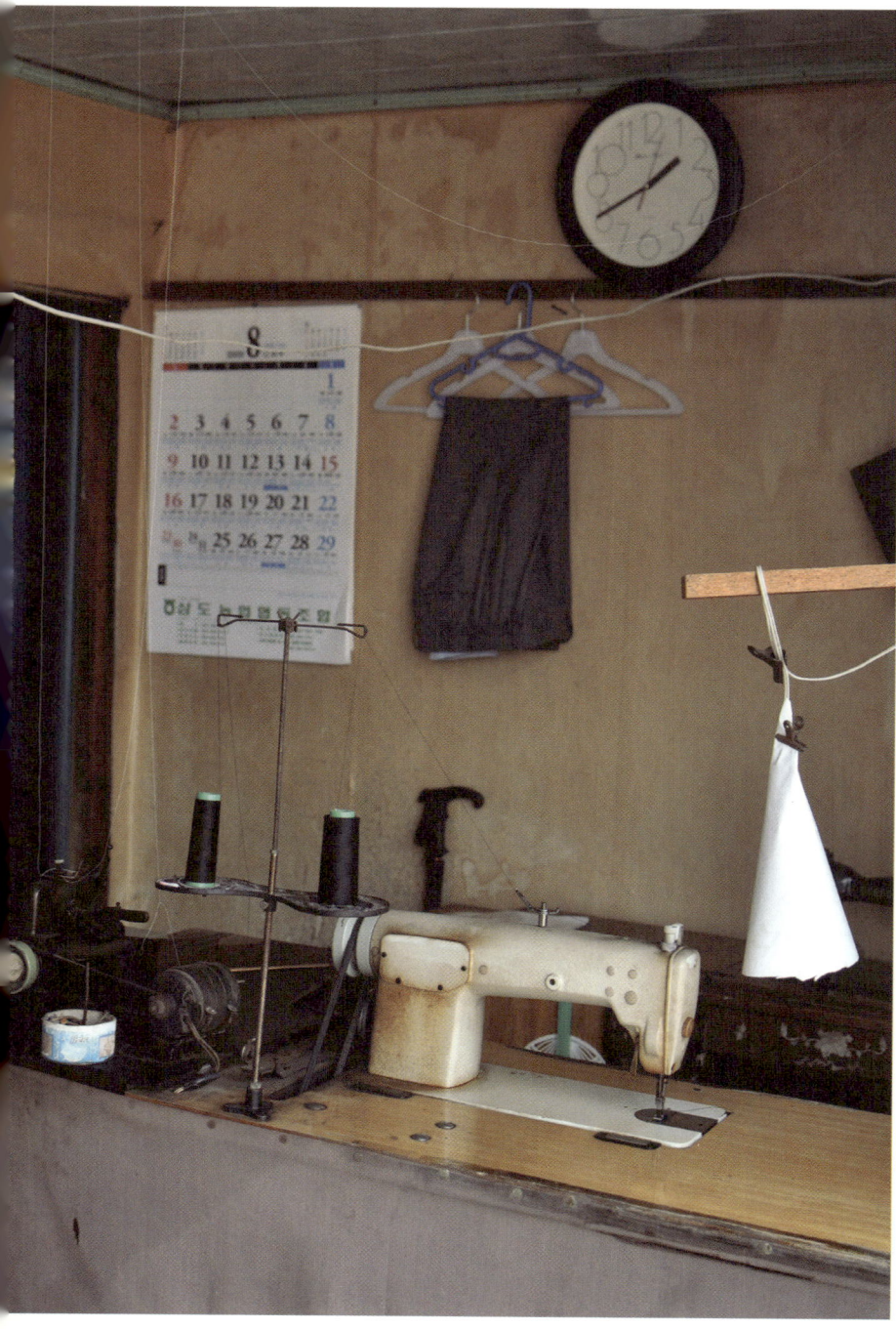

"인터넷? 그런 건 모르고 주말이면 여기 사진 찍으러 많이들 와.

왜 오는 거야! 빨리 찍고 가슈."

일단 허락은 하신 것 같아서 여러 가지 궁금한 것들을 물었다. 이곳이 얼마나 됐는지, 혼자 일하시는지, 가격은 얼만지, 사모님은 계신지…. 난 두서없이 질문을 했다.

30년간 이 자리에서 양복점을 운영하셨고 역시 예상대로 이곳에서 양복을 맞춰 입는 사람이 있느냐는 질문에는 가게 안에 있던 한 손님이 답을 해주었다. 워낙 사장님 실력이 좋아서 이곳에서 친정아버님의 양복을 두 벌이나 했다는 말을 들으며, 난 봤다. 사장님 어깨에 약간 힘이 들어가는 것을…. 귀여우셨다.

"물론 전 같지는 않지. 누가 요즘 이런 데서 양복을 해서 입나!"

하는 말씀과 함께 약간의 서운함도 읽을 수 있었다.

목 디스크가 있어서 병원에 다니시고 있다는 말씀엔 왠지 안쓰럽고 걱정스러웠다. 아들들이 서울에서 살고는 있지만 적지 않은 병원비 때문이라도 내가 열심히 해야 한다고 말씀하신다. 아들 녀석들에게 신경 쓰이게 하고 싶지 않다고. 이런저런 질문과 가게 안을 구석구석 구경하는 동안 사모님께서 나오신다. 다행히 사모님은 날 알아보셨다. 내 이름도 그리고 내가 사진 찍고 다니는 것도 다 알고 계셔서 반가웠다.

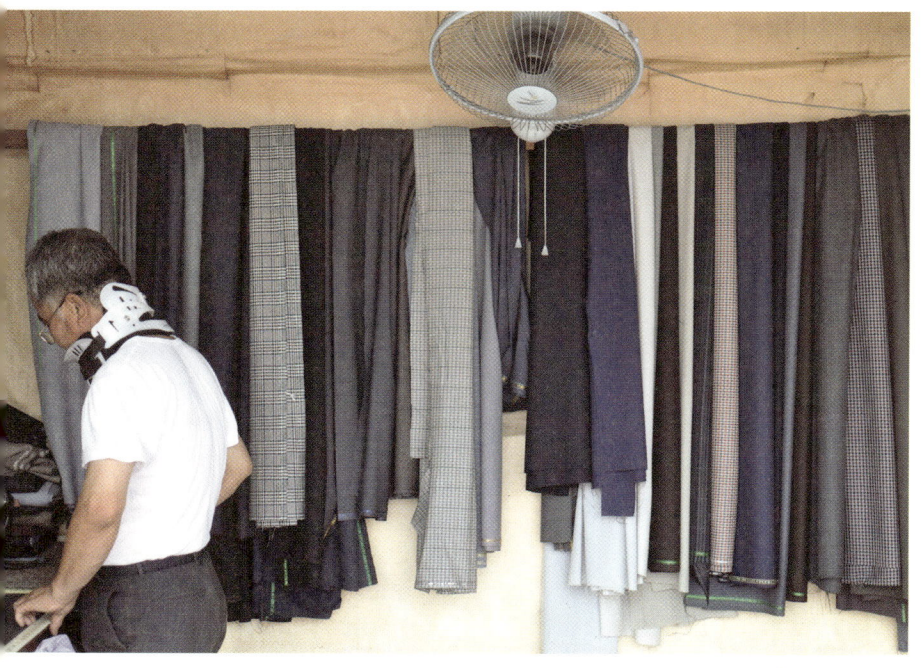

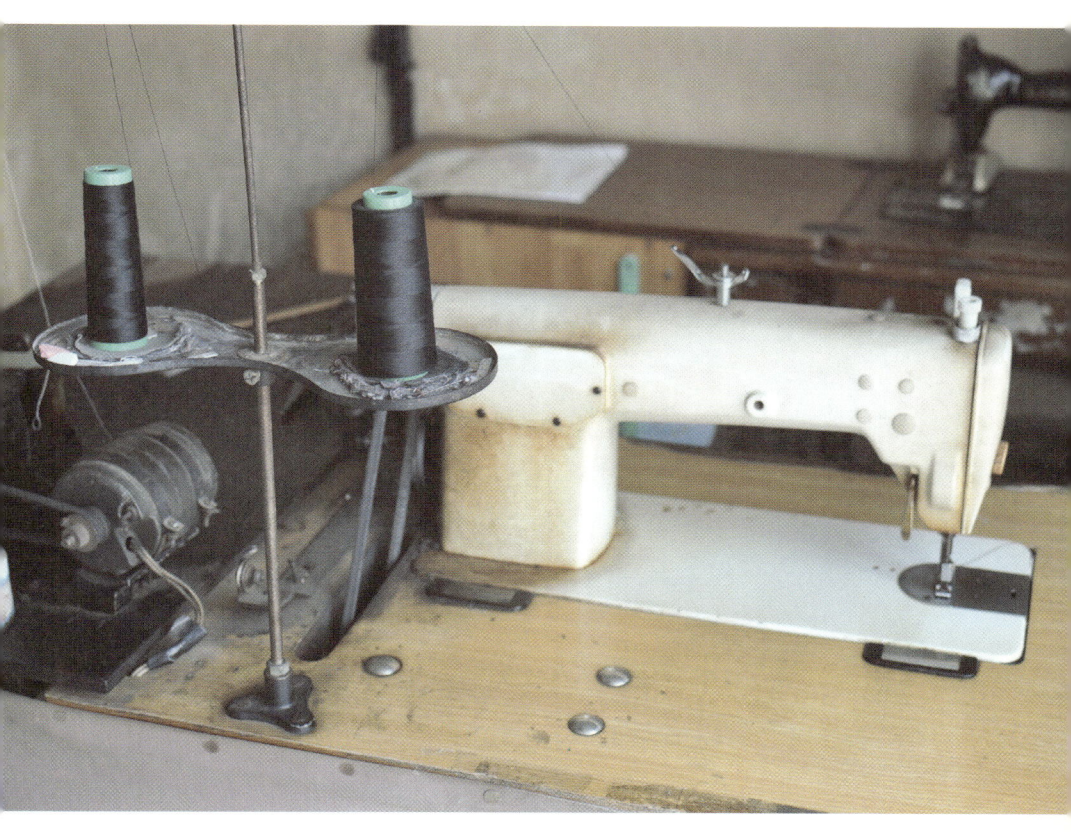

하지만 사모님은 나한테 기쁜 소식과 나쁜 소식을 함께 전했다.

　　"사진 찍어요. 근데 남편은 찍지 마요. 하하하!"

사장님께선 내 질문에 싫은 척하면서도 답은 모두 해주셨고, 사모님도 내 사인을 받으셨다. 그사이 다녀간 손님도 내 사인을 받아간 것을 보고서는 지금까지 다녀간 무례한 사진가들보다는 내게 마음을 많이 열어 주신 것 같다.

사모님께선 냉장고에서 꺼내온 음료를 하나씩 건네주신다. 일을 하고 계신 터라 두 분을 더는 귀찮게 해 드릴 수 없기도 했고, 목에 하고 계신 보호대를 사진에 담기엔 조금 창피해 하시는 것 같다는 생각도 들었다.

　　"사장님, 건강하시고요. 12월에 보호대 떼어낸다고 하셨죠?

　　그럼, 그때 오면 사진에 찍혀 주실 거죠?"

처음으로 웃으신다.

　　"그래. 그래."

우린 여러 번 인사를 나누고 12월 어느 날 다시 온다는 약속을 하고 돌아왔다. 5개월 뒤 사장님을 다시 찾아 뵙기로 했다. 아마도 그땐 우릴 더 반갑게 맞이하실 거란 믿음도 함께 약속한 것 같아 기분이 좋다. 아내도 좋아한다.

한 시간 반을 달려 찾아간 그곳. '유일양복점' 역시 그곳에 있었고 내가 아닌 다른 사진가들도 지나치기 어려운 매력을 발산하며 내가마을의 중심에 30년을 서 있었다. 내가마을의 멋쟁이들은 몇 번이고 유일양복점에서 양복을 맞춰 입었을 것이며, 학생들은 엄마 손을 잡고 교복을 맞추러 다녀갔을 그런 곳이었다.

이제 사장님이 마지막 유일양복점의 사장님이실 것이다. 자식들은 이제 다른 일을 하고 있고 아마도 아저씨의 건강이 유일양복점을 그곳에 계속 있게 하는 이유가 될 것이다.

이 더운 여름. 가만히 있어도 목에 땀띠가 날 더위에 보호대를 목에 차고 있는 모습이 더욱 안타깝다.

빠른 쾌유를 바라며 삐걱거리는 양복점 문을 열고 다시 사장님을 뵈러 갈 그날을 기다린다.

"사장님! 그땐 따뜻한 커피도 주시고요. 그땐 꼭 사진 같이 찍어 요. 사모님도요."

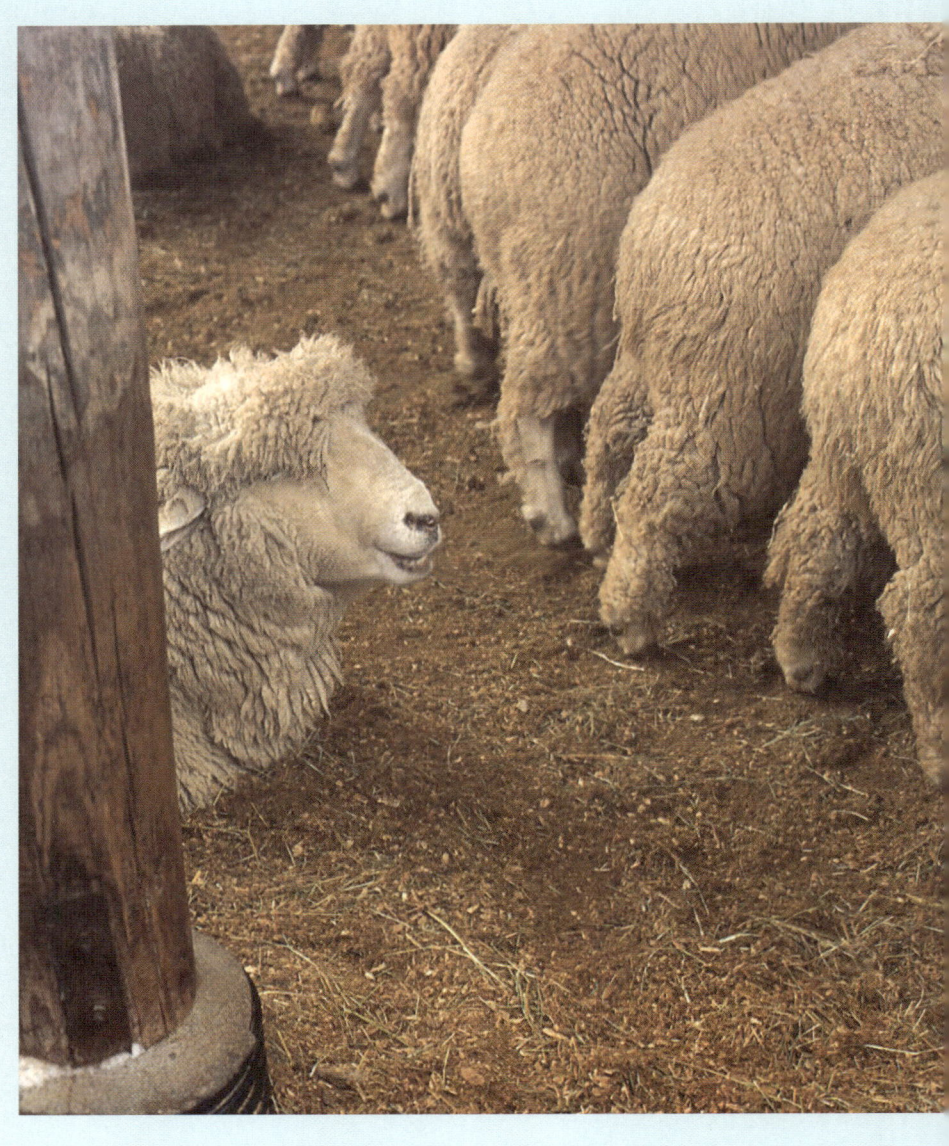

나는 죽었다

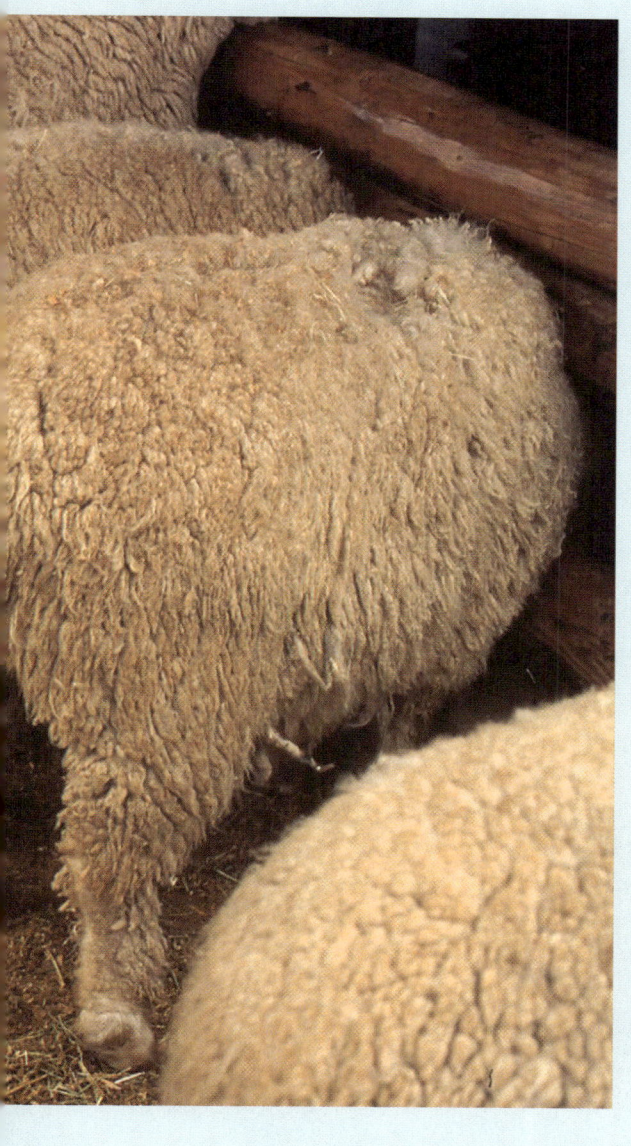

기다릴까?
다가설까?
괜찮을까?
받아줄까?

당당해라!
다가가라!
과감하고!
용기 있게!

적어도 우린 절대로 패자가 되기 위해
이 땅에 태어나진 않았으니까….

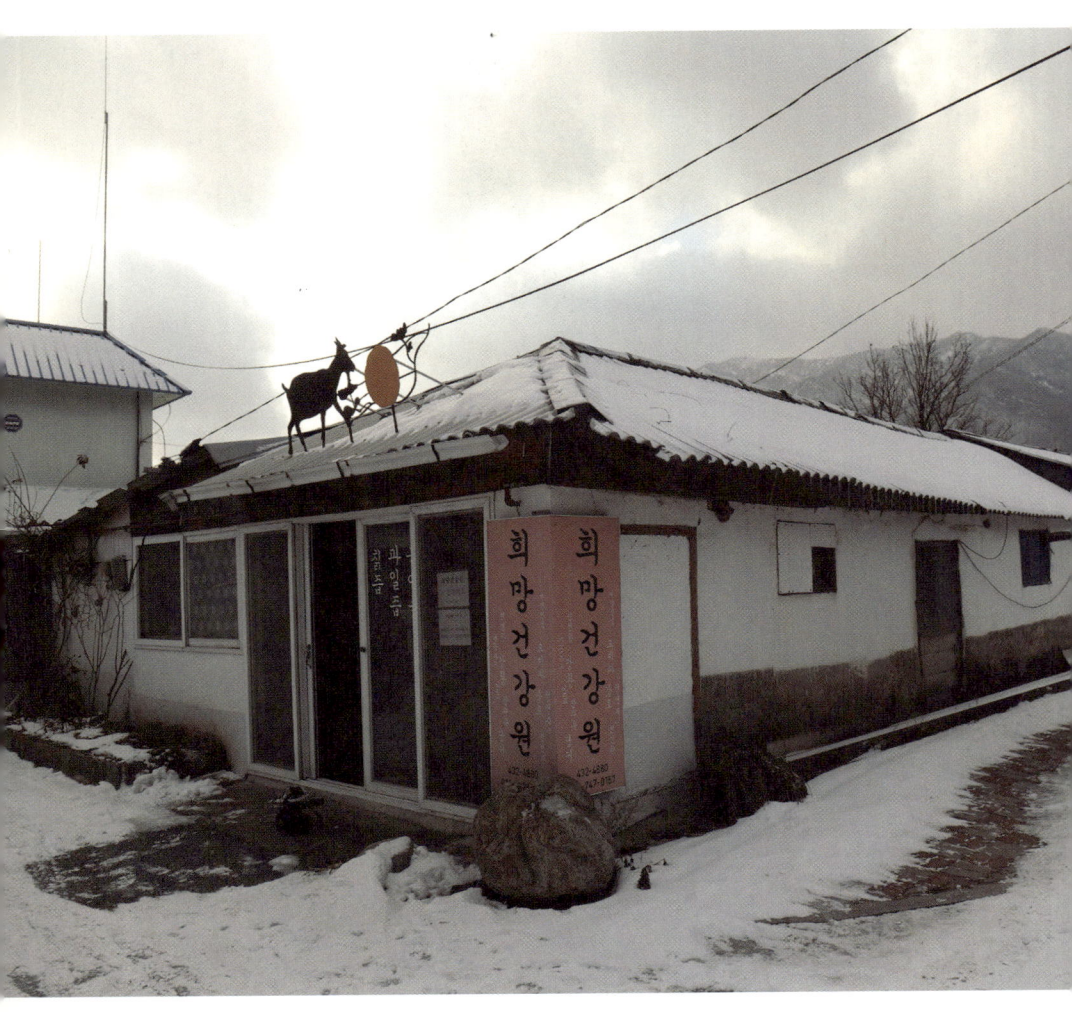

KBS 특집 프로그램이라며 출연을 요청해 왔다.

1,200명 정도가 도란도란 모여 살고, 하얀 구름의 마을이라는 원촌마을에 다녀오는 일이었다. 말도 안 되는 출연료이지만 나를 거절할 수 없게 하는 아이템이었다. 무조건 승낙을 했고 나를 조용히 따라다니며 찍을 VJ 한 명과 함께 달려갔다.

서울에서 4시간 정도면 원촌마을을 만날 수가 있다. 한눈에 다 보일만 한 크기의 작은 마을이다. 대학생들이 만들어 준 동네의 아기자기한 손글씨의 간판들이 제일 먼저 눈에 들어오는 곳이다. 각기 사연들이 담겨 있는 귀여운 간판이 원촌마을의 첫 번째 인상이다. 간판만 보면 절대로 왜 그런 이름을 갖게 됐는지 모른다. 하지만 문을 열고 질문 하나면 된다.

　　"할아버지, 간판이 너무 예뻐요. 뜻이 뭐예요?"

그다음은 할아버지의 이야기보따리를 들어주기만 하면 끝이다. 궁금한 간판들 이야기만 다 들어도 원촌마을에서 1박을 하게 될 것 같다.

동네의 골목이 매우 시끄럽다. 나이 지긋한 남자들이 모여 꽤 시끄럽게 떠들고 있다. 나이가 적다면 50세 이상이고 많다고 하는 남자들은 70~80대의 할아버지들이다. 그 소리를 따라가 보니 '육번집'이란 특이한 이름의 가게 앞에 공터가 있다. 바닥엔 오래전에 페인트로 그려진 듯한 경기장(?)

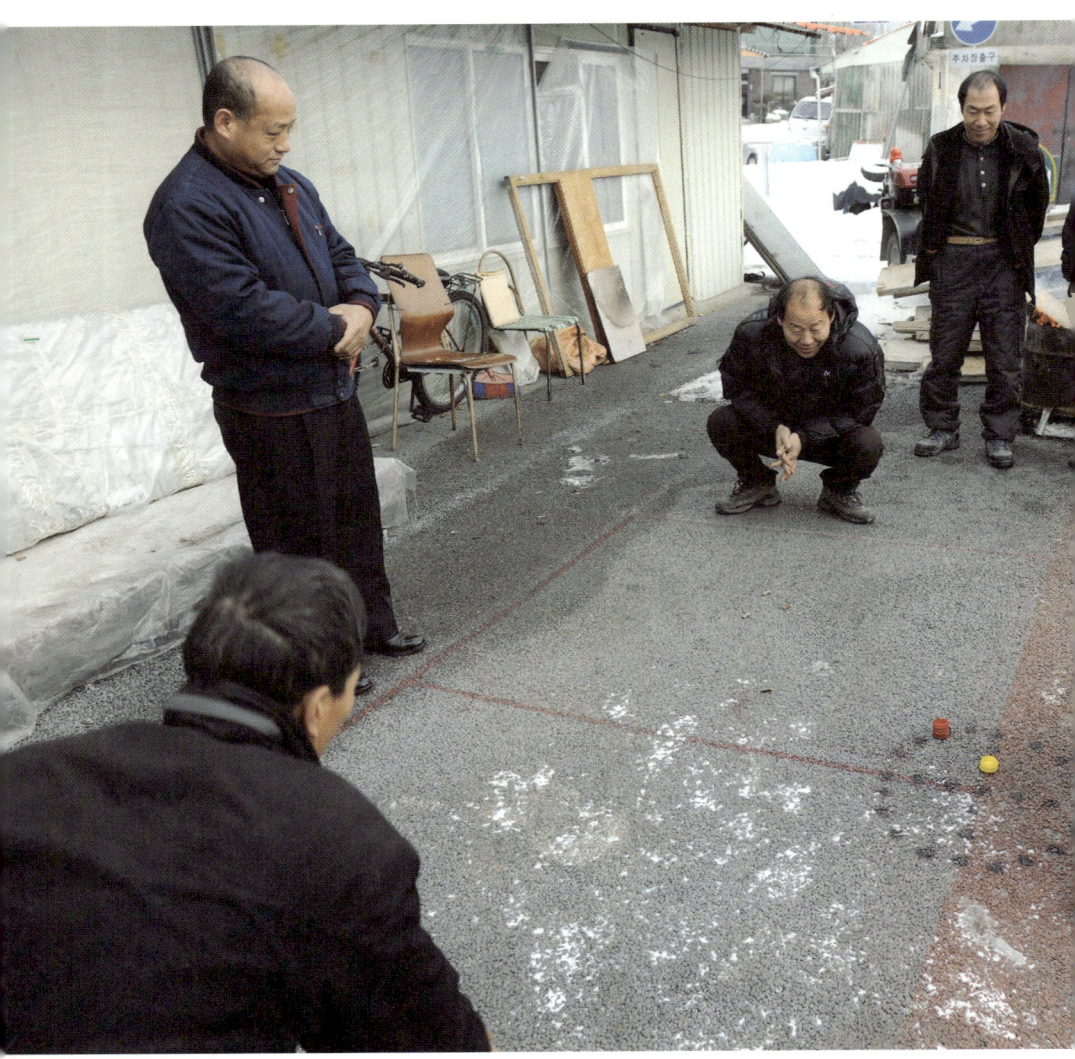

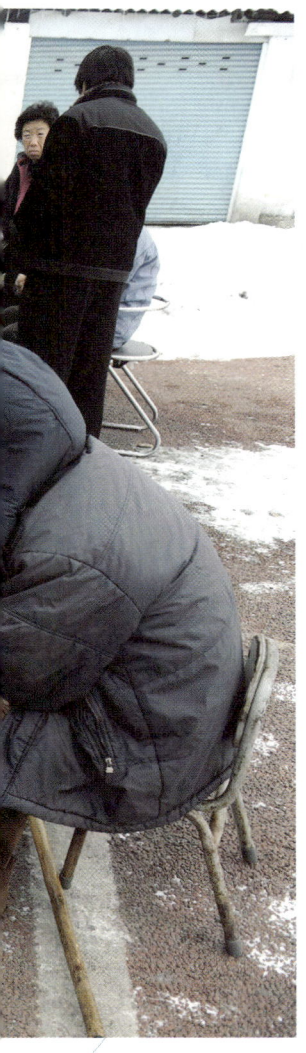

이 하나 있다. 윷놀이를 하는 공간이었는데 윷놀이 말판도 그려져 있다.

시도 때도 없이 동네 어르신들이 모이면 두 팀으로 나누어 윷놀이를 한다고 하신다. 모여 있는 어르신들의 손에는 막걸리 내기를 위한 천 원권과 만 원권이 쥐어져 있는 것이 재미있었다. 역시 게임은 내기가 있어야 할 맛이 난다. 혹시 이 글을 보고 원촌마을을 방문해서 한 게임해달라고 해도 아무 말 없이 윷놀이를 해주실 거다. 그만큼 원촌마을 남자들이 가장 좋아하는 놀이다.

사실 이곳엔 도시처럼 딱히 놀만 한 것이 없다. 할 일이 없는 농한기라 요즘은 더 자주 한다고들 하신다. 걸쭉한 사투리에 남자들의 입에서 나오는 맛깔나는 전라도 특유의 욕설마저도 매우 정겹고 듣기 좋다. 욕을 먹어도 허허실실 웃게 한다.

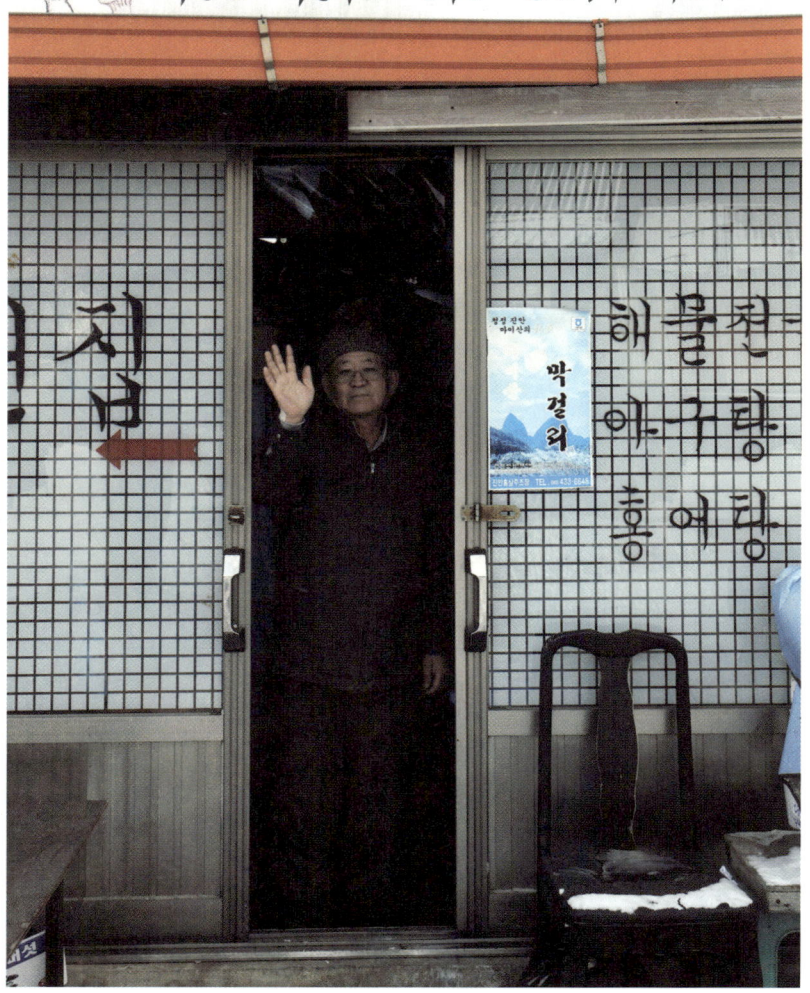

그리고 '육번집'! 이름이 특이하다. 간판의 숫자엔 아무리 봐도 숫자 6번은 없다. 그런데 왜 '육번집'일까? 망설이지 않고 영감님께 물어본다.

"날씨 추워! 일단 들어와."

냉큼 따라 들어갔다. 손님은 하나도 없었고 앉자마자 이야기를 풀어놓으신다.

"옛날에 가게를 열고 영업신고를 하러 갔는데 가게 이름이 뭐냐고 묻는 거야! 깜짝 놀랐지. 가게 이름도 생각 안 하고 갔거든. 그럼, 바로 지어서 신고하고 가라는 거야. 그때 생각난 게, 그때 전화번호 끝 번호가 6번이었거든. 하하하! 그래서 '육번집'이야."

남편의 웃음 소리에 주방에서 일을 하고 계시던 할머니가 모습을 보이신다. 함께한 세월 덕인지 누가 봐도 부부인지 알 수 있는 비슷한 생김새의 할머니가 웃음을 보이며 문지방에 서 있다. '육번집' 이름의 유래를 그렇게 듣고 두 분의 모습을 담는다. 멋진 포즈까지 잡아 주시고 가게를 떠나는 나를 보고 손까지 흔들어 주신다.

'육번집'을 나와 골목을 뒤지다 '고기집'이라고 쓰여 있는 작은 가게를 발견하게 된다. 정육점? 고기집? 어쨌든 생소했다. 식당 같아 보였지만 구조는 사뭇 보통 식당과 다른 모습이었다. 가게 한가운데 타일로 붙인 오래된 화덕이 있고, 그 뒤로 손님들이 앉아서 술 한잔과 사는 얘기를 안주 삼아 밤을 새워도 될 것 같은 뜨끈한 온돌방이 있었다. 할머니 세 분이 화덕 주위에 둘러앉아 계신다.

50년 된 화덕이란다. 한 분은 사장님, 두 분은 그곳에서 일하는 할머니들이라고 하지만 누가 봐도 친구 같은 사이였다. 고기를 구워 드실 참이었는지 휴대용 가스레인지 위엔 아직 빨간 돼지고기가 올라가 있었다. 역시 난 이것저것 물어보기 시작했고 자연스럽게 손님 아닌 손님이 된다. 할머니 세 분은 선뜻 자리를 내어 주신다.

"앉아서 같이 먹어. 이리와 앉아."

배도 고팠지만 석쇠 위의 돼지고기는 이미 나를 유혹했기 때문에 난 순순히 넘어갔다. 제일 먼저 익은 고기를 먼저 상추에 싸서 내 입 앞으로 가지고 온다. 돌아가신 외할머니가 생각나는 순간이었고, 그 한 점의 고기 맛은 평생 잊을 수가 없다. 이게 바로 정이고 인심이라는 거구나 싶다.

몇 번 고개를 숙여 인사를 하고 아쉬움을 뒤로 한 채 할머니들의 식사를 방해하지 않기 위해 난 가게를 빠져나왔다. 주인할머니가 싸주신 입 안에 들어 있는 큼직한 고기는 아직도 씹히고 있다. 고기의 살점이 점점 작아지고 있는 것이 너무 아쉽다. 입 안의 고기 살점이 침과 함께 넘어갈 그때, 눈앞에 들어온 또 하나의 간판이 있다.

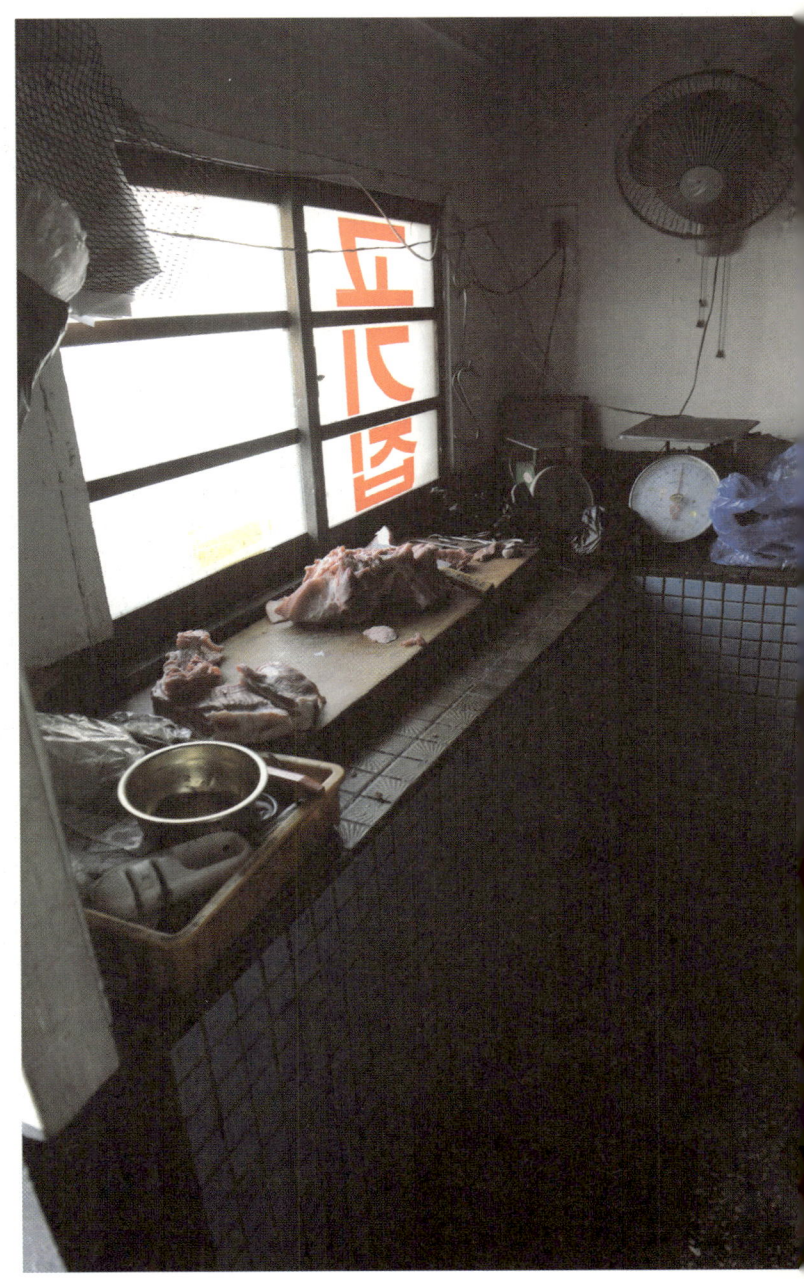

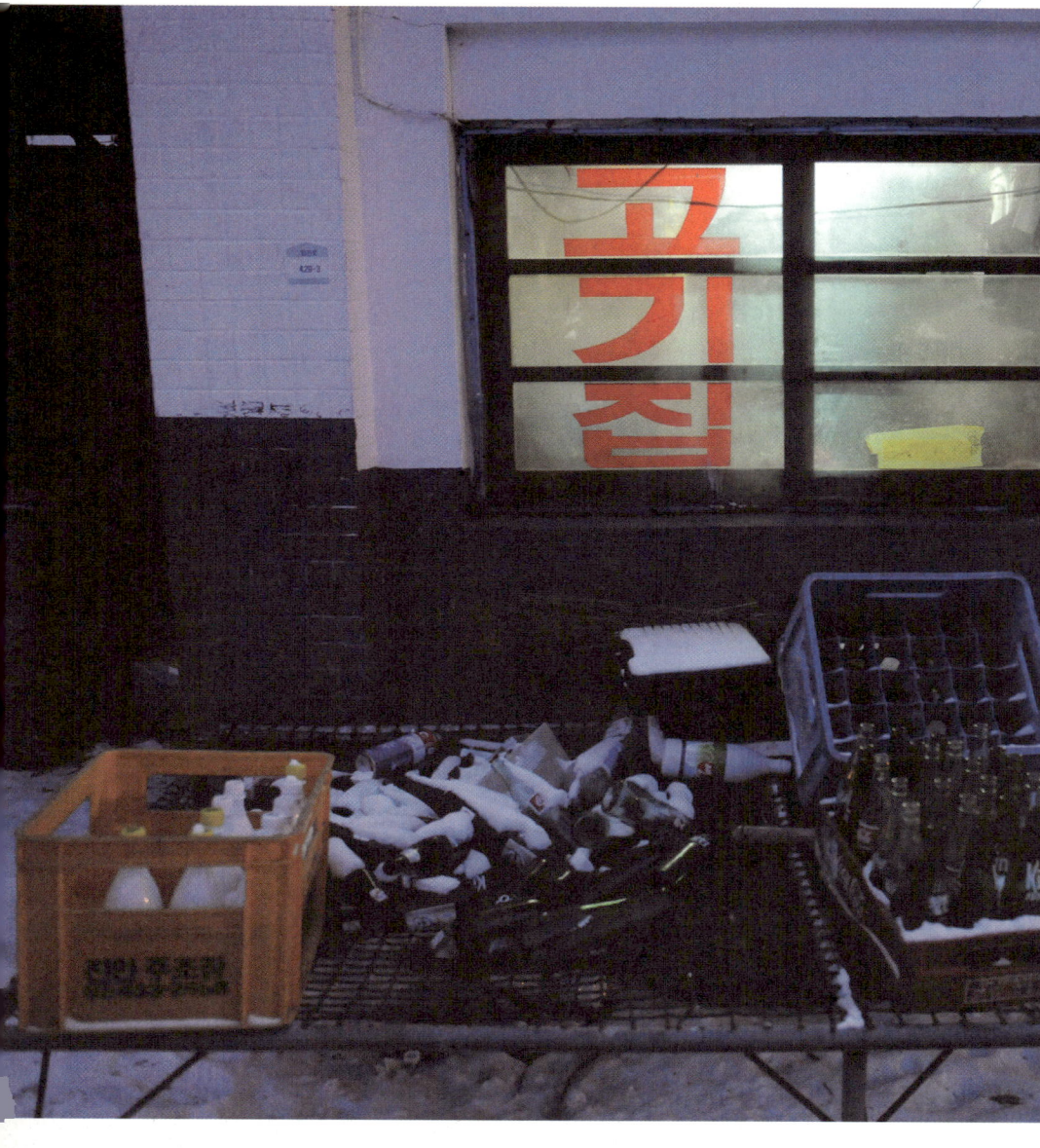

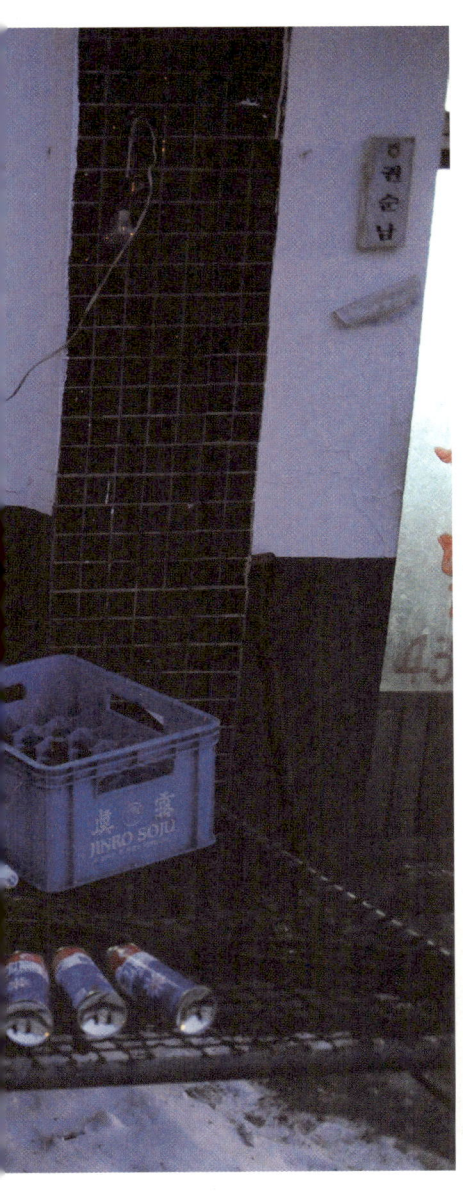

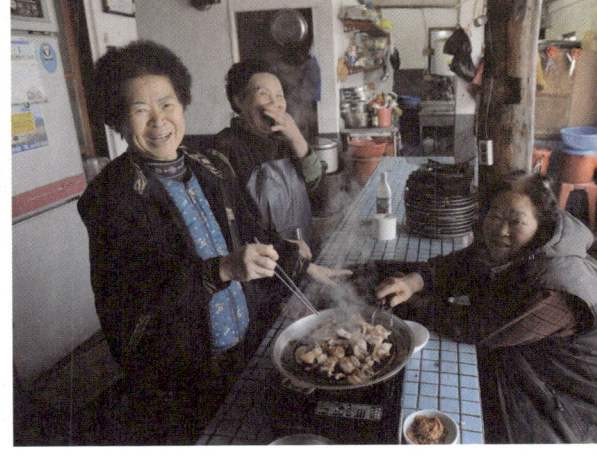

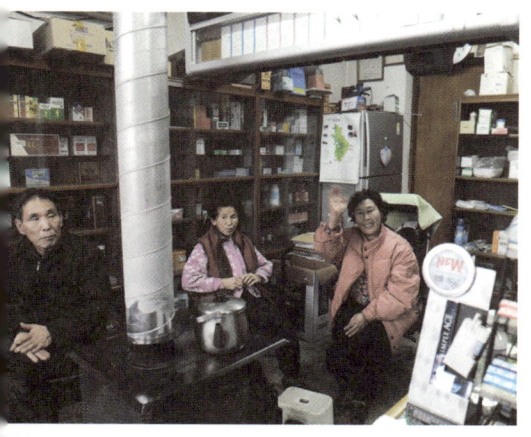

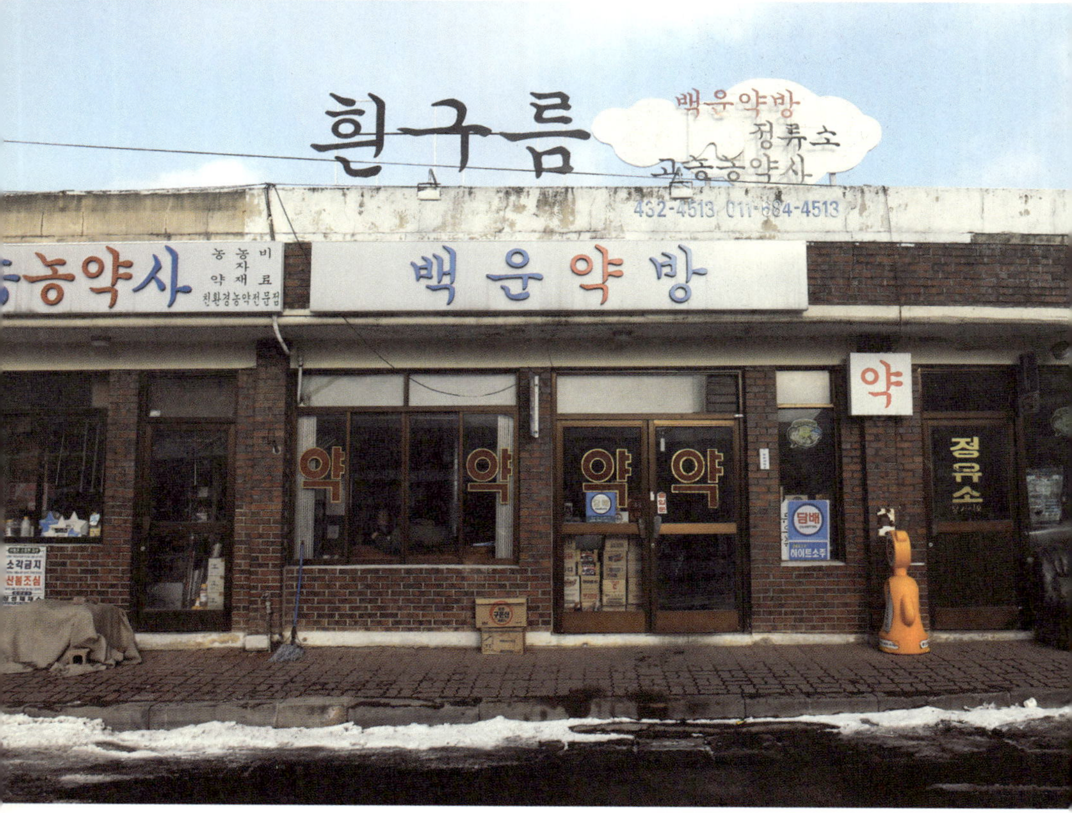

흰구름
백운약방
정류소
괴농농약사

432-4513 011-884-4513

농약사
농약자재료
친환경농약전문점

백운약방

약

약 약 약 약

약

정류소

정유소와 약방! 정유소가 뭐지? 기름 짜는 덴가? 같이 있는 일행들도 모른다. 그때 약국에서 나온 아저씨가 다가온다. 여기 사람들은 누군가 궁금해 하길 기다리고 있는 것 같다.

정유소는 이곳을 지나던 군내 버스 정류장을 말하는 거였고 지금은 사용하지 않는다고 한다. 역시 사라진 공간이다. 먼지 쌓인 정유소 안엔 그야말로 시간이 멈춰져 있었다. 이제는 끊어진 군내 버스와 지금은 지켜지지 않는 버스 시간표에 시선이 한참을 머문다.

그리곤 장소를 바로 옆 약방으로 옮겼다. 정유소의 예전 주인이 아저씨였고 3대째 이 마을을 지켜온 터줏대감이신 주인아저씨가 우릴 약방으로 이끈다. 질문의 시작은 약방과 약국의 차이점이었고 예상 질문이었는지 아저씨는 곧바로 설명을 하시기 시작한다. 그러고 보니 약방 주인도 이 아저씨다. 약방 안의 사람들은 난롯가에 앉아 평범한 얘기들을 나누고 있다.

제과점에서 사온 롤 케이크를 잘라 선뜻 한 덩어리를 내게 주는 아줌마. 그리고 원촌마을에 이젠 젊은 사람들이 없다며 한숨을 내쉬는 영감님. 그래도 우리 동네에 얼마 전 아기가 태어났다며 기뻐하시는 할아버지가 계신다.

따뜻한 난롯가 자리를 내어 주시며 손 좀 녹이라는 아줌마. 그야말로 약방은 사랑방이었다. 약방 업무보다 마을 사람들이 맡긴 택배나 우편물 관리가 더 많다는 주인아저씨의 얘기처럼 도시생활에선 느낄 수 없는 정겨움이 이 약방엔 있었다.

인심과 정. 그것은 아주 우연히 만난 약방 안 사람들에게서 찾을 수 있었다. 마을의 이야기가 내 이야기이고 마을의 고민이 내 고민이었던 이 사람들. 이러다간 이 아름다운 마을이 사라질지도 모른다는 어르신들의 깊은 한숨에 안타까움을 느낄 수 있었다. 점점 사라져가는 인심과 마을을 떠나는 사람들. 귀농을 위해 이 마을을 선택해서 들어 온 도시 사람들도 있긴 있다지만 지금도 이 마을에 젊은 사람은 내가 있는 동안 거의 보지 못했다. 이 마을을 지키고 있는 힘없는 노인들의 주름이 더 깊고 선명하다. 하얀 구름의 마을, 원촌마을이 점점 어두운 구름으로 덮이지 않길 바라는 마음이 간절하다.

인삼을 키우며 너무나도 예쁜 간판과 사연을 가진 이 마을과 마을 사람들은 여행을 다니며 만난 사람 중 가장 따뜻했던 사람들이다. 춥고 배고픈 여행자를 위해 앉아 있던 자리를 선뜻 내어 주고, 질문 한마디에 인생을 얘기해 주고, 그 고된 인생에서도 행복과 만족을 느끼며 살아가고 있었다. 겨울 동안 추운 날씨에 각별히 조심하라던 뉴스가 첫 기사였던 그날, 지금까지 살면서 가장 뜨거운 감동을 받았다. 가장 행복한 마을에서 살고 있는 가장 따뜻한 사람들을 만났다. 아내와 날 닮은 아이와 함께 다시 올 것을 스스로 약속하며 기도해 본다. 이 아름답고 따뜻한 마을의 겨울이 제발 짧기를….

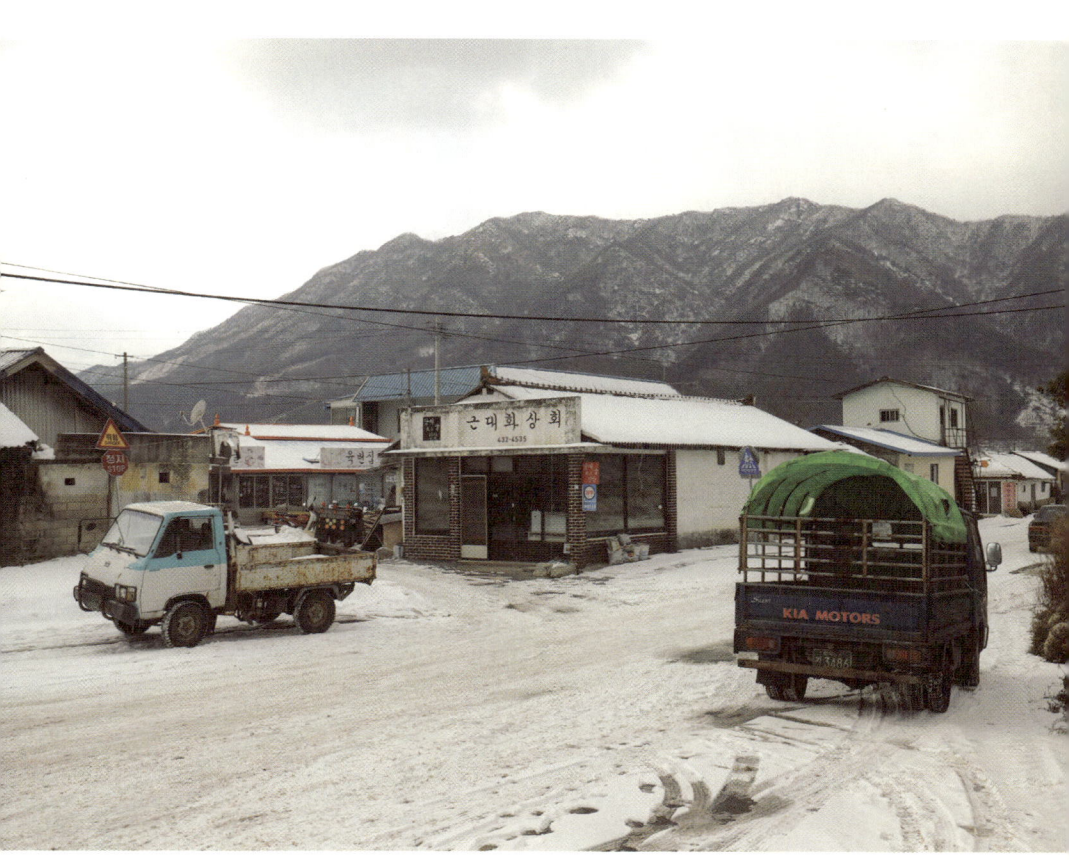

아래 사진들은 원촌마을 사람들이 직접 찍은 사진들이다. 원촌마을을 홍보하기 위해 마을 사람들에게 직접 카메라를 나눠 주고 사용법을 알려준 후 스스로 작가가 되어 마을을 찍었단다. 전라북도 진안군 백운면 백운 관광 엽서다. 어린아이부터 70세가 넘어서 카메라를 처음 잡아 본 노인들까지 이 작업에 참여했다. 세상에서 가장 아름다운 관광 엽서다. 사진의 퀄리티를 떠나 아이부터 어른까지 마을을 사랑하는 마음이 없었다면 이게 가능할까?

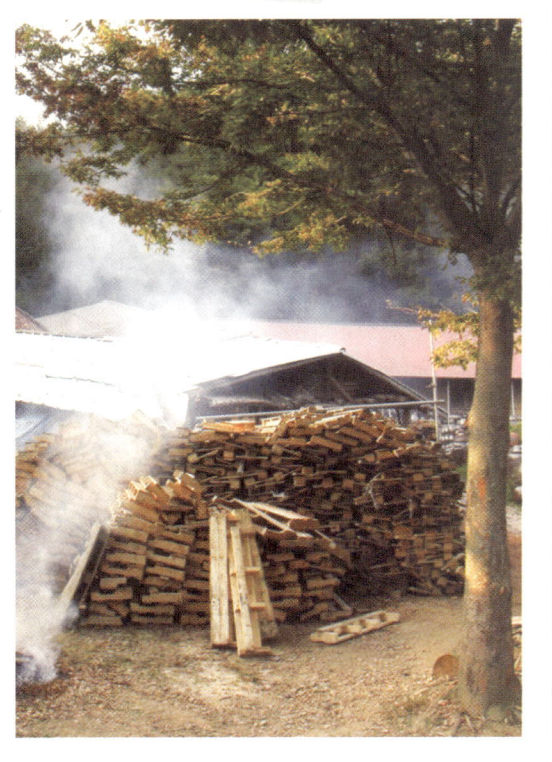

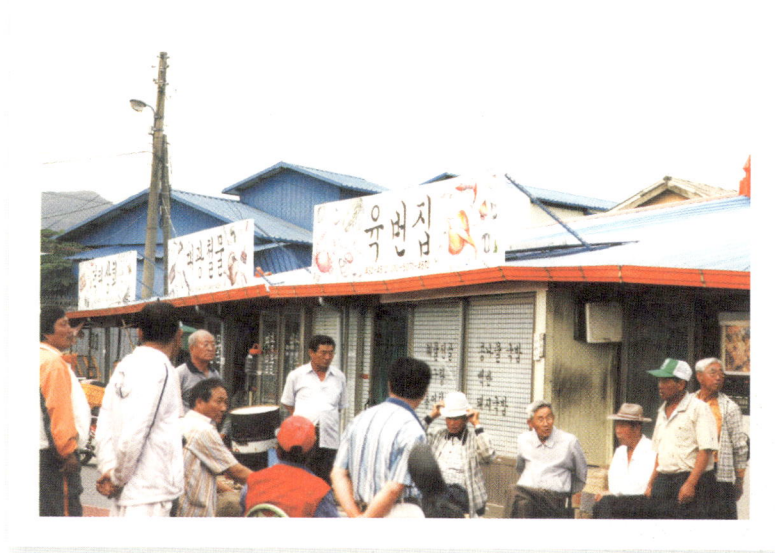

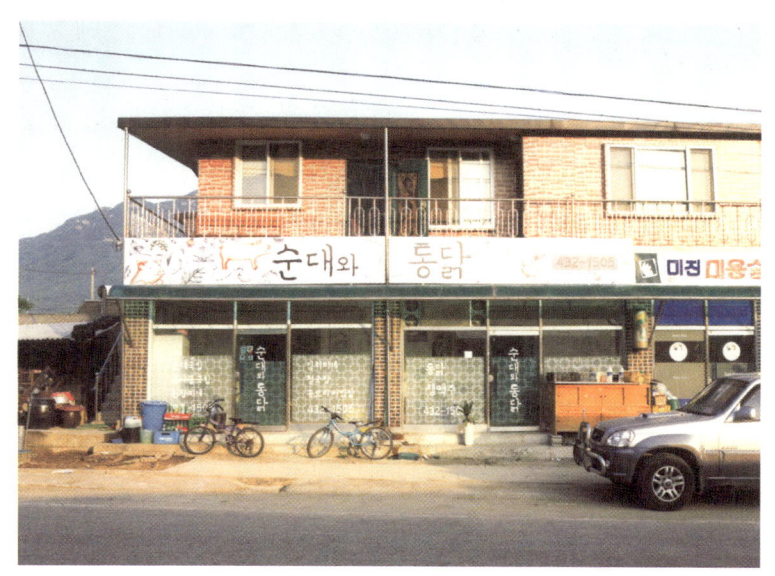

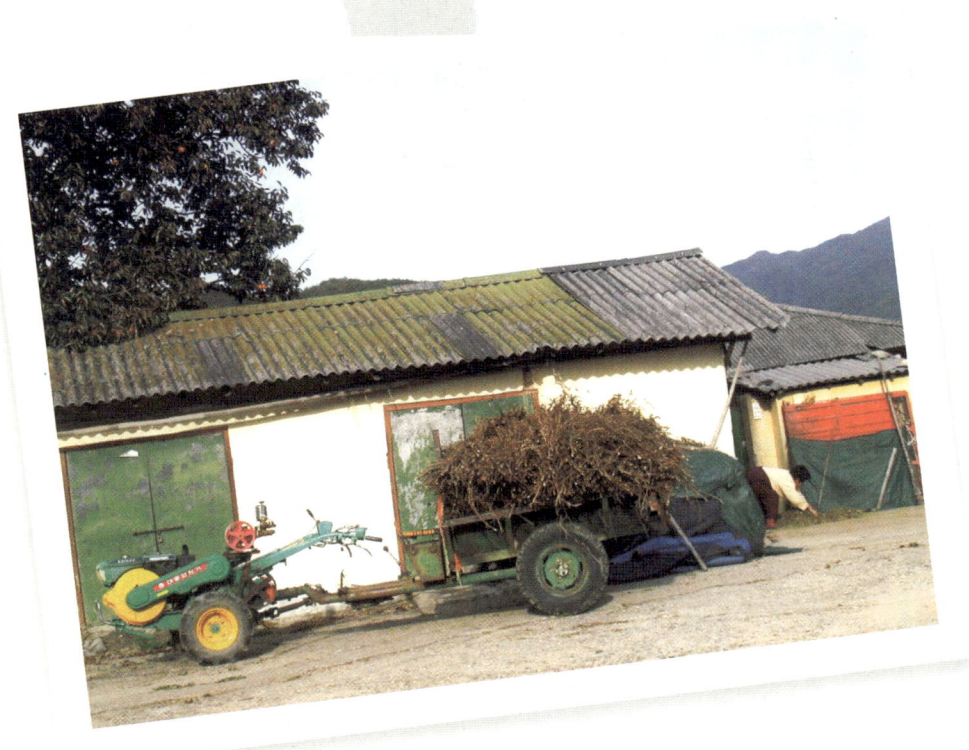

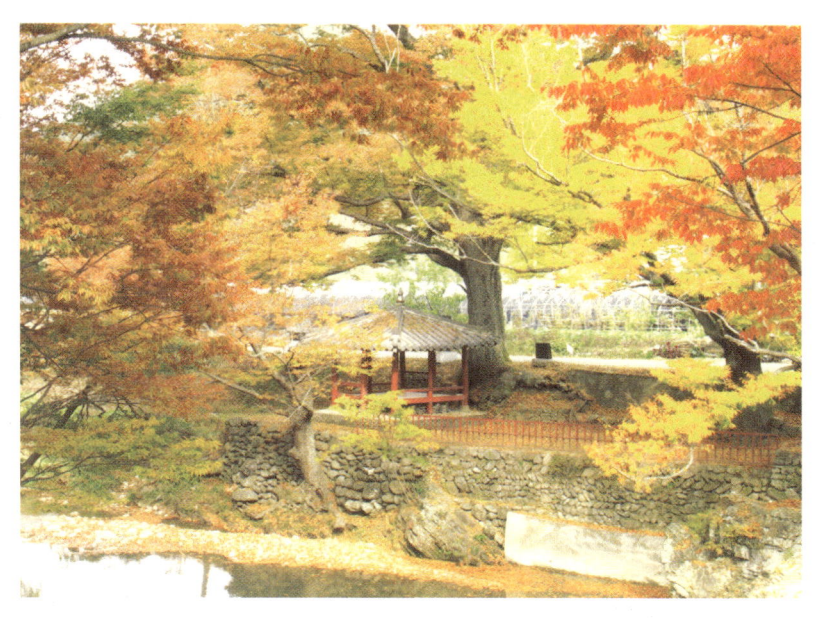

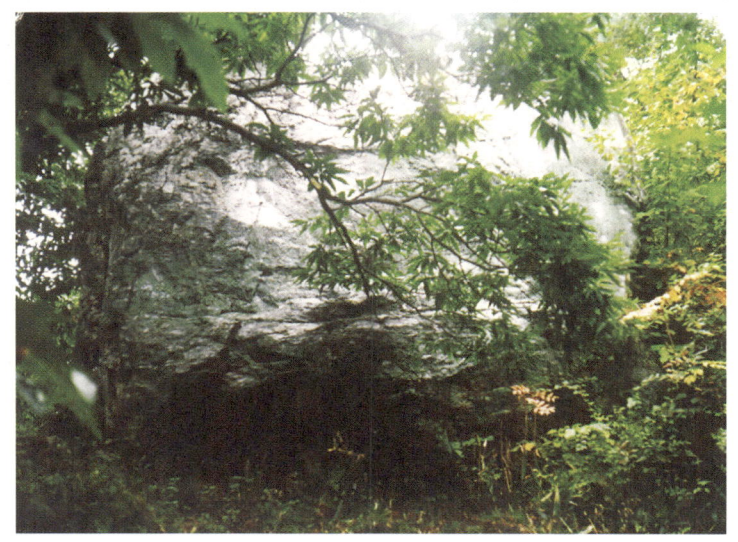

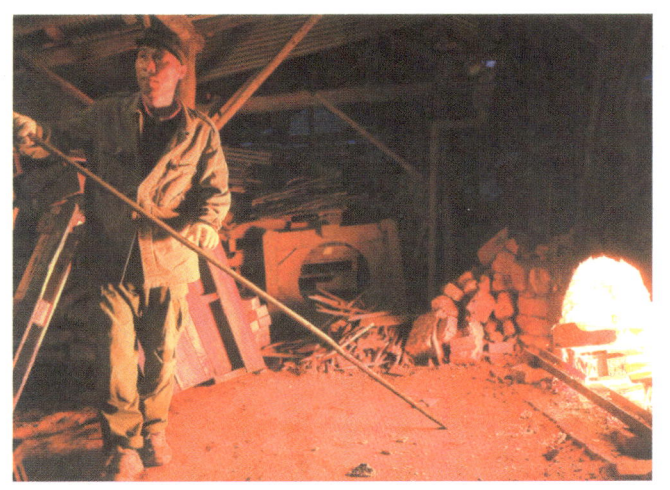

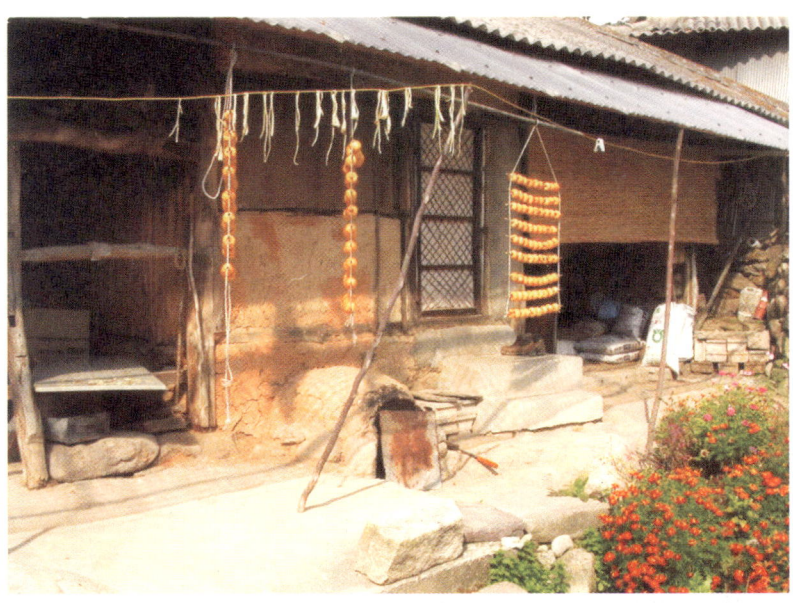

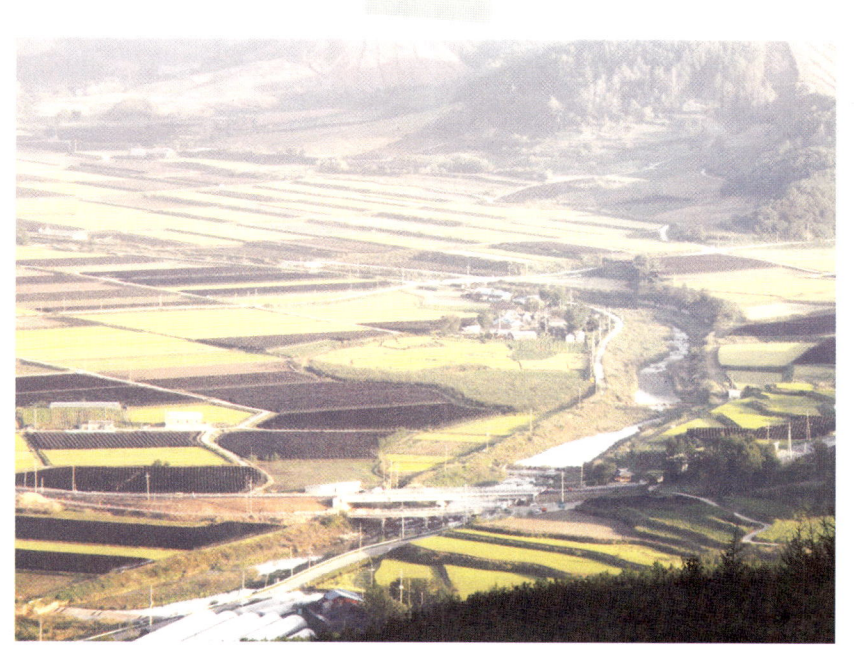

자동 카메라를 주머니에 넣어두고 다니며 마을의 모습을 담은 농부의 파인더와 잊어버리지 말라고 엄마한테 혼나가며 챙겨 다녔을 어린아이의 카메라도, 친구들과 약방에 앉아 수다를 떨던 할머니들도 한 두 컷 찍어봤을 아름다운 사진가들의 작품이다.

원촌마을 홍보 부스에 들어가면 이들의 멋진 작품이 전시되어 있다. 한 장 한 장 그야말로 작품이다. 기회가 되면 꼭 한 번 원촌마을의 기가 막힌 갤러리를 찾아가 보길 바란다. 세상에서 가장 작은 전시회. 한 마을을 평생 사랑했던 마을 사람들의 사진 이야기 속엔 파랗고 깨끗한 백운의 백운이 담겨 있다.

언제나 따뜻한 마을, 원촌마을을 다녀오라. 그 마을은 언제나 36.5°니까….

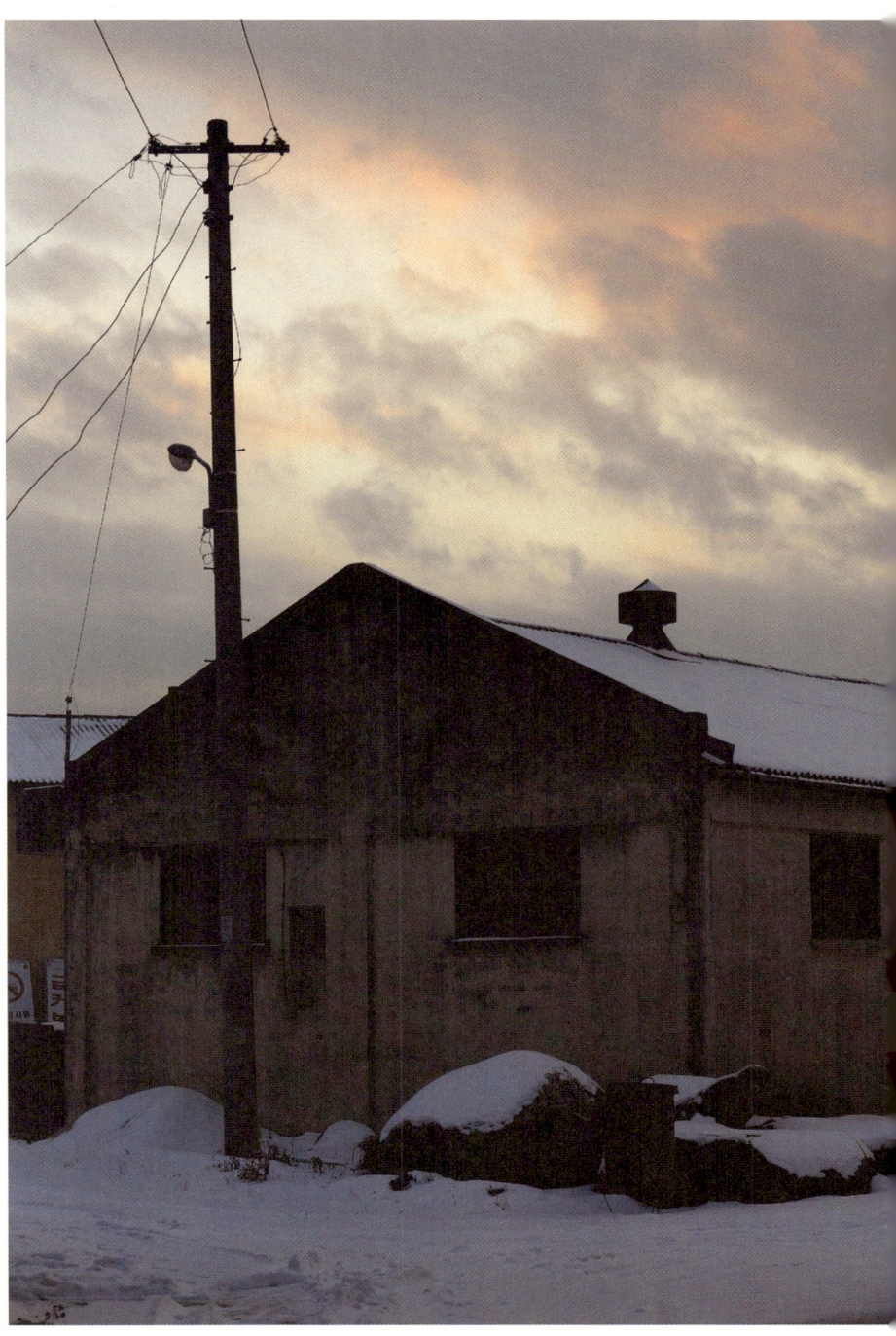

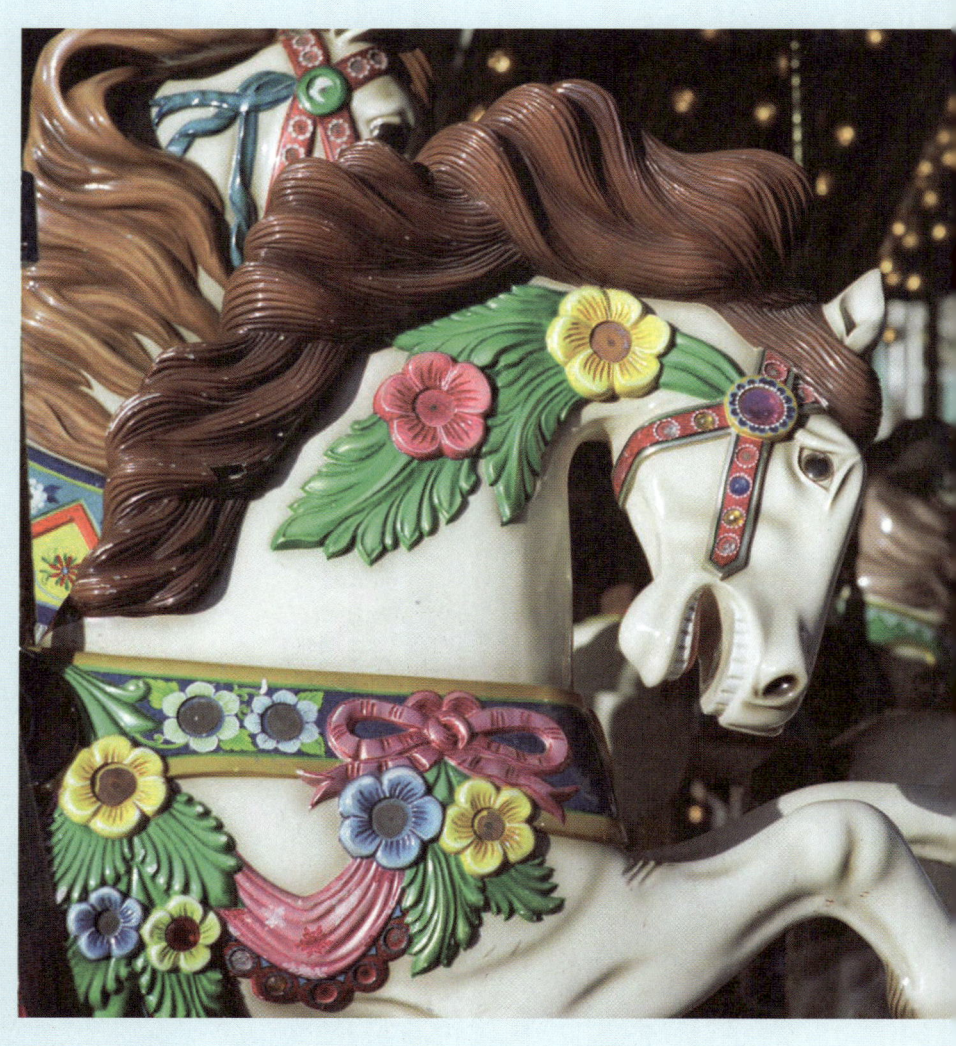

슬픈목마

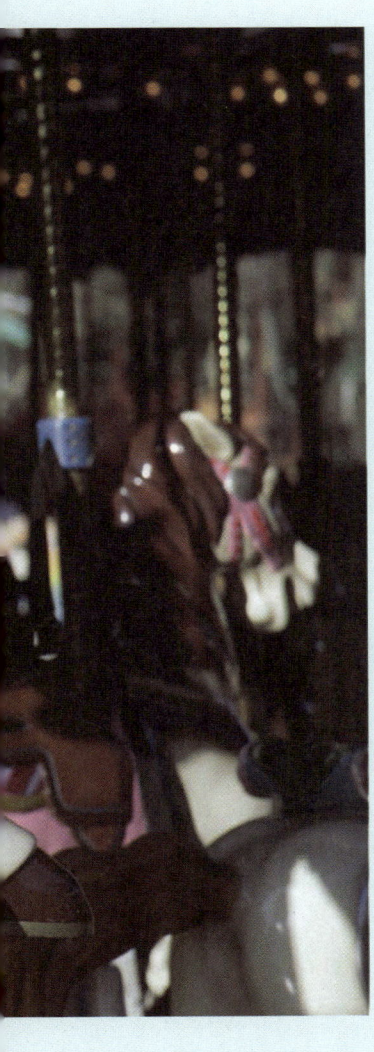

난 매일 같은 공간만을 달린다.

가끔 아이를 태우고 달리기도 하지만
사람들은 날 쳐다보는 것이 아니다.
요즘은 나 혼자 도는 일이 많아졌다.
난 이제 줄을 서서 기다리며 타는 놀이기구도 아
니다.

아직 아무것도 모르는 아이들과
정말로 탈 거 없으면 마지막으로 한번 타보게 되
는 놀이기구가 되었다.
놀이동산의 상징 같지만
이젠 사람들에게서 잊혀져 갈 뿐이다.

사람들은 백마를 좋아하지만
타지 않고 달려도
난 언제나 그 자리인 슬픈 목마다.

전유성과
**책 이야기**

11

예전에 전유성 선배가 내게 책을 선물했다.

"형님 감사합니다."

"(특유의 톤으로) 8천 원이야. 임마. 만 원 줘."

"형님 2천 원은…?"

"소개비와 수고비."

그 다음 주 다시 만난 전유성 선배.

"책 내용이 뭐디?"

"아직, 안 읽었는데…."

"그럼, 이 책이랑 해서 두 권 다 읽고 다음 주는 얘기해줘. 난 다

읽었거든. 그래야 얘기가 돼."

"………."

매주 내게 책을 선물하셨던 전유성 선배.

내가 라디오 DJ를 하게 됐을 때 선뜻 코너의 게스트가 돼주셨고, 그때 내게 선물한 것은 바로 책이었다. 아마도 내가 책을 더 많이 읽기를 바라셨던 것 같다. 그렇게 책 읽는 법을 배웠고, 지금은 누군가에게 내가 그렇게 하고 있다. 그리고 몇 년 뒤. 결혼식을 하루 앞둔 2009년 11월 8일 토요일. 이른 아침에 전화 한 통이 걸려온다. '여보세요'만 해도 누군지 알만한 목소리가 아침잠을 깨운다.

"(특유의 그분 목소리)야! 병지나~"

"아, 네. 형님? 아침부터 어쩐 일로…."

"너희 집이 일산이지?"

"네. 근데, 왜요?"

"지금 가고 있거든."

"네?"

"아니, 왜요? 이 아침부터?"

"너, 내일 결혼이잖아?"

"네. 내일이죠."

"네가 지난번에 내 딸 결혼식에 안 와서 나도 안가고 퉁칠라고 했
는데…."

"네, 죄송합니다. 결혼 준비 때문에…."

"그건 뭐 그거고…. 너네 집에서 가장 가까운 전철역으로 나와.
나 곧 도착하니까."

"아, 네? 아니, 형님! 형님! 형!님!"

"뚜 뚜 뚜."

그렇게 난 까치집을 머리에 두고 냉큼 달려나가 전유성 선배를 만났다. 지
하철 계단에서 등산복에 배낭을 메고 한 손에는 종이 가방을 들고 힘겹게
올라오신다.

"아니, 형님. 그냥 전화로 말씀하시지. 뭐, 직접 오세요."

"나 지금 아침에 청도에서 출발한 거야.(종이 가방을 전해주며) 이
거 받아!"

"이게 뭔데요?(꽤나 무겁다.) 오우~."

"책이야! 신혼여행가서 읽어! 나 그럼 갈게."

"아니, 형님 책 줄려고 청도에서 새벽같이 출발하신 거예요?"

"응. 내가 요즘 거기 살거든."

"아. 그러세요. 그래도 그렇지 책 주시려고⋯. 차 한 잔 하고 가세요. 형님!"

"바로 갈게. 차는 뭐."

"그럼, 차비라도 형님!"

"아냐. 이건 공짜야. 내가 내일 결혼식에 못가거든. 그래서 일부러 왔어. 내일 잘해라!!"

그러고는 휙 하고 지하철 계단을 성큼성큼 내려가셨다. 전유성 선배한테 받은 책이 꽤 여러 권 되지만 평생 잊지 못할 결혼 선물을 받게 됐다. 그러고 보니 지난번 출간한 책도 못 드렸네. 이번엔 내가 청도로 내려가야겠다. 지금은 또 어디 계실지 모르는 전유성 선배가 생각난다.

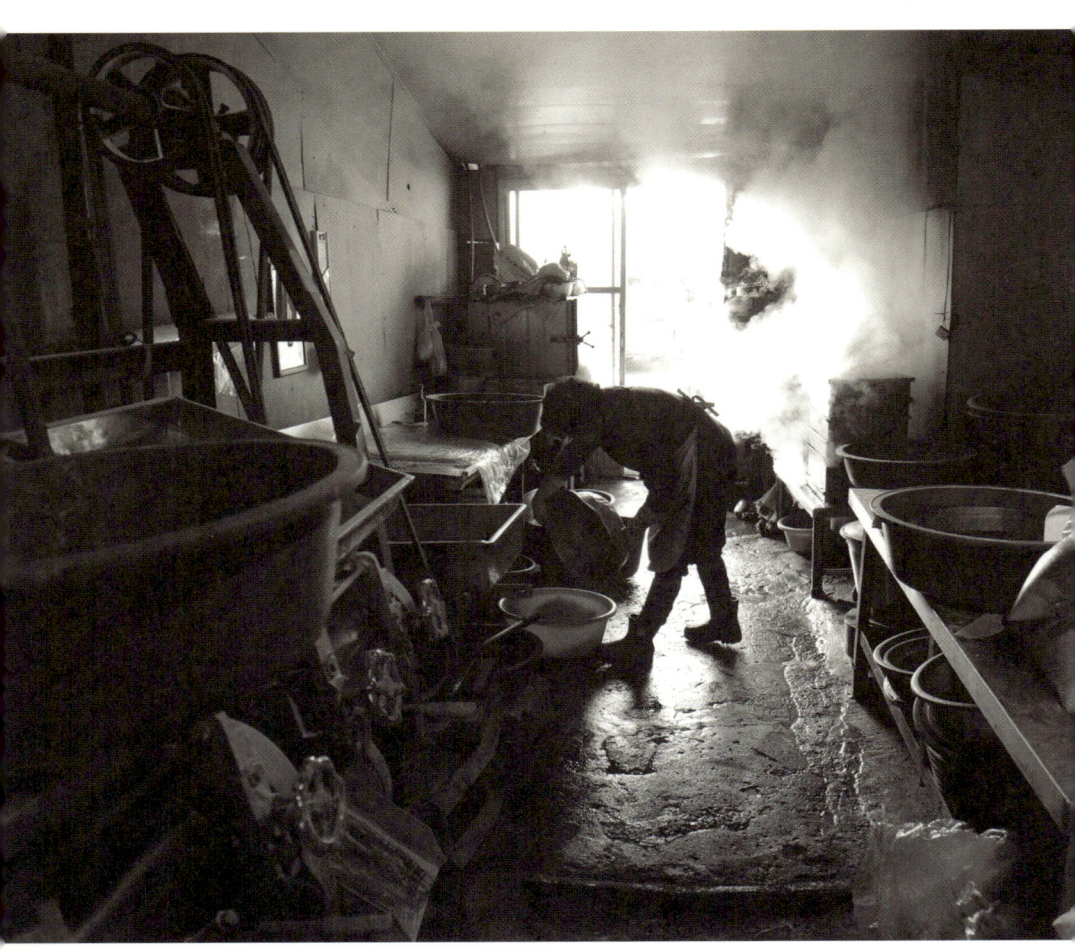

말로만 듣던 벌교장을 보러 갔다.

하루 전에 도착해서 가까운 곳에 숙소를 정하고 아침 일찍 장으로 나섰다. 시골 장터에 대한 기대가 많아서일까? 실망부터 하고 말았다. 생각했던 장터의 모습은 없었고 5일장보다 매일 서는 장에 사람이 더 많다. 경전선을 타고 벌교로 모이는 상인과 손님들의 모습은 일찍이 기대하기 어려운 상황이다. 경남과 전남 쪽에서 모여드는 손님들은 이미 발길이 끊긴 지 몇 해가 됐다고 한다. 교통의 발달도 있겠지만 벌교에 사람이 없다는 것이 가장 큰 이유다. 단지 벌교장만의 이야기가 아닐 것이다. 아주 옛날 그 모습의 5일장은 이제 더는 기대하기 어려워 보인다. 난 또 그렇게 한발 늦은 셈이다.

불행 중 다행인 것은 시장에서 만난 사람들이었다. 찾고 있었던 이미지들을 이곳 벌교장에서 많이 만났다. 정신없이 돌아가는 방앗간에서 떡방아 찧는 소리와 깨소금 볶는 냄새와 구수한 사투리의 주인아줌마가 있는, 수시로 삐걱거리며 문이 열리는 방앗간의 모습은 시골에 온 걸 실감나게 했다. 벌교장을 꼬박꼬박 찾아온다는 다른 지역 손님도 있었고, 외상을 달고 도망가듯 달려가는 옆집 아줌마도 있었다. 정다운 모습이다.

바쁘지만 기다리는 손님들을 위해 콧잔등의 땀방울을 팔꿈치로 닦아낼

짬도 없는 주인아줌마에게 말을 시키면 대답은 버퍼링이 좀 심하다.

　"아줌마, 이건 뭐예요?"

　"………(정신이 없으시다.)"

그사이 옆에 있던 손님 할머니가 대답해준다.

　"그거 깨야 깨. 들깨. 들기름 짜려고."

한 15분 뒤 주인아줌마가 다시 묻는다.

　"아까 뭐라고 했지?"

　"하하하!"

그렇게 바쁜데 멀리 서울에서 내려온 나도 손님이라고, 챙기시는 걸 보면

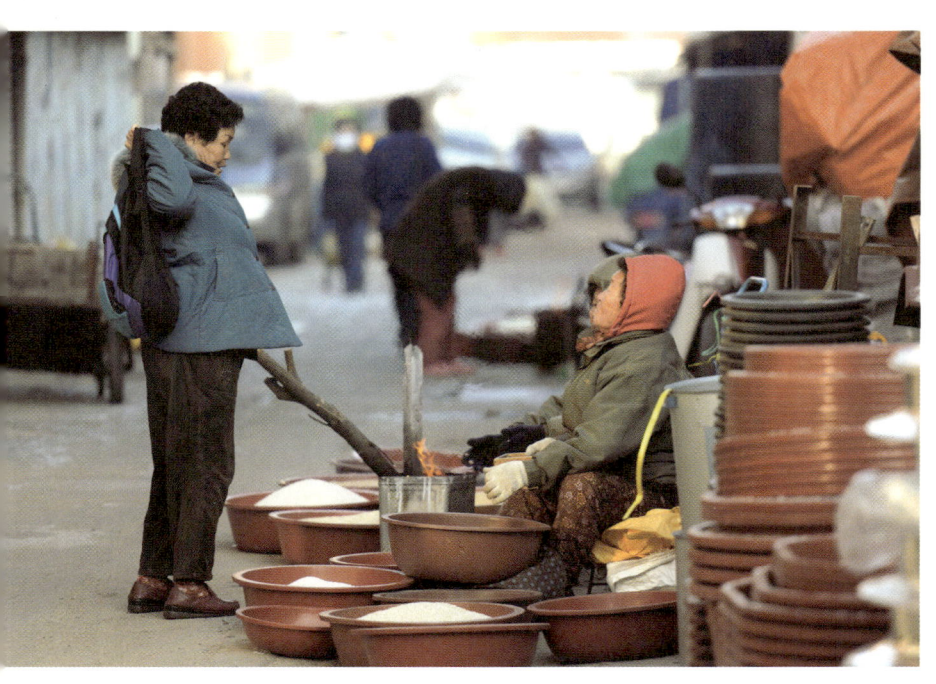

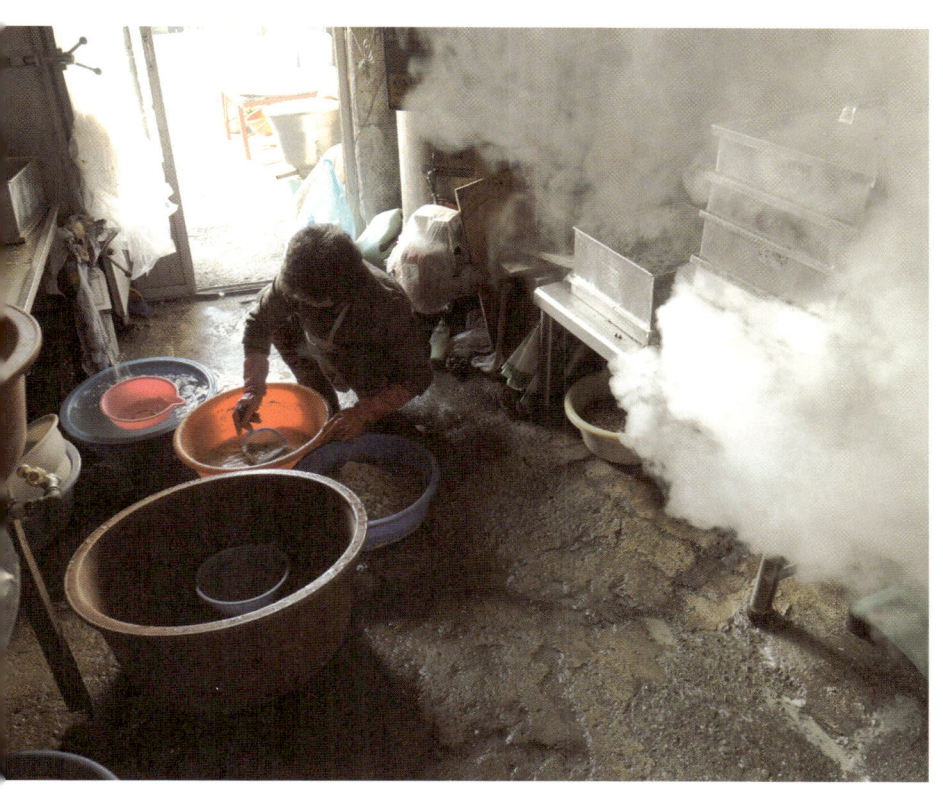

정말 미안하고 감동이다. 난 그렇게 늦은 새해 인사를 하고 방앗간을 빠져
나왔다.

어디선가 울리는 일정한 간격의 호루라기 소리를 따라 걸어갔다. 아침 바
람을 타고 이리저리 흩날리는 고소한 냄새, 이 냄새는? 뻥튀기다. 냄새를
쫓아갔으나 아쉽게도 트럭 위에 올려진 뻥튀기 기계다. 오랫동안 시장 한
곳에 자리 잡은 오래된 뻥튀기 가게를 찾았는데 그것도 내 눈엔 쉽게 띄
지 않았다. 이동이 용이한 트럭 뻥튀기 기계는 여기저기 장을 떠돌아다니
기 쉽게 설계가 됐다고 한다. 그리고 또 아쉬운 것은 바로 아저씨의 멘트
가 없다는 것이다.

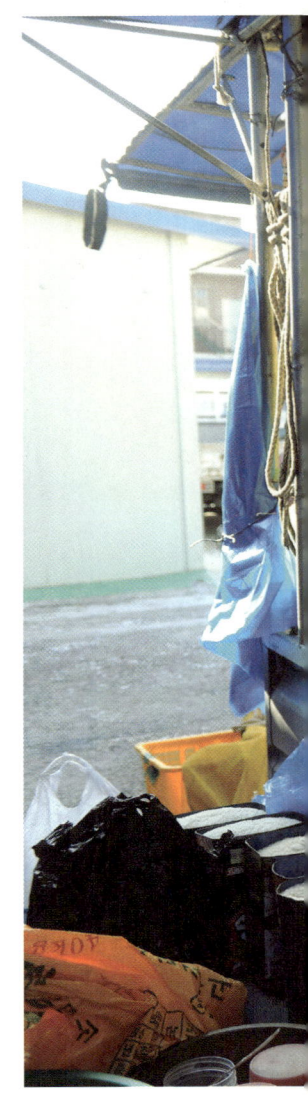

"뻥이요~"

이 대표적인 멘트는 벌교에선 세 군데의 뻥튀기 아저
씨 모두 하지 않는다. 원래는 귀를 막으라고 소리를
치던가, '뻥이요'라고 한마디 하고 터트려야 하는데 임
산부나 노인들을 위해 호루라기로 바꾼 지 몇 년 됐다
고 한다. 할머니들이 가지고 온 쌀과 옥수수, 그리고
무 말린 것 등등 재료의 줄이 꽤 길다. 쌀만 봐도 누구
네 차롄지 말 한마디 안 해도 다 안다는 주인아저씨의
너스레도 우습다. 방학이라 이제 곧 내려올 손자들의
간식을 마련할 요량으로 가져온 쌀자루도 귀엽다.

시장은 늘 신선하다. 시장의 모습은 비슷비슷하지만
그 안의 이야기는 모두 제각기 다르다. 사람 사는 이
야기가 다 똑같을 수도, 아닐 수도 있지만 점점 노인
들의 전유물이 돼가는 이곳 벌교장은 또 얘기가 슬퍼
진다. 젊은 사람들은 시장을 몇 바퀴 돌아도 만날 수
가 없다. 내가 제일 어려 보이는 손님이라고 해도 전
혀 과장이 아니니까….

시장의 여기저기를 돌아다니면 당연히 배가 고파온
다. 마침 기막힌 맛의 호떡을 발견하고 하나를 반으로
접어 금방 목구멍 뒤로 밀어 넣는다. 서너 개는 순식

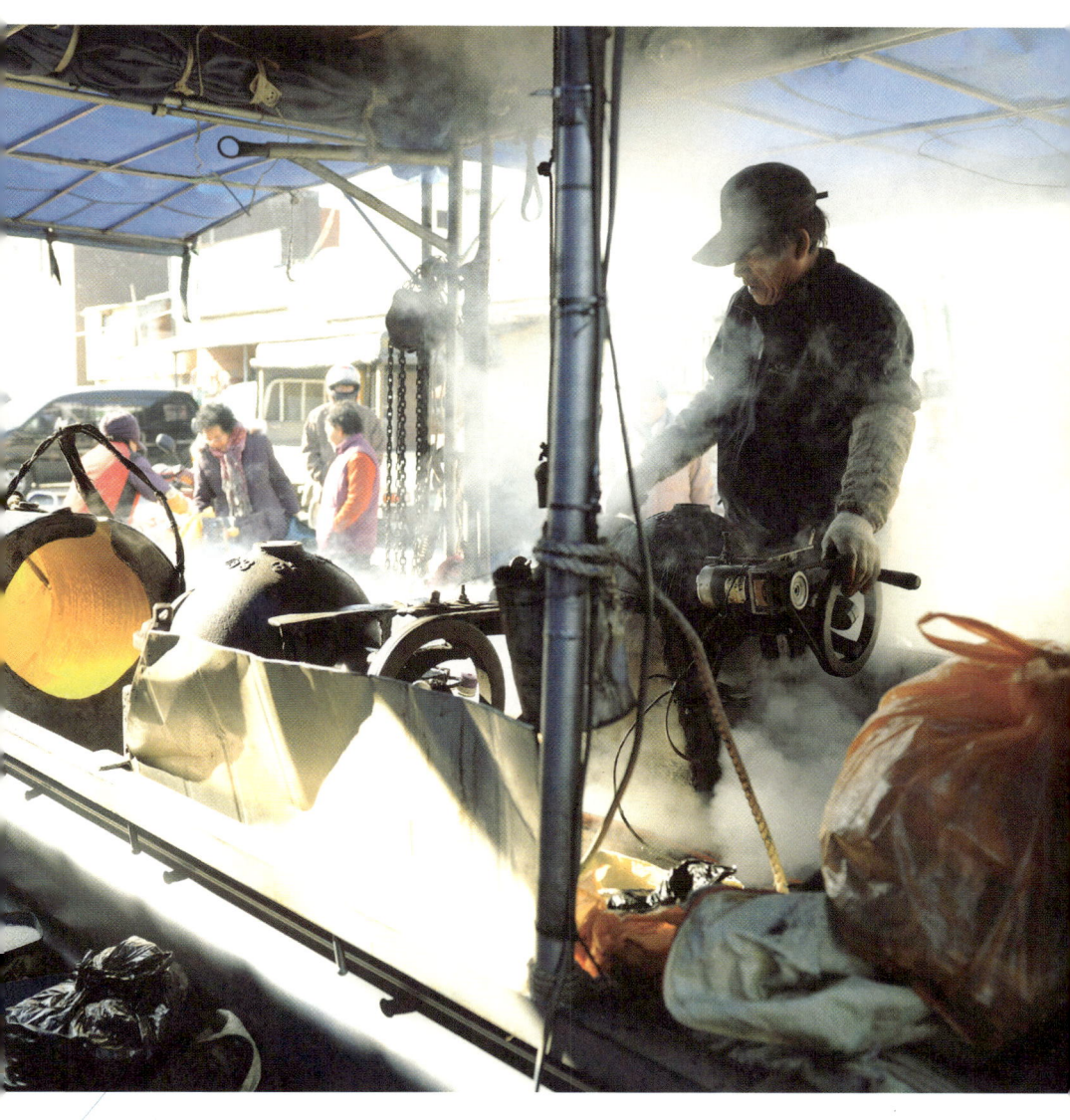

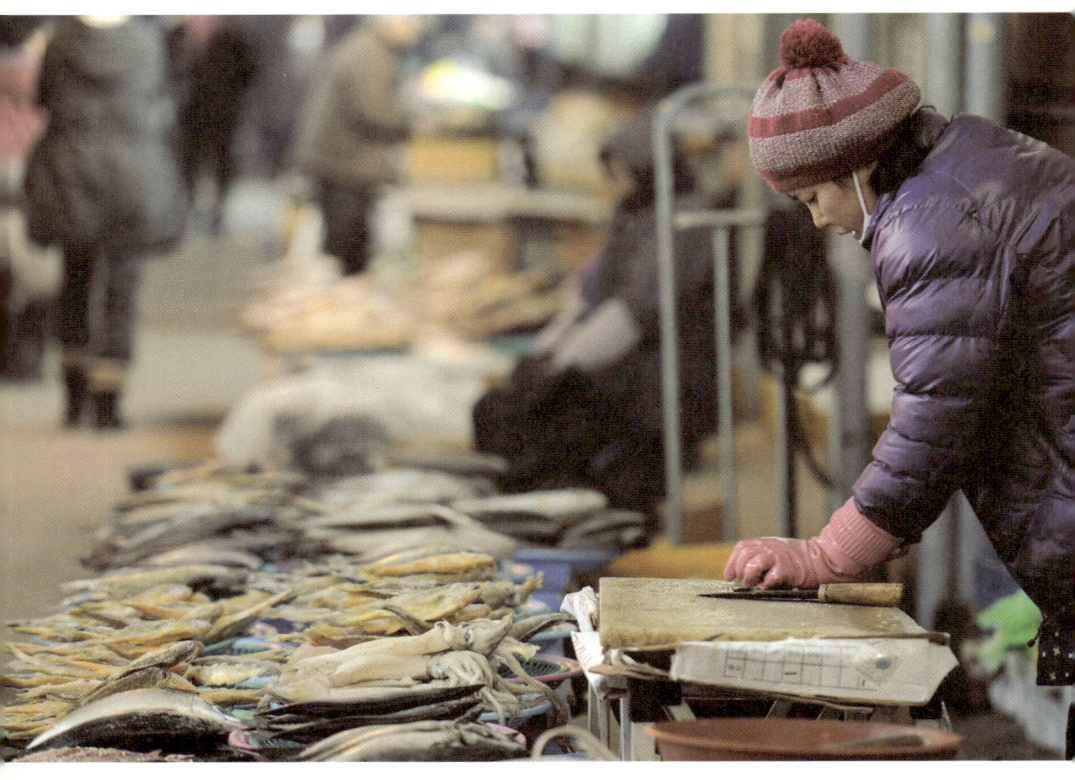

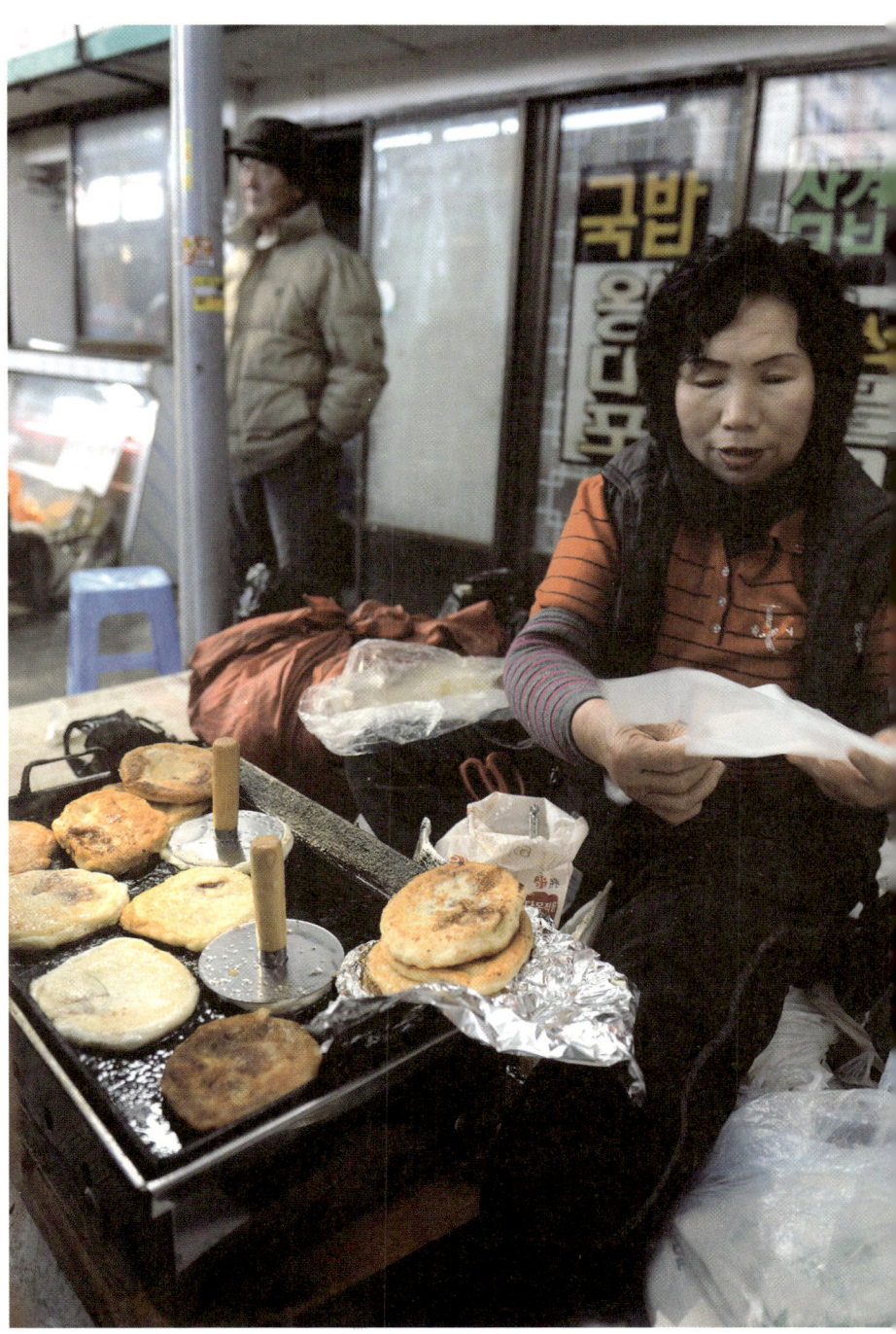

간에 먹어 치울 것 같은 쫀득쫀득한 맛이 예술이다. 솟구치는 식욕은 다음에 만날 다른 음식에게 미루고 그 자리를 떴다.

찾아갈 곳이 한군데 더 있었기 때문이다. 그곳은 바로 팥죽가게! 오래된 천막 안에서 장작불로 뜨겁게 데운 단돈 2천 원짜리 팥죽이다. 사실 난 팥죽을 잘 먹지 못하는데 팥을 먹으면 배가 아프기 때문이다. 여름철의 팥빙수도 마찬가지다. 하지만 아줌마와의 대화를 시도하기 위해 한 그릇을 주문했고 억지로 먹기 시작했다. 억지로 몇 번 떠먹고 이것저것 묻고 있을 때 아주 귀여운(?) 할머니 한 분이 들어오셨다. 그 뒤로 할머니의 손을 꼬옥 잡고 따라 들어오는 할아버지. 노부부의 모습이 너무 예뻤다. 내 앞에 앉으신 할머님의 팥죽 한 그릇이 나왔다. 집에 계시다가 할머님이 드시고 싶다고 해서 모시고 나온 할아버지가 멋져 보였다.

"두 분 함께 사신지 얼마나 되셨어요?"

"우리? 아주 오래 됐지."

"어떻게 처음 만나셨어요? 옛날이니까…. 중매로 만나셨겠네요?"

그때 옆에서 식사 중이신 다른 할머니 손님이 대화에 끼어든다.

"뭐, 중매지. 옛날엔 다 중매야!"

그 말을 들은 할아버지가 말씀하신다.

"시끄러워. 죽이나 먹어. 남의 얘기에 끼지 말고."

그리고 나를 보며 미소를 지으면서 대답하셨다.

"우리는 연분이 있으니까 만난 거지."

그러면서 부끄럽게 식사를 하고 계신 할머니의 등을 손으로 쓸어내리신다. 너무나도 행복해 보이는 할머님의 수줍은 미소와 끝까지 아내의 먹는 모습을 지켜보며 사랑스러운 표정으로 바라보는 할아버지의 따뜻한 눈빛에 난 매료됐다. 진정한 부부의 모습을 2천 원짜리 팥죽으로 볼 수 있었다.

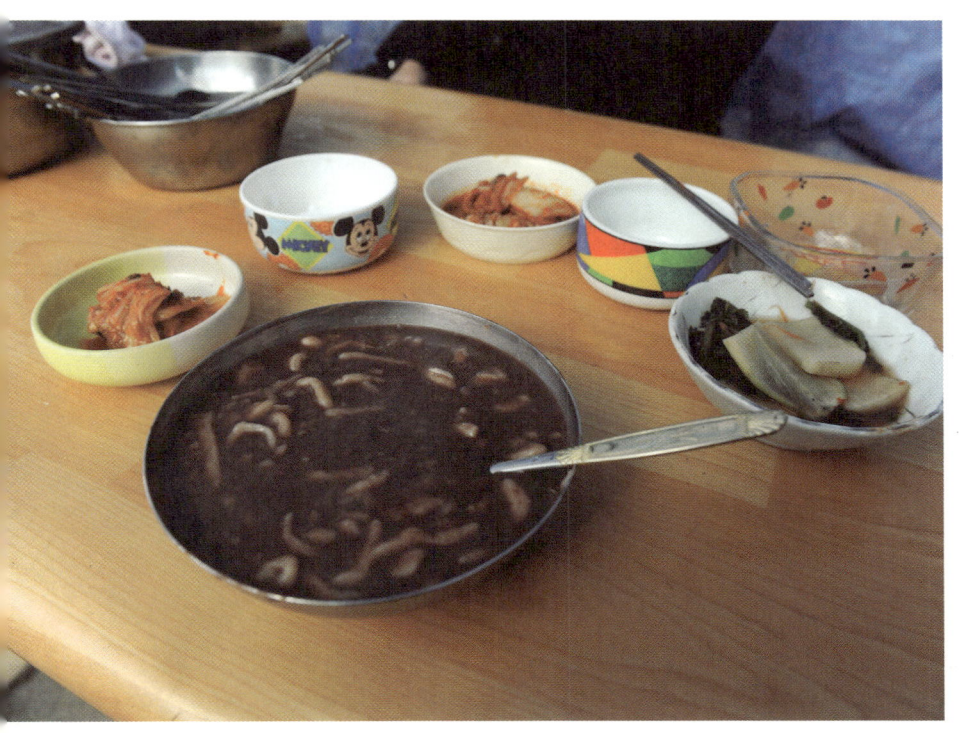

사랑스럽기까지 한 두 노인의 모습은 아마 오랫동안 잊지 못할 것이다.

난 팥죽을 남기고 나와서 아내에게 전화를 했다. 그냥 궁금해지고 갑자기 아내가 보고 싶어졌기 때문이다. 함께 올 걸하는 후회가 된다. 함께 다니면 고생할 것 같은 장소는 웬만해선 동행하지 않는데 여기서 만난 이 노부부의 모습은 꼭 함께 봤으면 좋았겠단 생각이 들어서다. 그래서 노부부의 사진을 찍고 싶다고 부탁드렸더니 흔쾌히 승낙하셨고 들고 있던 수저를 내려놓으셨다.

벌교장을 통해 만나게 된 사람들이 너무 많다. 하나같이 웃으며 환영해 주었고 내가 누군지 모르는 사람들이 더 많았기에 즐거운 장날이었다. 특히나 벌교에 찾아와 주었다고 1kg에 9천 원짜리 참 꼬막을 4kg나 공짜로

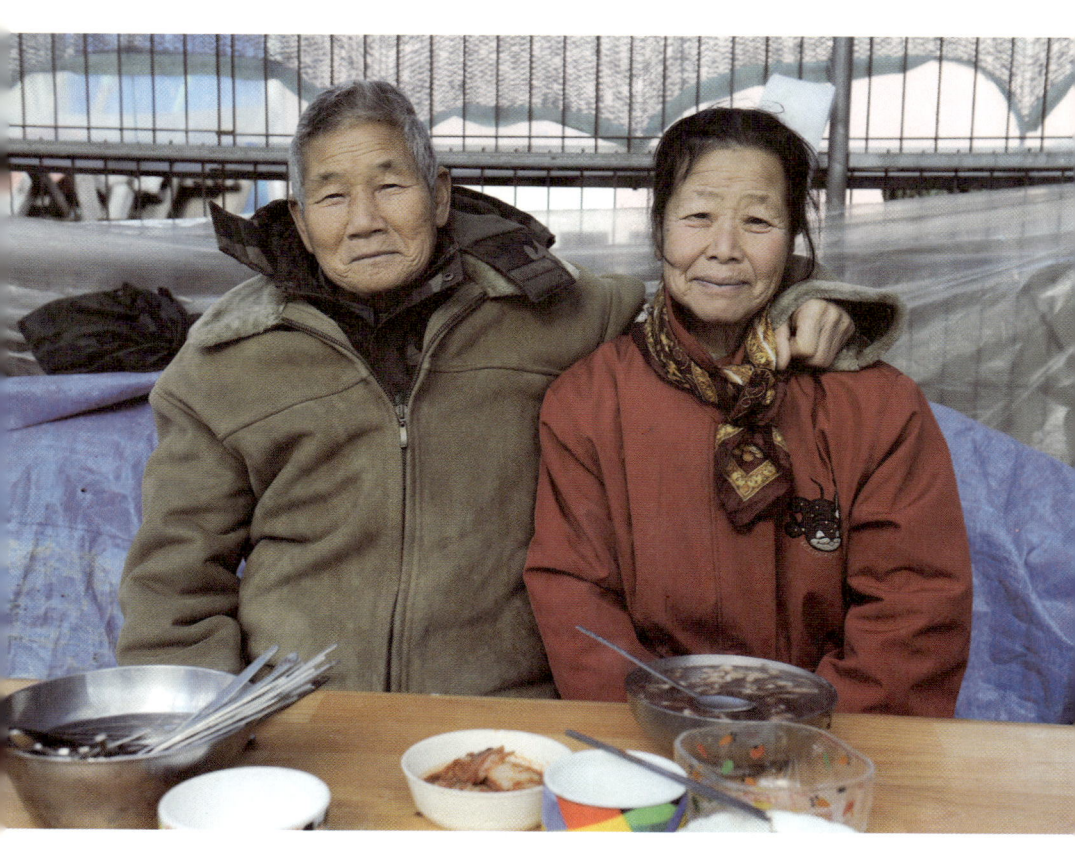

듬뿍 담아주신 행복수산의 부부도 너무 행복해 보였고 그 마음이 너무 고마웠다. 옛날 벌교장과는 이제 달라진 벌교장이지만 사람들의 정은 그대로 남아 있는 시골장터의 모습은 다시 한 번 아내와 함께 꼭 찾아 오고 싶을 만큼 매력적이었다. 벌교를 다녀와서 이 사진을 아내에게 컴퓨터 모니터로 다시 보여 주면서 신 나게 얘기를 풀어 놓았다. 벌써 이 사람 저 사람에게 벌교의 이야기는 전해지고 있다.

I ♡ 벌교!

아니 정확하게 다시 말해서 아이러브 벌교 사람들이다. 아니 더 정확하게는 벌교장에서 만난 좋은 사람들이다.

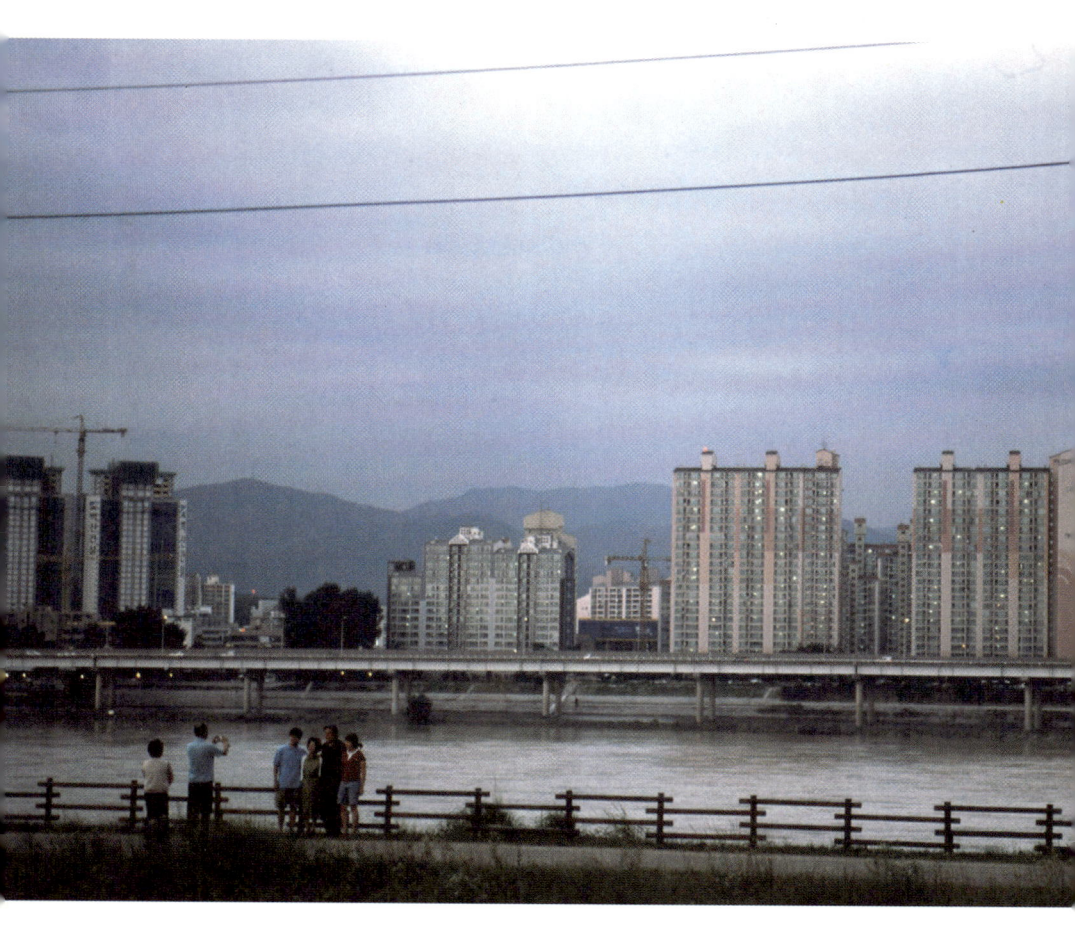

가족 **사진**

13

## 난 8년 정도 됐고 아버지는 좀 더 오래됐다.

카메라를 만지기 시작한 게 말이다. 보통 드라마를 보면 거실이나 안방 또는 침대 머리맡에 가족사진을 두거나 벽에 걸어 놓는다.

하지만 우리 집은 그런 게 없다. 아이러니하게도 사진을 하는 사람이 둘이나 있는데도 말이다. 누구 하나 먼저 찍자고 한 적도 없고 아버지나 나나 둘 다 바빴던 것 같다.

이제 와서 찍자고 해도 귀찮아 하거나 다음에 찍자며 넘겨 버릴지도 모른다. 그래도 가족사진 한 장 정도는 있어야 하지 않을까? 하나뿐인 남동생과 찍은 사진도 이제 보니 초등학교 이후에 하나도 없는 것 같다.

해 질 녘 미사리 근처의 강변에서 한 가족이 내 눈길을 끌었다. 서늘해진 여름 오후를 즐기고 있는 것처럼 보였는데 갑자기 지나가던 남자에게 사진을 찍어 달라는 부탁을 한다. 카메라를 잡게 된 남자는 가로 세로 여러 번 구도를 잡아본 뒤 셔터를 눌렀다. 가족들은 카메라를 건네받고 서로 사진을 확인한다.

아주 좋은 풍경의 장소도 아니고 비 온 뒤라 강물은 흙탕물로 불어 있다. 해도 산등성이로 넘어들어간 직후라 볕도 좋지 않다. 그런데 갑자기 남에게 카메라를 맡기고 하던 운동을 멈춘 뒤 가로로 대형을 맞춰 서서 사진을 찍는 가족이다. 그리 좋은 카메라로 찍지 않아도, 아주 멋진 장소가 아니어도 저 사진에는 가족이 있다.

멀리 있어서 잘 보이진 않지만 왠지 내 눈에 저 가족이 예뻐 보인다. 엄마를 빼닮은 점점 예뻐지는 사춘기 딸과 어느새 아버지의 눈높이까지 훌쩍 커버린 아들과 반평생을 남편의 뒷바라지로 희생한 아내와 아이들의 교육에 자신을 포기한 아버지가 있다.

멀리서 한참을 지켜봤다. 너무나 부러운 가족이었고 예쁜 가족이었다. 저 가족은 지금도 내게 충분한 멋진 모델이 되고 있다.

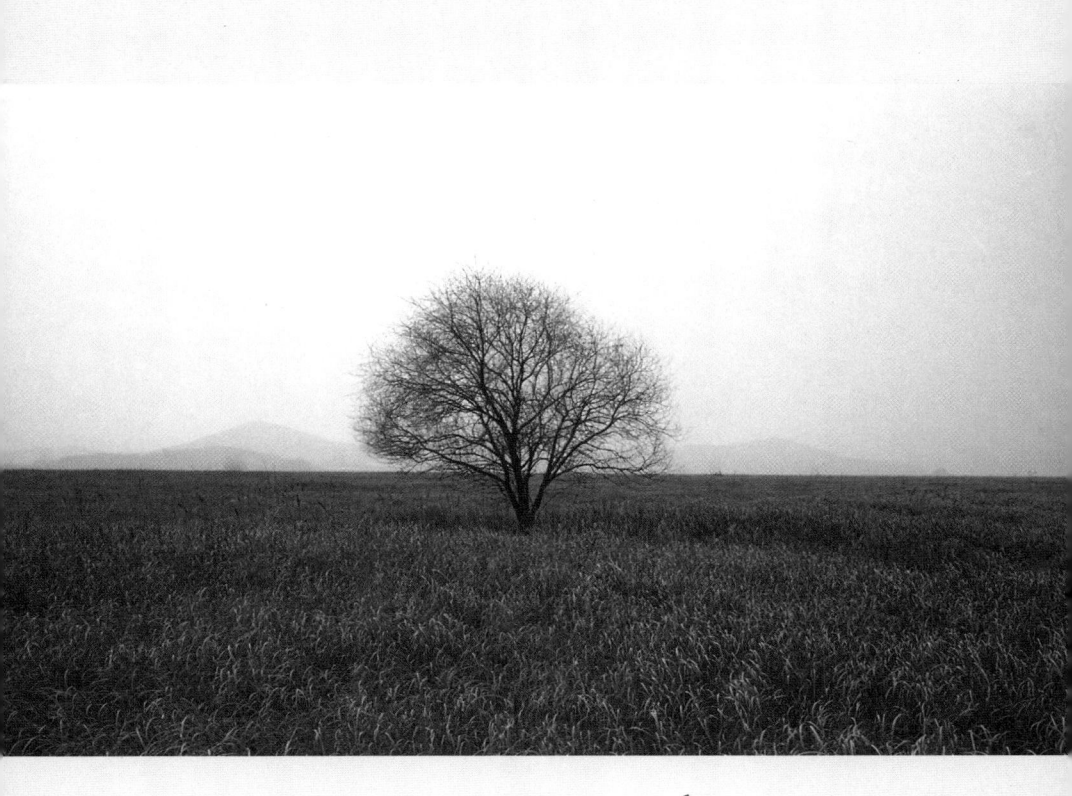

세상의중심

지금은 힘들다.
차가운 바람과 적막함과 외로움을 이겨내기 힘들다.
하지만 곧 차가운 바람은 기운을 잃을 것이며
대지는 초록으로 일어날 것이다.
그때까지만 버티자.

**내가 세상의 중심이기 때문이다.**

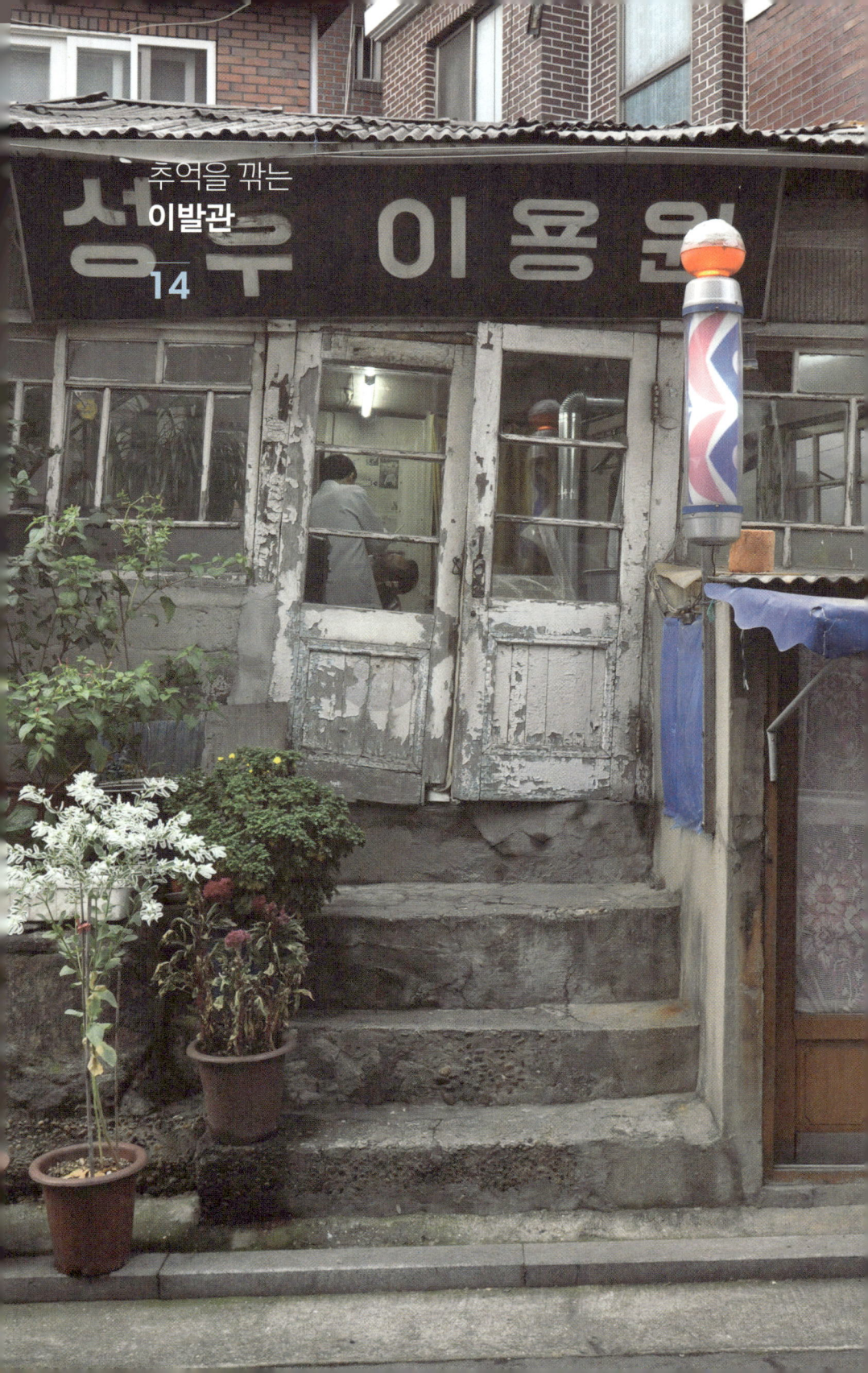

추억을 깎는
**이발관**

14

우연히 알게 된 '추억을 깎는 이발관'이 있다.

그것도 내가 태어나서 놀던 곳과 그리 멀지 않은 곳에…. 정확한 위치는
몰랐지만 마치 보이지 않는 힘이 우리를 끌어당기듯 한 번에 헤매지 않고
이발관 앞 골목으로 발걸음이 옮겨진다. 작고 오래된 성우이용원은 그곳
에 있는 것이 당연한 것처럼 자연스러웠고, 해 질 녘 만리동의 골목길엔
오래된 가위 소리가 낡은 창문 틈 사이로 새어 나오고 있었다. 삐뚤빼뚤
한 간판과 스티로폼이 이제 세 겹이나 덧대져 기울어진 문짝이 정겹다. 서
울 한복판에 있다고는 도무지 믿기지 않는 인테리어와 세월 묻은 여러 소
품과 그곳의 손님들까지도 추억의 영화 속 한 장면인 것만 같다. 지나가는
사람들의 시선을 뺏는 일은 다반사고, 여자들도 머리를 깎아보고 싶게 만
드는 호기심까지 생기게 하는 그런 포스를 갖고 있다.
오래전부터 와보고 싶었던 곳이라 인터넷 검색을 꽤 했던 차여서 사장님
은 이미 나에게는 유명인이었고 바로 알아볼 수 있었다. 사장님도 나를 보
고는 어디서 많이 봤는데 하고 고개를 갸우뚱하셨다. 백발의 손님이 사장
님에게 머리를 맡기고 계셨고, 넉넉하신 뱃살을 가진 어르신 한 분이 기다

리고 계셨다. 손님은 우리까지 셋인데 가게는 이미 꽉 찼다.

흔히 찾아와서 사진만 달랑 찍고 가는 무례한 슈터처럼 보이긴 싫었기 때문에 누군지 먼저 설명하고, 인사드렸더니 사장님은 나를 정확하게 기억해 내셨다. 이럴 때는 정말 이야기도 편하게 할 수 있고 일이 쉬워진다. 이미 텔레비전 프로그램이나 여러 매체에서 소개됐던 터라 사장님은 카메라에 대한 부담감이나 거부감은 없으셨고, 워낙 말씀을 잘하시고 유머까지 겸비한 동네 스타셨다. 머리를 깎으며 우리들의 질문에 답변도 하시고, 또 옛날 이야기를 꺼내신다. 눈을 감고 있어 졸고 있는 줄 알았던 손님도 사장님의 말에 몇 번 눈을 떴다가 감고는 웃는다.

이야기보따리가 열렸다. 어쩌면 그동안 좀 심심하셨나 싶을 정도로 많은 이야기를 생각나는 대로 풀어놓으신다. 어쩌다 이발을 하게 됐는지, 이젠

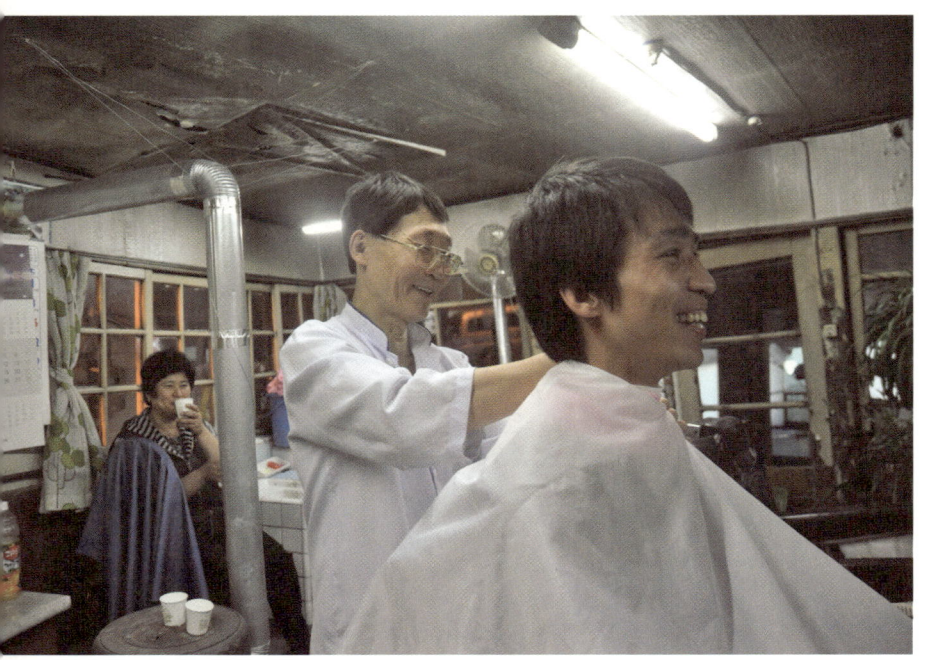

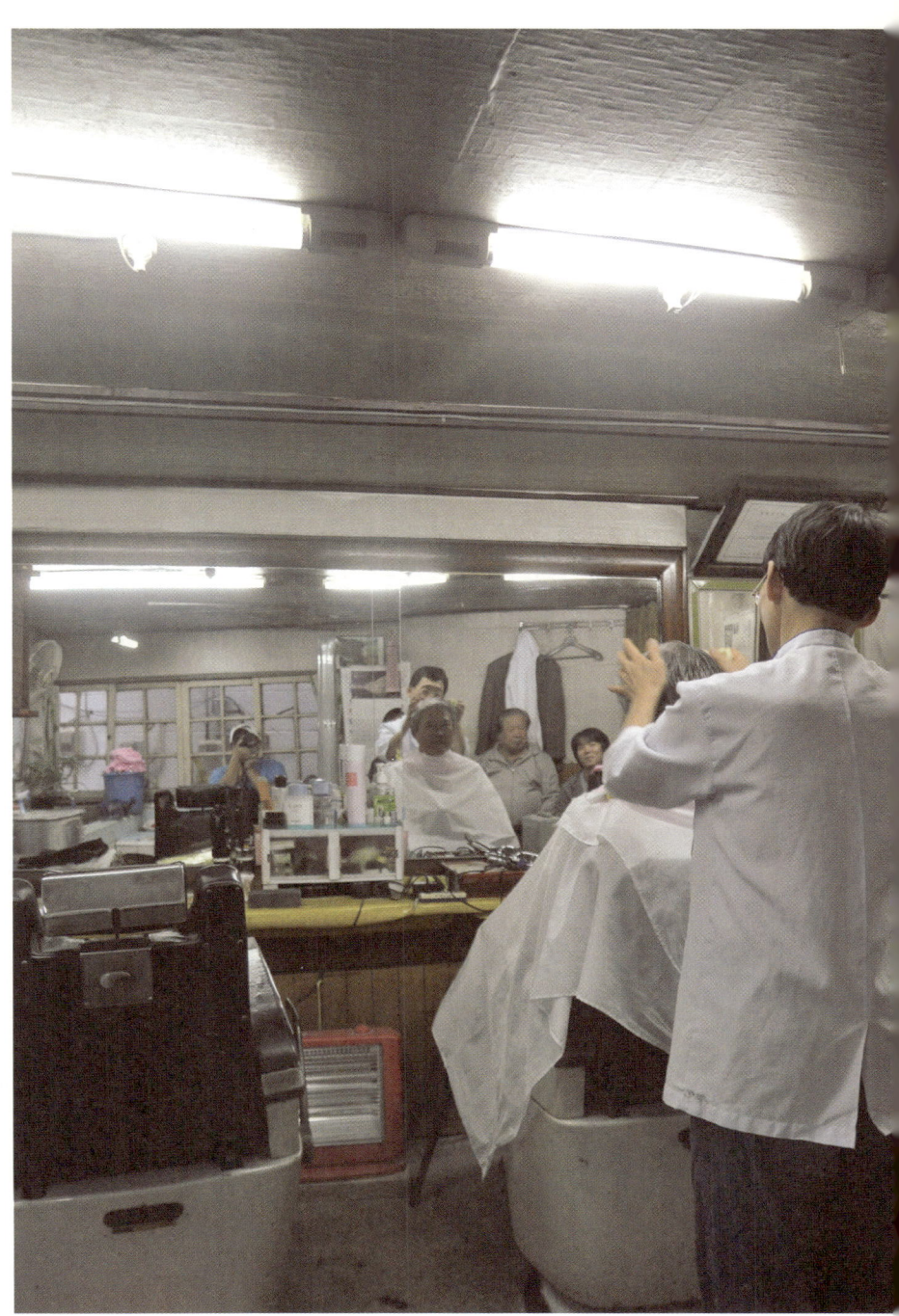

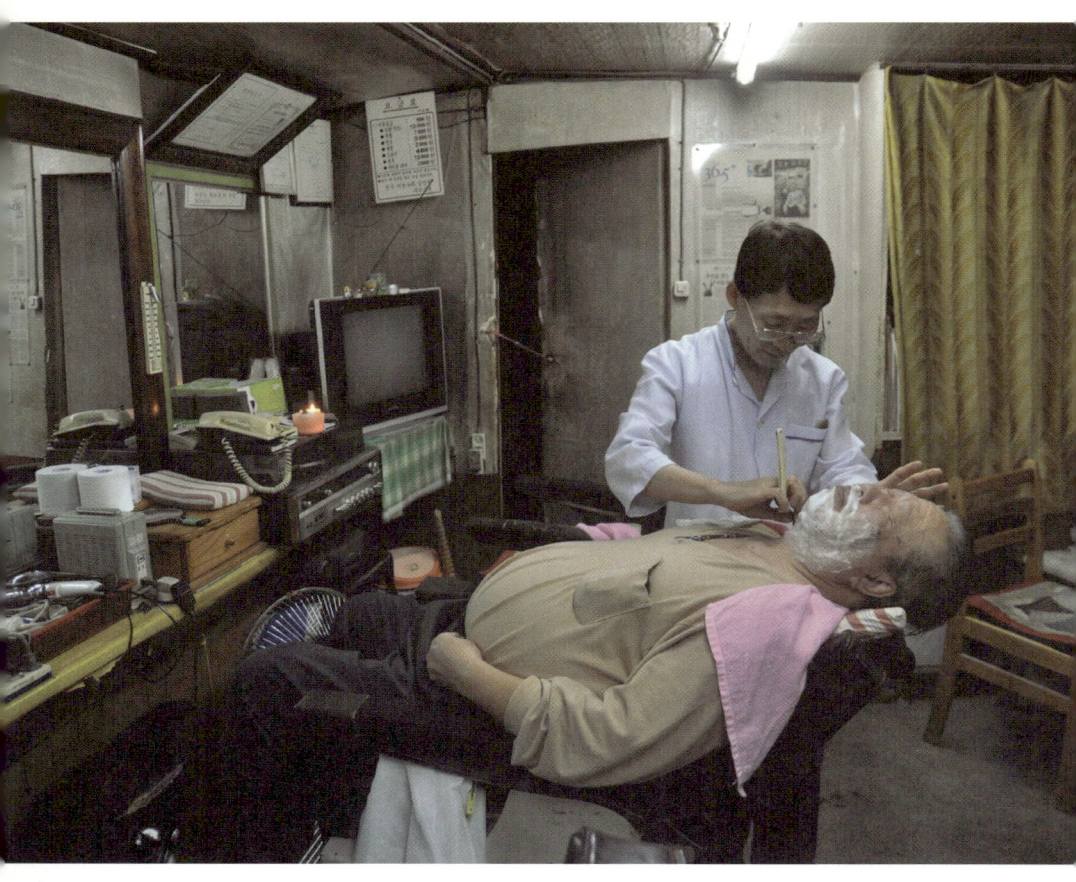

이발을 하지 않으려 하는 젊은 사람들의 이야기, 지금까지 만난 사람들의 이야기, 이젠 유명해져서 좋은 점과 불편한 점들에 관한 이야기, 연예인 이야기, 사모님 이야기, 그러는 사이 두 분의 머리를 깎고 머리까지 감기고 세계 최고의 드라이 실력까지도 선사하셨다. 모르긴 몰라도 오늘 사장님이 기분 좋은 건 분명한 일이다.

성우이용원.

작고 마른 체구의 아저씨가 이곳을 지키는 대장이고, 건강한 미소와 센스 넘치는 말솜씨의 사모님 두 분이 이곳 성우이용원 식구의 전부다. 하나밖에 없는 아들은 대학에서 공부 중이라서 현재 3대째 운영하고 있는 이발업을 이을 후계자는 없다고 하신다. 아무도 이발을 하지 않으려고 하지만 한다고 해도 깊이 있게 이발을 배울 자세가 안 되어 있다고 말씀하신다. 어쩌면 이곳 성우이용원도 아저씨가 마지막 주인공이 될 수도 있다는 말이다.

이제는 미용실에서 머리를 하는 남자도 많이 볼 수 있지만 머리를 이발관에서 하는 남자들과 사진을 좋아하는 남자들이라면 꼭 한 번 아저씨께 머리를 맡겨 보라고 추천하고 싶다. 아니, 아저씨의 구수한 입담에 관심이 있다면 어제 머리를 이발했어도 찾아가볼 만한 곳이다. 가격은 만 원이고, 말만 잘 통하면 아저씨의 보물들도 공짜로 구경할 수 있다. 그동안 모아둔 세계 각국의 명품 면도칼까지 카멜색 낡은 가방에서 꺼내서 보여 준다면 그날은 아저씨 기분이 매우 좋으신 거다.

조금 더 일찍 이발을 시작했었다면 돈을 더 많이 벌었을 것이라며 자기 일에 미치지 않으면 안 된다는 아저씨의 말씀과 이젠 사진 찍는 양반들 덕에 내가 유명해졌으니 기왕 이렇게 된 거 더 유명해졌으면 좋겠다는 아저씨의 수줍은 미소가 기억에 남는다.

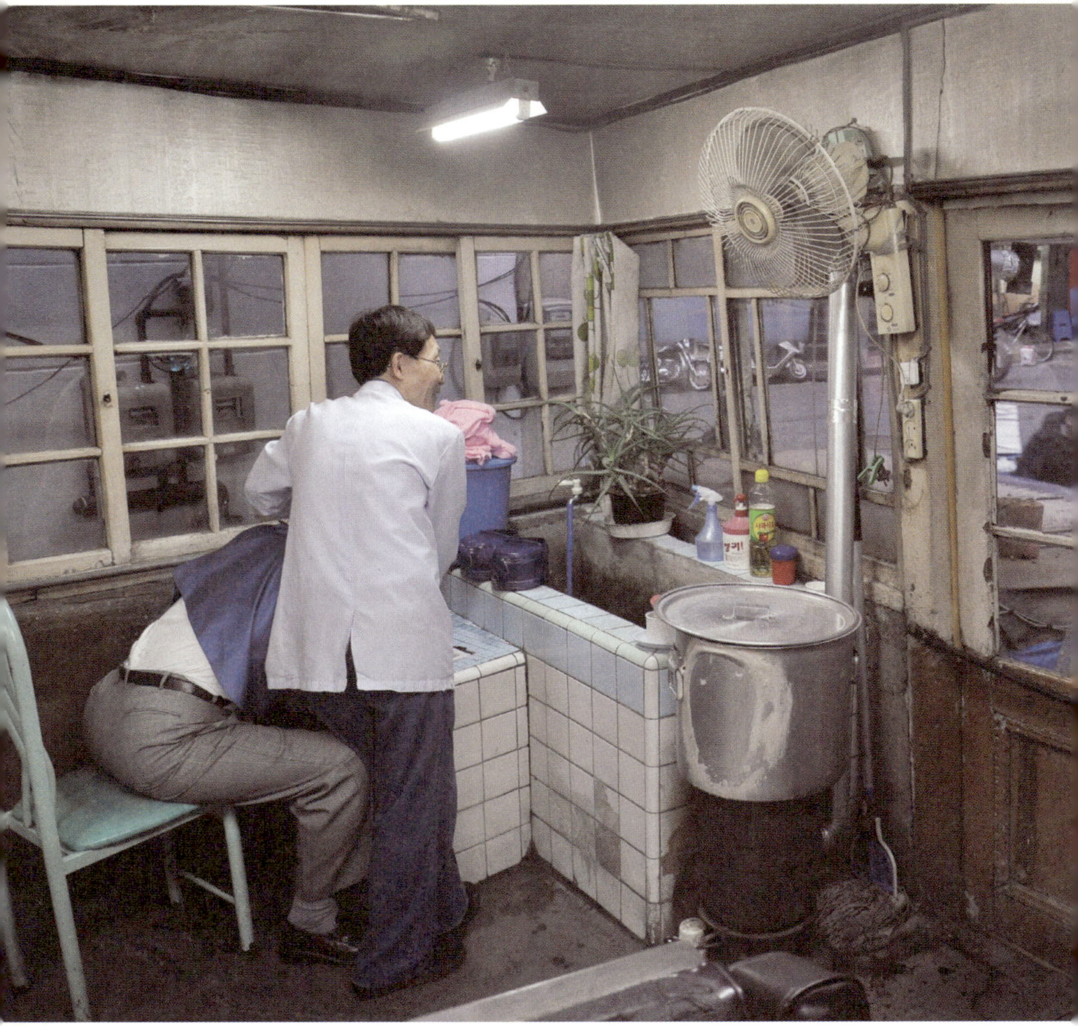

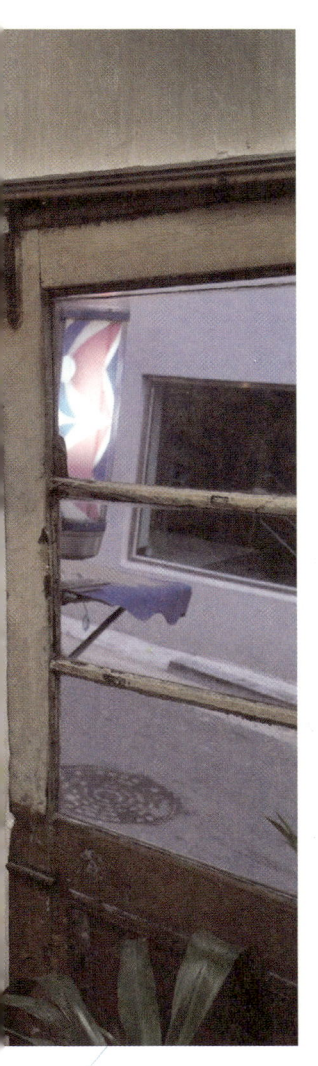

이곳에서 3시간 동안 있으면서 무려 140컷을 찍었다. 사장님의 이야기를 들으면서 계속해서 셔터를 눌렀다. 이렇게 한 장소에서 사진을 많이 찍어본 적은 전에 없었던 것 같다. 요즘 같은 세상에 만나기 어려운 마음에 쏙 드는 70년대의 그 느낌 그대로의 이발관에서 시간 가는 줄 모르고 듣게 된 아저씨의 옛날 이야기에 푹 빠져 있었다. 우리 일행이 일어서자 남은 손님은 없었다. 하루에 몇 명의 손님이 다녀가는지는 모르지만 앞으로 이곳을 찾는 사람들이 많았으면 좋겠다. 사진을 찍으러 오던지, 머리를 이발하러 오던지 상관 없이 말이다. 서울 한복판에 추억을 깎아 주는 이발관이 있기 때문이다.

예쁘게 머리를 깎고 식초를 탄 물에 시원하게 머리까지 감고 이 가게를 나온다면 어찌 이 이발관을 잊을 수 있을까? 만리동 시장통을 내려오면서 양옆에 펼쳐진 옛날 먹을거리들까지 접할 수 있으니 이곳은 그야말로 추억의 거리다.

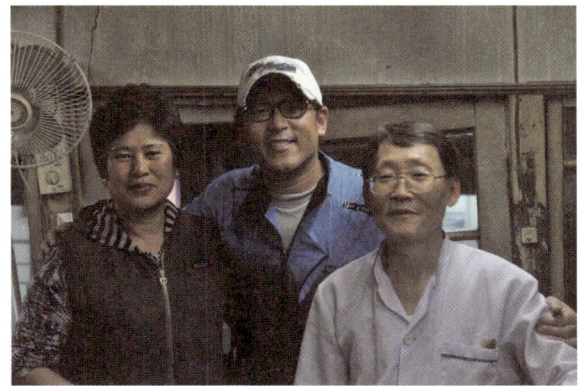

# 아름다운 피사체

하나.

영화 〈글러브〉의 실제 주인공들인 충주성심고 야구 선수들.
바닥을 두 번 치고 야구 글러브를 하늘 높이 올리는 것이
**그들의 약속된 파이팅이다.**

**다치지 않고 멋진 야구팀으로 건승하길 바란다.**

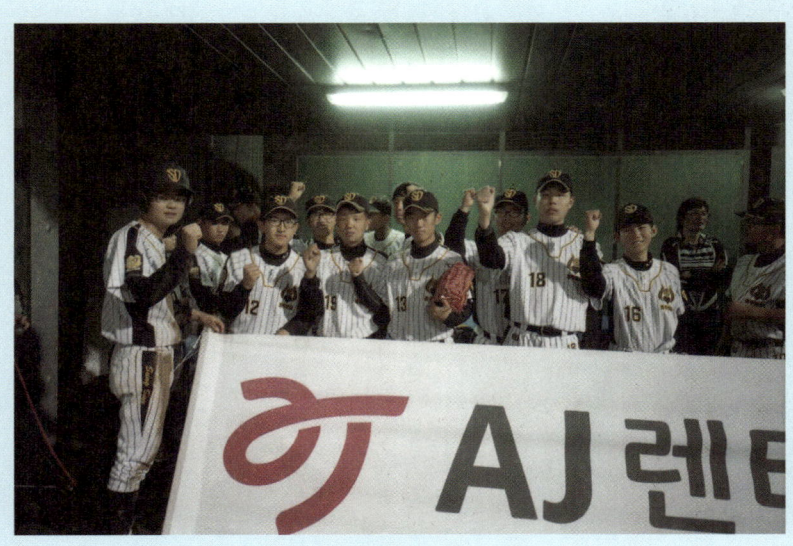

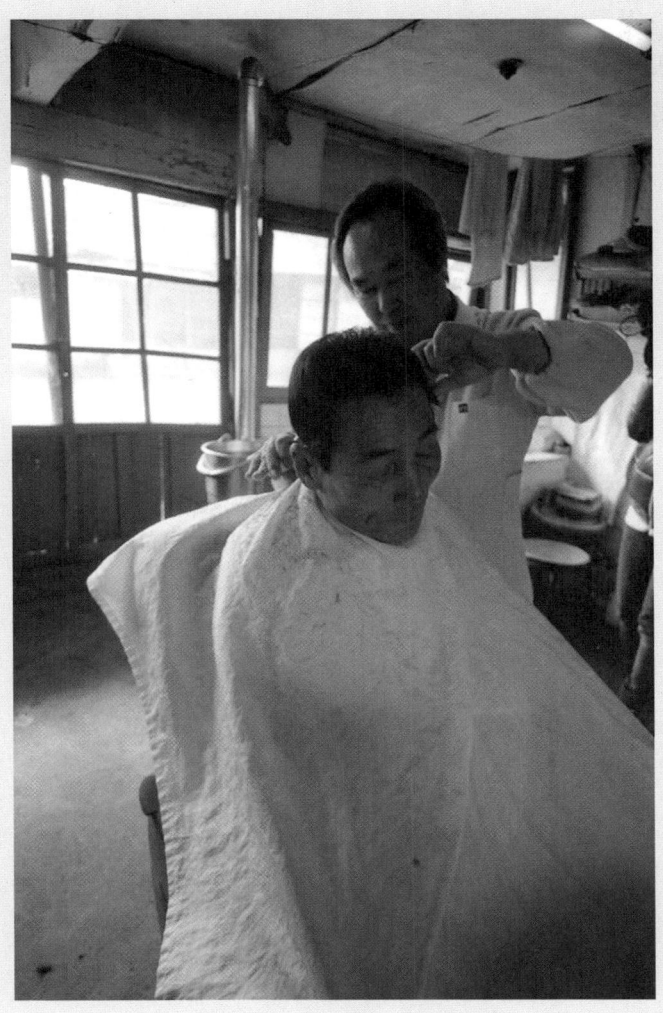

둘.

시골 이발관은 이발을 하러 오는 사람들 보다
낮술 한 잔 생각나는 동네 남자들이 더 많이 오는
놀이터다.

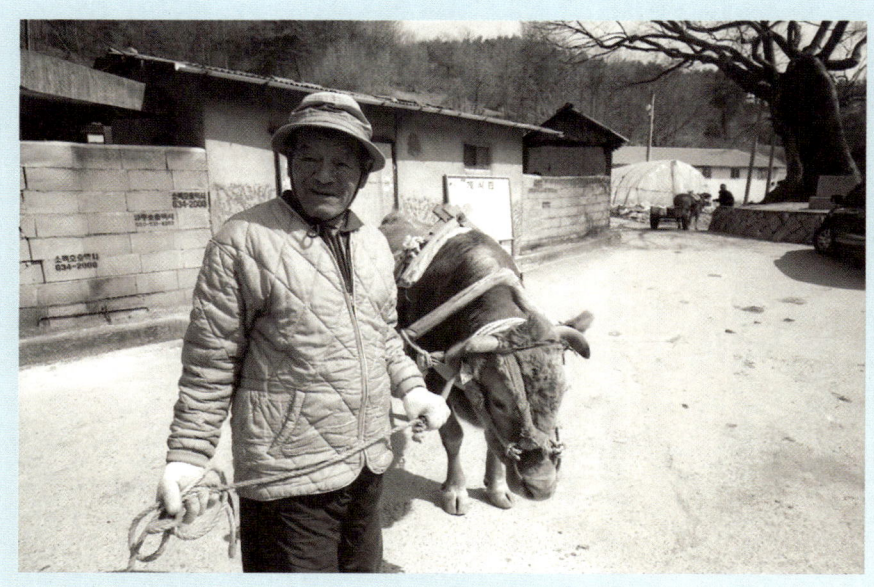

셋.

워낭소리를 들으며 소달구지를
타 본 적이 있는가?
덜컹대는 소달구지에서 풀피리 대신
낡은 카메라를 든다.
늘 이 소와 함께 달구지로 이동하신다는 영감님.

난 묻는다.

"그럼, 병원에 가실 때나 시내에 나가실 때도
 이 소와 함께 가세요?"
"택시 타지!"

영감님은 아들 자랑을 하신다.

"자네 '아우디'라고 아나?"
"예. 알죠!"
"내 아들 차야!"

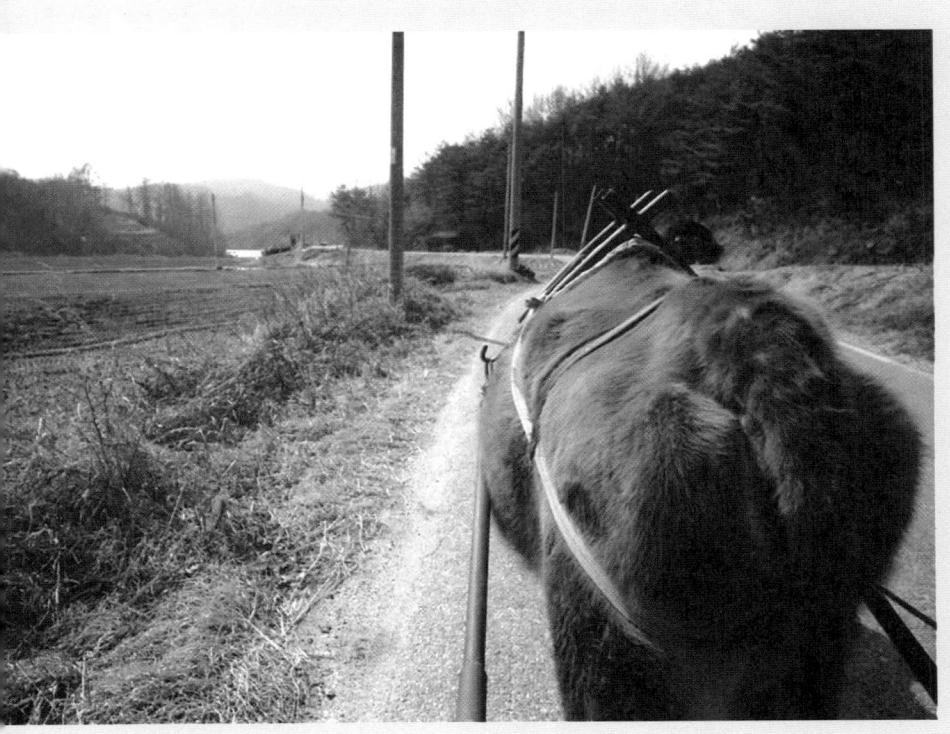

넷.

참마를 캐는 아주머니.

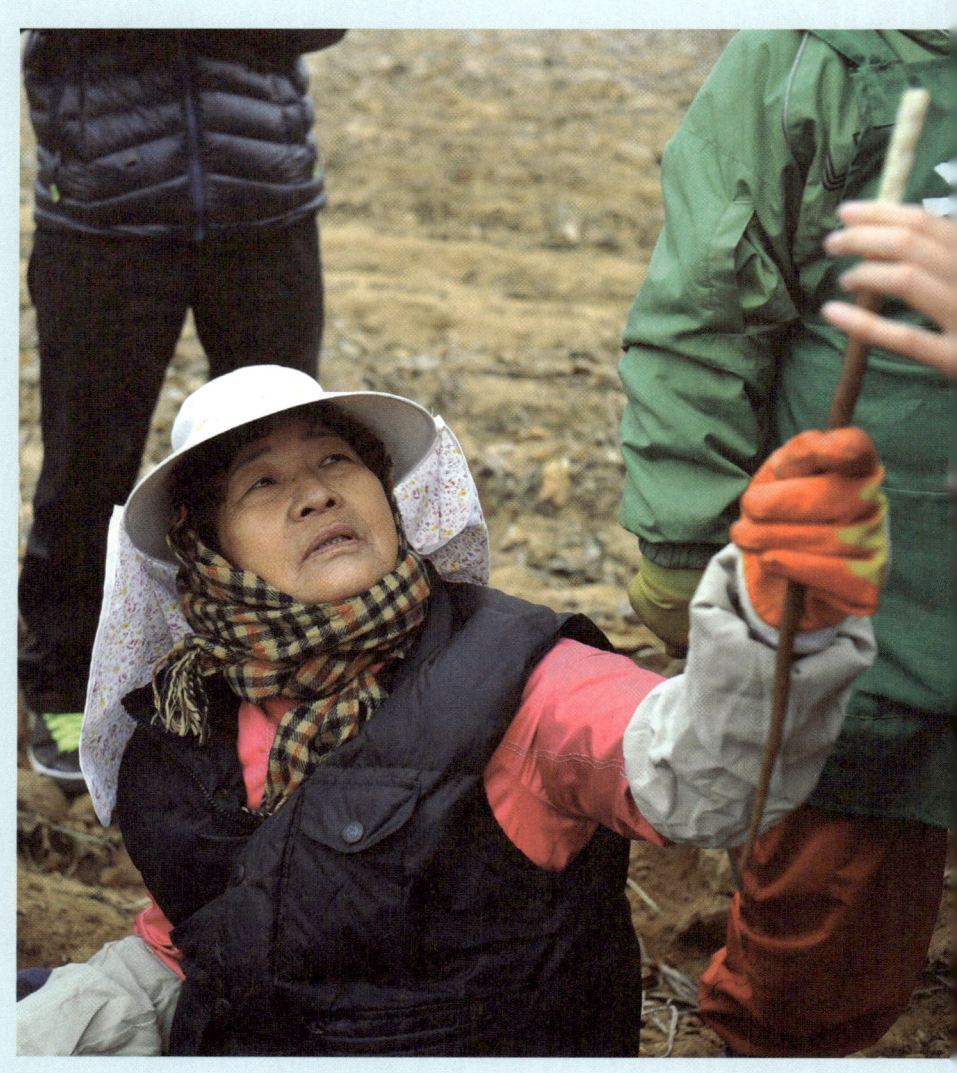

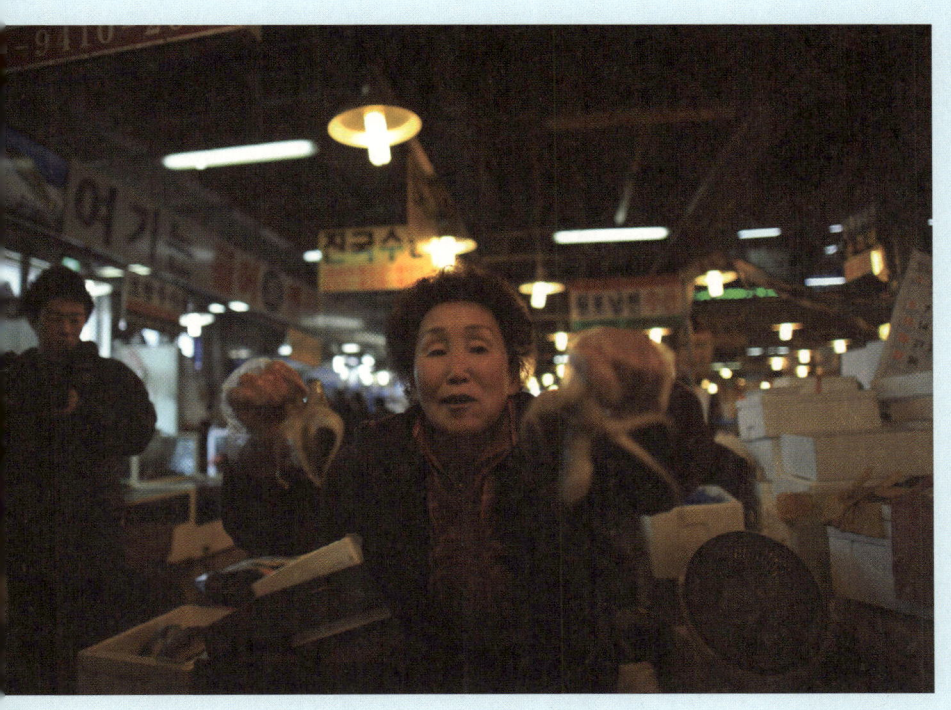

다섯.

"이거 먹고 나 한 장
예쁘게 찍어줘 봐."

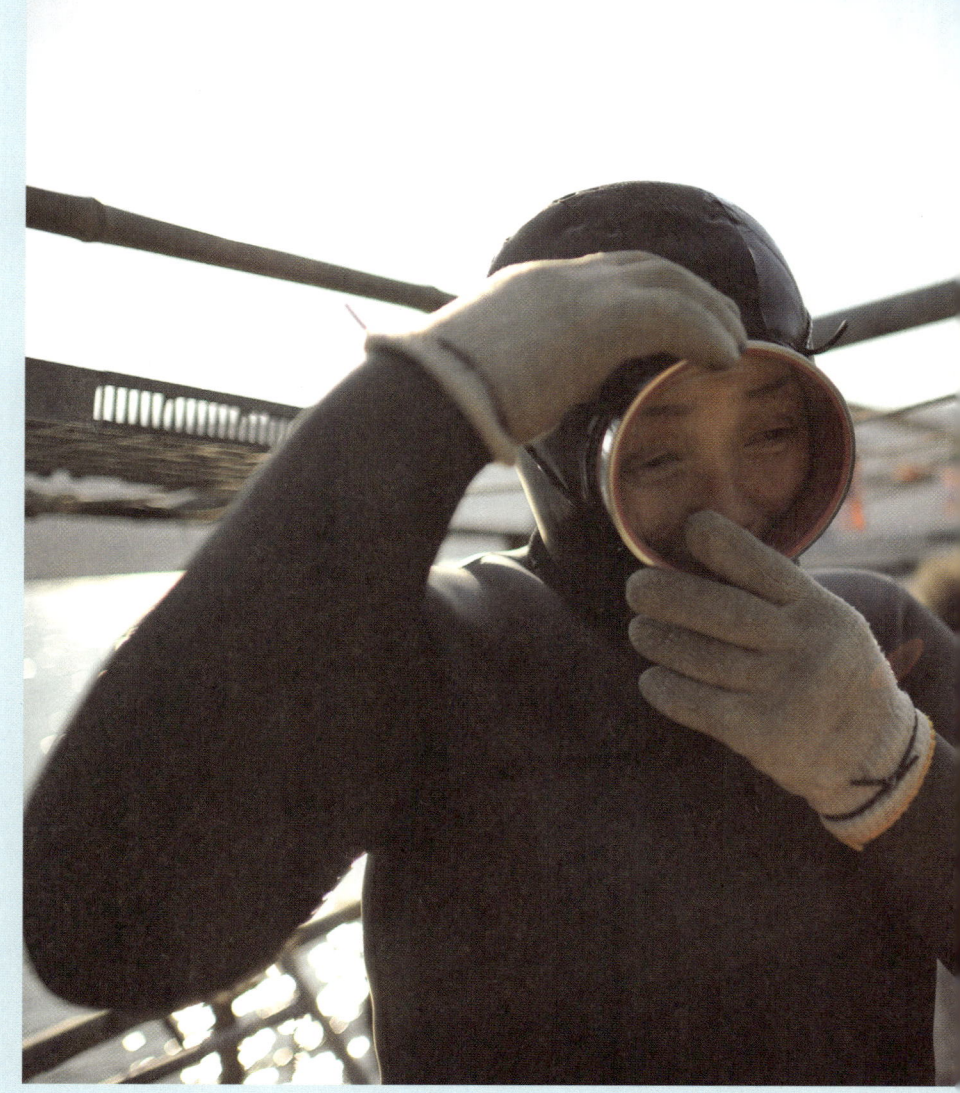

여섯.

"뭐 드릴 게 없는디. 으짜가잉….
관자에 미역 말아 드릴까?"

"아? 정말요? 맛있겠다."
"그럼, 기다려."

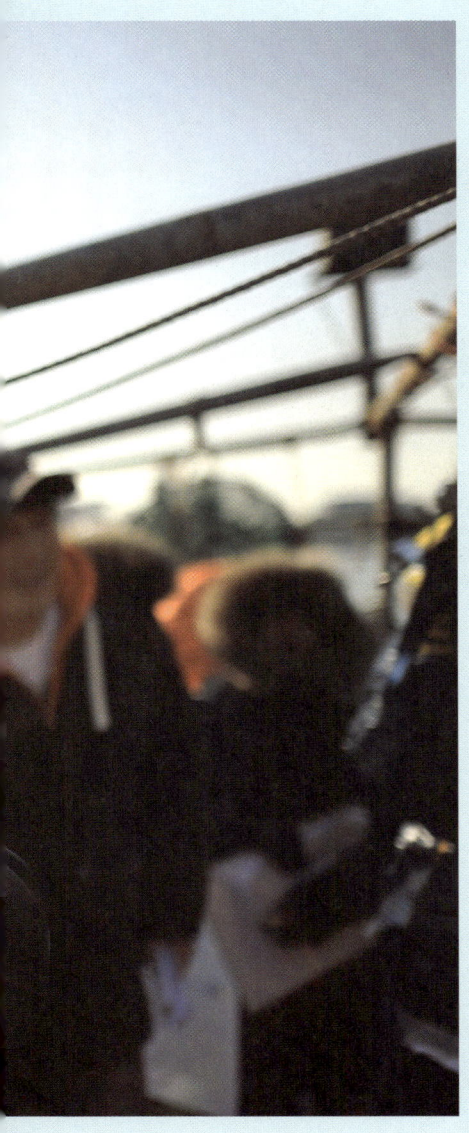

풍덩….

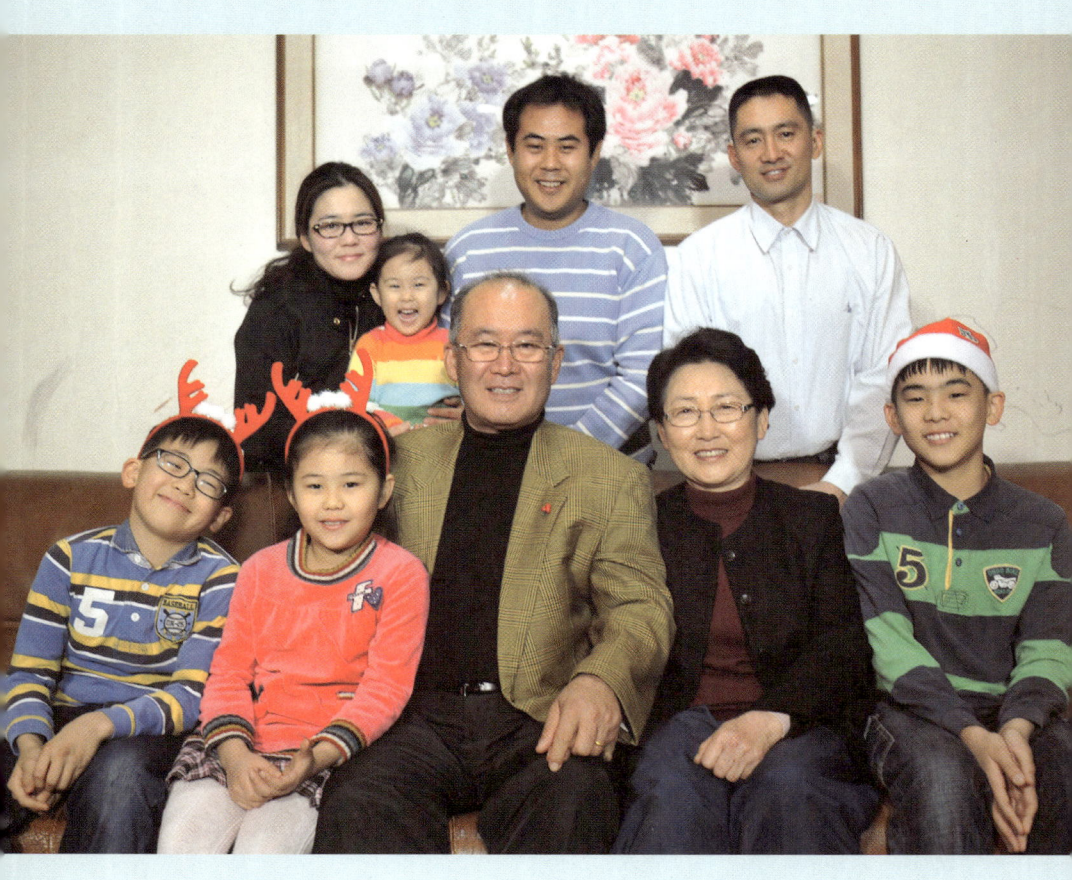

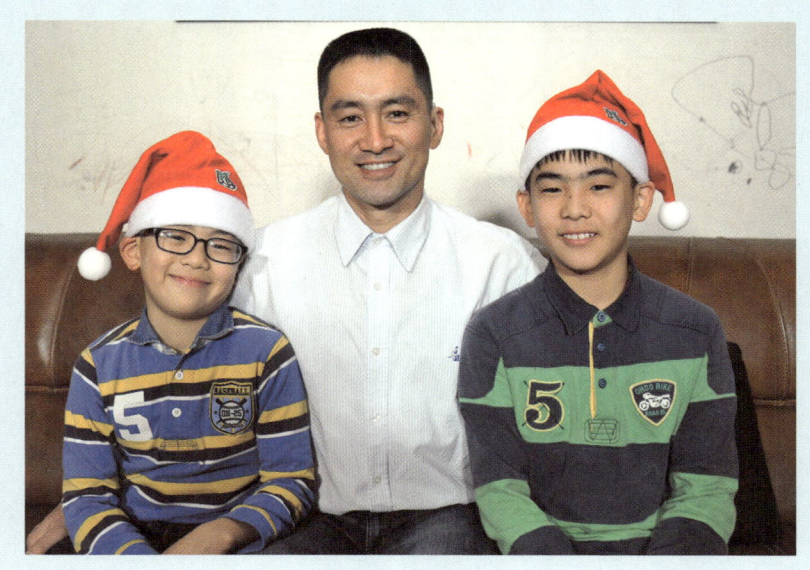

일곱.

다 함께 찍은 가족사진이 없다 하여 찍은 가족사진.
청각장애인 아빠와 그의 아들들.

너무 착한 가족들.


이 사진은 거실 한가운데 그리고 아이방에 걸려 있다.


카메라가 나에게 주는
가장 행복했던 순간이다.

여덟.

섬의 두 아이.
배달을 해주는 곳이 없어 가장 먹고 싶은 음식이 피자라고 했던 아이.
작은 아이가 내 아내와 이름이 같아 기억이 많이 난다.


그룹 〈샤이니〉의 태민을 좋아한다 하여
내가 찍은 태민의 사진을 보여주었더니
너무 좋아하던….

섬에서 배를 타고 육지로 나올 때 우리 배가 보이지 않을 때까지
손을 흔들어 줬던 아이.

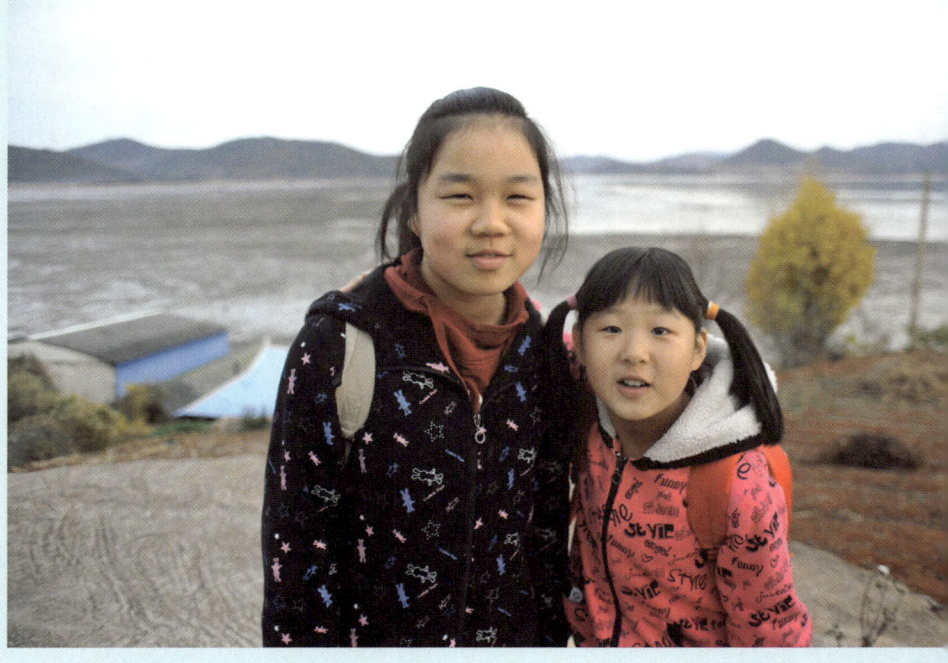

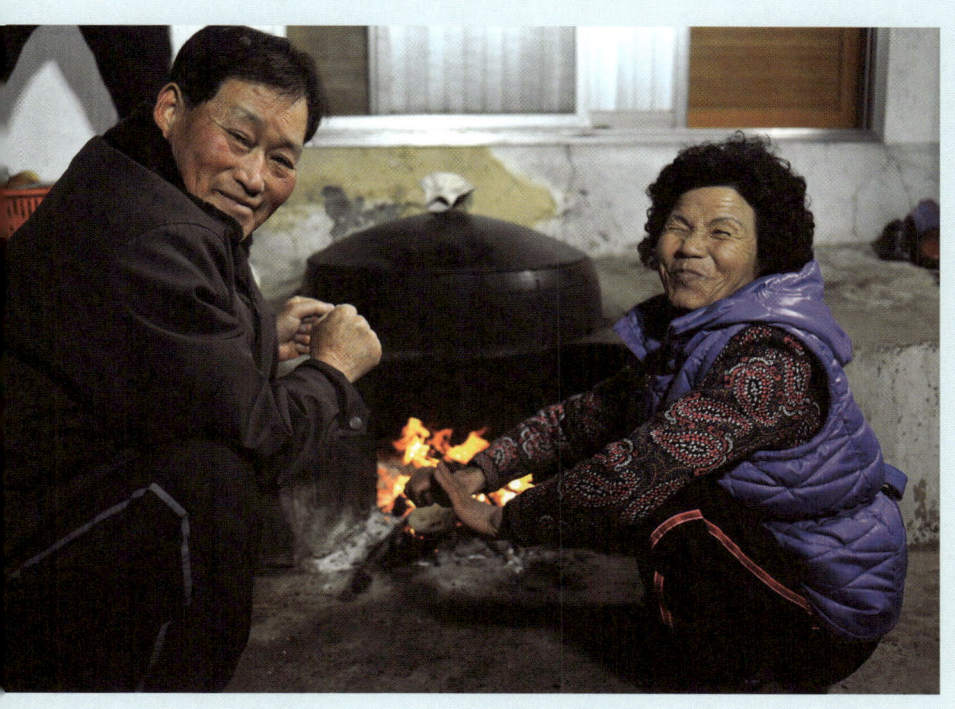

아홉.

부뚜막 부부.
다리가 불편한 아내를 거의 업고 다닌다는 부부.
가장 따뜻하고 사랑스러운 부부.


착한 남편과 순박하고
수줍음 많은 그의 아내.

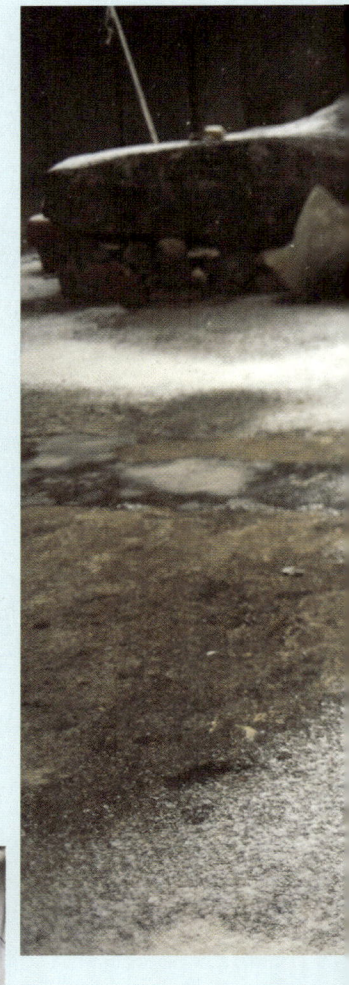

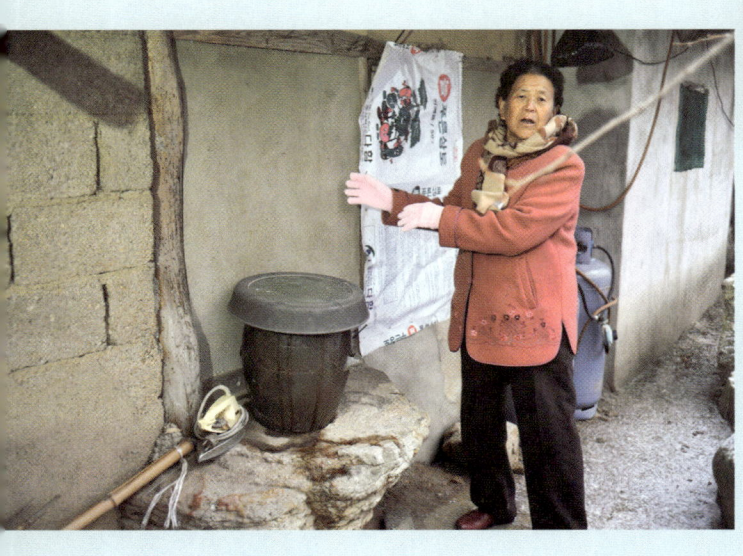

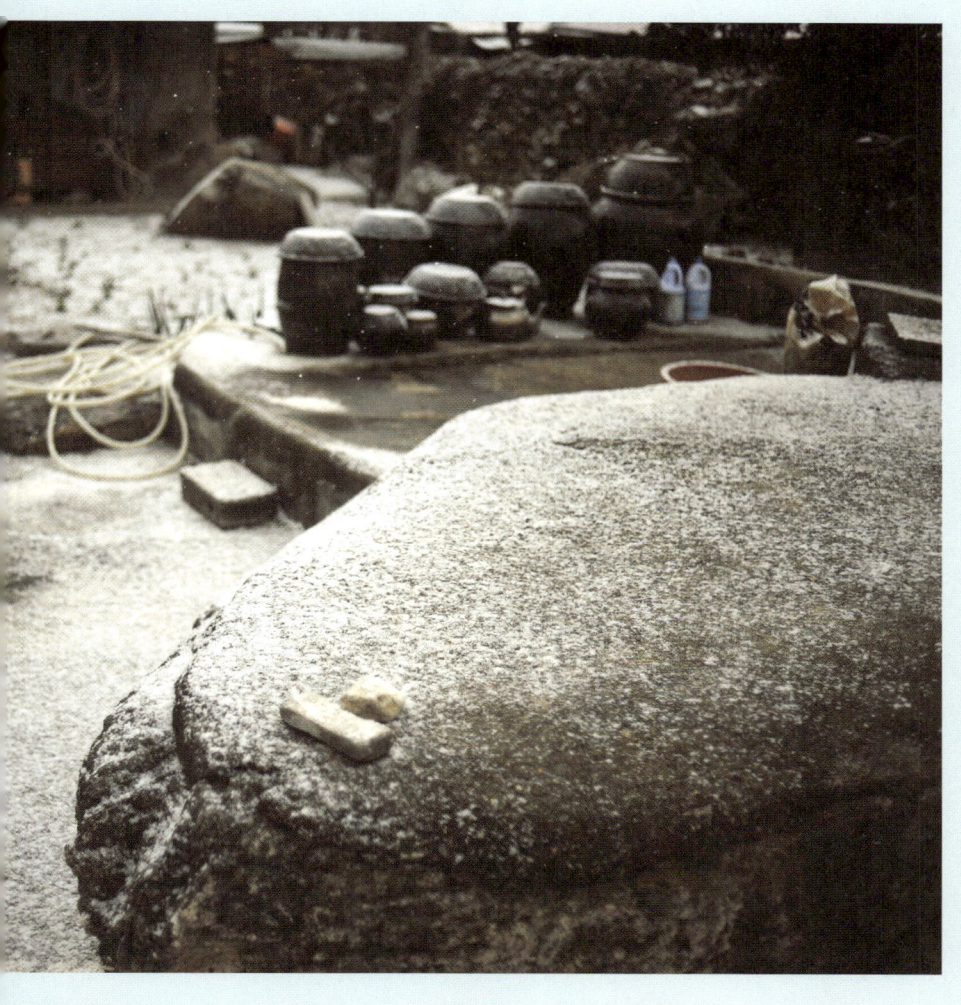

열.

집을 뚫고 나온 돌이 고인돌인지
모르고 사셨던 할머니.

# 가장 아름다운
## 피사체를 만나다

사진을 찍다 보면 한 번쯤은 무엇을 찍어야 하는가에 대한 고민을 하게 된다. 어디로 가야 하는가에 대한 고민과 정보 수집은 끝이 없다. 나 역시 그랬다. 어디로 가야 할 것인가? 또 카메라는 어떤 것이 적정한가? 어떤 필름과 어떤 렌즈를 선택해야 할 것인가를 정작 사진에 담을 피사체보다 먼저 걱정하고 고민한 적이 많았다.

하지만 이 책을 쓰면서 난 중요한 것이 무엇인지 알게 되었고 결국 나에게 가장 아름다운 피사체가 무엇인지 알게 되었다. 결국 그것은 사람이다. 어느 곳에서 만났느냐도 중요치 않았고 그 사람의 신분 따위는 더더욱 필요하지 않다. 그 사람의 살아온 이야기에 감동을 받고 그 사람과 함께하는 사람들에게 더 큰 감동과 웃음을 만들 수 있다.

그들은 나에게 아무것도 바라지 않았고 그들의 이야기를 들어주었다는 것만으로도 내게 가장 멋진 표정으로 나의 카메라 렌즈를 바라봐 주고 내게 선뜻 귀한 음식까지 내주었다. 내가 뭐라고! 그들은 내가 연예인인지도 몰랐고 그저 날 아주 오랜만에 찾아 온 단골손님, 또는 아들

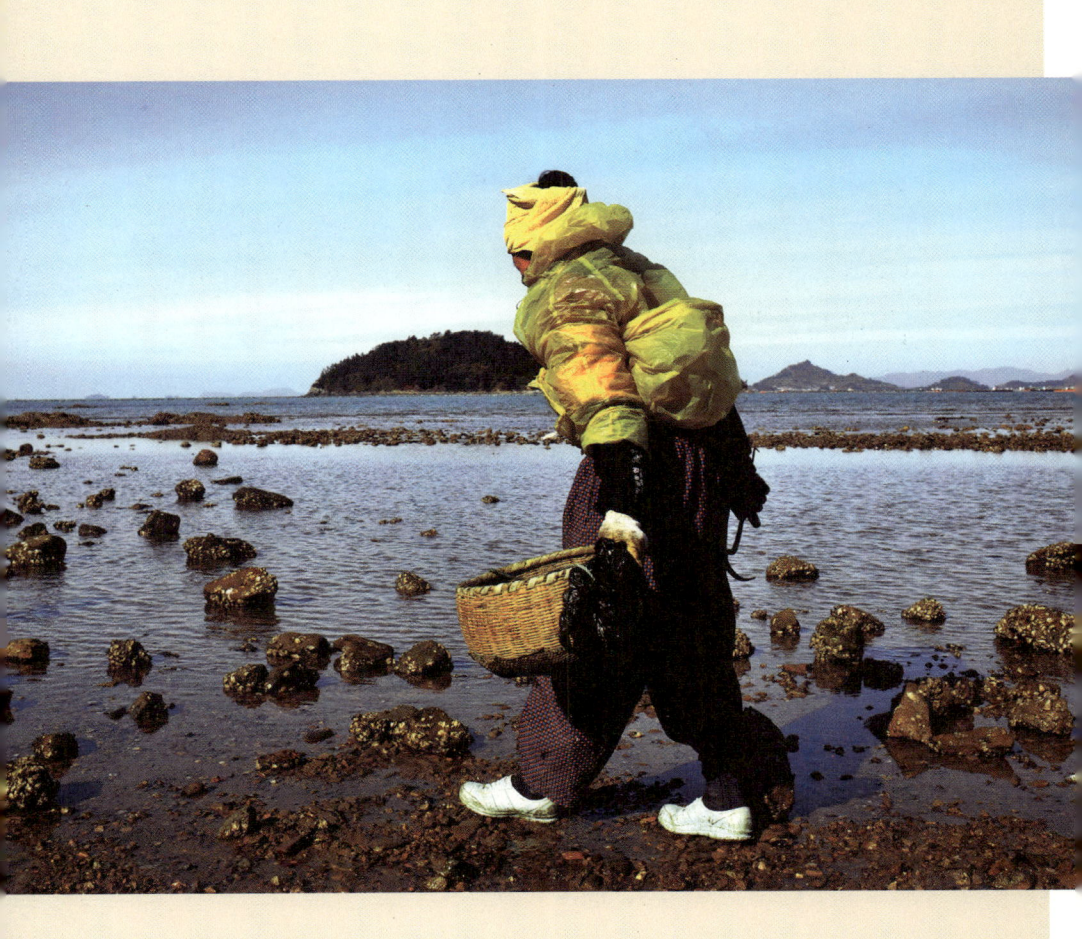

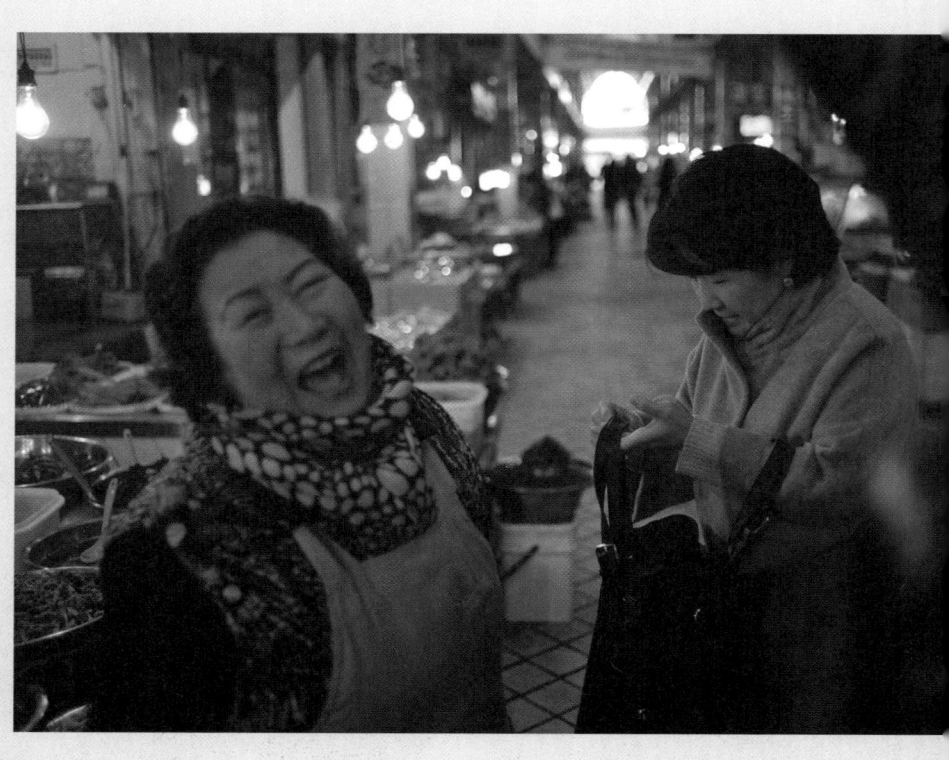

같이 대해 주셨다.

　사실 그들의 이야기는 크게 다르지 않다. 사는 곳에 따라 환경이 다를 뿐 사람 살아가는 이야기는 모두 비슷했고, 사투리만 달랐을 뿐 따뜻하고 훈훈한 인정은 어딜 가나 넘치고 과분했다. 그들의 표정에는 그동안 어려운 삶과 피곤한 이야기를 대신 말해주는 깊이 팬 주름이 있었고 그들이 내게 주는 미소와 표정은 백만 불짜리였다.

　그들의 이야기 속에는 약간의 허세도 있었고 과장은 기본이지만 그것이 그들 대화의 기술이고 결국 소박한 웃음으로 바뀐다. 그 과장과 실화 그리고 농은 그들의 추억담에 반드시 들어가야 할 조미료였다. 그야말로 주옥같은 이야기에 배꼽 빠질세라 웃고 또 코끝이 찡해 고개를 돌린 적도 많았다.

　그들의 이야기 하나하나는 모두 드라마이고 그들이 말하는 한 장면 한 장면은 모두 영화가 되었다. 그들의 이야기는 들을수록 영양가가 있고 맛있었다. 그러다보니 난 매주 그들을 만나는 것이 즐거웠다. 오늘은 또 어떤 분을 만나게 될까?

난 점점 '오늘은 어떤 사진을 찍게 될까'라는 기대감보다는 '어떤 사람의 이야기와 표정을 보게 될까'하는 기대감으로 변해 있었다. 이 책에 그들을 싣기로 했고 그들은 내가 찍은 최고의 피사체였다. 순수함과 가식 없는 표정. 그 어떤 연기자도 표현할 수 없는 아름다운 최고의 표정을 그들이 내게 주었기 때문이다.

다시 그분들을 모두 찾아가서 책을 전해 드리고 싶다. 과연 그럴 수 있을지 모르지만 내가 가지고 있는 그분들의 주소가 바뀌지 않는다면 이 책에 실린 모든 분들에게 사진은 되돌아갈 것이다. 그저 너무 늦게 돌려 드리게 된 것 같아 죄송할 따름이다.

"너무 감사했습니다. 건강하시고요. 미리 인사 드릴게요. 또는 너무 늦게 인사 드립니다. 새해 복 많이 받으세요."

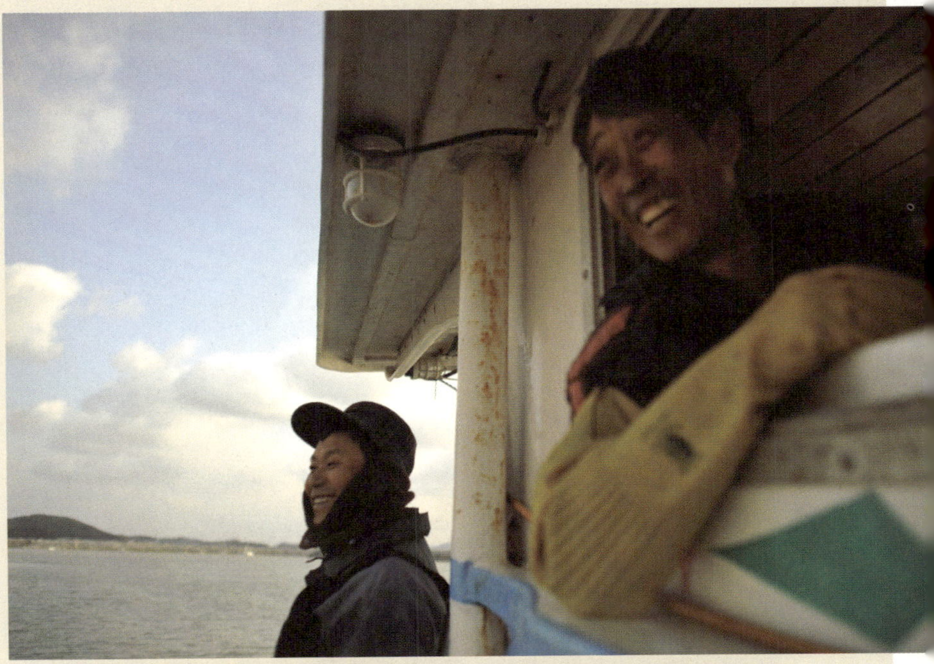

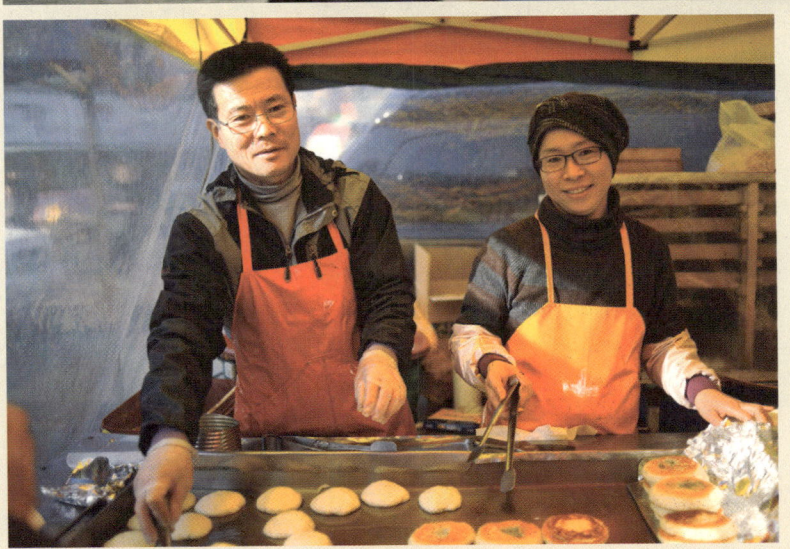

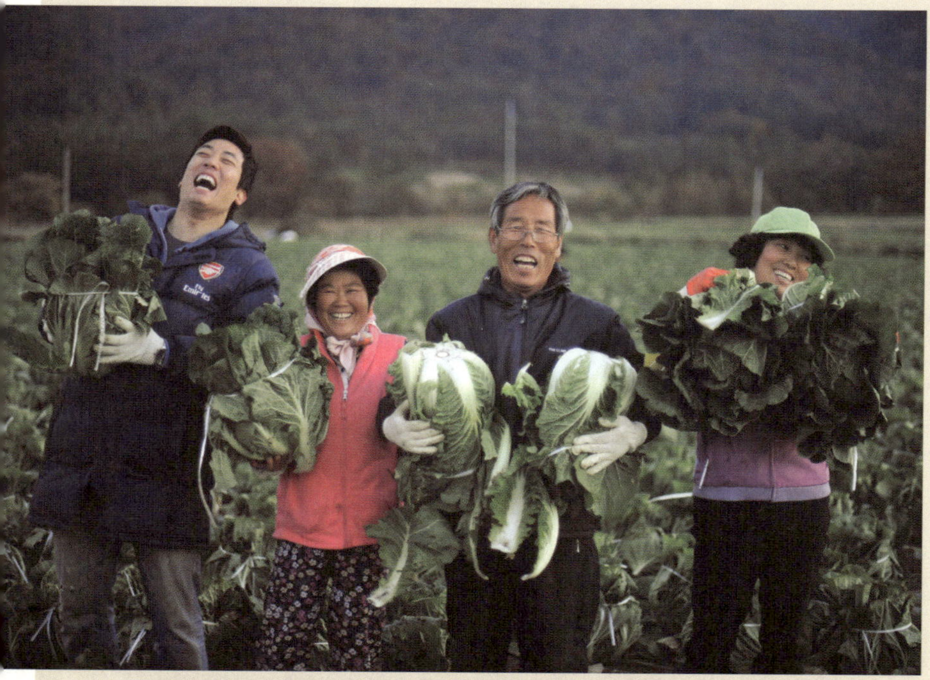

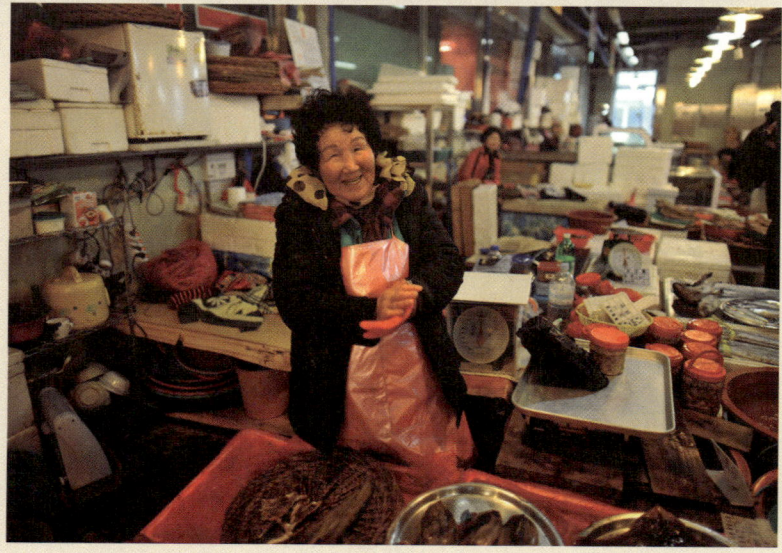

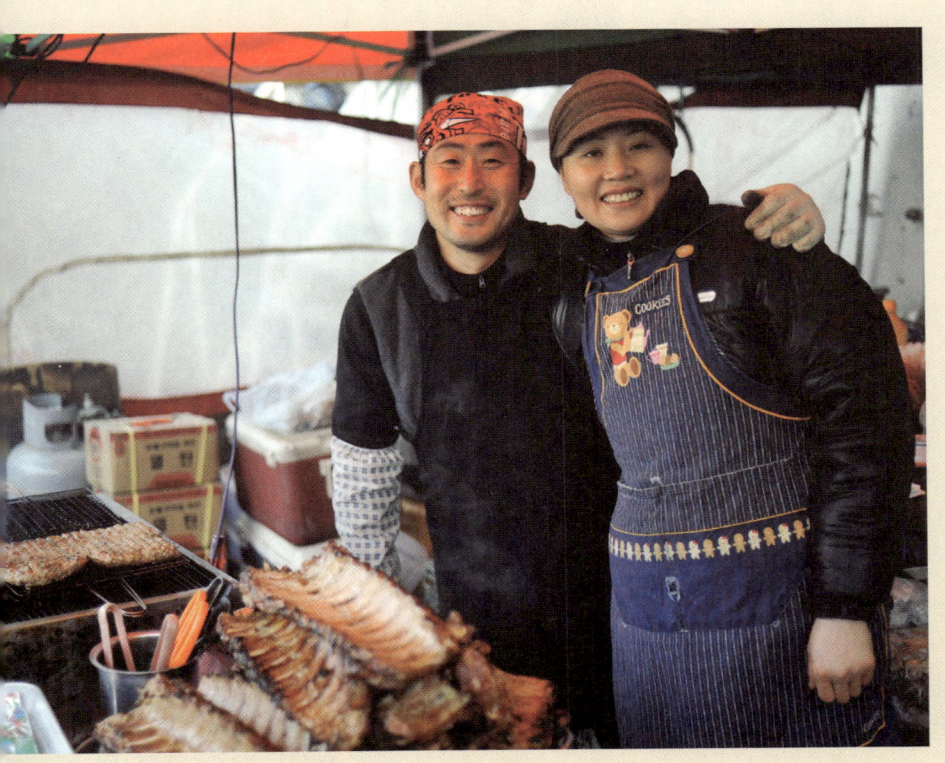

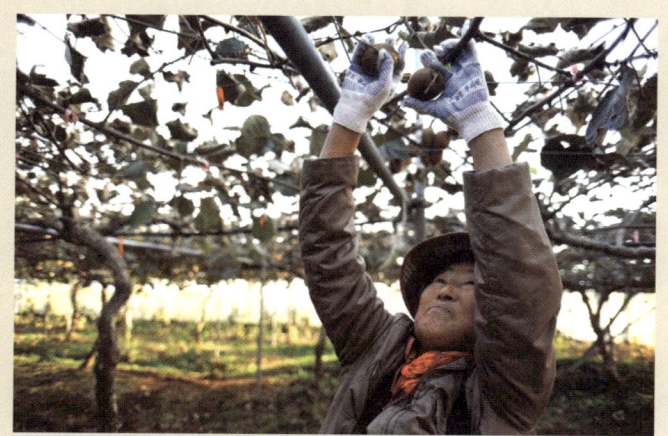

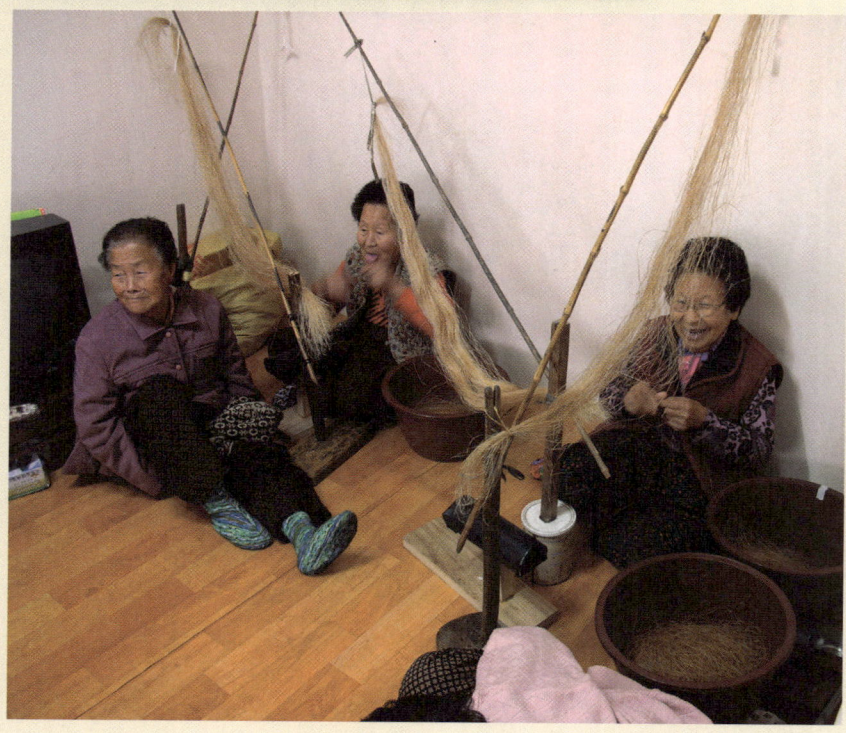